한국 과학소설사

한국 SF의 엉뚱한 상상의 계보

지은이

최애순(崔愛洵, Choi Ae-soon)
계명대학교 타불라라사 칼리지 교수. 고려대학교에서 「최인훈 소설에 나타난 연애와 기억에 관한 연구」로 박사학위를 받았다. 식민지시기부터 1980년대까지 한국 대중문학과 문화의 계보를 추적하는 작업을 오랫동안 해 오고 있다. 『조선의 탐정을 탐정하다』(소명출판, 2011)에서 식민지 조선의 탐정소설사를, 『공상과학의 재발견』(서해문집, 2022)에서 한국 공상과학의 연대기를 살펴보았다. 장르문학과 본격문학의 경계, 대중 장르의 초창기 유입과 정착 과정, 외국 문학보다 한국 문학의 장르와 코드에 관심을 두고 있다. 앞으로도 한국 장르나 코드의 발달을 역사적으로 훑으며 그 시대의 사회문화사를 들여다보는 작업을 계속할 계획이다.

한국 과학소설사
한국 SF의 엉뚱한 상상의 계보

초판인쇄 2023년 4월 17일 **초판발행** 2023년 4월 29일
지은이 최애순 **펴낸이** 박성모 **펴낸곳** 소명출판 **출판등록** 제1998-000017호
주소 서울시 서초구 사임당로14길 15 서광빌딩 2층
전화 02-585-7840 **팩스** 02-585-7848 **전자우편** somyungbooks@daum.net **홈페이지** www.somyong.co.kr

값 31,000원 ⓒ 최애순, 2023
ISBN 979-11-5905-771-7 93810

한국 과학소설사

한국 SF의 엉뚱한 상상의 계보

Korean Science Fiction History : Korean SF's Lineage of Bizarre Imagination

최애순

차례

100년 전 E.M. 포스터의 「기계가 멈추다The Machine Stops」1909를 재발견하며

가능하다면 벌집처럼 육각형 모양의 작은 방을 상상해 보아라. 그 방은 창문에서도 램프에서도 빛이 들어오지 않지만, 부드러운 빛으로 가득 차 있으며, 환기를 위한 어떤 기구도 없지만, 공기는 신선하다. 음악 기구도 없는데, 명상이 시작되는 순간에 이 방에는 아름다운 음악이 규칙적으로 울리고 있다. 가운데에 있는 안락의자와 그 옆의 독서 책상이 이 방에 놓인 가구의 전부이다. 안락의자에는 푹 싸인 살덩어리─곰팡이처럼 하얀 얼굴의, 키는 약 5피트인 여자─가 앉아 있다. 그 작은 방은 그녀에게 속해 있는 것이다.

전기 벨이 울렸다.

여자가 스위치를 건드리자 음악이 소거되었다.

"누구인지 봐야 할 거 같아." 그녀는 생각했고, 그녀의 의자를 실행시켰다. 음악처럼 의자는 기계로 작동되어 그녀를 전화기가 끈질기게 계속 울리는 방의 다른 편으로 부드럽게 이동시켰다. "누구세요?" 그녀의 목소리는 음악이 흐르기 시작한 이래로 종종 방해받았기 때문에 짜증이 묻어났다. 그녀는 수천 명의 사람들을 알았다 : 특정 방향에서 인간의 교류(소통)는 거대하게 진보해 왔다.[1]

─1장 「비행선」, 4면

에드워드 모건 포스터E.M. Forster의 단편 「기계가 멈추다The Machine Stops」1909
의 시작 부분이다. 1909년 포스터의 「기계가 멈추다」는 놀라울 정도로 지
금의 비대면 일상을 정확하게 예견하고 있다. 모든 노동을 기계가 하는 미
래사회에서 인간은 자신의 방에서 의자에 앉아 원격 화상강의를 하거나
듣는 것이 유일한 일상이 되었다. 강의는 특별한 누군가가 아니라 누구나
할 수 있고, 또 누구나 선택해서 원하는 강의를 들을 수 있다. 누구나 유튜
브 창작자가 될 수 있고, 또 누구나 원하는 유튜브를 들을 수 있는 현재 상
황과 흡사하다. 바쉬티는 음악을 듣던 중 벨이 울리자 음악을 소거하고 화
상전화를 받는다. 아들 쿠노라는 것을 확인하고 5분을 할애하고자 한다.
그러나 쿠노는 언제나 엄마가 바빠서 자신은 외롭다고 한다. 쿠노는 바쉬
티에게 그를 보러 와달라고 한다"I want you to come and see me". 그러나 바쉬티
는 보고 있는데(화상통화로) 무엇을 더 원하냐고 한다"But I can see you!" she
exclaimed. "What more do you want?". 엄마 바쉬티는 원격 화상통화로 아들을 보
고, 원격영상강의로 수천 명의 사람들과 소통하는 것에 적응이 되었으며
익숙하다. 그러나 아들 쿠노는 그녀와 비슷한 것과 말을 하고 있지만 그녀
와 말을 하는 것은 아니라고 하며, 기계를 통해서가 아닌 직접 그녀와 만
나서 대화하고 싶어 한다.

이 작품은 SF의 계보에서 다루지 않았고 주목하지 않았던 작품이다. 그
러나 화상통화, 원격줌강의, 비행선, 자동화 버튼, 격리 스위치 등 2020년
대 우리가 누리는 지구촌의 거리가 사라진 비대면 일상과 유튜브 시대를
고스란히 포착하고 있다. 「기계가 멈추다」 대신 SF 계보에서 주목받아 온

---

1   E.M. Forster, *The Eternal Moment and Other Stories*, San Diego New York London : A Har
     vest Book Harcourt Brace & Company, 1970. 번역은 저자에 의한 것임.

작품은 휴고 건즈백의 『랄프 124C41+』1911였다. 건즈백이 이 작품에서 선보였던 발명품은 이미 포스터의 「기계가 멈추다」에서 등장했는데도 우리는 감쪽같이 모르고 있었다. 기계화가 진행되었을 때의 '인간은 무엇을 할 것인가'의 고민은 E.M. 포스터보다 앞서서 빌리에 드 릴라당의 『미래의 이브』에서부터 이어져 오던 것이었다. 포스터의 「기계가 멈추다」는 미국 SF와는 또 다른 양상인 올더스 헉슬리의 『멋진 신세계』로 이어진다. 이렇게 주목받지 못하고 지나쳤던 작품을 포함한다면 SF의 계보나 역사는 출발점을 달리하며 여러 발달 전개 양상을 드러낸다.

코로나 바이러스가 인류를 덮친 충격이 아직 가시지 않은 2023년. 인류의 삶은 코로나 이전과 이후로 나눌 수 있을 만큼 세기의 변화를 겪었다. 우리는 이제, 먼 곳에 있는 사람들과 화상 회의와 학술대회를 하고, 학교에서 원격강의를 듣는 것이 낯설지 않은 일상이 되었다. 코로나 이전에 온라인 화상통화/회의, 원격강의가 우리의 일상이 될 것이라고는 생각해 보지 않았다. 그런데, 100년도 더 전 E.M. 포스터Forster는 이미 자신의 소설 「기계가 멈추다The Machine Stops」에서 온라인 화상통화와 원격강의를 예견했다. E.M. 포스터의 「기계가 멈추다」는 SF의 목록에서 누락되어 왔거나 주목받지 못했던 작품이다. E.M. 포스터의 「기계가 멈추다」 대신 주목받은 작품은 휴고 건즈백의 『랄프 124C41+』이다. 연구자들이 SF 장르를 정립하였다고 하여 그의 업적을 평가할 때 더불어 늘 함께 거론되는 작품이다. 그러나 의외로 휴고 건즈백의 『랄프 124C41+』는 SF가 붐을 일으키는 오늘날까지 국내에 정식으로 번역되지 않았다. 일본 SF 어린이 도서관 전집을 그대로 가져온 아이디어회관의 SF 전집 목록에서 제1권 『세기의 발명왕』으로 번역된 것이 유일하다.[2] SF 이론서에는 늘 가장 처음에 등장하는 작품인데도 이후 국내에서 이 작품을 번역한 사례는 없다. 『랄프 124C41+』가 SF의 역사에서 평가되는 이유는 새로운 기계의 발명품들이 즐비했기 때문이다. 그중에서 가장 돋보이는 부분은 가장 먼저 등장하는 1장의 「텔레비전 화상전화」이다. 그러나 휴고 건즈백의 「텔레비전 화상전화」는 이미 E.M. 포스터의 「기계가 멈추다」에서 바쉬티와 지구 반대편에 사는 그녀의 아들 쿠노의 전화연결을 통해 선보였던 발명아이디어이다. 『랄프 124C41+』가 1911년, 「기계가 멈추다」가 1909년에 발표되었으니, 「기계가 멈추다」가 시기적으로 앞선 작품이다. 따라서 『랄프 124C41+』에 쏟아졌던 관심은 그보다 앞선 영국 작가 E.M. 포스터의 「기계가 멈추다」로 이동해야 하지 않을까.

　이렇게 작품이 묻혀 있었던 이유는 E.M. 포스터가 SF 작가 계보에서 벗어나 있는 데도 있지만, 그동안의 SF에 대한 계보와 평가가 미국 중심으로 이루어졌기 때문이 아닐까도 생각해 볼 수 있다. 연구자들은 앞다투어 휴고 건즈백을 SF의 정립자로, 혹은 SF 용어를 창시한 자로 평가하고 있다. 휴고 건즈백 이전의 과학소설과 건즈백 이후의 과학소설로 과학소설의 역사를 구분하기도 한다.[3] 이런 구분에서는 쥘 베른이나 웰스가 과학소설이 장르로 정립되기 이전의 위치에 놓인다. 그러나 SF 독자들은 웰스나 쥘 베른을 가장 널리 읽고 SF 장르에서 가장 먼저 떠올린다. 웰스는 자신의 소설을 'Science Romance'라고 일컬었다고 하니 이미 장르 개념이 자리잡힌 상태에서 창작했고, 독자 역시 그렇게 읽었다고 볼 수 있다. 영

2　최애순, 『공상과학의 재발견』, 서해문집, 2022, 276~278면 참조. 최애순은 아이디어회관의 1권을 차지하고 있는 휴고 건즈백을 '미국 SF의 선구자'라고 언급하고 있다.(276면)
3　쉐릴 빈트, 송경아 역, 『SF 연대기』, 허블, 2021.

국의 Science Romance라는 용어 대신 Science Fiction이라는 용어로 정착되었다고 보는 것이 타당하다. 휴고 건즈백을 중심으로 그 이전과 이후로 나누려는 시도는 미국 중심의 SF 역사이고, 우리에게 번역된 SF 관련 도서가 미국 저자의 것이었기 때문에 나타난 결과라 볼 수 있다.

그러나 국내에 과학소설이 처음 유입되었을 때, '과학소설'이란 표제를 이미 달고 있었다. 쥘 베른의 과학소설이 제일 먼저 유입되었으며, 이 시기는 휴고 건즈백이 잡지를 창간하기 전이었다. SF의 용어에서 우리가 과학소설이라고 할 경우, 그것은 휴고 건즈백 이후의 Science Fiction보다 훨씬 이전의 웰스나 쥘 베른으로 대표되는 시기의 영국이나 유럽에서 확산되고 읽힌 '과학소설'의 개념에 가깝다. 펄프 잡지 시대 미국의 SF가 국내에 유입되어 영향을 끼친 시기는 1950년대 전쟁 이후이다. 그렇다면, SF의 정의나 개념을 고려할 때, 휴고 건즈백을 내세우기보다 그 이전부터 자리잡고 있었던 '과학소설'(과학 로망스를 포함한)을 상기할 필요가 있다. 이 책에서 '과학소설'이란 용어는 Science Fiction의 번역어로서가 아니라 바로 훨씬 이전으로 거슬러 올라가 과학소설이라는 개념과 범주가 작가와 독자에게 있었던 시기부터 사용되어 국내에도 표제를 '과학소설'이라고 달아 왔던 역사적인 개념임을 밝혀 둔다. 따라서 과학소설이니 공상과학소설이니 Science Fiction이니 하는 용어의 선정보다 한국에서 '과학소설'로 받아들여졌던 장르를 중심으로 따라가 보고자 한다. 과학소설과 공상과학소설이란 용어의 충돌에서 이 책에서는 '과학소설'이라는 용어를 내세운 쪽에 무게중심을 두어 따라가 보고자 했다. 공상과학의 감성을 따라가려면 저자의 다른 책인 『공상과학의 재발견』을 뒤적거려 보면 도움이 될 것이다. 두 책은 서로 충돌하며 밀어내면서도 한국 SF의 양상을 만들어내고 정착시키는 데에 동전의 양면처럼 함께했던 '과학소설'과 '공상과학소설'이란 용어의 다툼에서 확장된 한국 SF의 두 양상을 보여줄 것이다.

　이 책은 SF가 2000년대 이후 붐을 일으키고 있다고는 하나, 한국 SF의 계보를 살펴보는 과정은 생략된 채 서구의 SF 역사만 반복되고 있는 현실에서 벗어나고자 하는 의도를 담았다. 따라서 한국에서 '과학소설'이란 표제를 달고 창작된 작품의 계보와 개념을 정립해 나가는 데 도움이 될 것이다. '과학소설'이라는 용어에 걸맞게 지금의 SF가 포괄하는 영화 등의 다른 매체보다 '과학소설'에 집중했음을 밝힌다. 그러나 국내에서 SF가 어떻게 정착하고 수용되었는지를 밝히려면 저자의 다른 책인『공상과학의 재발견』서해문집, 2022과 함께 읽어야 한다. '공상과학'과 '과학소설'은 서로 밀어내거나 부딪히면서 한국 SF의 수용 역사를 엮어 나가기 때문이다.『공상과학의 재발견』에서는 '만화'와 '만화영화'도 다루고 있으니 비교해서 보면 이 책에서 충족되지 못한 부분이 채워질 것이다. 다만 이 책에서는 해방 이후 과학소설이 뜸한 시기에도 이른 시기에 '껌딱지'라는 대중적 소비양식으로 퍼졌던『헨델박사』라는 만화는 한국 SF의 수용사에서 필요한 부분이므로 다루고자 한다.

Science Fiction 용어의 기원과
한국 과학소설의 굴절

1. 서구 SF 이론과 한국 SF 수용의 굴절

'Science Fiction'이라는 용어가 처음 등장한 시기는 1851년이다.[1] 영국의 윌리엄 윌슨William Wilson[2]이 *A Little Earnest Book Upon A Great Old Subject*에서 'the poetry of science'에 대해 논하면서, 과학에 좀 더 친밀하게 다가가는 방법으로 'Fiction'을 제안한다.

---

[1] J.A. Cuddon, *The Penguin Dictionary of Literary Terms and Literary Theory*, London : Penguin Books, 1999, p.791; Caffrey, Cait, "Science fiction", *Salem Press Encyclopedia of Literature*, 2020, p.2. 펭귄 북스에서 편찬한 문학용어와 문학이론사전에서는 윌리엄 윌슨(William Wilson)을 몇 줄에 걸쳐 할애하며 중요하게 다루고 있다. 살렘 출판사에서 간행된 문학 백과사전에서도 SF의 첫 시작을 Wilson으로 내세운다. 펭귄 북스에서는 휴고 건즈백을 간단하게라도 언급하고 있지만, 살렘 출판사의 사전에서는 휴고 건즈백에 대한 언급은 찾아볼 수 없다. 이 사전들이 영국 저자에 의해 영국에서 간행된 것임을 고려해 볼 때, science fiction의 기원이나 분기점을 잡는 시점은 미국이냐 영국이냐에 따라 첨예하게 갈릴 수 있다는 것을 유추해 볼 수 있다.
[2] William Wilson의 한국어 인명 표기인 '윌리엄 윌슨'을 검색하면 에드거 앨런 포의 소설 「윌리엄 윌슨」밖에 나오지 않는다. 그만큼 한국에서 윌리엄 윌슨은 거론된 적도 없는 작가인 셈이니 SF의 계보나 정의에서도 언급하지 않았던 인물이다.

Fiction has lately been chosen as a means of familiarizing science in one single case only, but with great success. It is by the celebrated dramatic Poet, R.H. Horne, and is entitled "The Poor Artist; or, Seven Eye-sights and One Object." We hope it will not be long before we may have other works of Science Fiction, as we believe such books likely to fulfil a good purpose, and creat an interest, where, unhappily, science alone might fail.[3]

소설은 최근에 단지 한 경우에서만 과학에 익숙해지는 수단으로 선택되었지만 큰 성공을 거두었다. 그것은 유명한 극작가 R.H. Horne의 작품으로 제목은 "가난한 예술가- 또는 일곱 개의 시선과 하나의 대상"이다. 우리는 그러한 책들이 좋은 목적을 달성하고 불행하게도 과학만으로는 실패할 수 있는 관심을 불러일으킬 가능성이 있다고 믿기 때문에, 우리가 다른 SF의 작품을 가질 수 있기까지 그리 오래 걸리지 않기를 바란다.

Campbell says, that "Fiction in Poetry is not the reverse of truth, but her soft and enchanting resemblance." Now this applies especially to Science Fiction, in which the revealed truth of Science may be given, interwoven with a pleasing story which may itself be poetical and true-[4]

---

3 William Wilson, *A Little Earnest Book Upon A Great Old Subject*, Kessinger Publishing, 2010, pp.137.
4 Ibid., pp.138~139.

캠벨은 "시 속의 허구는 진실의 반전이 아니라 그것의 부드럽고 황홀한 닮음"이라고 말한다. 이제 이것은 특히 SF(과학소설)에 적용된다. SF(과학소설)에서는 밝혀진 과학의 진실이 그 자체로 시적이고 사실적일 수 있는 유쾌한 이야기와 엮여 주어질 수 있다.

윌리엄 윌슨은 과학 혼자서는 하지 못하는 선한 목적을 수행하거나 흥미를 창조하는 역할을 Science Fiction이 한다고 본다. 그는 Science Fiction을 토마스 캠벨Thomas Campbell이 말한 Fiction in Poetry와 비교하면서, Science Fiction은 과학의 드러난 진리에 그 자체로 시적이고 진실한 '즐거운 이야기'를 엮어낸 것이라 정의한다. 윌리엄 윌슨의 정의에 의하면, Science Fiction의 본래 의미에는 '과학'이 충족시키지 못하는 '즐거움', '유희'의 목적이 중요하게 깃들어 있다. 'Science'가 아닌 'Science Fiction'의 가장 큰 차이가 '즐거운 이야기', '흥미의 창조'라고 볼 수 있다. 그러나 윌리엄 윌슨의 개념이 묻히고 그가 이 용어를 사용했다는 사실조차 잊히면서, 'Science Fiction'에서 강조되는 것은 'Fiction'이 아닌 '과학적 사실'이 된다. 이제 다시 '과학소설'에서 잊히고 빼앗겼던 'Fiction'의 역할인 '유희'와 '즐거움'을 되찾고, 용어의 기원부터 새로 정립해야 한다. 'Science Fiction'에서 그렇게 강조되었던 과학적 사실은 초자연적이고 믿을 수 없다고 여겼던 공상이 실제가 되면서 무색해지기에 이르렀다. 2023년 우리는 그토록 구별하려 했던 판타지의 마법의 세계와 과학소설의 미래의 세계를 교집합의 영역으로 만난다.

윌리엄 윌슨이 사용한 'Fiction'은 시에도 적용되는 개념으로 '허구'라는 의미에 가깝다. 'Fiction'을 진리라 불리는 'Science'에 친밀하게 다가

가는 방법으로 택한 월슨의 'Science Fiction'은 '장르 SF'를 상정하고 있다. 그는 Science Fable이라 칭할 수 있는 R.H.Horne의 이야기를 예로 들면서 'Science Fiction'을 알려진 객관적 사실 이외에 드러나지 않은 '경이wonder'의 창조를 나타내는 장르라고 인식했다.[5] Penguin Books의 문학용어사전에서는 Science Fiction 용어를 처음 사용한 이로 윌리엄 윌슨을 명시하고 있다. 윌슨의 저서가 2010년에 다시 재출간된 후 리처드 블레일러는 윌리엄 윌슨을 'SF의 창시자'라고 일컬었다.[6] 그러나 Science Fiction이라는 용어를 최초로 사용했으며, 그에 속하는 작품에 적용하여 하나의 장르 발달을 예견했음에도 윌리엄 윌슨이라는 이름은 서구 SF 이론서나 국내 저서에서 접한 적이 별로 없어 낯설다.

윌리엄 윌슨 대신 SF 장르의 창시자로 우리에게 알려진 인물은 휴고 건즈백이다. 박상준의 『멋진 신세계』, 임종기의 『SF 부족들의 새로운 문화혁명, SF의 탄생과 비상』, 고장원의 『세계과학소설사』, 이지용의 『한국 SF 장르의 형성』, 손나경의 『과학소설 속의 포스트휴먼』 등으로 이어지는 국내 SF 저서에서 논자들은 휴고 건즈백을 SF 장르의 출발점으로 받아들이고 미국 펄프 잡지 시대를 중심으로 SF 역사를 기술했다.[7] 대중문학연구

5　William Wilson, *A Little Earnest Book Upon A Great Old Subject*, Kessinger Publishing, 2010, p.138.
6　리처드 블레일러, 「"윌리엄 윌슨" SF 창시자」, 『SF 연구』, 2011.
7　박상준의 『멋진 신세계』(현대정보문화사, 1992, 45면)에서 휴고 건즈백을 장르 SF의 창시자로 평가하며 SF 개화기 장의 첫 절로 구성한다. 허버트 조지 웰스가 휴고 건즈백의 뒤를 이어서 2절로 구성되어 있다. 이런 장과 절의 구성은 필자가 휴고 건즈백이 SF의 역사에서 얼마나 중요한 위치에 있다고 생각하는지 유추해 볼 수 있는 부분이다. 고장원의 『세계과학소설사』(채륜, 2008, 22면)에서 "사이언스 픽션, 즉 과학소설이란 용어는 1929년에야 비로소 만들어졌다"는 사실을 '명심하라'고 독자에게 강조하고 있다. 손나경의 『과학소설 속의 포스트휴먼』(계명대 출판부, 2021)에서도 SF 용어의 시작을 휴고 건즈백의 scientifiction에서 찾고 있다.

회의 『과학소설이란 무엇인가』에서 임성래는 Science Fiction 용어가 휴고 건즈백이 『과학과 발명』지 전부를 과학소설 특집호로 꾸미면서, 이 특집의 이름을 Scientifiction이라 한 데서 유래했다고 글의 첫 시작에서 언급한다.[8] 그러나 이 특집에 실렸던 작품이나 휴고 건즈백의 *Amazing Stories*에 실려서 대중적 인기를 끌었던 에드워드 엘머 스미스 작가 등은 언급되지 않는다. 대신 SF의 계보에서 변방에 위치하는 버로우스의 『화성의 공주』나 디스토피아의 세계를 그린 유럽의 카렐 차페크의 작품이나 헉슬리의 『멋진 신세계』, 조지 오웰의 『1984』, 클라크의 『유년기의 종말』 등을 다룬다.

이 계보는 한국 과학소설 사전에도 고스란히 반영되는데, 아이러니한 것은 SF 역사에서 휴고 건즈백을 시작으로 하는 것이 무색하게도 실제 SF 작품의 계보에서는 미국을 중심으로 하는 펄프 잡지의 작품들은 언급조차 되지 않고 유럽 위주의 '반 SF'의 계보를 형성하고 있다. 이는 한국 SF에서 미국 펄프 잡지의 영향을 받은 아동청소년 대상의 우주과학소설을 인정하지 않는 것에서 기인한다. 한편으로 펄프 잡지의 흥미 위주의 우주 소재를 담은 SF는 허황된 공상과학이라 칭하면서 '본격' 과학소설을 강조하고, 다른 한편으로 미국 펄프 잡지의 시대를 열었던 휴고 건즈백을 SF 장르의 창시자로 내세우는 모순을 빚어낸다. 그리고 이 모순은 한국에서 SF가 발달하지 못하는 걸림돌이 되면서 또한 한국 SF의 한 특성을 드러내게 된다. 2023년 현재 SF의 붐이 일고 있는 가운데, 한국 SF가 재미나 흥

---

8 대중문학연구회 편, 『과학소설이란 무엇인가』, 국학자료원, 2000, 5면. 이 책 이외에도 국내 과학소설 저서에서 휴고 건즈백으로 첫 문장을 시작하는 경우를 종종 볼 수 있다. 손나경, 『과학소설 속의 포스트휴먼』, 계명대 출판부, 2021, 12면.

미보다는 사회문제를 건드리거나 '문제의식'을 드러내는 방향으로 나아가게 된 것은, 이런 모순과 충돌을 빚으면서 얻어낸 결과라 볼 수 있다.

2019년과 2021년에 번역된 쉐릴 빈트의 저서에서는 휴고 건즈백 이전과 이후로 SF의 역사를 구분한다.[9] 건즈백 이전의 소설에 『프랑켄슈타인』을 비롯한 허버트 조지 웰스와 쥘 베른의 소설이 포함된다. 그러나 허버트 조지 웰스는 자신의 소설을 'Science Romance'라고 칭했다. 'Science Romance'는 웰스가 자신의 작품을 칭할 정도로 이 용어 사용에는 장르 SF에 대한 인식이 있었다고 볼 수 있다. 우리 또한 SF의 기원을 이야기할 때 휴고 건즈백의 소설이 아니라 허버트 조지 웰스나 쥘 베른으로 시작한다. 그런데 SF의 역사를 다룬 서적에서 윌리엄 윌슨의 이름을 거론하지 않고 휴고 건즈백으로 시작하는 것을 종종 볼 수 있다. 알게 모르게 SF에서의 미국과 유럽의 알력 다툼이 있었던 것으로 사료된다. 미국 저자의 책에서는 언급되지 않는 SF의 창시자 윌리엄 윌슨이 영국 저자의 책이나 사전에서는 중요하게 다루어지고 있다. 또한 프랑스 SF의 역사에서는 쥘 베른 이후부터를 SF의 출발점으로 보고 있다[10]는 점에서, 미국이나 유럽에서 조금씩 SF의 분기점을 다르게 형성하고 있는 것을 알 수 있다. 국내에 번역된 SF 이론서는 로버트 스콜즈와 에릭 라프킨의 『SF의 이해』와 쉐릴 빈트의 『에스에프 에스프리』, 『SF 연대기』, 그리고 『과학소설이란 무엇인

9　쉐릴 빈트, 전행선 역, 『에스에프 에스프리』, 아르테, 2019; 쉐릴 빈트, 송경아 역, 『SF 연대기』, 허블, 2021.

10　자끄 베르지에, 「과학소설」, 김정곤 역, 『과학소설이란 무엇인가』, 국학자료원, 2000, 31면 참조. 이 글에서는 휴고 건즈백이 현대과학소설을 성공으로 이끈 사례를 세 번째의 시도에 넣어 기술하고 있다. 쉐릴 빈트를 비롯한 미국 저자의 책에서 전면에 혹은 SF 장르의 출발점이나 분기점으로 내세우는 것과는 확연한 차이가 있다.(자끄 베르지에, 위의 글, 37~38면 참조)

가』의 프랑스 잡지에 실린 글들이 거의 전부이다. 로버트 스콜즈와 에릭 라프킨의 『SF의 이해』평민사, 1993에서는 유럽특히 영국과 미국에서의 SF의 발달을 함께 다루며 SF의 서로 다른 전개 양상으로 설명한다. 그러나 쉐릴 빈트는 영국을 비롯한 유럽에서 사용되었던 'Science Romance'의 전통은 생략하고 미국의 휴고 건즈백 이전과 이후로 SF의 출발점과 분기점을 설정하고, SF의 역사를 미국 중심으로 기술한다.

이 책에서 영국의 윌리엄 윌슨을 강조하거나 유럽의 'Science Romance'로 불리던 전통을 수면 아래에서 끌어올린 것은, 미국 중심의 SF 역사를 영국 중심 혹은 유럽 중심으로 돌려놓기 위함이 아니다. 우리가 별다른 거부 없이 수용한 휴고 건즈백을 중심으로 한 SF의 역사에 대해 판단중지를 하고 재고할 필요성을 제기하고자 함이다. 식민지시기 유입된 SF가 직접 번역이 아니라 일본이나 중국을 거친 '중역'이었던 것처럼, 2020년대 우리가 인식한 SF의 역사 역시 서구 더 강력하게는 미국에 의해서 주입되어 번역된 SF의 역사로 되풀이되지 않기를 바라는 마음에서 비롯된다.

실제로 국내에서 1907년과 1908년 쥘 베른의 소설이 들어올 당시 이미 '과학소설'이란 명칭을 달고 있었음을 유념해 볼 필요가 있다. 휴고 건즈백에 와서야 비로소 널리 유통되고 발전되었다고 하는 장르 SF는 설사 용어가 Science Fiction이 아니더라도 이전부터 이 장르에 대한 개념이 정립되었고 유통되었다고 볼 수 있다. 중국의 포천소 판본을 번역한 이해조의 『철세계』에 이미 '과학소설'이란 명칭이 달려 있었고, 포천소 역시 일본어 판본을 번역했다는 점을 고려하면 서구뿐만 아니라 동아시아에서도 유통되는 장르 개념이었다고 볼 수 있다. 더군다나 『별건곤』에서 「80만년 후의 사회」를 번역할 당시1926, 웰스를 높이 평가하기 위해 미국의 잭 런던과 불국의 쥘 베른을 같은 부류의 작품 선상에 놓고 비교하는 것을 고려할 때1925, 이때 이미 이들 작가군을 하나로 묶는 Science Fiction이 장르로서 인식되었음을 알 수 있다. 휴고 건즈백이 잡지를 창간하고 Science Fiction이라는 용어를 다시 꺼내 들기 이전에 아시아에서도 '과학소설'이라는 장르에 대한 인식이 있었다. 이때의 '과학소설'은 'Science Romance'가 포함된 유럽에서 전파되었던 장르 개념이다.

국내에서 과학소설이 어떻게 수용되고 인식되었는지 이해하기 위해서 국내의 문학용어사전을 살펴보면 신기하게도 공통점이 발견된다. 한용환의 『소설학 사전』에서는 공상과학소설의 계보에 메리 셸리의 『프랑켄슈타인』, 쥘 베른과 웰스의 작품, 올더스 헉슬리의 『멋진 신세계』를 넣는다.[11] 한용환이 공상과학소설의 계보로 꼽은 이 작품들은 이후의 문학비평용어사전[12]이나 두산백과사전의 '과학소설'[13] 항목에서도 반복된다. 「완전사회」와 『비명을 찾아서』로 이어지는 국내 과학소설은 미국 SF보다는 유럽의 'Science Romance'의 전통이 더 영향을 끼쳤다고 볼 수 있다. 우리가 읽은 과학소설의 기원과 SF 연대기에서의 출발점이 다른 것은, 대중과 연구자의 수용의 괴리일 수도 있고, SF 이론서와 실제 작품 간의 괴리일 수도 있으며, 번역과 문화의 차이일 수도 있다.

그러나 과학소설 사전에서 언급한 SF 작품 목록은 아동청소년 대상의 SF에서는 찾아지지 않는다. 아동청소년 대상의 SF에서는 미국의 에드워

---

11 한용환, 『소설학 사전』, 고려원, 1996, 43면.
12 한국문학평론가협회, 『문학비평용어사전』, 국학자료원, 2006. 이 문학비평용어사전에는 한용환의 계보에 조지 오웰의 『1984』가 더 포함된다.
13 두산백과사전에서는 쥘 베른을 과학소설의 창시자로, 뒤를 이어 빌리에 드 릴라당의 『미래의 이브』, 과학소설을 확고부동한 독자적인 소설 장르로 구축한 사람으로 웰스를 소개하고 있다. 올더스 헉슬리에서 한참 뒤로 건너뛰어 하인라인과 아시모프로 넘어간다.

드 엘머 스미스와 같은 우주를 소재로 한 작가의 영향을 짙게 받았기 때문이다. 미국 펄프 잡지의 영향을 받은 에드워드 엘머 스미스의 우주과학소설은 아동청소년 대상의 전집에서 『은하 방위군』이나 『우주 대전쟁』으로 널리 읽혔다. 1960년대부터 1980년대까지 아동청소년 대상의 우주 소재의 소설은 미국 SF의 영향이 고스란히 반영되었다고 볼 수 있다. 아이러니하게도, 국내 연구자들은 본격 과학소설과 아동청소년 대상소위공상과학의 SF를 구분하면서도 SF 역사는 미국의 휴고 건즈백으로 시작되는 펄프 잡지를 중심으로 받아들이고 있다.[14] 한국 SF는 의도하진 않았지만, 미국의 펄프 잡지를 필두로 한 가벼운 우주 소재의 SF와 유럽의 『멋진 신세계』와 『1984』로 이어지는 미래의 진지한 고민과 사색을 담은 SF 두 방향으로 전개되었다. 국내 SF의 '본격' 논쟁은 유럽 SF의 진지한 사색 전통과 미국 SF의 가벼운 펄프 잡지의 우주 놀이의 충돌이었다고 볼 수 있다.

　SF 용어와 장르의 수용은 서구의 것을 받아들였는데도, 한국 SF는 전혀 다른 방향으로 전개되었다. Science Fiction이란 용어가 일본을 거쳐서 공상과학으로 번역되어, 아동청소년 대상의 저급한 오락물로 취급받으면서 두 갈래로 나뉘기 시작했다. 그러나 '공상과학'이란 용어의 와전에는 본래는 미국 펄프 잡지의 잡지명이 전제되어 있음을 상기해 볼 필요가 있다. 과학소설 사전에서 언급하고 있지 않은 미국 펄프 잡지의 역사는 국내 연구자의 SF 저서에서 휴고 건즈백을 중심으로 강조되어 있다. 그러나 「완전사회」, 『비명을 찾아서』로 이어지는 한국 과학소설의 계보는 과학소설 사

---

14 『멋진 신세계』(1992), 『과학소설이란 무엇인가』(2000), 『SF 부족들의 새로운 문화혁명, SF의 탄생과 비상』(2004), 『세계과학소설사』(2008), 『한국 SF 장르의 형성』(2016), 『과학소설 속 포스트휴먼』(2021).

전에서 언급한 유럽 작품들의 계보를 반영하고 있다. 반면에 미국 에드워드 엘머 스미스는 과학소설 사전에서 한 번도 언급되지 않는다.

이 책에서는 한국 SF만이 가지는 독특한 양상이었던 '본격' 논쟁-소위 과학소설 투쟁기와 갈등을 들여다보고자 하였다. 한국의 '본격' 과학소설이 서구 SF의 역사에서 SF의 본령이라고 언급되는 하드 SF가 아닌 소프트 SF에 가깝다는 것도 '본격' 논쟁이 도대체 무엇을 위한 갈등이었는지를 다시 들여다보게 한다. 한국 SF는 서구의 것을 그대로 들여왔지만 의도치 않게 엉뚱하거나 생소한 하위 장르가 발달하는가 하면, 판타지의 전통과 함께 즐기는 것에 치중했던 서구 SF특히미국와 달리 판타지를 밀어내며 발달해 오면서 문제의식이 무겁게 짓누르기도 했다.

이 책에서는 국내에서 과학소설이 어떻게 유입되고 수용되었으며, 나름대로 발달해 나갔는지를 중심으로 살펴보고자 한다. 의도적으로 공상과학보다는 '과학소설'이란 표제명을 붙인 작품들을 중심으로 따라가 보았다. 그것은 한국 과학소설의 발달에서 '과학소설'이란 장르가 오늘날의 붐을 맞이하기까지 얼마나 험난한 과정을 겪었는지를 보여줄 것이다.

2. 식민지시기부터 해방 이후까지 한국 과학소설의 기원과 유입

Science Fiction에는 서로 모순되는 '사실적인' 과학과 '비현실적인' 공상Fantasy, 즉 상상Imagination, 허구Fiction, 로맨스Romance 같은 개념들이 포함되어 있다. 그러나 보호메이어와 쯔메각은 과학소설이 자연과학적 사실과 소설적 허구성이 융합되어 있다고 보는 것을 잘못된 견해라고 비판한다.[15] 그래서 로버트 하인라인이 "현실 세계, 과거에 미래에 대한 충분한 지식, 자연과학적 방법의 중요성에 대한 철저한 이해에 확고한 기반을 두고 있는, 가능한 미래의 사건에 대한 현실적 고찰"이라고 강조한 과학소설의 정의에서 '자연과학적 사실'에 기반하고 있다는 것이 현재의 실제 상황과 맞지 않는다고 지적한다.[16] 오히려 "과학소설이란 장르는 현재의 상황하에서는 있을 수 없는, 따라서 믿을 수 없는 상태나 줄거리가 묘사되는, 가상적으로 만들어진 이야기 전체"라고 하는 주에르바움의 정의가 더 적합하다고 한다.[17] 주에르바움의 정의는 현실에서 있을 수 없고 믿을 수 없는 가상의 세계를 다루므로 흔히 국내에서 비판받아 왔던 '공상'의 영역에 가깝다. 과학소설은 이미 있는 세계가 아니라 양자택일의 세계(유토피아든 디스토피아든)를 창조하려는 미래를 다루고 있다는 점에서 주에르바움의 '가상 혹은 공상'의 세계는 자연과학적 사실보다 더 SF의 본질이라 볼 수 있다.[18] 그러나 국내에서는 하인라인이 강조한 현실 세계와 자연과학적 사실을 바탕으로 하는 것을 '과학소설'로 받아들이고자 했다. 과학소설에서 사실적인 '과학'을 강조하려는 국내의 움직임은 '공상과학소설'이라는 용어에 대한 반감과 투쟁에서 비롯되었다고 볼 수 있다. 국내 과학소설의 발달은 공상과학과의 사투에서 지적인 사색을 담은 '본격' 과학소설의 투쟁 기록이라 볼 수 있다.

조성면은 Science Fiction이란 용어가 *Fantasy & Science Fiction*이란 잡지

---

15 보흐메이어·쯔메각, 「과학소설」, 진상범 역, 『과학소설이란 무엇인가』, 국학자료원, 2000, 25면.

16 위의 글, 25면.

17 위의 글, 25~26면.

18 최애순, 『공상과학의 재발견』, 서해문집, 2022 참조.

에서 유래되어 우리나라에서는 '공상과학소설'로 번역되었다[19]고 한다. 그러나 국내에서 Science Fiction이 처음부터 '공상과학소설'로 번역된 것은 아니다. '공상과학소설'이라는 용어가 Science Fiction에 대한 번역 어로 널리 쓰이게 된 것은 1960년대 이후이다.[20] 식민지시기 처음 유입될 때는 '과학소설'이란 용어 그대로 사용되다가, 해방 이후 1950년대에는 과학모험, 모험탐정, 탐정모험, 탐정, 과학 등의 장르명이 혼재해서 쓰였 다.[21] Science Fiction의 용어 변천 과정은 '과학소설'이란 장르가 국내에 유입되어 정착되는 과정을 담고 있다. 주목할 점은 '과학소설'이란 장르 명이 초창기 이른 시기부터 달리고 있었다는 것이다.

국내에 가장 먼저 번역된 SF 작가는 쥘 베른이다. 「해저여행海底旅行 기담奇譚」 法國人 슐스펜氏 原著, 朴容喜 역, 『태극학보』, 1907, 『과학소설科學小說 텰세계』 이해조 번안, 滙東 書館, 1908, 『모험소설冒險小說 십오소호걸』 역자미상, 동양서원, 1912, 『과학소설科學小說 비행선飛行船』 김교제 역, 東洋書院, 1912처럼 모두 쥘 베른의 작품이 원작인 것으로

---

19 조성면, 「SF와 한국문학」, 『대중문학과 정전에 대한 반역』, 소명출판, 2002, 183~185면 참조.
20 조성면의 연구에 의하면 1960년 일본에서 『SF 매거진』이라는 SF 전문잡지가 최초로 간행 되었는데, 이 잡지는 미국의 *The Magazine of Fantasy and Science Fiction*을 거의 그대로 복사 하다시피 한 잡지였다고 한다. 『SF 매거진』은 자사 잡지를 홍보하고 미국 SF를 계승하고 있 다는 것을 내세우기 위해 *The Magazine of Fantasy and Science Fiction*의 번역어에 해당하는 '공상과학소설'을 작은 제목으로 표지 상단부에 달아 놓았다고 한다. 판타지와 과학소설을 한데 묶어 공상과학소설로 번역한 것을 우리가 SF의 번역어로 '공상과학소설'을 차용하게 된 연유이다. (조성면, 「SF와 문학」, 『대중문학과 정전에 대한 반역』, 2002, 183~184면) '공상과학소설'이란 용어가 이것의 영향을 받았다는 것은 『학원』 잡지를 살펴보면 알 수 있 다. 1950년대는 과학모험, 모험탐정 등 혼합되어 쓰이다가, 1960년대가 되면 '공상과학소 설'이란 용어가 등장하여 압도적으로 많이 쓰이면서 '공상과학소설'로 장르명이 바뀌고 있 음을 알 수 있다.
21 『학원』 잡지의 장르명 표기뿐만 아니라 한낙원의 「잃어버린 소년」(『어린이연합신문』, 1959) 의 철이는 "마치 자기가 읽던 과학모험소설의 주인공이 된 것같이 신바람이 나기 시작하였 다"라고 표현하는 반면, 「우주항로」(『카톨릭소년』, 1966)에서는 "민호의 머릿속에는 그가 즐겨 읽은 과학 소설의 장면들이 스치고 지나갔다"처럼 묘사하고 있어서, 시기적으로 용어 변환 과정을 유추해 볼 수 있다.

알려졌으나 최근 김교제의 『과학소설 비행선』은 쥘 베른의 『기구를 타고 5주간』이 원작이 아님이 밝혀졌다.[22] '공상과학소설', '공상소설', '과학모험소설', 'SF' 등의 용어가 아닌 '과학소설'이란 용어를 사용하는 것을 볼 수 있다. 쥘 베른은 해저여행기담, 과학소설, 모험소설 등의 표제가 달리는 '과학소설' 작가였지만, 실제로 번역될 때는 모험소설이나 기담으로 읽혔음을 알 수 있다. 우리에게 모험소설로 익숙한 다니엘 디포의 『로빈슨 크루소』가 『절세기담絶世奇譚 라빈손표류기羅賓孫漂流記』金橫 역술, 미진사발행, 1908로 번역된 것을 감안하면, 모험소설 역시 이때 막 들어오는 낯선 장르였음을 알 수 있다. 그러나 식민지시기에는 모험소설에 과학소설이란 용어를 사용하지 않았으며, 모험소설과 과학소설을 나름대로 구분하고 있었던 것으로 보인다. 같은 쥘 베른의 작품이라 하더라도 「해저여행」이나 『십오소호걸』은 『라빈손표류기羅賓孫漂流記』와 함께 기담이나 모험소설로 분류된다.

반면, 『별건곤』에 실린 웰스의 「타임머신」은 「대과학소설大科學小說 팔십만년 후八十萬年後의 사회社會」1926년 11월 30일부터 연재라고 표제가 달린 것을 볼 수 있다. 식민지시기 과학소설은 모험소설에 기대거나 결합해서 들어오지 않고 '과학'을 내세워서 들어온 것으로 판단된다. 식민지시기에 웰스의 작품

---

22 김교제가 번역한 것으로, 『과학소설 비행선』으로 되어 있고 원작은 쥘 베른의 『기구를 타고 5주간』으로 알려져 있었으나, 최근 강현조가 이 작품의 원작자가 쥘 베른이 아니라 프레드릭 데이라고 바로잡아 주었다. 원작은 미국의 다임 노블 잡지에 1907년 3월 16일부터 4월 20일까지 연재된 닉 카터 연작물 중 4회분에 해당하는 에피소드이다. 강현조는 「비행선」은 이를 바로 번역한 것이 아니라 중국어 번역본인 『신비정』을 대본으로 중역한 것이라 밝히고 있다(강현조, 「김교제 번역·번안소설의 원작 및 대본 연구―「비행선」, 「지장보살」, 「일만구천방」, 「쌍봉쟁화」를 중심으로」, 『현대소설연구』 48, 2011.11, 197~225면 참조). 그런데 신기한 것은 닉 카터는 탐정이다. 더불어 닉 카터 연작물은 '미스테리' 혹은 '탐정소설'에 가깝다. 탐정물에 가까운데도 불구하고 '과학소설'이라고 달려 있는 점이 1950년대 이후 '과학소설'이란 용어를 성인 혹은 본격문학쪽에서 사용하지 않고 '추리소설'이라고 달았던 것과 확연히 대비되는 것을 볼 수 있다.

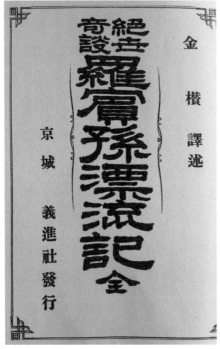 

김찬 역술, 『라빈손표류기』
소장 계명대학교 동산도서관, 촬영 저자

『십오소호걸』

에 대해 높게 평가한 것도 그런 연유에서이다.

현대現代의 과학소설科學小說이라 하면 영국의 '엣·뒤·웰스'를 첫손가락 꼽지 아니할 수 없다. 다음으로는 연전年前에 죽은 미국의 '잭 런던'과 불국의 '줄 베른' 등이 있으나 '웰스'와 비견되지 못할 것은 누구나 아는 바이다. 그들도 과학소설科學小說의 대가大家인 것은 부인否認할 수 없는 사실事實이나 그러나 그는 이미 과거過去의 사람이다.

─碧梧桐, 「現代의 科學小說」 1, 『매일신보』, 1925.11.29

"'웰스'에게는 이 과학적근거科學的根據가 있다"「現代의科學小說」2, 『매일신보』, 1925.12.13
라며 웰스의 과학소설을 쥘 베른이나 잭 런던(이 때 이미 잭 런던의 과학소설을 읽었다는 사실이 놀랍다)과 비교할 수 없을 정도로 높이 평가하고 있는 것을 볼 수 있다. '현대의 과학소설'에 웰스, 잭 런던, 쥘 베른의 작가를 거론하고 있는 것을 고려하면, 과학소설이 이미 장르로 인식되었음을 알 수 있다. 이렇게 놓고 본다면, 국내에서도 이미 인식하고 있는 과학소설 장르를 휴고 건즈백을 기점으로 정립되었다고 보는 관점이 새삼 낯설고 이질적이다. 휴고 건즈백이 SF를 널리 퍼뜨려 대중화한 것은 사실이지만, SF 용어의 창시자라든가 혹은 SF 장르가 이때부터 구축되었다고 보는 관점은 SF의 역사에서도 한국 SF의 발달사에서도 들어맞지 않는다. 한국에서 미국 펄프 잡지가 유입된 시기는 1950년대 전쟁기 이후이다. 그러나 1960년대부터 1980년대까지 미국 SF의 영향을 고스란히 담은 '우주과학소설'은 터무니없는 공상과학이라는 연유로 배척당했다. 한국 SF 발달사에서 미국 영향을 받은 우주과학소설은 그토록 홀대해 온 것과 달리, 미국의 휴고 건즈백을 필두로 한 펄프 잡지 중심의 SF 역사는 중요한 분기점으로 받아들이고 있어 이질감이 크다.

식민지시기 국내에서 웰스와 쥘 베른의 소설에 대한 이런 인식은 해방 후 과학소설의 발달에 영향을 끼쳤다. 도입기 두 작가에 대한 인식의 차이로 인해 해방 후 1950년대 이후 쥘 베른과 허버트 조지 웰스는 각기 다른 양상으로 수용된다. 웰스는 성인문학 혹은 소위 본격문학에서 읽을 '고전' 목록에 들어가는가 하면, 쥘 베른은 '소년소녀 세계문학전집'에 들어가면서 아동청소년 대상의 읽을거리로 분류된다. 식민지시기 쥘 베른의 소설은 과학소설, 모험소설, 기담 등의 표제명을 달았지만 아동청소년 대상의 읽을거리로 분류되지는 않았다. 쥘 베른은 1950년대 이후 소년소녀전집에 포함되면서 아동청소년문학으로 인식되기에 이르렀다. 더불어 과학소설가보다 모험소설가로 인식되어, '소년소녀 세계문학전집' 목록에 빠짐없이 들어가는가 하면, 공상과학전집이나 과학모험전집의 목록에는 오히려 포함되지 않는 경우도 있었다.

해방 이후 허버트 조지 웰스가 성인 대상의 세계문학 고전에 들어가는 것과 달리 쥘 베른의 작품은 아동청소년 대상의 전집에 포함되어 읽힌다. 과학소설 역시 아동청소년 대상과 성인 대상으로 양분되어 나타나게 된다. 그것은 SF의 번역어인 공상과학소설과 과학소설의 대립이기도 했다. 이 책은 그 양분된 현상의 과정을 담아내고자 시도했으며, 특히 아동청소년 과학소설을 한국 과학소설의 계보에 넣어서 '아동청소년 과학소설'이라는 독자적인 영역의 발달로 보려는 의도를 담았다. 추리소설이 아동청소년을 대상으로 하면 모험소설 형식을 띠는 것처럼 과학소설도 아동청소년을 대상으로 했다고 해서 혹은 공상과학 이야기라고 해서 폄하되어서는 안 된다고 본다. 따라서 아동청소년 과학소설이 성인 대상의 과학소설과 어떤 면에서 다르고, 어떤 특성들을 담아내고 있는지 들여다보는 데많은 지면을 할애했다. SF라는 용어 대신 과학소설이라는 용어를 내세운 것은 이 책이 '한국 과학소설'을 대상으로 하고 있기 때문이다.[23] 한국 과

---

23 이 책은 저자의 과학소설 관련 글들을 바탕으로 하여, 책의 양식과 내는 시기에 맞게 배치하고 수정하고 부족한 부분을 채우며 보완하였다. 책을 내면서 저자의 오랜 고민과 함께 과학소설 발달사의 험난한 과정이 드러나도록 기술하였다. 「초창기 과학소설의 두 갈래 양상『철세계』와 『비행선』」(『우리어문연구』, 2020.9), 「1920년대 카렐 차페크의 수용과 국내과학소설에 끼친 영향-김동인 「K박사의 연구」와의 영향 관계를 중심으로」(『우리문학연구』, 2021.1), 「1940년대 『신시대』부터 1950년대 〈헨델박사〉까지 발명과학의 디스토피아」(『현대소설연구』, 2022.3), 「초창기 SF 아동청소년문학의 전개」(『아동청소년문학연구』, 2017.12), 「1960~1970년대 과학소설에 대한 인식과 창작 경향-『학생과학』지면의

학소설이 어떻게 수용되고 발달해 왔는지 들여다보는 데 목적이 있으며, 단순히 서지 차원이 아니라 당대 사회문화사적인 맥락에서 어떻게 수용되었는지를 고찰하기 위해서는 번역어공상과학소설, 과학소설나 사용된 용어대체 역사소설등 자체의 변화가 중요하다고 판단하기 때문이다.

해방 이후 과학소설과 공상과학소설의 대립과 주도권 싸움

복거일은 우리 사회에서 과학소설이 황무지에 가까울 수밖에 없었던 이유로, 과학소설이 진지하게 문학을 대하는 사람들이 관심을 가질 가치가 없는 열등한 소설 양식이라고 생각하는 편견을 들었다. 그 편견은 과학소설을 '공상과학소설'로 부르는 관행에서 비롯되었다고 한다.[24] 1960년대 이후 한국 SF는 과학소설과 공상과학소설 용어를 둘러싼 대립과 논쟁의 틈바구니에서 발달이 지연되었다. 공상이 주는 부정적 어감과 공상과학소설이란 용어가 잘못 번역되어 들어왔다는 인식은, SF는 아동청소년의 것으로 치부해버리는 풍토를 불러왔다. 이에 연구자들 사이에서 공상과학소설이란 용어를 거부하려는 움직임이 일었고, 성인 대상의 작품에 대해 아동청소년 대상의 작품과 구분하여 '본격' 과학소설이라고 표제를 내걸었다. 이 책에서는 지금까지 아동청소년 대상과 성인 대상으로 구분하여 연구되어 오거나 읽혀 왔던 한국 SF의 발달 과정을 그대로 보여주고자 한다. 따라서 해방 이후의 장에서 '본격'에 밀렸던 아동청소년 대상의 『학

과학소설을 중심으로」(『대중서사연구』, 2017.2), 「60년대 유토피아의 지향과 균열 『완전사회』」(『현대소설연구』, 2021.9), 「대체역사의 국내 수용 양상—복거일의 『비명을 찾아서』가 탄생하기까지」(『우리문학연구』, 2019.1)의 논문을 바탕으로 책을 구성하고 참고하였음을 밝힌다.

24 복거일, 「과학소설의 세계」, 박상준 편, 『멋진 신세계』, 현대정보문화사, 1992, 12~13면 참조.

원』과 『학생과학』에 실렸던 한낙원과 SF 작가 클럽의 과학소설을 먼저 배치하고, 뒤에 「완전사회」와 『비명을 찾아서』로 이어지는 이른바 '본격' 과학소설을 배치해 놓았다.

공상과학소설은 '문학이 현실의 반영'이어야 한다는 전통적인 관점에서 볼 때, 두 특성 중 '공상'에 방점이 찍혀서 '도저히 믿을 수 없는 세계' 혹은 '황당무계한 세계'를 그린 것으로 받아들여진다. 공상과학소설이 현실성이 떨어진다는 인식이 팽배했던 당대 현실에서, '공상'은 'SF가 아니면 상상도 못할 공상의 이야기', '끝나고 나면 허무한 공상' 등 부정적이고 거부감이 있는 단어로 받아들여졌다. '단순한 공상이 아니라 확실한 과학적 근거가 있는' 것이 과학소설이라고 생각했던 당대 인식에서 SF 작가들은 공상과학소설이 아닌 '과학소설'을 쓰기 위해 장황한 과학이론을 강의처럼 설명해야 했다. 한국 SF는 서구의 하드 SF와 소프트 SF의 대립 논쟁[25]이 아니라 공상과학소설과 과학소설 용어를 둘러싼 논쟁과 아동청소년 대상과 성인 대상을 구분하는 '본격' 논쟁[26]으로 충돌을 빚었다.

> 공상과학소설의 내용이 선장의 머리에 얼른 떠오른다.
>
> ─김학수, 「우주 조난」, 『텔레파시의 비밀』, 아이디어회관, 1978, 169면

우주선에 식물을 재배하여 탄소 동화 작용으로 문제를 해결하는 것, 산소 제

---

25 한국에서 창작된 SF는 한 번도 '하드' SF 혹은 '소프트' SF와 같은 표제를 내걸지 않았다. 이론적으로 하드 SF와 소프트 SF를 알고 있는데도 국내 독자들은 한국 창작 SF에 이 용어를 앞세우지 않는다. 발달 과정에서 전혀 다른 대립과 논쟁이 일었고, SF 역사의 이론에서 내세우는 것과 일치하지 않는 한국 과학소설은 서구(특히 미국 중심)의 이론과 계보에서 벗어나 그 자체의 수용과 발달 과정을 고찰할 필요가 있다.
26 이 책의 해방 이후 SF의 발달에서 논의될 것이다.

조 방법을 고안하여 특허권을 얻는 것, 제3의 우주선이 나타나는 것—그러나 이런 모든 방법들은 어디까지나 소설 속에서의 이야기이고 현실적으로 실현이 가능한 것이 아니다.

—김학수, 「우주 조난」, 『텔레파시의 비밀』, 아이디어회관, 1978, 170면

"도대체 과학이란 객관적인 증거가 있어야 하고, 재현성再現性이 있어야 하는 거야. 그런데 그런 종류의 과학은 우리가 지각할 수 있는 증거가 없는 거 아냐?"

"태진아, 네 말은 지구인들의 사고 방식으로는 틀림없는 말이야. 그러나 전연 증거가 없는 것도 아니야. 벌써 20세기 후반에 와서 알려진 사실이기는 하지만 우리 피부에는 60킬로 싸이클이면 공간으로 복사될 수 있는 전자 에네르기야. 하기야 이 60킬로싸이클이 인체의 어떤 정보를 가지고 있는지는 몰라. 그러나 인체에서 가장 중요한 것은 대뇌 아니야. 그러니까, 이 대뇌의 명령이 이 주파수 속에 들어 있을 가능성이 있어. 그러니까 대뇌의 명령, 즉 우리의 사고작용思考作用이 고주파에 실려 공간으로 복사된다고 생각해 봐. 참 재밌잖아. 사람들 중에 극히 감각이 예민한 사람은 이 60킬로 싸이클을 수신할 수 있을지 몰라. 그렇게 되면 어떻게 되겠니, 그런 사람은 다른 사람의 생각을 알 수 있다는 얘기가 되는 거야."

—김학수, 『텔레파시의 비밀』, 아이디어회관, 1978, 97~98면

서광운, 김학수를 비롯한 SF 작가 클럽의 과학소설에서 텔레파시, 노이로제, 신경과민과 같은 용어가 빈번히 쓰이고 있음에도 불구하고 미신이나 정신이상으로 취급하거나 작가들 스스로가 계속해서 현실 세계 질서의 경계에서 의심을 풀지 않고 받아들이지 않는다. 어디까지나 현실적으

(위) 아동청소년 잡지에서는 공상과학소설이라고 달려 있으나 / 소장 국립어린이청소년 도서관, 촬영 저자
(아래) 『학생과학』의 SF 작가 클럽은 과학소설이나 SF라고 달고 있다. / 소장 국립중앙도서관

로 실현 불가능한 "공상과학소설"에서의 이야기이고, '미신'과 같으며 다

른 사람의 마음을 읽는 '독심술'을 행사하는 것으로 인식되었을 뿐이다.

『우주 함대의 최후』에서 우주물리학 전공 이만석 박사는 우주 사회학 강

의에 앞서 "우주사회학 강의! 아무래도 실감은 깃들이지 않았다. 그러나 사람

은 혼자서는 믿어지지 않는 일일지라도 집단적으로 믿어야 하는 까닭은 무엇

일까?"12면, 강조는 저자라고 자문한다. 이처럼 SF 작가 클럽의 과학소설에서 우주과학의 내용은 생생하게 받아들여지기보다 집단적인 미신이나 주술에 걸린 것처럼 인식되고 있는 것을 볼 수 있다.

1960~70년대 과학소설 독자들이 생소한 용어의 나열로 어렵다고 반응한 것은, 과학소설에 당대의 뉴스나 신문 기사, 이슈화된 실제 과학이론이나 논쟁을 가져와서 강의 형식의 설명글로 실었기 때문이다. 실제 과학이론이나 논쟁을 가져와 장황하게 설명하는 것은 과학 지식을 전달하려는 목적도 있었지만, 과학소설을 '공상'과학소설이라고 치부하는 것에 대한 저항으로 작가들이 택한 나름의 생존 방식이기도 했다. 1960~70년대 '공상'은 주로 '터무니없고 허무맹랑한', '실현 불가능한', '단순한' 등의 의미로 쓰였다.[27] 과학소설 작가들의 '공상'이란 단어에 대한 거부감은 과학소설의 세계가 터무니없고 허무맹랑한 공상으로 그려져 과학소설이 마치 아동문학의 전유물인 것처럼 인식되는 것에 대한 반발로 보인다. 최근 연구자들도 '공상'이란 용어 대신 '환상'이란 단어를 택하기도 한다.[28]

이 책은 문단의 리얼리즘 전통이 강한 국내에서 과학소설이 정착하기가

---

[27] 1960~70년대 '공상'이란 단어의 뉘앙스는 과학소설에서 부정적으로 쓰였으며, 작가들은 과학소설의 세계가 공상으로 치부되는 것에 대한 강한 반감을 드러냈다. 반면 본격소설 연구자들은 공상의 세계를 다루는 아동 대상의 문학으로 과학소설을 하찮게 여기거나 폄하하기도 했다.

[28] 한금윤, 「과학소설의 환상성과 과학적 상상력」, 『현대소설연구』, 2000, 89~110면. 한금윤은 다른 과학소설 연구자들보다 앞선 꽤 이른 시기에 '공상과학소설'이란 용어에 대해 고민한다. 그 역시 지금까지 '공상'이란 용어 때문에 과학소설이 제대로 취급받지 못했다고 하며, '공상'이란 용어 대신 환상소설의 '환상'과 과학소설의 '환상'의 차이점을 설명하고 있다. 김지영, 「한국 과학소설의 환상성 연구」, 『한국문학논총』 69집, 2015.4, 191~222면. 김지영은 '상상', '공상', '환상'의 용어를 정의하며, 오영민의 과학소설을 '합리적 환상성'의 범주에 넣는다. 그는 과학소설의 수식어인 '공상'을 비판하는 것을 비판한다고 문제를 제기하면서도 오영민의 과학소설의 합리적이고 논리적임을 드러내기 위해 '공상'이란 단어 대신 '환상'을 선택한다.

얼마나 힘들었는지를 보여주고자 시도했다. 이 책은 '공상'과 싸우고 대립하면서 또 때로는 서로 기대고 맞물리면서 버텨 온 한국 과학소설의 고단했던 역사를 보여줄 것이다. 공상과 멀어지려는 끈질긴 노력에도 불구하고 한국 과학소설은 맥락을 찾기가 힘들 정도로 엉뚱하고 때로 어디서 이런 상상력이 튀어나왔는지 의심이 들 정도로 황당하기 이를 데 없다. 아무리 누르고 억압하려 해도 튀어나오는 엉뚱한 한국 과학소설의 계보를 따라가다 보면, 지금의 붐이 갑자기 나타난 현상이 아니라 오랜 기간 축적된 억압의 산물임을 알 수 있다. 과학소설에 대한 소극적이고 부정적 인식으로 역사소설에 기대어 간다거나 성인 대상의 지면에서는 인정받기 힘들어서 아동청소년 대상의 지면을 선택한다든가 하는 등의 일련의 과정은 한국에서 '과학소설'이 정착하기 위해 겪었던 것들이다. 이런 과정은 예기치 않게 한국 과학소설의 계보를 일정한 맥락이 아니라 엉뚱하고 생뚱맞은 상상의 소산으로 만든다.

엉뚱해 보이는 공상과학의 계보를 들여다보면 공상이 활기를 띠게 된 것은, 갑자기 등장한 현상이 아니다. 오랜 세월 거쳐오며 당시에는 무시당하기도 하고 주목받지 못하기도 했지만 그래도 사라지지 않았던 '공상'이라는 용어와 엉뚱한 상상력은 앞으로도 미래 인류의 꿈을 담아내게 될 것이다. 또한 각 장은 과학소설이 한국에 정착하기까지가 얼마나 순탄하지 않은 험난한 과정이었는지를 보여주게 될 것이다. 2020년대 들어서 국내 작가들도 활발하게 SF를 창작하고 있고, 공상과학이란 용어도 과거의 부정적 의미가 아닌 상상의 원천으로 부활하고 있다. 그러나 배제와 대립, 소외로 점철되었던 지난 한국 과학소설의 계보를 들여다보면서 이제야 누리게 되는 즐거움을 다시 빼앗기지 않기를 바란다.

제2장

초창기 과학소설의 정치적 수용과
부국강병의 꿈

1. 대한제국 말기 과학소설의 정치적 수용—「해저여행기담」과 『철세계』

국내에서 가장 이른 시기의 창작 과학소설은 1929년 김동인의 「K박사의 연구」로 알려져 있다. 김동인의 「K박사의 연구」 이래로, 『과학조선』에 실린 몇몇 과학소설 이외에 식민지시기의 창작 과학소설은 찾아보기가 힘들다. 그러나 과학소설이 국내에 유입된 시기는 상당히 이르다고 볼 수 있다. 1907년 쥘 베른의 「해저여행기담」이 『태극학보』에 연재되어 박용희 등에 의해 번역되었으나 중단되고 만다. 그래서 가장 이른 시기에 들어온 초창기 작품은 1908년 이해조가 번역한 쥘 베른의 『철세계』를 꼽는다. 다음에 유입된 작품이 닉 카터의 탐정물인 1912년 『비행선』이다. 이해조는 가장 이른 시기의 과학소설을 번역하였으며 동시에 가장 이른 시기의 탐정소설 『누구의 죄』를 번역하기도 하였다. 『누구의 죄』가 유산상속을 둘러싼 당대 대중의 감성을 드러낸다면, 『철세계』는 동양과 서양 사이에서 각국의 야욕, 그리고 일본 제국주의와의 관계에서 대한제국이 놓인 상황이 잘 드러나 있다. 그렇게 놓고 본다면, 탐정소설은 국가가 얽히는 것이 필수조건은 아니지만, 과학소설은 일 개인, 혹은 한 가정사의 문제가 아니라 국가가 처한 상황이나 이데올로기와 필연적으로 얽히기 마련임을 알 수 있다.

노연숙은 과학소설이 근대에 새롭게 유입된 소설 유형이며 정치소설과 함께 실증성과 허구성의 경계에 놓인 텍스트라고 한다.[1] 그는 1900년대에 과학과 역어로서의 과학 개념이 혼재된 근대 초기 과학의 이중성에 대해 『철세계』를 바탕으로 논한 바 있다.[2] 노연숙에 따르면, 『철세계』는 어느 국가에 이익을 주느냐에 따라 '괴물'이나 '미래'로 인식되기도 한다. 김주리도 『비행선』을 예로 들어, 신비와 과학 사이의 이중적인 시선을 언급하고 있다.[3] 『철세계』에 대한 가장 먼저 주목한 연구자는 김교봉이다. 김교봉은 『철세계』의 연철촌의 강철과 무기 제조술과 항만, 철도, 무역 등의 운송수단이 제국주의 팽창과 연관된다고 언급하며, 제목을 『철세계』로 내세운 이유를 유추한다.[4] 김교봉은 일본의 제국주의적 야욕을 드러내기도 하지만, 국권상실 위기에 있는 대한제국 말기의 국내에도 부국강병을 위한 과학의 필요성을 시사하는 이중적 시각을 드러내는 작품으로 분석한다. 장노현 또한 『철세계』가 어느 나라에서 번역되는지, 어느 국가에 이익을 가져다 주는지에 따라 달리 해석될 여지가 있다고 한다. 이상향으로 제시되는 장수촌의 위생에 대해서도 검열과 통제의 통치이며, 식민지시기 민족 계몽에 대해서 문제제기하기도 한다.[5]

---

1 노연숙, 「1900년대 과학 담론과 과학소설의 양상 고찰」, 『한국현대문학연구』 37, 2012.8, 43면.
2 위의 글, 34면.
3 김주리, 「『과학소설 비행선』이 그리는 과학 제국, 제국의 과학―실험실의 미친 과학자들 (1)」, 『개신어문연구』 제 34집, 2011, 183~186면 참조.
4 김교봉, 「『철세계』의 과학소설적 성격」, 『과학소설이란 무엇인가』, 국학자료원, 2000, 131면.

한, 중, 일 동북아시아의 과학소설의 유입은
서구의 문호개방 압력과 강요된 근대화와 밀
접하게 연관되어 있다. 『철세계』가 일본에서
상당히 이른 시기에 번역된 것이나, 쥘 베른
의 작품 중에서 상대적으로 비중이 덜한 이 작
품이 선택된 것은 서구의 근대 압박과 문호개
방과 제국주의 시선이 맞물린 정치적 맥락이
얽혀 있기 때문이다. 국내에 가장 먼저 번역
된 쥘 베른의 과학소설은 그때 당시 '공상과
학' 혹은 '모험소설'로 인식될 정도로 허무맹
랑하고 비현실적인 것이었다. 그래서 쥘 베른
은 과학소설가라기보다 '몽상가'로 불리기도
한다. 그러나 이후 그가 제시한 여러 발명이
실제로 이루어짐에 따라 그의 몽상은 과학이
되는 현실적인 것이 되었다. 쥘 베른이 번역
되던 1907년과 1908년은 일본의 침략으로
국력이 쇠해진 대한제국 말기이다. 국호만 유
지하고 있었을 뿐 실질적인 권력은 행사할 수
없었던 이 시기에 쥘 베른의 과학소설 2편이
연달아 번역된 것은 이례적이다.

쥘 베른의 『해저 이만 리』의 번역 「해저여

『철세계』 / 소장 국립중앙도서관

『비행선』 / 소장 계명대학교 동산도서관

---

5   장노현, 「인종과 위생-『철세계』의 계몽의 논리에 대한 재고」, 『국제어문』 제58집, 2013.8,
    548~552면 참조.

행기담」은 『태극학보』 8호에서 18호까지 10회에 걸쳐 연재되었지만 완역되지는 못한다. 번역자도 박용희, 자락자락당, 모험생으로 계속 바뀌고 있다.[6] 과학소설이 아닌 '기담'으로 장르명이 달려 있다. 『15소년 표류기』에도 기담이라 달려 있는데, 이는 원제에 *strange story*라고 달린 것을 '기담'으로 번역해 놓은 것이다. 쥘 베른의 소설 이외에도 『로빈슨 크루소』 역시 '기담'으로 표기된 것으로 보아, 당시 '기담'은 모험소설과 비슷한 장르명으로 사용되었음을 유추해 볼 수 있다. 쥘 베른은 국내에도 가장 먼저 들어온 과학소설 작가이지만, 일본과 중국에서는 우리보다 훨씬 이른 시기에 번역되었고 '해양소설'이나 '모험소설'로 널리 읽혔다.[7] 「해저여행기담」이 한문을 한글로 바꾸지 않은 채 번역됐다면, 『철세계』의 이해조는 한글로 번역해서 널리 읽히도록 한다. 「해저여행기담」에서는 다음과 같은 구절이 나온다. '본주가 한 번 포르투갈인에 발견된 후로 백인들의 출입이 끊이질 않더니'[8]라는 「해저여행기담」의 구절은 모험소설·과학소설[9]의 새로운 대륙의 탐험, 탐사, 발견 서사가 사실은 서구 열강의 경쟁적인 제국주의 팽창의 역사였으며, 그것이 결국 백인종 우월주의를 낳았음을 말해준다. 「해저여행기담」이 미완인 채로 연재가 중단되고 1908년 쥘 베른의 『인도 왕비의 유산』이 이해조에 의해 번역된다. 국권 상실의 위기에

---

6 슐스펜, 박용희 역, 「海底旅行 (奇譚)」, 『태극학보』 제8호, 1907.3.24~9.24; 슐스펜, 自樂 역, 「해저여행기담」, 『태극학보』, 1907.10.24; 슐스펜, 自樂堂 역, 「해저여행기담」, 『태극학보』, 1907, 11.24~12.24; 슐스펜, 冒險生 역, 「해저여행기담」, 『태극학보』 제18호, 1908.2.24.

7 윤상인, 「메이지 시대 일본의 해양 모험소설의 수용과 변용」, 『비교문학』 25권 0호, 2000, 261~282면 참조.

8 本洲가 흔번 葡萄아人에 發見홈 빅 된 後로 白晳人의 出入이 連絡不絕ᄒ더니 千八百六十六年 七月旬頃에一群漁夫가 海岸에 蝟集ᄒ야. (슐스펜, 「해저여행기담」, 박용희 역, 『태극학보』 제8호, 1907.3.24, 41면)

9 식민지시기에는 모험소설 과학소설이 탐험, 탐사, 발견의 역사였기 때문에, 이 둘의 장르가 합치되는 경우를 종종 볼 수 있다. 그래서 모험과학소설과 같은 장르 명칭이 붙기도 했다.

처한 대한제국 말기에 도입된 『철세계』는 당시 어떻게 읽히고 수용되었을까.

2. 『철세계』의 이상사회 건설과 발명과학의 충돌

1) '연철촌'과 '장수촌' 두 이상사회의 건설과 충돌

1908년 『철세계』는 '연철촌'과 '장수촌'이라는 두 이상사회의 충돌을 그리고 있다. 강압적인 연철촌에 비해 민주적으로 의사가 결정되는 장수촌이 이상사회로 그려지고 승리하지만 신기하게도 제목에서 내세우는 것은 연철촌의 '철세계'이다. 장수촌도 연철촌과의 전쟁에 대비하기 위해 무기 제조업을 비롯하여 각종 과학기술을 발달시켜서 강한 국가로 성장했듯이, 전쟁에서의 승리는 결국 위생학이나 민주적 시의회 같은 사회제도보다 과학기술, 과학무기임을 드러내고 있다. 『철세계』가 그리고 있는 강인한 국가를 향한 부국강병에 대한 꿈을 담은 이상사회의 묘사는 1920년대 사회조직이나 사회제도의 변화를 꿈꾸던 것과는 차이를 보인다. 1908년 이른 시기의 『철세계』는 1920년대 초기에 확산된 이상사회 건설을 향한 유토피아 담론의 첫 시발점이라 볼 수 있다. 『철세계』 연철촌의 위생학 개념은 1921년 정연규의 『이상촌』의 위생과 의학으로 이어지고 있다. 당시 과학소설은 서구의 신지식으로 '과학' 개념이 들어오긴 했지만, 국내에서는 접할 수 없었기 때문에, 아직 실현되지 않은 한 양상을 고찰하는 것으로 읽히거나 실제 '과학' 지식 전파의 홍보로 활용되기도 했다.[10]

'철무기'의 연철촌과 '위생'을 내세운 장수촌, 『철세계』가 번역되었을

1908년 당시 조선 민족은 어느 곳을 응원했을까. 국력이 쇠해져 일본 간섭을 받고 있었던 대한제국 말기라서 말할 것도 없이 장수촌에 감정이입했을 것이다. 그러나 『철세계』라는 제목을 그대로 흡수한 것처럼 연철촌의 과학무기와 기술이 욕심나지 않았을까. 『철세계』는 이처럼 자신들의 가치관에 따른 이상사회를 그리면서도 시대적 요구로 강한 국가에 대한 욕망이 한데 뒤엉켜 있는 작품이다. 그래서 '장수촌'도 '연철촌'도 완벽한 이상사회의 구현에는 도달하지 못한 곳일 수밖에 없다. 『철세계』는 위생학을 연구한 의학사 좌선의 장수촌과 대학교수 화학사 인비의 연철촌이 대비되어 묘사된다. '강철'과 '위생'을 강조한 두 이상사회가 서로 충돌하는 지점을 살펴보기로 한다.

> 인비는, 세계에 뎨일가는, 강철뎨조가라, 그 대포는, 동서양 각국에, 다시 업시 크고, 제죠흔 법이, 극졍극교ᄒ야, 사름마다 놀나고, 탄복ᄒ니, 이는 다셧ㅣ를 고심ᄒ야
>
> 약한이, 츄밀각의 제도ᄉ되야, 날마다 인비와 좌우에 잇셔, 창포 등 문뎨를 연구ᄒ니, 신긔묘술에, 의ᄉ가 호회ᄒ야, 그 핍진흔 곳에는, 인비ᄌ탄도 ᄒ고, 항복ᄒ는지라
>
> —272면[11]

---

10 노연숙, 앞의 글, 43면 참조.
11 이해조, 「철세계」, 『新小說·飜案(譯) 小說 3』, 한국개화기문학총서 I, 아세아문화사, 1978. 『新小說·飜案(譯) 小說 3』에 수록된 「철세계」는 국립중앙도서관 소장본인 1908년 회동서관에서 출간된 『철세계』와 같은 판본이다. 이 책에서는 『新小說·飜案(譯) 小說 3』을 인용하였음을 밝힌다. 이하 「철세계」 인용은 면수만 표기하기로 한다.

(인) 안일세, 이 탄환 이것으로 보면, 대단히 무거울 듯 ᄒ나, 그 속은 젼공이오, 쎌듸에, 그 속에 류동탄산을 지야, 탄환이, 쌔져 닥치ᄂ 곳에, 탄산이 터져, 와ᄉ가 되야, 공긔 즁에 흐터지면, 쥬회ᄉᄇᆨ쟝 안에, 어름 텬지가 되야, 세쇄ᄒᆫ 동물이라도, 다 어러죽고, ᄉ롬이 독ᄒᆫ와ᄉ에, 긔졀ᄒ야 죽ᄂᆫ고로, ᄂᆡ 평ᄉᆼ 공부ᄒ야, ᄌ득ᄒᆫ 묘술을, ᄌ랑ᄒᆫ건듸, 포탄의 힘은 직졉으로, ᄉ롬을 죽이고, ᄯᅩ 와ᄉ에여 독은, 간졉으로 ᄉ롬을 죽인 즉, 이 두 가지로, 살인ᄒᄂᆞ 효력을, 발달ᄒ엿노라 ᄒ면서 손바닥을 치며, 방약무인ᄒᆫ다가, ᄯᅩ 약한을 보며

네 ᄉᆼ각ᄒ여 보아라, 이제 ᄒᆫ낫 탄환의 폭력이, 근 빅보 안에 인죵을, 죽일지니, 종횡 만 보 되ᄂ 너른 도회에, 이 탄환 빅 개를 노ᄒ면, 슈만 가호에, 일도부가, 순식간에, 탄산와ᄉ, 바다가 될지라

내, ᄯᅩ 이런 리치를, 경험하얏시니, 년젼에 의듸리국에 류람ᄒᆯ졔, 파리지방에 ᄉᆯᄉᆼ동을, 보앗고, 쟉년에, 네가 용을 쓰고, 탄광 밋히 드러가, 극아를 챠졋거니와, 극아죽기도 이 독긔로 그런 것이니, 이 두어 가지, 경험이 여ᄎᆞᄒᆫ지라, 이럼으로 몃 ᄒᆡ를, 궁리ᄒ야, 이 대포를 신발명ᄒ얏노라, 네 아모리, 지력이 총민ᄒᆫ들, 탄산을 가져, 삽시간에, 일도부를 와ᄉ바다가, 되게ᄒᆯ 줄은 몰낫실나

그러ᄒ나, 내 마음에, 오히려 미흡ᄒᆫ 것이, 이 탄환 쌔질 젹에, 소리가 몹시 나ᄂ게, ᄌ미업겟노라

—279〜280면

연철촌의 인비는 세계 제일의 강철제조가이다. '탄산와사 탄환'으로 주변 바다가 순식간에 정복될 것이라는 상상은 당시 국내 상황으로는 실현 불가능한 '공상과학'이다. 강력한 무기는 강한 국가, 부국강병에 대한 바람으로 귀결된다. 그러나 연철촌은 어린 소년까지 탄광에서 죽을 정도로

무기를 제조하기 위해서 인민은 희생되어야 함을 보여준다. 쥘 베른이 강철국가인 독일이 아니라 장수촌에 이입되었기 때문에, 연철촌의 과학기술은 주변 일대 인종을 '탄환의 **폭력**'으로 '**살인하는 효력**'을 낳는 역용의 사례로 읽히도록 한다. 약한의 관점에서 그 무시무시하고 처음 선보이는 포탄은 '**묘술**', '**신기묘술**'이라고 표현된다. '묘술', '도술'과 같은 표현은 과학의 반대 개념으로 흔히 발달된 과학이나 기술에 대해 악마의 이미지를 덧씌울 때 사용된다.[12] 그리고 과학과 정반대되는 신기, 기이, 기묘, 묘술, 도술, 주술과 같은 용어는 1900~1910년대 '과학의 이중성'을 드러내주는 가장 상징적인 기표였다고 볼 수 있다. 과학이 자기 나라(편)에 이득을 주느냐 아니냐에 따라 밝은 미래의 이상을 보여주는가 하면, 더할 나위 없이 위험하고 야만적이고 사람을 홀리게 하여 망가뜨리는 주술, 도술, 환술이 되기도 한다.

탄환의 폭력이 근 백 보의 인종을 죽일 것이라고 예고하며, 인종 전쟁을 통해 우월 인종이 살아남는 것이 당연함을 역설한다. 연철촌은 강철과 무기를 제조하여 주변 인종을 말살할 계획을 세운다. 약한은 장수촌에서 연철촌에 몰래 잠입한 스파이다. 인비의 환심을 사서 연철촌의 비밀을 **빼내**오려는 계획을 세우다 추밀각의 대포를 본 이후 감금된 약한은, 여아화의 정신을 잃게 하는 성질을 활용하여 그곳으로부터 탈출에 성공한다. 이것이야말로 주술이나 도술, 미혼술로 묘사될 법하나 과학의 효력을 '**시험**'한다는 표현을 사용한다. 이처럼 과학기술은 어느 쪽이냐에 따라 실험, 시험, 도전이 되기도 하고, 사람을 홀리는 마법이나 도술로 몰리기도 한다.

---

12 『비행선』에서도 잡맹특의 과학에 대해 미혼술, 미혼, 도술, 주술과 같은 용어를 사용한다.

뎨구장 녀아화 여아화女兒花의 신긔흔 공효

약한 이이를 보고, 믓득 싱각이 나며, 쓸에 나려, 흔 나무 입흘, 짜가지고, 닙
스를 맛하, 시험흐니, 그 나무는, 셔역믈로(픠람등라)라 흐고, 번역흐면, 녀아화
女兒花라, 그 셩질을 믈흐즛흐면, 유독흐야, 사름이 까믈어치는, 성질이 잇슴으
로, 약한이, 전일 식물학공부흘 써에, 보든 남긴가 흐고, 시험흐얏더라
                                                            —287면

아미리까 흡즁국은, 각국인이, 년년이 드러와, 번셩흐되, 그 즁 인구슈효만키
는, 우리 일이만 사름이요, 그 즁 신긔흐고, 이상이 번셩흐기는, 쟝슈촌이니, 이
촌을 셜시흔 쥬인은, 법국 의학스 좌션인뒤, 우리 련철촌 쥬인, 인비학스와, 쳑분
이 잇셔, 그 번셩히 발달흠은, 실로 우리 일이만의, 덕을 입어, 그러흐다 흐노라
                                                            —292면

그 신문은, 이 날, 발뤼돈 위싱회의에, 법국의원 좌션의, 연셜을, 게지흐얏고,
기 외에, 태오스, 탈란, 쟙라스, 각 신보에, 다 이 연셜를, 시럿시니, 이는 좌션
의학스가, 어졔, 위싱회의에,(스람이, 엇지흐면, 죽지안는, 술법을 엇을고)흔 문뎨
로, 연셜흠이, 그 말이 졀당흠으로, 일시좌즁에, 회원들이, 졀졀탄복흐고, 륜돈
젼도倫敦全都 각 신보관에 편젼흐니, 좌션군의 명예가, 일국에 굉쟝흐더라
                                                            —232면

장수촌의 의학사 좌선은 위생회의에서 사람이 죽지 않을 수 있는 방법
에 대해 연설한다. 위생에 관한 연구가 사람을 죽지 않게 하고, 수명을 연
장시킬 수 있는 방안으로 제시되고 있다. '사람이 어찌하면 **죽지 않는 술법**

을 얻을고'를 주제로 한 위생회의가 열리는데, '죽지 않는 술법'이란 표현에서 당시 죽지 않는 인간 욕망의 실현은 불가능한 마법적인 공상과학의 세계였음을 알 수 있다. 근대 초기 과학소설에서 불가능의 영역은 '술법', '도술', '묘술'과 같은 용어를 사용하여 역어로서의 '과학', 현실적으로 불가능해 보이고 와 닿지 않는 과학에 대한 반감을 드러낸다. 실증적이고 현실로 실현되는 과학의 영역은 이때까지도 시기상조였다고 보인다. 인간의 죽지 않는 영원불멸의 욕망은 아직까지도 실현되지 않은 '공상과학'의 영역이다. 불로장생 대신 무병장수로 대체한 '장수촌'의 이상은 '술법'을 좀더 '과학'의 세계에 가깝게 근접하여 실현가능한 꿈으로 바꾸고 싶은 의지의 반영이라 볼 수 있다.

『철세계』의 장수촌에서 사람이 죽지 않을 수 있는 방법으로 제시된 위생 연구는, 우리가 의학의 발달에서 기대하는 것처럼 개인의 수명 연장이 목표가 아니다. 위생학, 위생의 발달은 곧 빈약한 국가를 부강하게 하는 인종의 번성을 의미하는 것이다. 국가의 통제와 부국강병의 길이 함께 한 위생 개념은 1910년 당시 국력이 빈약했던 조선에서 강조된 방책이었다.[13] 1910년 6월 24일 『대한매일신보』에는 「나라이 빈약흔 식둙」이라는 논설이 게재된다. 이 논설에는 인민은 안중에 없고 일본과 서구 열강의 비위를 맞추는 양반들에 대해 토로하는 내용이 담겨 있다. 『대한매일신보』에는 위생관련기사가 1908년부터 실리다가 1910년 위생회가 발기되고, 후에 식민지가 되면서 '조선의 위생조사'와 관련된 기사[14]를 접할 수 있다. 위

---

13 「위생강화회」, 『대한매일신보』, 1910.6.24; 「위생방침설명」, 『대신매일신보』, 1910.6.22; 「만국위생회경기」, 『대한매일신보』, 6.1; 「위생회발기」, 『대한매일신보』, 1910.5.10; 「위생의 유의하시는 이는 한번 보실 만하고」, 『대한매일신보』, 1910.1.26; 「위생비독촉」, 『대한매일신보』, 1909.1.7. 『대한매일신보』는 1908년부터 꾸준히 위생을 강조하는 기사를 싣고 있다.

생은 아시아인들이 병에 걸려 죽거나 혹은 국력이 약한 이유의 하나로 제시되어서 처음에는 '부인위생회', '위생회' 등 민간에서 조직되었지만 이후 일제가 조선을 통제하는 허울 좋은 구실이 되었다.

> 데팔은, 집 속에, 각 사름 셩미대로, 졍이슈장ᄒ되, 도비지와, 담젼붓치ᄂᆞᆫ, 일졀 엄금ᄒ야, 버레와 곰팡의, 젼염ᄒᄂᆞᆫ 독긔가, 싣치이게 ᄒ고, 나무와 돌로, 짐싱이나 가화를, 긔교ᄒ게 싴여두고, 시시로 물 쓈어, 먼지틔글이 업게 ᄒ고
>
> —293~294면

> 쟝슈촌의 호구가, 이상히 늘어, 초년에ᄂᆞᆫ, 륙빅 호가, 삼 년 동안에, 구천 호가 되고, 지방은 십여만 인구가 되며
>
> 촌중젼토와, 가옥의 셰납은, 극히 헐ᄒ야, 촌쥬가 ᄎᆞ지ᄒ고, 촌중의 범빅민ᄉᆞ와 형ᄉᆞᄂᆞᆫ, 위원회로, 결쳐ᄒ고, 촌민위싱총회ᄂᆞᆫ 좌셩이, 쥬장ᄒ되, 독단ᄒ지 안코 각국의 학ᄉᆞ와 루ᄎᆞ왕복ᄒ야, 십분 심신ᄒ더라
>
> 신셰계와, 구셰계와, 동셔양에, 평균 죽ᄂᆞᆫ 사람이, 매년에 빅의 셋쯤 되니, 지극히 적은 수효라, 쟝슈촌은, 셜시ᄒᆫ이후로, 다셧 ᄒᆡ에, 평균 ᄒ면, 매년에 불과 빅의 일본 오 리쯤 되니, 이ᄂᆞᆫ 오히려, 초년에 빅ᄉᆞ가 미비ᄒ고, 질병이 류힝흠으로, 이 슈효가 되얏고, 만일, 쟉년의 조사흠을 보면, 빅의 일분이리 오 호가, 되니, 이 일분이리 오 호ᄂᆞᆫ, 죠샹의 류젼ᄒᄂᆞᆫ 병으로 몰미암아 그러ᄒ고, 불시에 역으로, 죽은 쟈ᄂᆞᆫ 도모지 업스니, 이럼으로, 쟝슈촌 사람들이, ᄌᆞ랑ᄒ되, 삼십

14 관수무(총독부위생과장), 「朝鮮の衛生狀態と傳染病に就て」, 『조선급만주』, 1923.8.1; 관수무(위생과장), 「朝鮮の衛生槪況」, 『조선』, 1923.8.25; 적야정중(경성부위생과장/의학박사), 「都市衛生の細胞統制」, 『조선급만주』, 1935.6.1.

년후에는, 장슈촌에셔 병드러 죽을, 사람은 업고, 빅세 나이 빅세를 살다가, 졀로 늙어, 곳나무 몰너 죽듯흔다 ㅎ더라

장수촌의 위생을 장려하는 열 가지 제도는 전염병, 조상의 유전병과 같은 한 사람이 병들면 다른 사람도 병들어서 결국 인종의 번성, 인구수에 영향을 끼치는 질병으로부터의 방어막으로 보아도 무방하다. 전염병이나 유전병이 '위생'으로부터 비롯된 것이라는 주입된 인식[15]은 동양을 서양에 비해 야만적이고 덜 문명화되었다는 사상을 퍼뜨리도록 하는데 영향을 끼쳤다. '조선의 위생 상태로 전염병에 걸렸다'는 총독부의 위생조사[16]는 미개한 조선 민족을 계몽해야 한다는 개조론[17]과 맞물려 일제의 조선 통치 전략으로 기능했다.[18] '전염병'에 대한 불안과 공포를 조장[19]하여 위생 정치와 함께 조선 민족 개조를 조선인도 앞장서서 주장할 정도로 민족 계몽의 일환으로 확산되었다.[20] '장수촌'의 위생 통치는 이것을 어길 경우

---

15 「위생은 각자주의, 이미 전염병 발생 십여 명에 달한다」, 『매일신보』, 1923.8.18; 「전염병 발생, 위생에 주의하시오」, 『매일신보』, 1916.6.9; 「공진회와 위생, 傳染病과 官民一致, 檜垣 京畿道長官談」, 『매일신보』, 1915.7.14.

16 관수무(총독부위생과장), 「朝鮮の衛生狀態と傳染病に就て」, 『조선급만주』, 1923.8.1.

17 이광수의 「민족 개조론」, 『개벽』, 1922.5.

18 장노현, 「인종과 위생—『철세계』의 계몽의 논리에 대한 재고」, 『국제어문』 제58집, 2013.8, 548면.

19 「1월 중 전염병 數」, 『매일신보』, 1912.2.16; 「작년 중의 전염병」, 『매일신보』, 1912.3.20; 「전염병 환자 及 사망수」, 『매일신보』, 1913.2.7; 「전염병은 아니라고」, 『매일신보』, 1913.2.20; 「상반기의 전염병」, 『매일신보』, 1914.7.9; 「迷信惡習으로 放火, 전염병을 예방할 목적으로 불을 놓고 감옥까지 갔다 와」, 『매일신보』, 1914.5.15.

20 張道斌은 1920년에 사회의 개조, 교육의 개조, 婚喪의 개조, 생활의 개조, 부인의 개조에 이르기까지 우리 개조의 일반에 대해 역설한 바 있다.(張道斌, 「우리 改造의 一斑」, 『서울』 3호, 1920.4, 4~15면) 같은 잡지 같은 호에 李秋江은 세계전쟁과 개조문제에 대해 논하며 1914년 6월 28일 이후의 영국을 비롯한 세계의 당면 문제에 대해 언급해 놓고 있다.(李秋

감옥에도 갈 정도로 높은 통제와 감시가 따르지만, 아이러니하게도 민주주의에 의한 의사결정에 따른 것이라고 표방하고 있다. 『철세계』의 연철촌은 처음부터 철과 무기를 내세우는 강철국가를 일관되게 고수하고 있지만, 장수촌은 이상국가를 제시하면서도 그 안에 감시와 통제, 인종주의, 부국강병에 대한 꿈 등을 내포하고 있어 그 안에서 애매하고 모순된 가치가 충돌하고 있다. 장수촌이 당시 '식민지 조선'을 상징한다면, 일본 제국주의 침략으로부터 벗어나 자유를 누리고 싶은 민족 감정과 반대로 약소국 지위에서 벗어나 과학기술과 무기제조로 부강한 국가를 건설해야 한다는 감정이 혼재되어 있었던 것으로 유추해 볼 수 있다.

이해조가 원작인 『인도왕비의 유산』에서 미국의 이상촌인 프랑스빌을 '장수촌'이라고 번역한 것은 흥미롭다. '과학'은 인간의 '무병장수'에 대한 꿈을 실현시켜주기 위해 필요한 수단으로 기능한다. 당시 무병장수에 대한 열망은 인간의 수명을 연장시킨다는 일반적인 목적이라기보다 그 인종의 번성 혹은 인종의 존속에 대한 열망과 관계된다. '위생=국가의 흥망성쇠=우등 인종=문명국'이라는 인식은 제국주의 국가들이 식민지국을 통치하기 위한 명분으로 활용되어 널리 퍼졌다.

그 궁리홈은, 무엇이야 ᄒ면, 좌션은, 오쳔만 원을 가져, 인명쟝수홀, 목덕으로, 쟝슈촌을 셜시ᄒᄂᆫᄃᆡ, 져ᄂᆫ, 오쳔만 원을 가지고, 쟝슈촌 반ᄃᆡᄒ기로, 슈십일을 궁리홈일니라

반ᄃᆡᄂᆫ, 엇더케ᄒᄂᆞ냐, 무를 디경이면, 인죵을 멸망ᄒ여야, 쟝슈촌을 반대가되

江, 「世界戰爭과 改造問題」, 『서울』 3호, 1920.4, 18~35면) 개조는 세계전쟁과 함께 재점화되었고, 이후 서구 열강들이 야만적이고 미개한 동양을 식민지화하는 논리로 이용된다.

리니, 그러면, 제 나라 디방의 인종도, 멸망케ᄒ리오, 이ᄂ 인비의 심ᄉ가, 지극히, 참독ᄒ니 그 말이

—247면

2) 연철촌의 강철 기술을 도입하여 승리한 장수촌

인비의 연철촌 탄생은 서양의 진화론과 우생학, 서양인에 비해 아시아 인은 미개하다는 인종주의로부터 비롯된다. 좌션의 장수촌 역시 라젼인 종의 번성을 위해 고안된다. 두 세계의 창안에 근본적으로 작동하는 세계 관은 서양의 시각에서 비롯된 '인종주의'이다. 일본은 서양의 눈으로 일 본을 제외한 다른 아시아인을 열등한 인종으로 취급했다.

라젼인종(법국으로서, 이대리, 셔반아, 비리시, 등국에 퍼진 인종이라)은, 졈 졈 쇠ᄒ여가고, 살손인종(일이만으로서, 셔젼, 라위, 영국등디에, 퍼진 인종이 라)은, 졈졈 셩ᄒ야가니, 셩쇠지리ᄂ, 텬디의 대법이요, 공심이어늘, 이졔 좌션 이, 라젼인종을 위ᄒ야, 텬디의, 대법공심을 억의고, 쇠ᄒ야가ᄂ, 인종을 쟝슈 ᄒ랴ᄒ니, 졔 엇지 죠물의 본의가, 라젼인종을, 쟝슈케ᄒᆯ넌지, 알며, ᄯᅩ 엇지 죠 물의 본의가, 살손인종을, 번셩케ᄒ야, 라젼인종이, 그림ᄌᆞ도, 업시 젼셰계가, 살손인종이 되게ᄒᆯᄂ지, 알엇시리요, 져의 법국셔, 자랑ᄒᄂ 바, 뎨일등인물 라 파륜의, 슉딜이, 하나ᄂ, 영국에 즙혀가고, 하나ᄂ, 우리 덕국에 갓치여, 살손인 종의 노례가, 되얏고, 아라ᄉ가, 셰계강국이라 ᄒ여도, 가슬극인종이, 오히려, 츤어름 속에, 어러쥭게, 되얏시니, 이졔, 바다에ᄂ 영국이오, 륙지에ᄂ 우리 덕 국이, 셰계에 픽권을 즙은지라, 이럼으로, 우리 살손인종은, 밍셰코 라젼인종에 게 양두ᄒ지 안을지라, 져 좌션이, 만일 살손인종 갓트량이면, 내져와 이닥지,

닷투지 안니ᄒ겟시되, 져ᄂ 법국스름이어늘, 그 ᄌ물로, 쟝슈촌을 건설ᄒ야, 라
젼인종을, 번셩ᄒ게 ᄒ랴 ᄒ니, 우리 일이만 인종에, 날 갓튼 ᄌ– 엇지, 가만이
안져보리오, 다힝이, 져와 오쳔만 원을 논아 가졋시나, 나ᄂ, 이 ᄌ물로 좌션의
일을, 방히ᄒ고, 긔어히, 살손인종 외의ᄂ, 인류의 ᄲᅣ리을, ᄭᅳᆫ엇시면, 텬디의,
ᄃᆡ법공심을, 몸 밧ᄂ것이오, 쳔쳔만 원을 잘썻다 홀지로다

—247~248면

텬디의, 대법공심을, 말ᄒᄌ면, 싱존경징ᄒᄂ 세계에, 우등인종이, 익이고, 열등
인종은 패ᄒ며, 약ᄒ ᄌ가, 고기되고, 강ᄒ ᄌ가 먹으며, 묵어온 물건은, 짐기고,
거벼온 물건은, ᄶ시ᄂ 것이, 텬디간에, ᄶᅥᆼᄶᅥᆼᄒ 리치라, 이런고로, 세계에, 세력잇
ᄂ 사름이, 텬디의, 대법공심을 승슌ᄒ야, 대표ᄌ가 되거늘, 뎌 좌션은, 이 대법
공심을 억의고, 나젼의 렬등인종을, 번셩ᄒ랴ᄒ니, 이ᄂ, 하늘을 거시르ᄂ ᄌ– 라,
역텬ᄌᄂ 망이라 ᄒᄂ 말을, 그대, 못 드러ᄂ냐, 슯흐다, 쟝슈촌에 나젼 인종,
십만 구가, 눈 ᄒ 번 ᄭᅡᆷᄌ거릴 ᄉ이에, 세상을 모를 쥴 엇지 ᄭᅮᆷ이나, ᄭᅮ어시랴

—283면

약육강식, 적자생존, 우생학, 우생 인종, 우등 인종, 열등 인종의 인식이
팽배해 있는 상태에서, 라젼의 열등 인종을 번성케 하려는 좌션은 세상 이
치를 거스르는 것이라 한다. 좌션이 건설하려는 장수촌은 식민지 조선을,
연철촌과 인비의 사상은 일제 제국주의를 상징한다고 볼 수 있다. 일제의
우생학 논리는 열등한 식민지 조선인을 계몽해야 한다는 개조론과 맞닿
아서 제국주의의 팽창 논리를 담고 있다. 『철세계』는 어느 나라에서 번역
되는지에 따라 각기 다르게 해석될 수 있는 소지를 안고 있었다. 쥘 베른

이 독일을 제국주의 야욕을 드러내는 연철촌으로, 프랑스를 이상적인 장수촌으로 설정하고 있지만, 프랑스 역시 서구 열강으로 제국주의적 욕망을 내포하고 있었기 때문이다. 장수촌의 이상이 이중적이고 모순적인 것은 바로 그런 연유에서이다. 서구 열강들의 제국주의 다툼하에서, 그 안에 아시아 인종을 야만미개으로 바라보는 이중적인 시선이 반영되어 있었기 때문이다. 『비행선』에서도 잡맹특 인종을 백인종과 구분하여 그들이 가진 과학기술도 사람을 홀리게 하고 야만적인 것으로 몰아간다.

신긔ᄒ다, 신긔ᄒ다, 여러분, 이산식을 보시오, 이산식이, 바를진뎐, 인비의, 셰음이, 틀일 것이니, 뎌 대포의 힘이, 밍령ᄒ야, 필연 본촌에, 써러지지 안코, 지나 넘을 것이니, 우리도 겸ᄒ야, 긔 특산에 올나가, 봅시다, 마극의, 예산이올흔가, 인비의, 예산이 그럿된가, 지금이 십오 ᄒ분이 되면, 알겟쇼

—303면

그러나 쟝슈촌에, 빅쥬랑셜과, 흑야허셩이, 비일비지ᄒ야, 혹은 인비가, 싀법을 늬여, 물밋ᄒ 잠힝군함을 지여, 쟝슈촌의 인민이, 눈으로 보도 못ᄒ고, 귀로 듯지도 못ᄒ게, 줏친다 ᄒ며, 혹은 공즁에 비힝거를, 지어 불시에 벼락치듯 ᄒ다 ᄒ며, ᄯ 혹은 적병이, 발셔 쟝슈촌의, 즁앙텰도지션을 ᅀᆞ엇다 ᄒ고, 혹은 ᄯ 적인이, 쌍속에 길을 늬여, 긔특산을 거진 팟다ᄒ니, 이러ᄒ, 죵죵소셜에, 아등부녀가, 더욱 황겁ᄒ되, 실상은 귀쳑업고, 쟝슈촌의, 졔조무역은 날마다, 번셩ᄒ더라

—306면

물 밑 잠수함, 공중 비행기, 땅속 길지하도 등 장수촌에서 연철촌의 새로

운 기술로 공상하는 것은 모두 교통수단에 관한 것들이다. 장수촌에는 중앙철도만이 있고, 잠수함, 비행기, 땅속의 교통수단은 적군의 신비로운 기술로 공상할 뿐이다. 장수촌의 이런 시각은 당대 조선 대중에게도 적용되었는데, 하늘을 나는 비행기의 발명은 공상이 현실로 실현된 충격이었던 것으로 사료된다. 그래서 서구 교통수단에 대한 동경이 있었고, 미래과학소설의 공상은 늘 상상할 수 있는 최대치의 발달된 교통수단이 등장하곤 했다. 1921년 『이상촌』에서는 무인으로 가는 '전기자동차'가 등장하기도 한다.[21] 새로운 첨단 교통수단은 전쟁에서의 승리와 연결되기도 하기 때문에, 잠수함의 어뢰, 땅굴, 땅속 대포 전차 등에 관한 상상력도 함께 과학소설 소재의 자극대상이 되었다. 장수촌이 연철촌의 발달된 과학기술로 주로 교통수단을 상상한 것은 대양무역과 철도, 항구의 개발이야말로 제국주의 국가들의 식민지 착취와 전쟁 준비였기 때문이다.[22] 연철촌의 강철과 무기 제조는 제국주의 국가들이 각축전을 벌이던 때에 국가의 우위성, 승리를 보장하기 위해 필수적이었다고 사료된다. 김교봉은 일본의 모리타 시겐이 『철세계』라는 표제를 강조하여 내세운 것[23]도 그런 맥락이었을 것으로 유추한다.

　인비의 침략에 방책을 마련하기 위해, 대포, 장창, 무수한 살인구를 준

21　정연규, 『이상촌』, 한성도서주식회사, 1921, 15~17면.
22　김교봉, 「『철세계』의 과학소설적 성격」, 『과학소설이란 무엇인가』, 국학자료원, 2000, 130~131면 참조.
23　『철세계』라는 제목은 일본의 모리타 시겐이 쥘 베른의 소설을 번역할 때 차용한 제목이다. 이후 중국의 포천소가 일역본을 중역할 때도 이 제목이 그대로 사용되었고, 중국어본을 이해조가 다시 중역할 때도 역시 제목을 그대로 가져온다. 그래서 이 제목의 강조는 엄밀히 말하면 '일본'으로부터 비롯된 것이다. 일본의 제국주의 팽창에 대한 야망을 들여다 볼 수 있는 제목이라고 볼 수 있다.(김교봉, 「『철세계』의 과학소설적 성격」, 『과학소설이란 무엇인가』, 국학자료원, 2000, 129~131면 참조)

비하고, 탄약과 철물을 군기창에 두고, 군량을 저축하는 등 장수촌에 예전에 없던 광경이 연일 이어진다. 그러나 그러면서 마극약한이 연철촌에서 가져온 비법으로 각색 제조기술을 전파하여 장수촌의 제조무역이 번창하게 된다. 이는 전쟁에서 이기기 위해 무기제조가 필수임을 설파하고 있다. 결국 장수촌도 연철촌의 기술을 도입하여 각종 무기, 대포와 탄환 등을 준비하여 부국강병의 길로 나아갔던 것이다. 이상만으로는 전쟁에서 이길 수 없고, 잠수함이나 비행기와 같은 무기의 발달이 있어야 가능하다고 말한다. 장수촌이 과학의 이상, 즉 선한 기능을 보여준다면, 연철촌은 과학의 역용, 즉 악한 기능을 드러낸다고 볼 수 있다. 그러나 장수촌이 부국강병의 길로 나아가는 데에 필요한 것은 결국 연철촌의 무기 제조업이었다는 것은 의미심장하다.

1908년 교육의 목적은 국가주의와 맞물려 있었으며,[24] 서구의 과학기술을 활용하여 조국의 근대화를 이룩하고자 했다. 따라서 과학교육이나 과학은 국가주의와 함께 부국강병을 위한 정책으로 활용되었다.[25] '과학의 이중성', 과학으로 부국강병의 길을 가게 되거나, 악용하여 다른 인종을 파괴하거나 하는 과학 이용에 있어 선한 기능과 악한 기능은 상대적인 것이다.[26] 제국의 적은 악마의 이미지로, 제국에게 이득을 가져오는 과학은 밝은 미래를 가져다주는 것으로 인식됨을 알 수 있다.[27] 과학이 처음 들어올 때 기존 권력은 마치 그것을 들여오는 자가 마귀에 쓰인 것처럼, 알 수

---

24 송명진, 「1920년대 과학소설 수용 양상 연구」, 『대중서사연구』 10집, 2003.11, 128면.
25 위의 글, 129면.
26 김주리, 「『과학소설 비행선』이 그리는 과학 제국, 제국의 과학 – 실험실의 미친 과학자들 (1)」, 『개신어문연구』 제34집, 2011, 183~186면 참조.
27 위의 글, 183~186면 참조.

없는 마술이나 도술을 쓰는 것처럼 묘사한다. 그것은 기존의 체제가 새로운 과학으로 인해 붕괴될 것을 두려워한 지배 이데올로기 때문이다.[28]

장수촌의 위생관리와 검열은 일제가 조선 민족에게 가했던 우생학과 인종주의를 닮아 있다. 『철세계』는 장수촌이든 연철촌이든 과학의 이상과 역용을 이야기하는 것이라고 하고 작가인 쥘 베른도 독일을 연철촌으로 비유하고 있지만, 결국 장수촌프랑스도 인종주의를 내세우고 있는 제국의 하나이다. 장수촌 역시 무기를 개발하여 자신의 인종을 번성케 하고자 하는 목적을 가지고 있음은 독자에게 두 세계 중 어느 한 세계를 일방적으로 옹호할 수 없게 한다. 『철세계』가 담고 있는 이중성과 모순은 자신의 국가를 침략한 제국에 한해서는 응징을 원하나, 그들 역시 다른 나라와의 전쟁에서 이기기를 바라는 심리를 드러내고 있다. 또한 『철세계』의 인종주의는 결국 유럽과 아시아, 백인종과 황인종의 갈등을 불러왔으며, 일본은 이것을 유럽과 적용할 때는 장수촌의 입장에서, 동아시아를 침략하면서 적용할 때는 장수촌 안의 위생학과 검열을 강조하는 제국의 논리를 적용한다. 민주적인 절차에 의해 의사를 결정한다고 하면서도, 주택을 비롯하여 사람까지 위생을 관리하여 통제하는 것은 제국주의의 식민지화 정책과 닮아있다.[29] 그럼에도 불구하고, 1908년 쇠할 대로 쇠해진 국내 현실에서 조선 민족은 승리를 거두는 '장수촌'에 감정이입하여 그것을 통해 부국강병의 미래를 꿈꾸었다고 볼 수 있다.

---

28 위의 글, 188면. 김주리는 잡맹특의 중앙 전성기의 굉장한 위력이야말로 침묵의 제국, 과잉된 실험실이 가진 미묘하고도 위험한 체제를 상징한다고 한다.
29 장노현, 「인종과 위생-『철세계』의 계몽의 논리에 대한 재고」, 『국제어문』 제58집, 2013.8, 546면.

3. 이상사회 건설보다 과학발명으로 부국강병의 꿈

1908년에서 1910년대 서구 제국주의 열강들은 인종주의와 문명, 계몽을 내세우며 식민지 논리를 펴고 있었다. 장수촌이 마지막에 "쟝슈촌 만세, 우리 나전인종 만세"라고 외치는 것에서도 자기들의 인종만이 살아남길 바라는 인종우월주의가 내포되어 있다. 『철세계』는 자신의 국가가 인종 전쟁에서 이기는 것이 과학기술의 발달에 달려 있음을 보여준다. 『철세계』를 받아들이는 각국의 입장 차이에 따라 '과학'이 곧 힘의 지배를 좌우한다는 의식을 볼 수 있다.[30] 일본에서 『철세계』는 서구와 동아시아의 대결로 읽힐 수 있으며, 동아시아의 중심에 일본을 두고 있어서 서구가 동아시아와 대척점에 있긴 하지만 결국 따라가야 할 과학기술의 세계로 인식되었다. 그러나 우리에게는 일본과 식민지 조선과의 대결로 읽히며, 과학기술의 발전으로 식민지로부터 독립하고 부국강병을 이루고픈 희망으로 읽힌다. '철세계'의 강철과 무기제조 과학기술에 대한 이중적인 인식은 1908년에서 1910년대 일본과 우리에게 지향하는 바가 다른 상태로 혼재되어 있었다.

초창기 과학소설 『철세계』와 『비행선』은 이후 1920년대, 1930년대까지 식민지시기 과학소설 계보에 영향을 끼쳤다. 1920년 「80만년 후의 사회」가 『서울』 잡지에 번역된 이후, 1921년 정연규의 『이상촌』이 발표되기까지 긴 공백이 있었다. 이후 1920년대 번역된 과학소설은 미래이상사회를 그린 「팔십만 년 후의 사회」『별건곤』, 1926, 「이상의 신사회」이다. 그리고

---

30 김교봉, 「『철세계』의 과학소설적 성격」, 대중서사연구 편, 『과학소설이란 무엇인가』, 국학
     자료원, 2000, 131면.

한국 최초 창작 과학소설이라고 평가받는 김동인의 「K박사의 연구」1929가 발표된다. 김동인의 「K박사의 연구」는 엉뚱한 상상력으로 한국 과학소설 계보에서 뜬금없이 등장한 것처럼 보인다. 그러나 『비행선』에서부터 이미 발명과학에 대한 기대가 엿보이고 있었고, 그것은 1910년대 식민지 지식인의 발명, 실험에 대한 막연한 광기와 집착으로 이어졌다. 막연하고 추상적이어서 비록 실패로 끝나더라도 식민지 지식인들의 끈질긴 발명연구와 실험이 김동인의 「K박사의 연구」1929를 탄생시킨 원동력이었다.

'과학의 발전=부국강병, 부강한 국가로 나아가는 길'이라는 인식[31]은 1917년 이광수의 『무정』에서도 고스란히 이어지고 있다. '과학만이 살 길이다'라는 이형식의 연설을 비롯하여 철학을 가르치다가 미국으로 건너가 '생물학'을 전공하겠다는 결심에 이르기까지 구체적이고 실증적이고 논리적인 근거는 없다. 그저 과학이 부국강병의 길이고, 그것이 민족이 나아갈 길이라고 역설하며 강조할 뿐이다. 김동인의 「K박사의 연구」에서 똥으로 식량을 개발하겠다는 K박사의 연구 역시 실패로 끝난다. 그러나 실패로 끝나고 실현 불가능하지만 계속해서 실험하는 동안 불안하고 암담했던 그들의 미래에 미약한 희망이 있었던 것이 아닐까.

---

31 개화기부터 이어져 온 사상으로 과학이 부강한 나라로 이끌어 갈 것이라는 기대를 반영한다.(노연숙, 앞의 글, 37~38면)

제3장

1920년대 카렐 차페크의 수용과
김동인의 창작 과학소설

1. 왜 다시 카렐 차페크인가

2010년 체코 프라하에서 카렐 차페크의 〈마크로풀로스의 비밀〉이 상연되었다. 한국에서는 다음 해 2011년 9월에 국립극장 해오름극장에서 공연되었다. 2010년대에 들어서면서 카렐 차페크라는 체코 작가가 심심치 않게 거론되고 있는 것을 볼 수 있다. 카렐 차페크는 우리나라에 1920년대에 박영희에 의해 상당히 이른 시기에 최초로 번역되긴 했지만, 그 이후에는 차페크에 대한 관심이나 번역 시도를 찾아볼 수가 없었던 실정이었다. 그러다가 2010년 차페크의 『도롱뇽 전쟁』이 국내에 최초로 번역되면서, 차페크라는 작가에 대한 관심이 쏠리기 시작했다. 『도롱뇽 전쟁』이 번역된 후, 차페크에 대한 관심은 이 작품이 아니라 1920년대 박영희가 번역했던 R.U.R로숨의 유니버설 로봇에 대한 관심으로 집중되었다. 영화 〈블레이드 러너〉에서부터 회자되던 안드로이드에 대한 관심이 높아지면서, 최초의 로봇 창시자인 카렐 차페크가 집중 조명받게 되었다.

왜 다시 카렐 차페크인가? 일본에서도 미국에서도 카렐 차페크의 붐이

일고 있다. 서점 진열대에 1920년대 차페크의 작품이 다시 놓이고, 차페크의 작품이 무대에 올라가는 등의 열풍이 불고 있는 것은 무슨 연유일까. 일본에서 2002년에 『임신하는 로봇妊娠するロボット』春風社, 2002이 발행되는데, 같은 해 우리나라에서도 해방 이후 카렐 차페크의 최초 번역본김희숙 역, 『로봇RUR』, 길(도), 2002이 출간된다. 이후 2010년대가 되어서 차페크의 번역이 다시 나오고,[1] 김희숙도 번역본『로봇─로숨의 유니버설 로봇, ROBOT』, 모비딕, 2015을 새로 낸다.

국내에서 차페크 연구들이 쏟아져 나온 시기도 번역본이 쏟아져 나오던 2010년대이다. 김종방, 송명진, 한민주, 김효순, 황정현 등의 논의가 연달아 나오면서 카렐 차페크의 국내 붐을 실감케 한다. 김종방은 박영희의 「인조노동자」가 일본의 스즈키 젠타로의 『로봇』 번역본임을 밝히고 있다.『현대문학의연구』, 2011[2] 그러면서 『로숨의 유니버설 로봇』이 당시 국내의 사회주의적 이데올로기의 조류와 함께 수용되었다고 한다. 김종방은 박영희가 1926년 2월 『신여성』에 「인조인간에 나타난 여성」을 통해, 인간노동자의 해방이라는 사회주의적 방향을 실현하고 있다고 한다. 그러나 이 작품이 사회주의가 아니라, 인본주의 혹은 김우진이 평한 대로 환상적 멜로드라마로 읽힐 가능성도 충분히 있다고 언급하기도 한다.[3] 한민주가 '인조인간' 즉, 테크노크라시에 주목했다면『한국근대문학연구』, 2012,[4] 송명진은 '과학' 개념에 주목하여 과학에 대한 시대의 인식론을 강조했다.『어문연구』, 2014[5] 황

---

1 카렐 차페크, 조현진 역, 『로숨의 유니버설 로봇』, 리젬, 2010; 카렐 차페크, 『로숨의 유니버설 로봇』, 그레이트북스, 2011.
2 김종방, 「1920년대 과학소설의 국내 수용과정 연구─「80만년 후의 사회」와 「인조노동자」를 중심으로」, 『현대문학의 연구』 44, 2011.5, 117~146면.
3 위의 글, 137~138면.
4 한민주, 「인조인간의 출현과 근대 SF를 중심으로─「인조노동자」를 중심으로」, 『한국근대문학연구』, 2012.4, 417~449면.
5 송명진, 「近代 科學小說의 '科學' 槪念 硏究─박영희의 「人造勞動者」를 中心으로」, 『語文論

정현은 지금까지의 논의를 정리하여, 김기진, 이광수, 김우진, 박영희에 이르기까지의 카렐 차페크의 글들을 모아서 그들이 어떻게 이 작품을 받아들였는지를 언급하고 있다. 『현대문학이론연구』, 2015[6] 국문학자들의 연구에 힘입어, 일문학에서도 최근 식민지시기 대중 장르에 대한 관심이 높아지면서 김효순도 카렐 차페크의 한국 번역인 박영희의 「인조노동자」에 나타난 '여성성'에 주목하여 젠더와 계급의식에 대해 고찰하였다. 『일본문화연구』, 2018[7] 그러나 일문학 연구에서 기대한 일본에서의 차페크 수용 양상이 없어서 아쉬운 점을 남긴다. 국문학 연구에서 이미 박영희의 「인조노동자」를 둘러싼 연구가 많이 나온 만큼, 박영희가 일본의 우가 이쓰오와 스즈키 젠타로를 번역본으로 했다는 것에서 더 나아가 국내에서 카렐 차페크의 수용이 일본과 어떤 점에서 차이를 보이는지 밝혀주지 않을까 하는 기대가 있었다. 그러나 일문학 연구에서도 이에 대한 경향은 파악할 수 없었다. 1920년대 카렐 차페크를 수용한 이들이 모두 일본에서 유학하거나 여행하며 카렐 차페크를 접했다는 점을 염두에 둔다면, 국내 카렐 차페크의 수용은 일본에서의 수용 양상과 밀접한 관련을 맺고 있음을 알 수 있다. 김우진은 일본의 축지소극장에서 〈R.U.R〉 연극을 직접 보고 난 후 그에 대한 비평을 쓰기도 했다.

그러나 이들 연구는 카렐 차페크의 수용이 국내 창작에 어떤 영향을 끼쳤는지는 말해주지 않는다. 서구 과학소설이 유입되던 초창기에 번역된

　集』 제42권 제2호, 2014 여름, 185~207면.

6　황정현, 「1920년대 『로숨의 유니버설 로봇』의 수용 연구」, 『현대문학이론연구』 제61집, 2015, 513~539면.

7　김효순, 「카렐 차페크의 *R.U.R* 번역과 여성성 표상 연구-박영희의 「인조노동자(人造勞動者)」에 나타난 젠더와 계급의식을 중심으로」, 『日本文化研究』 제68호, 2018, 95~111면.

카렐 차페크는 국내 SF 창작에 어떤 영향을 끼쳤는지 혹은 국내 작가들에게 어떤 상상력을 제공했는지 등에 관한 고찰은 없다. 1920년대 카렐 차페크의 수용은 한국 최초 SF라고 평가되는 김동인의 「K박사의 연구」와는 전혀 무관한 것처럼 보인다. 그러나 일본에서 유학한 김동인이 카렐 차페크의 수용과정을 체험하면서 겪은 일이나 당시 일본 사회의 분위기와 풍토를 중간중간 소재와 모티프로 가져와서 「K박사의 연구」를 창작했음을 밝혀보고자 한다. 「K박사의 연구」는 국내 SF의 계보에서 동떨어지고 뜬금없는 상상력이나 구절이 삽입되어 있다. 그런 뜬금없는 구절들의 맥락이 어디에서 온 파편인지도 함께 알아보기로 하겠다.

본 장에서는 일본의 카렐 차페크의 *R.U.R*이 산아제한 운동과 함께 수용되었다는 점을 살펴보고, 이것이 국내에 어떤 영향을 끼쳤는지를 살펴보기로 하겠다. 김동인 소설에 등장하는 맬서스의 인구론이라든가, 마거릿 생어에 관한 언급은 1920년대 국내 창작 SF에서 나타나지 않았던 뜬금없고 생뚱맞은 상상력이다. 김동인의 「K박사의 연구」『신소설』, 1929는 1920년대 SF 불모지였던 식민지 조선에서 어떻게 탄생하게 된 것일까.

2. 국내 카렐 차페크 수용의 세 갈래 양상

카렐 차페크는 로봇이란 단어를 처음 탄생시킨 체코의 극작가이다. 초창기 SF 작품이지만 국내에 유입될 당시에는 SF 장르보다는 프로문학가들에 의해 사회주의 사상이나 계몽의 전파 목적으로 번역되고 소개되었다. 1920년대 국내 카렐 차페크의 유입은 일본 유학생들이나 일본 사회의 풍토와 분위기를 거쳐서 수용되었다는 점에서, 일본에서 카렐 차페크가 어떻게 수용되었는지를 살펴보아야 연결고리를 찾을 수 있다. 로봇, 인조인간, 인조노동자와 같은 용어가 수용자의 입장에 따라 달리 사용되었다는 점도 눈여겨볼 만하다. 카렐 차페크가 SF 장르로 주목받은 것보다 무임노동자 계층의 해방운동으로 들어왔음에도 불구하고, 국내 최초 SF라고 평가받는 김동인의 「K박사의 연구」의 창작으로 이어진다는 것은, 한국 SF 계보에서 이채로운 현상이라 할 수 있다. 1920년대 국내에서 카렐 차페크에 대한 관심은 지식인들 사이에서 높게 나타났고, 일본 사회의 분위기로부터 기원한다는 점에서 일본의 수용과정을 함께 살펴보았다. 각기 다른 방면으로 관심을 보였던 카렐 차페크에 대한 관심이 국내 SF 창작으로까지 이어지는 데는 직접적인 영향이 아니라, 전혀 엉뚱하고 생소한 방식의 우연이 겹쳐서 빚어낸 간접적인 영향으로 볼 수 있다. 그러나 이런 간접적인 영향의 고찰로 생뚱맞고 황당한 소재의 「K박사의 연구」가 어떻게 SF 불모지였던 식민지시기의 1920년대 국내에서 창작될 수 있었는가에 대한 해답을 찾을 수 있다고 본다.

1) 1925년 프로문학가 김기진, 박영희의 사회주의 경향

박영희의 「인조노동자」『개벽』, 1925.2는 국내에서 카렐 차페크의 작품을 완역하여 소개한 최초 사례이다. 이광수의 「인조인」『동명』, 1923.4이 있긴 하지만, 번역이 아니라 요약 소개하는 글이어서, 박영희의 「인조노동자」로 관심이 집중된다. 이광수의 「인조인」은 '로보트'라는 용어를 사용하고 있으며, 제목으로 「인조인」을 달고 있다. 박영희가 대본으로 삼은 것은 일본의 우가 이쓰오의 『인조인간』춘추사, 1923과 스즈키 젠타로의 『로봇』금성당, 1924이

人造人

（보헤미아作家의劇）

李光洙 譯述

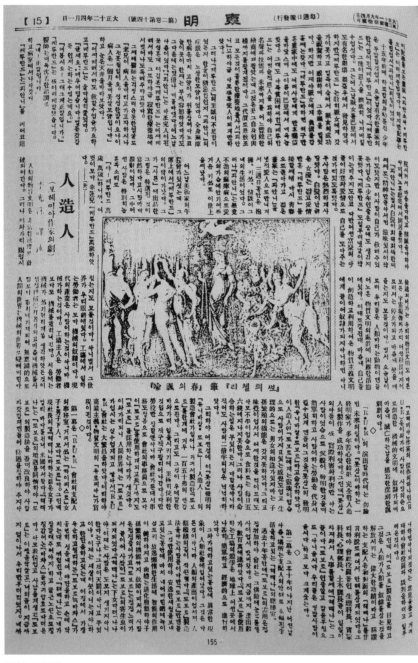

『喩誦의春』筆 『리첼의』

이광수, 「인조인」 / 소장 계명대학교 동상도서관, 촬영 저자

62 　한국 과학소설사

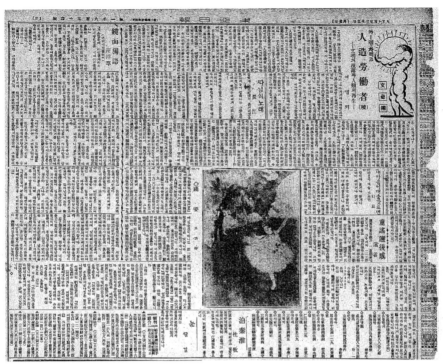

다. 우가 이쓰오의 '인조인간', 스즈
키 젠타로의 '로봇', 이광수의 '인조
인'에 이르기까지 같은 작품을 두고
제목을 조금씩 달리한다. '인조노동
자'라는 제목을 내세운 경우는 김기
진과 박영희가 유일하다. 프로문학
가인 김기진과 박영희는 처음부터
카렐 차페크의 이 작품을 '사회주의'
경향이나 '노동자 계급의 해방' 문제
를 염두에 두고 들여왔을 것으로 사료
된다. 김기진과 박영희가 카렐 차페

크의 「인조노동자」를 거론하고 번역한 시기는 1925년 2월로 겹쳐진다. 김기진여덜되은 「카—렐 차펙크의 인조노동자人造勞動者 – 문명文明의 몰락沒落과 인류人類의 재생再生」에서 박영희의 번역에 대해 언급하고 있다. 김기진은 인조노동자가 가격이 헐하고 능률이 많음으로 노동자의 대용으로 쓰이게 되었다고 한다.[8] 그러면서 인간이 혹은 자본주의 시스템이 인조노동자에 대한 대우를 제대로 하지 않아 혁명을 일으키게 된다고 한다. 결국 지구상에 살아남은 인간은 알퀴스트 한 명뿐이 된 상황을 묘사해 주고 있다. 김기진은 인조노동자의 반란을 사회주의 사상이 투영된 '혁명'이라고 표현한다. 무임으로 능률이 높은 인조노동자는 자본주의 시장에서 이윤을 추구하기 때문에 각국에서 앞다투어 선호한다.

> 인조노동자人造勞動者의 대혁명大革命 후에 이 지상地上에 사라잇는 '인생人生'이라고는 건축술사建築術事 '아르키스트' 밧게 업섯다. 인조노동자에 붙잡혀가지고 그들의 제작법製作法을 발견發見하지 안으면 안될 경우境遇에 잇섰다.
> —여덜되, 「카렐·차펙크의 人造勞動者—文明의 沒落과 人類의 再生」, 『동아일보』, 1925.3.9, 부록 7면

이 작품作品에 일관一貫된 사상思想은 자본주의資本主義 군국주의軍國主義를 토대土臺로 한 근대문명近代文明에 대對한 반역叛逆의 정신精神으로부터 울어난 사회주의社會主義의 사상思想이다. 그러나 이 작자作者의 혁명革命은 혁명革命만을 위한 혁명革命이 아니요. 인류人類의 최고이상最高理想을 위爲한 혁명革命이라는 것이다. 작자作者는 진정眞正한 의미意味로서의 인류人類의 생활生活은 자본주의사회資本主

---

8   여덜되, 「카—렐 차펙크의 人造勞動者—文明의 沒落과 人類의 再生」, 『동아일보』, 1925.2.9. 이 글에서의 문명은 자본주의를 의미하고, 자본주의는 사회주의의 반대 개념으로 사용되고 있다.

義社會를 형성形成하는 근대문명近代文明의 지도원리指導原理가 몰락沒落하지 안으면 도저到底히 실현實現될 수 없다고 부루짓는다.

—여덜외, 「카-렐차페크의 人造勞動者—文明의 沒落과 人類의 再生」, 『동아일보』, 1925.3.9, 부록 7면

사람의 지식이 발달되어 과학科學의 새로운 발견이 거듭됨을 싸러서 이 회사에서는 사람이 사람을 만들어서 로동쟈로 쓰게 하는 것을 발견하엿슴으로 이 회샤는 로동쟈를 만드는 큰공장이엿다.

보통사람이 돈을 주고 쓰게 되는 로동쟈는 돈을 주어야만 일을 시키게 되얏스나 이 사람의 손으로 만든 로동쟈는 령혼이 업고 싸러서 감정이 업슴으로 먹지를 안코 삭賃金을 안주어도 관계치 안음으로 주인의 일을 돈 업시만 하는 것 안이라 싸러서 얼마든지 어려운 일을 식히여도 관계치 안엇다.

—박영희, 「人造人間에 나타난 女性」, 『신여성』, 1926.2, 46~47면

그럼으로 모든 나라에서는 사람의 로동쟈를 쓰지 안코 모다 이 인조로동쟈만 쓰게 되엿다. 그런 까닭에 사람은 인조로동쟈에게 일을 쌔앗김으로 살어갈 수가 업고 쏘한 인조로동쟈는 주인의 무서운 학대에 견딜 수가 업섯다 인조로동쟈에게는 먹을 것도 안이주고 돈도 주지안코 그들에게 쉬일 시간도 주지 안엇다.

—박영희, 「인조인간에 나타난 여성」, 『신여성』, 1926.2, 47면

김기진과 박영희의 글을 보면, 인조노동자가 제조업자 혹은 사용자주인로부터 학대에 견디지 못해, 혁명을 일으켰다고 한다. 김기진과 박영희는 인조노동자의 혁명을 통해, 식민지 조선의 해방을 꿈꾸었던 것으로 보인다. 그러면서 두 글 모두 인조노동자의 제조법, 즉 과학의 새로운 발견에

주목하고 있다. 인조노동자를 발견한 도민은 그들을 통제하고 지배하는 권력을 쥐었던 반면, 마지막 남은 인간 알퀴스트는 제조법을 발견하지 못해 인간임에도 불구하고 인조노동자들에게 붙잡혀서 아침부터 저녁까지 연구실에 틀어박혀 연구하고 실험해야 하는 운명에 놓이게 된다. '과학의 발견'이 주인과 노동자 계급을 나누고, 지배와 통제 권력의 유무를 결정하는 핵심 동인으로 떠오른다. 카렐 차페크의 「인조노동자」에서 보았던 과학의 발견이 가져온 엄청난 힘은, 1920년대 국내 과학소설이나 발명 소재 소설에서 사회주의 경향의 계급해방운동보다 발명 · 발견에 대한 기대로 관심이 이동하는 데에 결정적 영향을 끼쳤다. 일본에서 카렐 차페크의 '임신하는 로봇'은 과학기술의 발전이 가져온 새로운 환상을 되살리는 주문으로 기능한다.[9] 1920년대 일본 과학기술의 발전이 장밋빛 미래만을 꿈꾸게 해주지는 않았지만, 관동대지진 후 급속히 발전해가는 과학, 문학, 미술, 영화가 얽히면서 장렬한 상상력의 드라마를 만들어내고 있다고 평가한다.[10] 이는 김기진이 과학기술로 상징되는 '근대문명(자본주의, 혹은 과학기술)의 몰락'으로 평가한 것과는 상반된다.

박영희는 「인조노동자」를 새롭게 해석하여 쓴 「인조인간에 나타난 여성」에서 무책임하게 제조법을 파기해서 비난받는 헬레나를 인조노동자를 해방하는데 헌신한 여성으로 탈바꿈시킨다. 박영희는 「인조노동자」가 사회주의나 노동문제를 건드리기에는 결말이나 헬레나라는 여성 인물이 문제적이지 않다고 판단하고, 헬레나를 인조노동자를 구원하는 사회주의 영웅 인물로 묘사해 놓는다. 카렐 차페크의 이 작품에서 '여성상'에 주목한

---

9   吉田司雄, 『妊娠するロボット』, 春風社, 2002, pp.14~15.
10   Ibid., p.15.

것은 일본과의 영향 관계를 따져보아야 한다. 일문학에서 연구한 주제도 '여성상'에 관한 것인데, 1922년 마거릿 생어가 방문하고, 1923년 카렐 차페크의 작품이 번역되면서 일본에서는 산아조절위원회가 열리고 산아제한 운동이 급물살을 타게 된다. 그러면서 여성의 산아조절권, 임신 거부권리 혹은 낳을 권리가 부각되기에 이른다. 카렐 차페크의 '불임의 여성', '아이를 낳지 못하는 로봇'은 일본에서 마거릿 생어의 산아제한 운동과 겹쳐지면서, 사회주의 경향으로 전개되는 양상을 보여 준다.

2) 1926년 김우진의 일본 연극 무대 비평과 구미 극작가로서 소개

김우진은 츠키지 소극장에서의 차페크의 공연1924.7.12~7.16을 본 후 「축지 소극장에서 〈인조인간〉을 보고」라는 비평을 『개벽』1926.8에 발표한다. 박영희의 「인조노동자」가 『개벽』에서 번역되었고, 뒤이어 김우진의 일본에서의 실제 카렐 차페크 연극 무대에 대한 비평 또한 『개벽』에 게재됨으로써, 국내에서 카렐 차페크에 대한 관심이 고조된다. 김기진과 박영희가 사회주의 사상을 전파하여 인조노동자의 삶보다 못한 식민지 조선의 해방을 꿈꾸었다면, 김우진은 카렐 차페크가 본래 희곡 작가였고 이 작품이 연극으로 상연되는 것임을 상기하게 해준다. 따라서 김우진은 구미 극작가로서의 카렐 차페크를 소개하는가 하면, 이 작품을 멜로드라마적 경향으로 만든 일본 츠키지 소극장의 공연 무대를 비판하기도 한다. 김우진은 〈인조인간〉 비평에서 이 작품의 연극적 요소인 무대묘사로 시작한다.

장치와 회전回轉으로 된 세계를 암시하는 저력底力 잇는 철판鐵板의 진동 소리가 관중의 기대심期待心에 한 쇽크를 쥰다. '환상적 멜오드라마'에 환상 아닌 현실성을 가진 관중이 쥬는 심리는 이 한 소리로 고만 깨지기 시작한다. 그리고 나서는 막이 열린다. 기대가 다 무엇이랴. 생각할 여지업시 빙빙 도는 전기電氣 풍선風船, 상자식箱子式의 명멸하는 오색의 광선이 R.U.R 회사 총무실을 둘너싸고 잇는 공장과 기계의 규칙적의 금속성金屬聲, 예감을 쥬는 새 세계의 소음, 모도가 나락奈落으로 떠러져 가는 마음쳐럼 환상 아닌 환상의 세계로 끌고 나간다. 벽에는 인조人造 노동자의 생산生産上의 저력을 증명하는 비라 통계表統計表가 걸녀 잇다. 이것붓텀 이 작가의 피육皮肉으로 뵈인다. 멜오드라마의 세계에 대한 비판적의 냉기冷氣를 쥬는 것과도 갓다. 구미歐美의 각국各國 주문자의게 답장을 타이푸라이트식히는 총지배인 또-민友田恭助의 오만한 지배성支配聲이 과학의 가능성에 대한 우리들의 회의를 쟉두로 집 써러내듯이 뚝뚝 끈어 부시기 시작한다. 대통령 영양 헬에나글오테山本安英가 빵 한 폰드에 생산비가 얼마나 드는지 몰으면서 인류연맹人類聯盟의 사명과 포부를 인류의 학대에서 인조인간의 구제를 선전하기 시작하는 것이 얼마나 과학적 필연성으로 세상이 돌아가고 잇는가를 과학자 아닌 이 작가는 설명하려고 한다. 이것에는 중요한 시선이 가야할 곳인 줄 안다. 기계란 것은 생물학적으로 경제적 이유하에서 시원始源된다. 그러기 때문에 또-민 말과 가티 최상들의 노동자는 요구가 극소하고 안직安直하고 뼤-루 먹을 줄도 몰으고 피아도 탈 줄도 몰으는 종류- 오늘 이 불완전한 실상의 노동자보다 2배 반의 능률을 가진 이상적 인조 노동자다.

—김우진, 「축지소극장에서 〈人造人間〉을 보고」, 『개벽』 72호, 1926.8, 18면

무대장치는 길전겸길吉田謙吉이가 한 것. 기하학적 구성파식構成派式의 이 장치가 어늬 점까지는 성공했다. 더구나 서막序幕에서 또-민이 필음(필름)을 응應하야 공장, 제조소, 부두, 로봇트 노역 상황을 설명해 뵈이는 것은 묘한 생각이

다. 부조화한 곳 업시 잘 되엿다. 그러나 그것뿐 불만不滿한 것은 서막에서 정식正式의 타이프라이터와 그 소리엿다. 무대 뒤 금속성의 공장의 진동음에 석겨 이 견뢰堅牢한 타이프라이트 소리가 나는 것이 아쥬 환상을 방해햇다. 제일막과 이막의 위급한 인류 멸망의 장면에서 배우들의 우고끼라든지 무대 효과라든지 배광配光이라든지가 모도 조화잇게 템포에 맛게 연출된 것은 나이 절믄 연출자 토방홍지土方興志의 공功이라 아니할 수 업다.

—『개벽』, 1926.8, 24면

츠키지 소극장에서 〈R.U.R〉 무대를 직접 본 김우진 비평의 시작과 끝 부분이다. 공장과 기계의 소리, 타이프라이트 소리, 소음 등 새로운 과학기술 세계를 받아들이는 감각이 소리에 집중되어 있다.[11] 이광수의 『무정』에서 유학길에 오르는 인물들이 기차 타는 장면이 나온다. 남아 있는 가족들이 배웅하기도 하고, 지나가는 사람들이 구경하기도 하는 등 설레고 수선한 풍경이 펼쳐진다.[12] 그런데, 이 풍경묘사에서 눈에 띄는 것은

---

11 1922년 베를린에서 상연된 〈R.U.R〉은 무대가 후기 표현주의 풍의 기계적인 메커니즘으로 장식되어 유럽인들의 관심을 불러 일으켰다고 한다. 히자카타 요시라는 일본인이 베를린에서 이 공연을 관람하고 돌아온 후, 오사나이 가오루를 고문으로 하여 작은 극단을 조직하여 츠키지 소극장에서 〈인조인간〉을 무대공연으로 올리게 된다.(이노우에 하루키, 최경국·이재준 역, 『로봇 창세기-1920~1938 일본에서의 로봇의 수용과 발전』, 창해, 2019, 66~68면) 일본 츠키지 소극장의 무대를 보고 나서 쓴 김우진이 첫 장면부터 타이프라이터의 소리에 반응한다든가, 첨단 과학기술을 표현한 무대 장치에 관심을 기울이는 것은, 그가 극작가여서이기도 하지만, 연극 무대 자체가 기계적인 메커니즘에 초점이 맞추어져 있었던 것도 영향을 미쳤을 것으로 사료된다.

12 "아직 다 어둡지는 아니하였으나 사방에 반짝반짝 전기등이 켜졌다. 전차 소리, 인력거 소리, 이 모든 소리들을 합한 '도회의 소리'와 넓은 플랫폼에 울리는 나막신 소리가 합하여 지금까지 고요한 자연 속에 있던 사람의 귀에는 퍽 소요하게 들린다. '도회의 소리!' 그러나 그것이 문명의 소리다. 그 소리가 요란할수록 그 나라가 잘된다. 수레바퀴 소리, 증기와 전기기관 소리, 쇠마차 소리…… 이러한 모든 소리가 합하여서 비로소 찬란한 문명을 낳는다. 실로 현대의 문명은 소리의 문명이라."(이광수, 작가와비평 편집부 편, 『무정』, 작가와비평,

발달된 근대문명을 '소리'로 포착하는 시선이다. 신기하게도 김우진의 비평에서 타이프라이터나 타이프라이트 치는 소리는 이 극에서 로봇을 묘사하고 설정하고 연출한 장면보다 부각된다. 차페크의 원작에서 타이프라이터나 타이프라이트 치는 소리는 극 전체에서 아주 일부분을 차지한다. 그런데도 김우진은 이 소리에 민감하게 반응한다. 김우진에게 인상적이었던 타이프라이트 치는 소리는 국내에서 근대문명을 받아들이는 감각과 맞물려 있었다고 보인다. 김동인이 김우진의 이 극을 보기 전에 「거치른 터」『개벽』, 1924.2에서 타이프라이트의 발명을 소재로 차용하고 있기 때문이다. 이어 박영희가 같은 잡지에 차페크의 이 희곡을 번역하고, 김우진 역시 같은 잡지에 비평을 싣는다. 국내 카렐 차페크의 수용에서 『개벽』 잡지가 통로로 기능하고 있음을 알 수 있다. 김우진은 당시 일본에서 인조인간 로봇의 발명은 무임금으로 노동자를 쓸 수 있다는 경제적 비용의 문제가 가장 컸음을 말해준다. 그는 *R.U.R*이 자본주의의 관점에서 로봇의 발명, 과학기술의 발명이 시작되었음을 말해주면서 또한 그로 인한 인류문명의 몰락을 다룬 작품이라고 평가했다. 국내에서 이 작품은 박영희나 김기진이 프로문학의 일환으로 들여온 것과는 다르게, 로봇이라는 과학 문명의 발명이나 새로운 발명 소재에 대한 관심을 자극하는 쪽으로 전개되었다. 1920년대 카렐 차페크의 *R.U.R*이 1929년 김동인의 발명과학소설 「K박사의 연구」로 이어진 것은, 당대 발명·발견에 대해 품은 기대가 1920년대 후반과 1930년대로 갈수록 더욱 부풀어 올랐기 때문이다.[13]

2013, 313면. 104장 첫 장면 부분 참조). 전기등, 전차, 증기와 전기기관 등 당대 발명품들이 대거 쏟아지는 부분이라 할 수 있다. 그러나 전기등의 화려한 시각적 효과보다 증기와 전기 기관차의 소리가 더 강렬하게 묘사되고 있음을 알 수 있다.

13 1930년대 과학잡지 『과학조선』이 창간되고 국내에 발명학회가 결성된 것은, 1920년대부

그러나 일본에서 카렐 차페크의 *R.U.R*로 야기된 논란은 전혀 엉뚱한 방향으로 흐르게 된다. 차페크의 아이를 낳지 못하는 불임의 여성과 마거릿 생어의 방문이 겹치면서 '여성혐오'로 번지게 된다. 일본 츠키지 소극장에서 *R.U.R* 공연을 본 김우진이 헬레나의 박약한 모성 본능을 비판한 것도 일본 사회의 분위기가 반영된 것이라 볼 수 있다. 김우진은 헬레나의 모성 본능이 너무 박약하게 로봇 제조 비법을 소각해 버렸다고 한다. 그리고 헬레나 역을 맡은 배우가 잘 맞지 않아 인상 깊지 않았다고 비평한다.[14] 헬레나라는 여성에 대한 김우진의 이러한 지적은 박영희가 「인조인간에 나타난 여성」『신여성』, 1926.2이라는 제목으로 차페크의 이 작품을 다시 재탄생해 놓은 것과 대비된다. 박영희는 헬레나가 이 회사에 온 것을 한 명의 여자도 없는 굶주린 솔개들만 있는 위험한 곳에 들어갔다고 표현하며, 함정에 빠졌다고 표현한다. 또한 헬레나가 처음부터 인조노동자해방을 위해 자진해서 그 위험한 섬으로 들어갔으며, 끝까지 자기 몸을 희생해서 인조노동자에게 영혼을 불어 넣어주려 하고, 그들을 노동으로부터 해방시키고자 했던 적극적 운동가였음을 강조한다. 헬레나의 인조노동자 제조법의 소각은 김우진은 박약한 모성 본능이라 비판했지만, 박영희는 인조노동자의 해방을 위해 한 몸을 불사르는 희생적 여성상으로 평가하고 있다. 헬레나라는 여성에 대한 묘사는 프로문학 관점과 김우진이나 일본 사회의 관점이 달랐음을 알 수 있다. 김동인의 창작 소설 「거치른 터」에서

터 이어져 오던 발명·발견에 대한 기대 증폭의 절정체라 볼 수 있다.

14 이런 여성 배우에 쏟아지던 부정적 비평은 마리아라는 희생적 여성이 등장하는 영화 〈메트로폴리스〉에서도 찾아볼 수 있다. 특히, 여성 로봇 마리아에 대한 묘사를 성적 대상으로 표현한 것이나, 여성 로봇 배우에 쏟아지던 악평에서도 당대 일본 사회에서 아이를 낳지 않는 불임의 여성 혹은 여성 로봇에 대한 이미지가 부정적이었음을 반영해 준다.

아내에게 자신의 발명에 대해 일절 이야기하지 않는 은근한 멸시는 박영희가 수용한 프로문학쪽의 영향이 아닌, 일본 사회의 분위기와 풍토가 반영된 것이라 볼 수 있다. 박영희에 의해 *R.U.R*이 최초 완역되었는데도, 이에 영향을 받았을 법한 국내 과학소설 창작은 프로문학과는 전혀 다른 양상으로 카렐 차페크의 작품을 수용하고 있었음을 알 수 있다.

3) 카렐 차페크의 불임 여성과 마거릿 생어의 산아제한 운동

일본에서 카렐 차페크의 수용은 마거릿 생어의 방문과 겹쳐지며 산아제한 운동과 함께 전개된다.[15] 1922년 마거릿 생어는 일본을 방문한다. 일본 정부는 산아제한이 국책에도 위반될 뿐만 아니라 현모양처라는 여성의 모성적 역할에 대한 국가의 기대와도 어긋났기 때문에 생어의 방문을 환영하지 못하고 거절하였다. 여러 제한적 조치하에 입국을 허락받은 생어는 산아제한을 통해 여성이 '자발적 모성'과 여성의 생리적 해방과 성적 자율성을 스스로 통제함으로써 사회적 지위를 향상시킬 수 있다고 주장했다.[16] 생어는 맬서스주의적 시각에서 나이 어린 여성과 아이들이 노동으로 내몰리는 일본 사회문제가 인구과잉에서 비롯된다고 하였다. 노동자들의 과도한 출산이 값싼 노동력을 제공함으로써 자본가들에 의한 계급 착취와 사회적 빈곤의 악순환을 되풀이시킨다고 간주하였다. 일본에서 카렐 차페크의 *R.U.R*은 박영희나 김기진에게서처럼 그 작품 자체가 사회주의 작품으로 받아들여졌다기보다, 마거릿 생어의 산아제한 운동과

---

15 吉田司雄, 「1. ロボットは子供は産めない」・「2. 産児制限運動と芥川龍之介」, 『姙娠するロボット』, 春風社, 2002, pp.8~29.

16 유연실, 「근대 동아시아 마거릿 생어의 산아제한 담론 수용-1922년 마거릿 생어의 중·일 방문을 중심으로」, 『中國史硏究』 제109호, 2017.8, 144~145면.

결합하면서 빈곤문제의 해결이나 노동자 문제의 해결로 나아가게 되었다. 박영희나 김기진의 프로문학 입장에서의 카렐 차페크의 수용은 일본 사회에서의 마거릿 생어에 대한 수용은 배제하고[17] 사회주의 경향으로 흘러간 부분에 주목하여 가져온 것이다. 더욱이 헬레나도 인조노동자 해방운동에 희생한 여성으로 탈바꿈시킨다. 그러나 이후 국내에서 김기진, 박영희가 들여온 프로문학과는 전혀 엉뚱한 방향으로 전개되고 있어, 1920년대 당시 카렐 차페크의 *R.U.R*이 다양한 관점으로 해석될 수 있는 낯설고 신선한 충격적인 작품이었음을 알 수 있다. 1920년대 미래 과학소설을 사회주의 관점에서 수용하던 풍토는 에드워드 벨러미의 소설이나 허버트 조지 웰스의 작품에서도 발견할 수 있다.[18]

제1차 세계대전 이후 일본 사회는 인플레이션이 증가하여 민중들의 생활고가 심화되고, 1918년 시베리아 출병으로 쌀값 폭등이 극심화되어 쌀소동이 일어나게 된다. 쌀소동으로 인구와 식량의 불균형에 대한 맬서스주의적인 위기의식이 대두되었다.[19] 맬서스가 던진 인구문제의 해결책으로 마거릿 생어가 산아제한이라는 답을 들고나와 일본 사회를 떠들썩하게 했던 것과는 달리, 김동인은 그에 대한 다른 해답으로 여성이 자기 몸을 통제하는 산아제한 방법 대신, 식량 개발을 제시한다. 김동인의 「K박사의 연구」는 일본에서 맬서스의 인구론이 팽배해지고, 식량기근문제가 심각한 사회문제로 대두하자, 이에 대한 해결책 제시 혹은 답변으로 창작

---

17 마거릿 생어는 부르주아 계급쪽에 있었던 인물이었으므로 염두에 두지 않았을 가능성이 있다.

18 최애순, 「1920년대 미래과학소설의 사회구조의 전환과 미래에 대한 기대—『팔십만 년 후의 사회』, 『이상의 신사회』, 『이상촌』을 중심으로」, 『한국근대문학연구』 41, 2020.상반기, 7~51면.

19 兪蓮實, 「근대 동아시아 마거릿 생어의 산아제한 담론—1922년 마거릿 생어의 중·일 방문을 중심으로」, 『中國史硏究』 제109호, 2017.8, 128면.

한 소설이 아닐까 유추해 볼 수 있다. 김동인이 일본에서 유학하고 있을 당시, 일본 사회는 1910년대부터 빈곤문제 해결과 공창제도 폐지를 포함한 산아제한 운동에 힘을 쏟고 있었다. 그러나 여성의 피임을 죄악시하는 목소리가 강했다.

요시다 모리오吉田司雄는 『임신하는 로봇姙娠するロボット』春風社, 2002에서 카렐 차페크가 산아제한 운동과 함께 일본에서 수용되었으며, 더 나아가 아쿠타가와 류노스케芥川龍之介의 「갓파」라는 소설을 통해 일본에서 산아제한 운동이 어떤 영향을 미쳤는지를 보여준다. 특히, 「로봇은 아이를 낳을 수 없다ロボットは子供は産めない」와 「산아제한운동과 아쿠타가와 류노스케産兒制限運動と芥川龍之介」에서 1920년대 마거릿 생어의 방문과 카렐 차페크의 유입이 함께 맞물리면서 산아제한 운동이 여성 문제 제기로 이어졌고, 이는 남성 작가의 여성혐오로 번졌음을 보여준다. 아쿠타가와 류노스케芥川龍之介는 「갓파」라는 소설을 통해, 여성에게 주어지는 산아조절권을 혐오하고 태어날 아이에게 의사가 질문을 해서 아이가 선택하도록 하는 상황을 설정해 놓고 있다. 헬레나라는 여성을 영웅적인 인물이 아니라 모성이 박약한 인물로 보이도록 설정한 것은, 1929년[20] 프리츠 랑의 〈메트로폴리스〉라는 영화에서 '로봇=아이를 낳지 못하는 여성=괴물'로 '여성(로봇)을 괴물'과 동일시하기에 이른다. 일본에서 '아이를 생산하지 않는 차페크의 인조인간'과 '마거릿 생어의 산아제한 운동'이 결합하여, 일본 남성 작가들을 중심으로 '여성혐오'가 팽배해지게 되었다.

일본에서의 카렐 차페크의 굴절된 수용은 국내에서 생뚱맞아 보이는 김

---

20 일본에서 개봉된 시기임. 〈메트로폴리스〉는 1927년 개봉되었으므로, 거의 동시기에 들여 왔음을 알 수 있다.

동인의 「K박사의 연구」가 어떤 맥락에서 탄생하게 되었는지를 이해하는 데 중요한 시사점을 던져 준다. 카렐 차페크와 김동인은 전혀 상관이 없는 것처럼 보인다. 그러나 국내 최초 과학소설이라고 일컬어지는 김동인의 「K박사의 연구」의 생소한 소재와 발상이, SF 불모지였으며 서구 과학소설 번역물도 많지 않았던 상황에서, 어디서 비롯되었는지 간접적으로 알 수 있게 해준다.

3. 국내 창작 과학소설에 끼친 영향
 ―김동인의 「거치른 터」와 「K박사의 연구」

국내에서 실험실에 몰두하는 지식인 모습이 가장 먼저 등장하는 작품은 이광수의 「개척자」『매일신보』, 1917이다. 이광수는 카렐 차페크도 국내에 가장 먼저 소개한 작가이다. 박영희가 번역하기 전 이미 1923년 4월 『동명』에서 「인조인」이라는 제목으로 카렐 차페크의 『로봇』을 요약 소개한 바 있다. 이때 이광수는 '로보트'라는 용어를 사용하고 있으며, 일문이 아닌 영문 번역을 한 것으로 보인다. 자본주의 사회에서의 입장을 다루고 있어서 김동인의 창작은 김기진이나 박영희의 사회주의 경향보다 이광수의 저렴한 경제를 고려하는 자본주의 관점을 반영했음을 알 수 있다. 일본에서의 마거릿 생어로 인한 산아제한 운동과 국내 이광수의 저렴한 경제의 발명 소재가 결합하여 김동인의 「K박사의 연구」의 탄생에 의도치 않게 영향을 끼쳤다고 보인다. 그러나 김동인의 발명연구가 실패로 끝나거나 똥으로 식량을 개발한다는 것의 우스꽝스러움의 표현은 이런 일련의 현상에 대한 풍자로 볼 수 있다.

1) 「거치른 터」의 타이프라이터 발명 시도와 여성 배제의 발명 세계

김동인의 '발명의 세계'에서 철저하게 여성은 배제되어 있다. 김동인에게서 나타나는 이러한 면모는 산아제한 운동으로 번진 일본의 아쿠타가와 류노스케의 여성혐오와 맞닿아 있다. 프로문학가 박영희는 이 점을 끌어 올려, 일본 연극에서 '박약한 모성'으로 비판받고 있는 헬레나를 여성 해방운동가로 탈바꿈시킨다. 김동인의 발명 세계는 친구들은 알아도 아내는 모르는 세계이다. 일본에서 유학한 김동인은 마거릿 생어의 방문과 카렐 차페크를 경험했으나, 국내의 프로문학가들이 노동자 해방을 선포하기 위해 가져온 것과는 달리, 자본주의 사회에서의 저렴한 비용의 발명이나 인구문제의 해결책으로 산아제한이 아닌 식량개발을 들고나온다. 프로문학가들의 사회주의 경향과는 정반대로 자본주의 사회에서의 이윤 추구나 비용 절감 효과를 고려하여 타이프라이터의 발명이나 식량개발을 소재로 가져온다. 일본 남성 작가들의 마거릿 생어의 산아제한 운동에 대해 가지는 '여성혐오'도 김동인에게 고스란히 영향을 끼친다.

「거치른 터」는 김동인 서지목록에서도 과학소설 서지목록에서도 주목받지 못했던 소외된 작품이다. 그러나 「거치른 터」는 「K박사의 연구」가 탄생하도록 하는 원동력이 된 작품으로, 국내 발명과학소설의 계보에서 중요한 시발점의 위치에 놓인다. 일본을 통해 유입된 발명, 실험에 대한 당대 관심이 타이프라이터의 발명으로 이어지고 있었고, 실험실 풍경이나 화학용어들은 카렐 차페크의 무대를 재현해 놓은 듯한 인상을 풍긴다. 「거치른 터」는 박영희의 카렐 차페크의 번역 이전인 1924년 2월 『개벽』에 발표된 작품이다. 이광수의 「인조인」이 1923년 4월에 카렐 차페크의 작품을 요약 소개했던 점을 고려하면, 마치 응답하기라도 하듯 그 이듬해에 「거치른 터」를 창작 발표한 것이다. 「거치른 터」도 얼핏 보면, 카렐 차페크의 유입과는 무관한 듯 보인다. 그러나 「거치른 터」가 『개벽』에서 발표되었다는 사실은 김동인과 카렐 차페크 수용과의 접점을 마련해준다. 1924년 「거치른 터」의 발표에 이어, 1925년 박영희의 「인조노동자」, 1926년 김우진의 「축지소극장에서 〈인조인간〉을 보고」가 차례로 같은 잡지인 『개벽』에 실린다는 것은, 의도치 않은 우연일 수도 있지만, 묘하게 겹쳐지는 카렐 차페크의 수용 양상을 조심스레 유추해 볼 수 있는 계기가 된다. 김동인 소설에서의 실험실 장면이나 타이프라이터 발명과 같은 소재는 국내에서는 낯설고 생소하다. 그런데 묘하게도 극작가 김우진의 눈으로 포착된 카렐 차페크의 연극 무대에서의 과장된 타이프라이터 소리와 세세하게 묘사된 실험실 장면[21]을 연상시킨다. 이광수의 「인조인」 작품 소개와 일본 번역의 경로를 통해 김동인은 카렐 차페크의 작품을 접했을 것으로 사료된다.

결막

듯섬 우주宇宙 인조人造 노동자勞動者 제조회사製造會社 공장工場 안에 실험실實驗室. 뒤문이 열리면 공장工場의 건물建物이 보인다. 좌편左便에는 창窓, 우편右便으로는 해부실解剖室로 통通한 문門. 좌편벽左便壁에는 큰 상床이 잇고 그 상床 우에는 시험관試驗管과 푸라스크와 기타약품其他藥品이 잇다. 또한 적은 정온기整溫器와 유리함으로 덥흔 현미경顯微鏡이 노엿다. 우편右便에는 만흔 책冊과 전기電氣 초대가 노

---

21 김우진, 「축지소극장에서 〈인조인간〉을 보고」, 『개벽』, 1926.8, 18면.

엿 잇는 상床이 노엿다. 우편右便 모퉁이로는 세수기洗手器와 거울이 잇다. 우편右便

구퉁이로는 장의자長椅子가 노엿다. (…중략…)

알키스트 : 아아, 그러면 나는 아모리 해도 발견發見하지 못한단 말인가? 아모

리 해도 안된단 말이냐? 콜 군君! 콜 군君! 웨 인조人造 노동자勞動者

를 만들기 시작始作하엿나? 웨 자네들은 자네 머리 속에 그런 만흔

계획計畵을 생각하엿섯단 말인가?

—박영희, 「人造勞動者」, 『개벽』, 1925.5, 18면

카렐 차페크의 희곡에는 실험실 풍경과 놓여 있는 기구들이 세세하게 묘사되어 있다. 시험관, 플라스크, 약품, 정온기, 현미경, 전기 촛대 등과 같은 실험 기구들과 발명품은 1920년대 식민지 조선의 발명에 대한 기대와 함께 발명소설 소재로 등장하곤 했다. 이광수의 「개척자」에서 추상적으로 묘사되던 실험실은, 김동인의 「거치른 터」에 이르게 되면 구체적인 설정으로 제시된다. 일단 왜 하필이면 그 많은 발명품 중에 타이프라이터일까에 대해 의구심이 들 수 있다. 타이프라이터는 당시 국내에서는 거의 등장하지 않던 생소한 것이기 때문이다.[22] 그러나 카렐 차페크의 작품에서 1막에서부터 타이프라이터가 등장하고, 일본 츠키지 소극장에서 상연 당시 굉장히 큰 소리(소음이라고 할 정도로)로 부각되었던 것이 타이프라이터 소리였던 점을 상기해 볼 수 있다. 그만큼 타이프라이터에 관심이 집중

---

22 그러나 타이프라이터는 당시 현대가 요구하는 발명품 목록에 들어갈 정도로 발명 세계에서는 뜨거운 관심을 받고 있었다.(李錫雨, 「現代가 요구하는 發明과 考案」, 『과학조선』 3권 제6호, 1935.11, 21면) 특히 각 나라의 언어로 번역되는 타이프라이터의 발명을 기대했던 것은, R.U.R의 첫 장면에서 스라가 각국의 언어로 타이프라이트하는 모습에서 고스란히 재현되고 있다는 점을 상기해 볼 수 있다. 그만큼 R.U.R은 원작의 분위기와는 또 다르게 국내에서는 신발명 세계를 보여주는 작품으로 받아들여졌다고 볼 수 있다.

되었고 인상적인 이미지로 각인되었음을 알 수 있다. 카렐 차페크의 작품은 김동인에게는 사회주의 경향으로 인식된 것이 아니라, 여기에 등장한 신발명품이나 신과학기술에 대한 호기심으로 다가왔던 것이다.

> 떠민은 책상 엽헤 안젓고 스라는 타입으라터寫字本를 누르고 잇다.
>
> 떠민 : (서취書取를 시키면서) 자아?
>
> 스라 : 네
>
> 떠민 : 영국英國 소삼푸돈 시市 이－엠 막비카 회사 어중御中. (…중략…)
>
> (서취書取할 때에 꼼짝업시 안젓든 스라는 멧 분 동안에 신속하게 타이프라이터로 박이엿다)
>
> 떠민 : 다 되엿니?
>
> 스라 : 네.
>
> —『개벽』, 1925.2, 57면

1막에서 도민과 타이프라이터 스라와의 대화 장면은 인상적이다. 도민이 하는 걸 스라가 그대로 타이프라이팅하며 "다 되었니?", "네"라고 주고받는 대화를 반복해서 세 번에 걸쳐 보여준다. 김우진은 일본 츠키지 소극장에서 〈인조인간〉 공연1924을 직접 본 후의 소감에서 이 타이프라이터의 소리가 거슬렸다고 한다. 그것은 이 장면에 대한 묘사에서 타이프라이터라는 직업과 기술이 생소하면서도 인상 깊게 각인되었기 때문이다. 김우진의 「축지소극장에서 〈인조인간〉을 보고」1926.8를 보면, 원작에서보다 타이프라이터의 소리라든가, 연기가 과장되어 있음을 알 수 있다. "구미의 각국 주문자에게 답장을 타이푸라이트식히는 총지배인"18면[23]으로 연극

소개를 시작한다. 글의 마무리에서 연극의 훌륭한 점과 아쉬운 점을 평하는데, 여기에서 "부당한 것은 서막에서 정식正式의 타이프라이터와 그 소리엿다. 무대 뒤 금속성의 공장의 진동음에 석겨 이 견뢰堅牢한 타이프라이터 소리가 나는 것이 아주 환상을 방해햇다"[24]면고 언급한다. 아쿠타가와 류노스케芥川龍之介의 「갓파」라는 소설 역시 인쇄업에 관한 언급이 나온다. 김우진의 비평은 마치 연극이 타이프라이터의 소리로 시작해서 타이프라이터의 소리로 끝날 정도로 '타이프라이터'가 크게 부각된다. 카렐 차페크의 작품은 노동자 계급의 해방을 위한 사회주의 경향으로 읽힐 수도 있었지만, 이처럼 신기한 과학발명이나 실험에 관한 SF로 받아들여지기도 했다. 김동인은 〈인조인간〉 무대에서 인상적으로 각인된 타이프라이터를 「거치른 터」에서 발명 소재로 가져온다.

김동인의 소설은 1920년대 일본에서 과학소설이 들어오게 된 양상과 겹쳐 있다. 「거치른 터」에 나타난 실험실에서의 몰두, 거울에 죽은 남편이 비치는 심령학, 에테르 주사 등은 국내에서는 뜬금없지만, 일본에서의 유행은 상당했었다. 요시다 모리오吉田司雄의 『임신하는 로봇妊娠するロボット』春風社, 2002에서도 아리시마 다케오有島武郎의 「실험실實驗室」이라는 작품을 다룬다. 일본의 카렐 차페크의 수용과정에서, 산아제한(자기 몸을 스스로 통제하는) 여성에 대한 혐오가 아쿠타가와 류노스케의 작품을 통해서 나타나고, 아리시마 다케오는 그럼으로써 부인의 시체를 실험실에 놓고 해부하고자 한다. 아리시마 다케오有島武郎의 「실험실實驗室」『中央公論』, 1917은 1920년대 초

---

23 이 장면이 바로 위의 각국의 언어로 번역되는 타이프라이터 발명품에 대한 상상의 구체적인 형상이라고 볼 수 있다. 국내에서 구체적인 발명품 목록에 오른 것은 1930년대이지만, 차페크의 R.U.R을 접할 때부터 이미 첫 장면의 각국 언어로 타이프라이트 치는 모습이 인상적으로 다가왔었음을 알 수 있다.

창기 국내 SF의 발달에 많은 영향을 끼쳤다. 김동인의 「K박사의 연구」에 서도 연구실에서의 발명 연구가 소재로 다루어지고 있으며, 이보다 더 이른 시기의 1910년대 이광수의 작품에서도 실험실의 과학자가 등장하고 있음을 알 수 있다.[24]

김동인의 「거치른 터」『개벽』, 1924.2는 남편의 죽음을 따라 자살한 영애 이야기로 시작한다. 영애의 남편은 일본에서 공학을 전공하고 돌아와 인쇄회사를 다니며 틈만 나면 '실험실'에 틀어박혀 무언가를 한다. 김동인의 「K박사의 연구」는 K박사가 식량 개발을 위하여 사람의 인분으로 고기를 만드는 실험과정을 다룬다. 마찬가지로 「거치른 터」에서도 영애의 남편은 실험실에서 (죽은 이후에 알게 된 것이지만) 타이프라이터를 발명하고 있었다.

그가, 실험실에 드러 가는 것은, 특별히, 시간이 업섯다. 자다가라도 벌덕 니러나서 드러가는 일이 업지 아넛다. 출근하려고 옷은 닙다가도, 생각나면 후덕덕 뛰어 드러간다. 그리고 그 안에 드러가 잇슬 동안은, 저녁때가 되엿던, 친한 벗이 왓던, 알지도 못하고 잇다. 알게 하지도 못한다.

—김동인, 「거츠른 터」, 『개벽』, 1924.2, 192면

"S씨의 실험실에, 비화물砒化物이나 청화물靑化物이 업습니까?"

—「거츠른 터」, 『개벽』, 1924.2, 199면

"류硫– 류청신硫靑酸 포태슘이란 약병, 좀……"

---

24 김주리, 「1910년대 과학, 기술의 표상과 근대 소설–실험실의 미친 과학자들(2)」, 『한국현대문학연구』, 2013.4.

— 「거츤른 터」, 『개벽』, 1924.2, 200면

　그러고, 또, 자네가 귀국하여, K인쇄회사에 월급장으로 드러 안즐 때에, 우리는, 또 한번 놀랏네. 자네가튼 사람이, K인쇄회사기사가 된 것은, 자네가, 미리부터 계획한 일인 줄을 아른 때의 우리의 놀남은, 얼마나 하여슬 즐 생각하나? 자네가튼 사람의게, 계획이며 목덕이라는 것이 이슬 줄은, 뜻도 안하엿네.

　자네는 지금의 인쇄슐의 불완전을 보앗다. 타이프라이터—가 몃 초동안에 (오식誤植업시) 한 페—쥐를 찍어 내일 동안에, 현금의 인쇄슐은, (교정까지 하여) 며츨 동안 걸려서야 겨우 식자라는 것이 끗나는 것을 보앗다. 여기 자네의 계획은 생겨낫지? 아선철판亞船凸板과 타이프라이터의 원리를 리용하여, 가공한 타이프라이터—, 로서, 중重크롬산교酸膠를 먹인 아선판亞船板에 대종待種잉크로서 타자를 하여, 감광感光시킨 뒤에, 초신硝酸으로 부식시켜서, 지금 인쇄슐의 '지형紙型'과 가튼 것을 만드러 보려하여 성공하엿지. 그러나 그것은, 시간으로서는, 지금 인쇄슐보다 빠르지만, 매每 페—쥐의 비용은, 결코 지금 것에 비하여 들먹지 아넛다. 이것은, 금전향락자金錢享樂者인 자네의 마음에 맛지 아넛다. 그럼? 자네는, 다시, 마분지를 응용하여 보려 하엿다. 과학자이 아닌 나는, 똑똑한 사정은 모르지만 모든 것은, 마음대로 되엿다.

　"한번만, 실험실에 더 드러 가면, 끗이, 나겟는데, 나거튼 중한 사람에겐, 한번 드러가는 것이, 큰 일과 가트니깐. 머리 속에서는, 다 해결 됏는데……."

— 「거츤른 터」, 『개벽』, 1924.2, 206면

　영애의 남편은 실험실에 틀어박혀 경제적으로 비용을 절감할 수 있는 효율적인 타이프라이터를 발명하기 위해 연구하다 청산중독靑酸中毒으로 사망한다. 「거치른 터」에서 영애의 남편은 영애에게 실험실에서 자신이 무엇을 연구하는지 일절 이야기하지 않는다. 그러나 자신의 발명에 대해 친구들에게는 이야기한다. 여성을 동물과 같다고 하면서 자신의 발명에 대해 이야기해도 어차피 이해하지 못할 것이라고 친구들과 대화하는 장면이 나온다.[25] 영애는 남편이 죽은 이후에야 비로소 친구들로부터 남편의 실험실에서의 연구 내용에 대해 알게 된다. 이러한 여성에 대한 인식은 1920년대 일본에서 산아제한 운동과 함께 아쿠타가와 류노스케芥川龍之介에게서 보이던 여성과 동물을 동일시하는 발언의 풍토를 반영하는 것으로 보여진다.[26]

「거치른 터」는 종종 김동인의 대표 작품 선집에서도 누락되어 있을 정도로 아무도 주목하지 않았으며, 홀대받아 왔던 작품이다. 남편이 죽은 후, 영애는 죽은 남편의 모습이 거울에도 나타나고, 옆에도 계속 나타나 심지어 대화까지 가능하게 된다. 이는 당시 일본에서 유행하던 SF '심령

---

25 "녀편네란 동물은, 말이네, 남을, 미워하거나 원망하는 것은, 일호두, 량심에 가책이라는 게 업시, 할 수 잇지만", "잇지만, 夏目두 이런 말을 햇거니와 자긔의 무학, 내지 무식한 덤을, 남의게 발견 당한 때거리 분하게 생각할 때가 다시 업다네."(「거치른 터」, 『개벽』 1924.2, 197면) 등 영애 남편은 여자를 동물과 비유하는 말을 하며, 일본의 나쓰메 소세키(夏目)도 그런 말을 했다고 한다. 「거치른 터」에는 직접적으로 일본 문인을 언급하거나 일본어로 표기하여 '그'(영애 남편)가 일본의 영향을 받은 인물임을 내세우고 있다. '그'로 지칭되는 영애 남편은 일본 동경에서 이과에 들어가 학과 공부보다 서양 활동사진을 엿보고 돌아다닌 유학파로 묘사된다.

26 機械文明が生んだ'黙示的怪獸=機關車'を、みずからも制御できない慾望の喩として選んだ最晩年の芥川は、姙娠する女性への嫌惡とそれを抹殺したい慾望とをテクストの上で隱そうともしなった。その背後に、マーガレット・サンガーらの産兒制限運動がある。女性が男性の管理や支配を受けることなく、自由にその〈産む身體〉を行使することができるようになれば、彼女らは出産を自己抑制するだけでなく、男性の意志と關係なしに勝手に子供を産み育てるようになっていくかも知れない。想像上の可能性が、芥川の男性主體を根底から恐怖させる。
"この女は人間よりも動物に似てぬる"と「夢」の「わたし」は呟くが、女性が男性に比べてより〈動物〉に近い存在であるとすれば、その管理と保護と(必要によっては拒殺と)は〈人間〉である男性によってなされなければならない。(2「産兒制限運動と芥川龍之介」、『姙娠するロボット』、春風社, 2002, pp.28~29)

학'의 영향을 받은 것으로 사료된다. 김동인의 「거치른 터」는 '실험실'에서의 발명을 다루고 있고, 여기에 SF 심령학이라는 주제까지 집어넣고 있어서 SF로 읽힐 수 있는 가능성이 있다. 적어도 발명소설 계보(경제적으로 비용을 절감할 수 있는 저렴한 타이프라이터의 발명)에서는 「K박사의 연구」1929보다 앞서 있는 것은 부인할 수 없다.

2) 일제의 산미증식계획과 「K박사의 연구」의 똥으로 식량개발

SF 연구자들도 국내 SF의 효시라 하는 김동인의 「K박사의 연구」가 어떻게 탄생하게 되었는지에 관해 언급한 적은 없다. SF 서지 목록에 최초의 타이틀만 달고 있는 셈이다. 그만큼 김동인의 「K박사의 연구」가 국내 SF 발달사에서 뜬금없이 등장했다는 말이기도 하다. 1929년은 에디슨이 전기발명 50주년 기념회를 열었던 해이기도 하다. 「K박사의 연구」의 사람들을 모아 놓고 자신의 발명 연구대상의 시식회를 여는 장면은 서구의 박람회나 기념회를 통해 자신의 발명을 알리는 것과 흡사하다. 「K박사의 연구」를 읽어 본 사람은 알겠지만, 똥으로 고기를 만든다는 황당무계한 상상력도 놀라운데, 갑자기 등장하는 맬서스나 마거릿 생어는 어떻게 이해하고 받아들여야 하는지 당황스럽다.

> 멜서스였나…… '사람은 기하급수적으로 늘어나고 먹을 것은 산술급수적으로밖에는 늘지 못한다'는 말을 한 사람이 있지 않았나. 박사의 연구도 이 말을 근본 삼아서 시작되었다네.
>
> —김동인, 「K박사의 연구」, 『천공의 용소년』, 아작, 2018, 36면

마거릿 생어라 하는 폭녀가 나타나서 산아제한을 주장한 것을 일부 인도주의자는 눈살을 찌푸렸지만, 거기도 상당한 근거가 있는 것을 어찌하랴. 위생관념이 높아지면서 해마다 사람의 죽는 비율은 주는데 그에 반하여 이 지구는 더 커지지 않으니 여기 사람의 나아갈 세 가지의 길이 있다. 하나는 '도로 옛날로 돌아가서 이 세상에서 위생이라 하는 것을 없이하고 살인 기관으로 전쟁을 많이 하여 사람의 수효를 도태하는 것'이요, 또 하나는 '사람의 출생을 적게 하는 것'이요, 나머지는 '아직껏 돌아보지 않던 데에서 식원료를 발견하는 것'이다. 여인인 생어는 이미 있는 인명을 없이하자 할 용기는 못 가졌다. 생어는 신국면 발견이라는 천재적 두뇌도 못 가졌다. 그는 마지막으로 고식적 구제책을 발견하였으니 그것이 바로 '산아제한론'이다.

— 「K박사의 연구」, 47면

이에 본 연구는 일본에서 카렐 차페크가 마거릿 생어의 방문 시기와 묘하게 겹치면서, 산아조절 운동, 산아제한 운동으로 번진 현상과 연관된다는 점에 주목하여, 그것이 김동인의 「K박사의 연구」에 영향을 끼쳤다고 판단한다. 일본에서 카렐 차페크의 *R.U.R*은 1922년 마거릿 생어의 방문에 이어 1923년 유입된다. 카렐 차페크의 아이를 낳지 못하는 불임의 여성과 산아제한 운동이 겹치면서 남성 작가들의 여성혐오를 불러일으키기도 했지만, 또 다른 측면에서 카렐 차페크는 일본에서 로봇, 인조인간, 인조, 합성이라는 연구 개발 소재가 붐을 일으키는 계기가 되었다. 인조향료, 인조비료, 합성암모니아, 합성알코올, 합성약품 등의 공업적으로 가공해서 만들어낸 것들이 유행처럼 번져 나갔다.[27] 1928년 미국 로봇의 원형이라 할 수 있는 '텔레복스' 기사가 『과학화보』, 『과학잡지』에 동시다발적으로 실리고, 1929년 프리츠 랑의 〈메트로폴리스〉 영화가 유입되면서, 일본은 1920년대 후반기에 로봇 붐을 맞이한다. 그러나 일본에서 로봇 붐은 '인조인간', '자동인간', '전기인간'과 같은 외관의 차이보다는 그것의 새로운 기능에 관심이 집중되었다.[28] 1929년 김동인의 「K박사의 연구」는 이런 일본의 인조인간 붐과 함께 '인조', '합성' 물질에 대한 관심이 고조되면서 연구 개발이 진행되었던 것과 무관하지 않은 것으로 보인다.

그러나 「K박사의 연구」는 카렐 차페크의 *R.U.R*이 직접적으로 영향을 끼쳤다기보다 그것을 수용하는 과정에서 여러 굴절된 양상을 거쳐서 우연히 작품 곳곳에 녹아 들어갔다고 볼 수 있다. 「K박사의 연구」의 엉뚱하고 황당한 소재의 차용은 당시 국내 이외의 일본과 다른 나라의 시대적 상황을 함께 살펴보아야만 그것이 어디서 기인한 것인지 보인다. 지금까지 식민지시기 카렐 차페크의 번역과 수용 연구는 박영희의 「인조노동자」에 집중되어왔고, 그것이 어떻게 국내 과학소설 창작에 영향을 끼쳤는지에 관해서는 알려진 바가 없다. 이에 본 연구에서는 「K박사의 연구」에 뜬금 없이 등장하는 구절과 그러면서도 국내 상황이 들어간 부분이 함께 맞물려 있음을 보여주고자 한다.

김동인의 「K박사의 연구」는 그동안 김동인 연구나 문학사에서 다루지 않았던 작품이다. 최근 SF 연구자들 사이에서 한국 최초 창작 SF라고 평가받으면서 주목받기 시작했다. SF 불모지에서 몇 안 되는 창작 SF로 귀중한 자료가 되면서, 2018년 한국 근대 SF 단편선 『천공의 용소년―허문일, 김동인, 남산수』^{외작, 2018}에 당당히 들어가게 되었다. 그러나 최초 창작

---

27 이노우에 하루키, 앞의 책, 63면.
28 위의 책, 112~113면.

SF라는 타이틀로 서지를 추가하는 데 그치고, 본격적으로 이 작품을 분석하거나 창작 배경을 연구한 사례는 없다. 그도 그럴 것이, 김동인의 「K박사의 연구」에서 나오는 맬서스의 인구론이나 마거릿 생어의 산아제한 운동, 식량 개발과 같은 언급이 단편적으로 나열되고 있고, 발상의 근원이 어디에서 기인하는 것인지 도무지 종잡을 수 없기 때문이다. 김동인이 「K박사의 연구」에서 "마거릿 생어라 하는 **폭녀**"라고 묘사한 것은, 마거릿 생어에서부터 여성이 아이 낳는 것을 조절하는 것으로부터 생겨난 일본 남성들의 여성혐오로부터 비롯된 것이다.

김동인의 「K박사의 연구」는 국내에서 카렐 차페크의 수용이나 일본에서의 산아제한 운동과는 다른 방식으로 생뚱맞게 전개된다. 「K박사의 연구」가 어떻게 창작되었을까를 이해하는 것이 어려운 이유는, 바로 1920년대 여러 국내외적 사회적 분위기나 풍토들이 맥락을 가지고 연결되는 것이 아니라 단편적으로 삽입되었기 때문이다. 가령, "독일서는 공기에서 식품을 잡는 것을 연구해서 거의 성공했다니까. 이것은 그다지 센세이션을 일으킬 것이 못 될 것 같아"58면라든가, "일본인들에게는 소위 결벽이라는 게 있지 않습니까?"59면라는 구절에서도 알 수 있듯, 1920년대 후반 질소비료의 등장이북명, 「질소비료공장」, 『조선일보』, 1932.5.29~31이라든가 위생학(정신위생을 포함하여)에 대한 관념 등의 도입을 뜬금없이 집어넣고 있다. 맬서스의 인구론에 따르면 기하급수적으로 늘어나는 인구에 비해 식량 생산이 이를 못 따라가서 식량 부족 문제가 제기된다. 이에 식량 부족 문제를 해결하고 농업 생산성을 높이는 질소비료가 등장하게 된다. 당시 동물의 오줌으로 암모니아를 합성했다는 것과 김동인의 똥으로 식량을 개발한다는 발상은 쓸모없는 배설물이 발명으로 변모할 수 있다는 상상을 하게 한다.

김자혜, 「라듸움」 / 소장 고려대 도서관

1933년 김자혜의 「라듸움」[29]에서도 돌덩이 하나를 들고 그 돌을 팔겠다는 생각으로 서울로 올라와 시계방에서 팔고 신나서 내려가는 어리숙하고 무지한 박첨지가 나온다. 박첨지가 판 그 돌은 알고 보니 '라듐'이 잔뜩 들어 있는 진짜 값나가는 보물이었음이 밝혀진다. 그러나 그 비싼 물건을 헐값에 팔아넘긴 것도 모른 채 마냥 좋아하는 박첨지의 모습은 돌덩이를 품에 안고 서울로 올라가는 우스꽝스럽고 어처구니없는 모습과 대비되면서 쓸쓸함을 자아낸다. 국내에서 발명, 발견에 대한 기대는 1920년대부터 싹트기 시작하여 1920년대 후반과 1930년대로 가면서 한층 고조되었다. 그러나 무엇을 발명, 발견해야 하는지 모른 채 그냥 무심코 버리는 것들이 발명·발견이 될 수도 있다는 막연한 상상을 했음을 알 수 있다. 돌덩이를 소중하게 품에 품고 팔 생각을 하는 것이나, 오줌이나 똥이 대단한 발명을 낳을 수도 있다는 기대를 품는 것이나 엉뚱하고 황당하기는 마찬가지이다. 당시 소개된

---

29 김자혜, 「女流콩트 라듸움」, 『신동아』, 1933.2, 125면.

발명가의 일화는 식민지 조선인에게 엉뚱하고 황당하게 받아들여졌을 것으로 사료된다. 김동인의 「K박사의 연구」는 발명·발견에 대한 기대가 있었지만 막연하고 엉뚱한 상상 속 이미지로만 다가오던 시대적 상황을 포착한 작품이라 할 수 있다.

그러나 발명·발견에 대한 상상이 하필이면 식량 개발로 이어지게 된 것은, 맬서스나 마거릿 생어와의 연관성을 염두에 두지 않고 설명할 수가 없다. 국내에서 맬서스나 마거릿 생어는 거의 언급되지 않았지만, 일본에서는 카렐 차페크의 유입과 겹쳐지며 여러 파장을 일으켰다. 「거치른 터」에서 이미 타이프라이터의 발명 연구를 소재로 선보였던 김동인은 「K박사의 연구」에서 마거릿 생어가 인구문제의 해결책으로 제시한 산아제한을 식량 개발이라는 소재로 변환한다. 1920년대부터 실시된 **산미증식계획**으로 인해 조선에서 식량이 부족하여 기근으로 굶어 죽는 자들이 늘어갔기 때문으로 보인다. 도축장에서 폐물로 버리는 동물의 혈액이나 지방脂肪으로 음식물을 만들거나極光,「최근의 문명소식」,『학지광』, 1917.11, 1918.3, 효모로 인조육을 만든다는 기사「科學魔力 인조육 이야기」,『별건곤』, 1929.1.1가 종종 나오는 것을 볼 수 있다. 일본에서도 인구과잉으로 인한 식량 부족이 사회문제로 대두되고, 쌀파동이 일어나면서 산미증식계획이 실시된다. 미야자와 겐지는 기근으로 힘든 농촌의 풍경이라든가, 「베지테리언 대축전」 등에서 고기를 먹지 않으면 식량이 반으로 줄어드는데 인구증가에 따라 부족한 식량문제를 어떻게 해결할 것이냐고 반문하기도 한다. 이런 여러 가지 상황에서 식량문제의 해결로 김동인은 우스꽝스럽게도 가장 거부감이 드는 '똥'을 들고나온다. 카렐 차페크의 「곤충극장」[30]에서 쇠똥구리가 자신의 식량인 똥을 정성스레 굴리듯이, 똥을 연구하여 고기를 만들고자 하는 K박사의 연구는, 개고기를 먹지 않는 개인의 취향을 이기지 못하고 좌절하고 만다. 이렇듯 다양한 시대적 양상들과 국내 정서가 맞물려서 모순되고 이질적인 결합체를 낳은 것이 「K박사의 연구」이다.

> 박사의 말에 의지하건대 똥에는 음식의 불능 소화물, 즉 섬유며 결체조직이며 각물질角物質이며 장관내腸管內 분비물의 불요분不要分, 즉 코라고신酸, 피스린 '담즙 점액소'들 외에 부패 산물인 스카톨이며 인돌이며 지방산들과 함께 아직 많은 건락과 전분과 지방이 남아 있는데, 그것은 사람에 따라 혹은 시간에 따라 각각 다르지만 그 양소화물이 3할에서 내지 7할까지는 그냥 남아서 항문으로 나온다네. 그리고 대변 가운데 그냥 남아 있는 자양분은 아무도 돌아보는 사람이 없이 헛되이 썩어버리는데 그것을 어떤 방식으로 추출할 수만 있다 하면 그야말로 식료품 문제에 위협받는 인류의 큰 복음이 아닌가. 그래서 연구해 그 방식을 발견했다나. 말하자면 석탄의 완전연소와 마찬가지로 자양분의 완전 소화를 계획하여 성공한 셈이지. 즉 대변을 분석해서 그 가운데 아직 3할 혹은 7할이나 남아 있는 자양분을 자아내어 그것을 다시 먹자는 말일세.

― 「K박사의 연구」, 44~45면

30 김우진은 카렐 차페크의 소개에서 그가 *R.U.R*과 곤충극 「벌러지의 생활」 두 편으로 세계적 작가가 되었다고 한다(『김우진 전집』 2, 도서출판 연극과인간, 2000, 150면, 『시대일보』, 1926.4.26 재인용). 곤충극 「벌러지의 생활」이 카 ― 렐과 요세프 형제의 합작품으로, 두 사람의 예술적 천분이 없었으면 한 개의 우스운 캐리카튜어에 불과하게 되었을 것이라 한다. 이런 김우진의 비평은 「벌어지의 생활」이 곤충을 통한 희화화나 우스꽝스러운 묘사를 담은 작품이라는 점을 전제하고 있다(『김우진 전집』 2, 도서출판 연극과 인간, 2000, 155면, 『시대일보』, 1926.5.10. 재인용). 김동인이 똥으로 식량을 개발한다는 우스꽝스럽고 엉뚱한 상상력은 카렐 차페크의 희화화된 곤충 캐리커처가 나오는 「벌어지의 생활」에서 영향을 받았을 것으로 사료된다. 특히 쇠똥구리가 자신의 식량인 똥을 정성스럽게 다루는 장면에서 영감을 얻었을 것으로 유추된다. 김우진이 같은 작품에 대한 비평임에도 「벌러지의 생활」, 「벌어지의 생활」로 '곤충'에 대한 번역어가 계속 바뀌고 있어 용어상의 혼동을 준다.

떠민 : 그래서 롯섬씨는 화학상의 표본 가운데 이러한 것을 써노앗서요. "자연이 생물을 맨드는 법은 다만 하나 밧게는 업다. 그러나 그보다 더 간단하게 뜻대로 더 신속하게 되는 다른 방법이 잇슬 줄이야. 자연은 꿈에도 생각지 못하엿스리라. 인생의 진보를 보이는 제2의 방법은 오늘 나로써 발견되엿다." 이러케 써 잇서요. 이것 보세요. 개犬까지도 도라다보지도 안튼 교질膠質의 잡물雜物에 대해서 이러케 놀나울 말을 써노은 씨氏를 좀 생각해보세요. 시험관 압헤 안저서 모든 생명의 나무가 그 시험관 속에서 엇더케 살게되며 또는 갑충甲蟲과 같은 물건에서 사람에게까지 — 물론 우리와는 다른 물질의 사람이지만 — 그 모든 동물이 그 시험관 속에서 엇더케 되어 가는 것을 몰두해서 보고 잇섯든 롯섬씨氏를 생각해 보십쇼. 그가 이러케 연구하엿든 그때야말로 참으로 놀날 만한 시간이엿슴니다.

— 「인조노동자」, 『개벽』, 1925.2, 61면

떠민 : 그래서 인제 문제라는 것은 이 시험관에서 엇더케 생명이 생기며 또한 진화해서 심장과 골격과 신경이 생기며 효소와 접촉물이 엇더케 발견되엿느냐는 것이지요 — . 아시겟슴니까?

— 「인조노동자」, 『개벽』, 1925.2, 61면

일본에서의 '인조인간'이 빚어낸 인조, 합성 열풍과 함께 국내에서 퀴리부인의 라듐과 같은 물질을 추출해서 원소를 발견하는 '화학'에 대한 관심이 고조되었다.[31] 카렐 차페크의 로슘의 인조인간도 원형질이라는 생물을 '화학적으로' 만들기 시작하였다고 언급하고 있다. 실험실 풍경이나 이미지는 국내에서 '시험관' 약품의 조합이나 배합으로 인식되었고, 무슨 발명을 하든 시험관은 대표적인 이미지로 매번 언급되고 있는 것을 볼 수 있다. 이광수의 「개척자」에서부터 시험관 풍경을 자아내던 것에서 비롯해, K박사도 "똥을 떠가지고 **현미경**으로 **시험관**에 넣어서 끓이며 세척하며 **전기로 분해**하며 별별 짓을 다 해"「K박사의 연구」, 38면 본다. 훗날 1934년 '한 개인의 시험관은 전 세계를 뒤집는다'라는 과학데이의 표어는 그냥 나온 게 아니다. 국내에서 시험관이 곧 과학발명의 대명사였던 것이다. K박사는 발명 경로를 신문에 발표하고 '○○떡 시식회'를 열겠다고 한다. K박사가 시식회를 여는 장면은 1927년 미국 웨스팅하우스에서 새로 개발된 기계장치텔레복스의 시연회[32]를 여는 당대 분위기를 연상시킨다. 시연회로 인해 일본 사회를 비롯해 전 세계에 새로운 기계장치에 대한 이목이 집중되었던 것이다. 그리고 시연회를 연 텔레복스 발명품은 일본에서 인조인간의 붐을 맞이하게 된 결정적 계기가 되었다. 그러나 「K박사의 연구」 시식회의 사람들은 그럭저럭 시식하다가도 원료가 똥이라고 알려주자, 토하고 구역질을 하느라 정신이 없다. K박사는 그들에게 동조하지 않고 발명을 계속하다가 무심코 개고기를 먹게 된다. 그러다 그 개가 좀 전에 똥을 먹던 바로 그 개라고 알려 주자 구역질을 하며 토한다. 아무리 신기한 과학발명이라고 하더라도 오랫동안 이어져 온 그 사회의 관습이나 문화를 이기지 못함을 보여준다. 마거릿 생어의 산아제한 운동이 인구문제의 해결책이라고

---

31 실제로 퀴리 부인의 라듐 발견을 소재로 한 김자혜의 「라디움」(『신동아』, 1933.2)이라는 과학콩트가 창작되기도 했다. 1920년대 후반을 거쳐 1930년대 과학발명, 발견에 대한 기대는 증폭되었는데, 『과학조선』을 창간한 김용관은 '이화학연구소'의 창설을 주장하기도 했다.

32 1927년 가을, 뉴욕 브로드웨이 빌딩에서 새로 개발된 기계 장치인 텔레복스 시연회가 열린다. 텔레복스는 오토마톤, 기계인간, 전기인간, 자동종업원이라고 칭해졌으며, 인간의 명령(목소리)에 따라 작업을 수행하는 기계인간을 지칭한다.(이노우에 하루키, 앞의 책, 103면)

하더라도, 일본 사회의 관습이나 정서상 여성이 성적 결정권을 가지고 아이를 낳을지를 결정하는 것에 혐오와 반감이 뒤따르는 것처럼 말이다.

김동인의 「K박사의 연구」는 국내에서는 이질적인 작품으로, 일본 사회의 분위기가 더 반영되어 있다고 볼 수 있다. 그러나 똥으로 식량을 개발한다는 엉뚱한 상상력과 발명은 이광수의 「개척자」에서부터 김동인의 「거친른 터」를 거쳐 식민지 지식인의 실험실 풍경과 발명소설 계보를 이어가고 있는 것으로 볼 수 있다. 김동인의 「K박사의 연구」는 카렐 차페크의 로봇 발명에서부터 관심이 고조되던 1920년대 식민지 조선의 발명 · 발견에 대한 기대를 담아내고 있다. 그러면서도 한편으로 그것이 얼마나 일반 대중에게 엉뚱하고 황당하고 허황된 것처럼 보였는지도 함께 시사하고 있다. 식민지 지식인이 실험실에 틀어박혀 생계를 팽개치고 몇 년 동안이나 시험관을 붙들고 있는 것이나이광수의「개척자」, 무지한 대중이 돌덩이를 돈으로 바꿔주니 그 돌의 가치는 모른 채 그저 좋아하는 것이나김자혜의 「라듸움」 별반 다를 것이 없어 보인다. 식민지 조선에서 똥으로 식량을 개발한다는 것이 거부감을 불러일으키는 것처럼, 과학발명은 너무나 먼 '공상'이나 '환상적인 이미지'로 다가왔음을 알 수 있다. 「거친른 터」의 영애 남편의 타이프라이터 발명도, K박사의 식량 개발 연구도 모두 성공하지 못하고 실패로 끝나거나 중도에 그치고 만다. 그러나 김동인의 「K박사의 연구」가 다른 발명 소재 혹은 실험 소재의 소설과 차별화되는 것은, 발명대상의 구체성에 있다. 「개척자」의 김성재는 자신이 무엇을 발명하고자 하는 것인지도 모른 채 7년을 허비하지만, 「거친른 터」와 「K박사의 연구」에서는 적어도 무엇을 발명하고자 하는지 대상이 구체화되어 있다. 「거친른 터」가 남편을 따라간 영애의 죽음에 초점이 맞추어져서 후반부에 다른 이야기로 펼쳐지는 데 반해, 「K박사의 연구」는 실패로 끝나더라도 자기 실험연구를 작품이 끝날 때까지 붙들고 있다. 그것이 바로 「K박사의 연구」를 국내 최초의 SF로 꼽는 이유라고 할 수 있다.

4. 발명과학소설의 계보와 기대

1920년대 카렐 차페크의 수용은 국내 과학소설 창작에서 발명과학소설의 계보를 형성하는 데 영향을 끼친다. 이광수의 「개척자」에서부터, 김동인의 「거치른 터」, 염상섭의 「표본실의 청개구리」는 과학발명 소재를 모티프로 차용하고 있다. 식민지 지식인의 실험실은 화학인지 물리인지, 생물학인지도 명확하지 않았지만, 발명·발견에 대한 기대로 넘쳐나고 있었다. 화학실험을 하는 것인지, 물리 전자 발명을 하는 것인지, 신기한 기계·기구의 발명인지, 아니면 새로운 식물 종의 개발인지 명확하지도 않은 채, 그저 실험에만 몰두하는 식민지 지식인들은 허황되고 모순되고 무모한 것처럼 보인다. 그들의 실험은 늘 실패로 끝난다. 그만큼 식민지 조선의 현실에서 과학발명은 그저 헛된 꿈이나 이상향에 불과한 공상이었다. 그런데도, 식민지 조선의 과학발명에 대한 기대는 1930년대까지 이어진다. 발명과학소설의 계보는 1929년 김동인의 「K박사의 연구」를 탄생시켰고, 1930년대 발명학회를 비롯하여 『과학조선』을 창간하기에 이른다. 김동인의 「K박사의 연구」는 외적으로는 카렐 차페크의 일본 수용과 마거릿 생어의 방문, 내적으로는 국내 과학발명에 대한 기대가 한데 엉키고 뒤섞여서 나오게 된 결과이다. 카렐 차페크의 *R.U.R*은 박영희나 김기진이

사회주의 경향으로 들여오고자 했지만, 국내에서는 과학기술의 발명에
대한 기대로 나아가게 되었다.

제4장

1940년대 『신시대』를 둘러싼
전쟁의 기운과 디스토피아적 전망

한편으로, 환상은 세계를 미화한다.

또 한편으로 환상은 세계를 중화시킨다.

수전 손택

1. 발명과학과 디스토피아, 그리고 인간의 욕망

공상과학[1]은 종종 현실과 괴리되거나 실현 불가능한 망상으로 오인되

---

[1] 이 장과 다음 장에서 SF의 번역어로 공상과학이란 용어를 택한 것은, 『헨델박사』와 같은 공상
과학만화와 핵공포를 다룬 공상과학영화가 포함되었기 때문이다. 과학소설이란 번역어로
사용하려면 과학만화로 언급해야 하는데, 과학만화, 과학만화영화라는 용어는 대중에게도
연구자에게도 어색하다. 공상과학이란 용어는 소설 이외의 만화와 영화 매체가 들어갔기 때
문에 차용했음을 밝힌다. 더불어 저자는 '공상과학'이란 용어에서 '공상'에 씌워진 부정적인
함의를 벗기고자 하는 의도로 이 용어를 앞에 내세웠다. SF라는 용어를 사용하면 되는데 굳이
공상과학이라는 용어를 사용한 것은, 저자가 서구 작품이 아닌 한국 작품으로 한국 사회의
감성을 추적하는 작업을 해왔기 때문이다. SF 대신 당대 국내에서 사용된 용어를 최대한 반영
하고자 하는 의도가 들어가 있음을 미리 밝히고 시작하고자 한다. SF가 무엇인지에 관한 장르
자체의 규명보다 당대 사회문화사적으로 국내에서 어떻게 수용되었는지를 밝히고자 하는
데 더 큰 목적이 있기 때문이다. 그러나 후반부에 서구 영화와 함께 장르의 계보상으로 논의
를 진행할 때는 SF라 명명하였다.

어 왔다. 특히 1960년대에서 1970년대 호황기를 누렸던 공상과학만화와 만화영화에 붙은 수식어로써, 어린이 청소년들이 보는 오락물로 여기는 것이 일상사였다. 우주, 로켓, 거대로봇, 우주괴물, 우주비행사, 화성 등 지금 여기의 현실과는 동떨어져서 실감이 나지 않았기 때문이다. 그러나 공상과학이 현실과 간극이 벌어질 때 우리는 미래에 대한 낙관적 기대로 꿈을 꿀 수 있었다. 반면, 공상과학이 현실과 거의 일치하거나 현실 그 자체가 되는 순간, 그것이 엄습하는 실제적 공포는 상상을 초월한다. 우리가 공상했던 미래 중 아직 실현되지 않은 것은 허버트 조지 웰스가 공상했던 『타임머신』과 『투명인간』의 세계이다. 미래로 여행할 수 있는 시간 장치나 투명인간이 되는 약품은 우리가 한 번쯤 욕망했던 세계이다. 그러나 우리가 웰스의 공상과학에서 섬뜩한 공포를 느끼는 것은, 웰스가 그린 미래세계나 투명인간이 실제가 되었을 때를 상상해 보았을 때 끔찍하기 때문이다. 그런 발명이라면 차라리 발명되지 않는 게 나을지도 모른다는 생각이 들기도 한다. 그러나 공상이 현실이 되었을 때의 공포를 이기는 것은 인간의 욕망이다. 인류는 제1, 2차 세계대전에서 수많은 신무기와 전쟁 병기가 살인 도구로 자행된다는 것을 경험했음에도 더 강력한 무기를 원한다.

그러나 공상과학이 현실로 다가왔을 때, 발명이 실제로 실현되었을 때, 우리는 밝은 미래를 기대할 수 있을까. 공상과학은 현실과의 간극이 벌어져야 현실을 미화하거나 중화시키는 본래의 기능을 수행하며 독자가 숨을 쉴 수 있다. 공상과학은 현실이 아닌 미래를 담보로 하기 때문이다. 우리에게 펼쳐질 미래가 디스토피아라는 것은, 현실이 지구의 종말을 예견할 정도로 절망적이라는 말이다. 우리는 암울했던 식민지시기에도 발명 공상과학으로 좀 더 나은 미래를 꿈꾸었다. 공상과학의 비현실성이나 실현 불가능성은 종종 공상과학을 폄훼하는 부정적인 뉘앙스로 우리에게 인식되었다. 그러나 공상과학이 실현된다는 것을 경험했을 때, 우리는 우리가 꿈꾸는 공상과학이 인류를 잿빛으로 전염시키거나 오염시킬 수 있다는 데 섬뜩해진다. 꿈도 함부로 꿀 수 없는 것은 바로 공상과학이 꿈이 아닌 '현실'이 될 수 있다는 걸 경험했기 때문이다. 제2차 세계대전은 과학발명이 인류에게 디스토피아적 미래를 가져올 수 있다는 충격을 던져 준다. 독일의 신무기

원자탄의 대재앙 공포는 전 인류에 트라우마로 남아서 이후에도 계속 상상으로 재현된다. 『학생과학』 / 소장 국립중앙도서관

는 제2차 세계대전 중에 가장 많이 발명되었고, 화학실험으로 인한 의학도 그 기간에 가장 비약적으로 발전했다. 제2차 세계대전과 원자탄은 전 인류에게 대재앙의 공포를 안겨 주었다. 핵이 가져오는 대재앙의 공포는 바이러스나 자연재해가 주는 공포와 다르다. 바이러스나 자연재해는 인류의 발명이나 이기적 욕망이 불러온 것이 아니어서, 바이러스가 퍼졌을 경우 인류는 치료약이나 백신을 개발하는 데 온 힘을 기울이고 자연재해 역시 복구하고 대책을 마련하는 데 힘을 모은다. 그러나 원자탄의 공포는 극과 극으로 나뉠 수 있다. 원자탄의 발명도 전쟁에서의 자국側편의 승리

를 욕망하는 것에서 비롯되었기 때문에, 인류에게 대재앙을 가져올 것을 알면서도 전쟁에서 이기고 싶은 욕망이 그 모든 것을 누르게 된다. 그래서 핵을 없애지 않고 핵을 둘러싼 긴장 관계로 전쟁을 종식하기도 하고, 휴전을 유지하기도 하고 전쟁에서 승리하기도 한다. 제2차 세계대전을 둘러싼 발명과학은 이처럼 처음부터 전쟁을 염두에 두고 국가 간의 이해관계가 첨예하게 갈리는 시점에서 상대편을 멸망하게 할 목적으로 이루어졌다. 핵을 둘러싼 국가 간의 입장에서 남한은 애매하고 모호한 위치에 있었다. 이 장에서는 1940년대 태평양전쟁을 둘러싼 불안한 기운과 디스토피아적 전망을 들여다보고자 한다. 다음 장에서 1950년대 한국전쟁을 거치고 원자로가 유입되던 1950년대 말까지의 상황을 이어서 고찰하며 식민지 조선에서 남한 정부로 오기까지 원자탄을 둘러싼 입장이 어떻게 달라지고 있는지 살펴보고자 한다.[2]

국내에 가장 먼저 들어온 공상과학 작가는 쥘 베른이다. 쥘 베른의 뒤를 이어 초창기에 유입된 작가는 허버트 조지 웰스이다. 허버트 조지 웰스의 『타임머신』은 1920년 4월 『서울』에 김백악 역으로 실렸으나 끝을 맺지 못했다. 1926년 11월부터 12월까지 『별건곤』에서 영주 역으로 번역되어 연재되었으나 역시 도중에 중단되고 만다. '미래'를 그리는 당시의 다른 공상과학소설이 '이상촌'이나 '이상향'을 그리는 데 반해, 웰스의 미래는 디스토피아적 전망을 담고 있기 때문이다.[3] 암울한 식민지시기에 대중은 현

---

2 다음 장에서 1950년대가 디스토피아적 전망이 깔려 있긴 하지만 인조인간의 양가성이나 발명과학에 대한 이중적 시선이 있음을 보여 준다. 그러나 1950년대 말 원자탄 공포가 낙관적 전망으로 치환되는 과정은 최애순의 「1950년대 원자탄 공포를 낙관적 전망으로 치환하기-김산호의 〈라이파이〉와 한낙원의 『잃어버린 소년』을 중심으로」(『국제어문』 제92집, 2022.3, 317~352면)를 참조할 것.
3 최애순, 「1920년대 미래과학소설의 사회구조의 전환과 미래에 대한 기대-『팔십만 년 후의

실이 너무 절망적이어서 미래까지 잿빛으로 물들이기를 원치 않았다. 1930년대까지도 전기, 전신, 비료, 물감 등의 화학이나 물리에서 발명·발견을 통한 호기심과 기대를 품고 있었다. 이러한 발명·발견으로 미래가 지금보다 좀 더 나아질 것이라 기대했던 장밋빛 전망은 1940년대가 되면 전쟁이 모든 것을 잠식시켜서 웰스가 예견했던 디스토피아적 전망으로 바뀐다.

1940년대로 오게 되면 비행기, 전기, 통신, 기차 등 생활의 편의보다 전쟁에서 승리를 담보하는 무기와 병기를 위한 발명과학이 온통 신문이나 잡지의 지면을 장악하게 된다.[4] 비행기가 아닌 최신 전투기, 기차가 아닌 잠수함이나 항공모함이 최고의 발명으로 등극하게 된다. 1940년대는 우리에게 막연하던 발명과학이 실제로 전쟁의 승리를 이끌고, 다른 나라를 파괴하는 현실이 됨을 경험했던 때이다. 1945년 히로시마와 나가사키에 원자폭탄이 터지는 것을 목도한 경험은 전 세계에 '인류 대재앙'에 대한 디스토피아를 퍼뜨렸다. 공상과학영화에서 터지는 원자폭탄은 이제 공상의 영역이 아니라 실재하는 '현실'의 공포가 된다. '실제적 공포'가 주는 미래에 대한 위기감은 개별 존재의 생존이 아니라 인류 전체의 생존과 직결된다. 그래서 인류 대재앙에 대한 영화나 소설이 핵폭발 이후 미국과 독일에서 반복해서 생산된다.

그러나 한국은 전쟁을 둘러싼 발명과학에 대해 미묘한 위치에 놓이게 된다. 1940년대 태평양전쟁을 둘러싸고 독일, 미국, 일본 사이의 전투기,

---

사회』, 『이상의 신사회』, 『이상촌』을 중심으로」, 『한국근대문학연구』 41, 2020.상반기, 40~41면 참조.

4 독일의 신무기 발명은 제2차 세계대전 기간인 1940년대에 황금기를 이루었다고 한다.(로저 포드, 김홍래 역, 『2차대전 독일의 비밀무기』, 플래닛미디어, 2015) 인류 전체의 폐허와 재앙을 낳은 전쟁의 기간이 발명의 황금기라는 아이러니한 상황이 연출되는 것은, 발명이 실제적 공포가 됨을 알면서도 중단하지 않는 인간의 욕망 때문이라 볼 수 있다.

항공모함, 폭격기 등의 공군력과 해군력을 강화하는 군대 병기 발명과학을 식민지 조선인의 눈으로 목격하고, 미국의 원자폭탄으로 느닷없이 해방을 맞이하는 경험을 하게 된다. 한국전쟁기에도 트루먼 대통령이 원자탄도 불사하겠다는 선언에 원자탄이 터지면 다 죽겠지만 전쟁이 종식될 수 있다는 위기와 불안과 안도와 흥분 등의 다층적 감정에 휩싸이게 된다. 1950년대 남한은 원자탄에 대한 공포보다 낙관적 기대를, 전쟁의 피폐함보다 극복과 재건의 의지를 굳히며 앞으로 달려 나가기 급급했다. 그리고 선진국 대열에 들어서려는 미래를 설계하는 국가 기획은 '과학정책'과 함께 시행되었다. 1950년대 전후 작가의 문학에서 전쟁의 트라우마가 헤집어 놓은 정신과 불구가 된 몸으로 사회에 부적응한 인물들이 그리는 암울하고 비참한 곰팡이 핀 냄새는 공상과학에서 볼 수 없다. 1940년대 발명과학이 실제적 공포가 되었던 순간과 1950년대 한국전쟁의 트라우마를 전후 작가가 묘사한 것과는 다르게, 공상과학에서는 미래에 대한 낙관적인 기대와 꿈으로 치환시키며 극복을 향한 의지를 드러냈다. 1950년대 후반에서 1960년대와 1970년대 공상과학에서 로봇, 우주선, 비밀 설계도 등을 둘러싸고 우주인과 싸워서 이기거나, 새로운 우주 행성을 개척하는 서사는 바로 전쟁의 트라우마로 인한 비관적인 전망을 낙관적인 에너지로 치환하는 과정이라 볼 수 있다.

공상과학에서의 발명이 인류의 대재앙이나 부작용으로 인간의 삶에 부정적 영향을 끼칠 것이라는 디스토피아적 전망은 1940년대와 1950년대에 집중적으로 나타난다. 특히 한국 공상과학에서는 1950년대 초반에 보이던 디스토피아적 전망이 1957년 소련의 스푸트니크 사건 이후로 우주 개척의 서사로 바뀌게 되면서 낙관적 기대와 꿈으로 전환하게 된다. 이 글에서는 한국 발명과학의 계보에서 비관적 전망으로 점철되었던 시기에 집중하여 발명과학이 실제가 될 때의 공포를 들여다보고자 한다. 인간이 발명한 혹은 공상한 모든 것이 '실제'가 된다고 가정했을 때, 우리는 함부로 발명하거나 공상하거나 꿈꿀 수 없다. 그것이 실제가 되었을 때의 결과나 효과를 고려해야 하기 때문이다. 발명에 대한 공상이 현실과 거리가 좁혀진다면, 우리가 미래를 공상하는 것은 불가능하거나 힘겨워진다. 아무리 현실을 벗어나 미래를 공상하려 해도 현실의 압박이 강하게 조여오기 때문이다. 1940년대는 태평양을 둘러싼 전쟁의 기운이, 1945년 이후로는 핵폭발의 기운이, 그리고 1950년 이후는 한국전쟁의 기운이 모든 현실을 압도한다. 아무리 미래를 공상하려고 해도 현실이 암울하고 절망적이어서 웰스의 타임머신을 타고 미래로 이동하는 동안 계속해서 '섬뜩한 황량함'을 마주하게 된다.

이 장에서는 1940년대 태평양전쟁기에 간행된 『신시대』에 실린 미래전쟁소설(가상소설) 「태평양의 독수리」와 과학소설 「소신술」[5]을 통해 미래를 공상하는 것이 불가능해져 버린 현실의 실제적 공포와 발명과학이 낳은 디스토피아적 전망을 들여다보고자 한다. 1940년대는 히로시마에 원자탄이 투하되기 전까지 인류 대재앙의 공포보다는 경계를 두고 편을 갈라 '우리 편'이 이기기를 욕망한다. 그러나 핵실험과 핵폭발로 세계 전역에 '지구 종말'의 기운이 짙게 드리우게 되고, 1950년 한국전쟁을 치르는 한반도 역시 여기에서 벗어날 수 없었다. 이 장에서는 『신시대』의 「소신술」과 「태평양의 독수리」를 중심으로 태평양 전운이 감돌던 1940년대의 디

---

5   미래전쟁소설이나 과학소설은 자칫 용어상의 혼란으로 보일 수 있으나, 1940년대 당시 게재될 때 달린 장르명을 그대로 가져온 것임을 밝혀 둔다.

스토피아적 전망을 들여다보고, 다음 장에서 1950년대『헨델박사』를 중심으로 핵폭발 이후 인류 대재앙의 공포와 남한의 정세를 들여다보기로 한다. 「태평양의 독수리」를 제외하고[6] 「소신술」은 연구된 바가 없어 한국 SF의 서지사항 확보에도 도움이 될 것으로 사료된다.

2. 1940년대 발명과학의 실제적 공포와 디스토피아

1) 가상이 실제가 되는 순간 – 「태평양의 독수리」

수전 손택은 1940년대가 공상과학적 주제들이 끊임없이 변주되어 이 장르의 전성기를 누리던 때였다고 한다.[7] 1940년대 국내에서는 주로 방첩소설과 스파이소설 계열의 작품들이 주류를 이루고 있었다. 공상과학소설이나 공상과학영화는 해방 이후 1950년대가 되어서야 국내에서 본격적으로 창작된다. 1950년대 공상과학에서 보이는 비밀 설계도, 과학자 납치, 세계연방국가, 국제회의, 핵폭발, 핵전쟁 등과 같은 소재는 1940년대부터 보아 오던 것들이다. 1930년대까지 국내에서 발명과학은 그것이 가져오는 신도시, 신문명의 이기로 인한 미래에 대한 기대감으로 차 있었다. 그러나 1940년대 전쟁의 기운과 함께 발명과학은 신무기 개발에 주력하였고, 실제로 독일의 신무기가 전쟁의 승리로 이어지게 되는 것을 직접 경험한 각국은 전투기, 폭격기 등에 조금이라도 더 최첨단, 누구도 생

---

6 「태평양의 독수리」에 관해서는 우정덕이 2013년 2월 한국현대문학회에서 발표한 자료가 있다.(우정덕, 「총동원체제하의 대중소설과 그 의미—安田敏의「太平洋의 독수리」, 「싸움하는 副丹粧」을 중심으로」, 『한국현대문학회 학술발표자료집』, 2013.2, 72~79면)
7 수전 손택, 이민아 역, 『해석에 반대한다』, 도서출판 이후, 2013(8쇄), 316면.

각지 못한 기발한 무기를 개발하려는 치열한 각축을 벌였다.[8] 특히 일본은 독일의 '기계화 부대'에 대한 선망을 드러내고 그를 쫓아가기 위한 전군의 첨단 기계화를 목표로 전투기와 폭탄 제조 기술에 총력을 쏟았다. 세계 각국은 독일의 신무기를 알아내려는 기민한 움직임이 일었고 철저한 '비밀'을 유지하려는 전략에도 무기가 완성되기 전에 비밀 설계도가 유출되거나 하는 사례가 벌어지기도 했다.[9] 발명과학은 온통 신무기 개발에 쏠렸으며, 신무기 설계도는 국가의 최고 기밀이었다. 이를 둘러싼 각국의 스파이가 암투를 벌이는 방첩소설이 나온 것은 당연한 귀결이었다.[10] 독일과 영국을 둘러싼 잠수정, 스파이 등의 눈치작전은 1940년대로 들어서게 되면서 미국과 일본의 불안한 기류로 옮겨져서 태평양을 둘러싼 전운이 동아시아 전역에 감돌게 된다. 1940년의 미국과 일본 사이의 팽팽한 긴장과 불안한 기류는 잡지 『신시대』에 투영되어 있다.

---

8 독일은 제2차 세계대전에 수많은 전투기와 폭격기를 내놓았는데, 그때마다 새로운 이름을 달고 더 창의적인 것을 내놓으려고 안간힘을 쏟았다. 특히 제2차 세계대전의 승기가 미국 쪽으로 기울고 독일이 우세한 기운을 유지하지 못하고 기울게 되었던 1940년대 폭격기 발명보다 '전투기' 쪽으로 방향을 돌려 폭발적인 발명을 내놓았다. 전쟁이 끝났을 때 미국은 독일의 기밀과 과학자를 미국으로 데려가기 위한 프로젝트를 실행했다. 그만큼 신무기 개발 경쟁이 극에 달했고 아이러니하게도 1940년대는 전쟁으로 암흑기였음에도 '무기 발명의 황금기'였다.(로저 포드, 앞의 책, 210~215면 참조)

9 1945년 5월 독일의 Ju 287 V1과 미완성인 Ju 287 V2가 소련으로 넘어갔다고 한다.(로저 포드, 앞의 책, 27면) 1940년에서 1945년 사이 살인광선과 비밀무기 설계도를 빼앗으려는 모티프가 탐정소설과 공상과학의 주요 소재로 등장하는 것을 볼 수 있다. 1940년에 발표된 김내성의 「비밀의 문」(『농업조선』, 1940)도 딸이 꾸민 연극으로 밝혀지긴 했지만, 당시 비밀무기 설계도를 둘러싼 암투가 여기저기서 비일비재하게 일어나고 있었음을 유추해 볼 수 있다.

10 1940년대 태평양전쟁 시기에 간행된 『신시대』에는 식민지시기 탐정소설 작가인 김내성의 방첩소설 「매국노」가 실려 있다. 1940년대 방첩소설이 국내뿐 아니라 다른 나라에서도 성행할 수밖에 없었음에도 김내성의 「매국노」가 문제인 것은, 식민지 조선인의 스파이 활동은 곧 일제를 위한 '친일'로 귀결될 수밖에 없었기 때문이다. 이에 대해서는 정혜영과 김성연의 논문을 참조할 것.(정혜영, 「방첩소설 「매국노」와 식민지 탐정문학의 운명」, 『한국현대문학연구』 24, 2008.4, 275~302면; 김성연, 「방첩소설, 조선의 총동원체제와 국민오락의 조건」, 『인문과학논총』 37, 2014.2, 217~239면)

1941년 1월 마미산인馬尾山人의 「태평양의 전망」은 '무시무시해지는 태평양의 풍운'을 묘사한다. 「태평양의 전망」은 태평양을 둘러싼 전운이 '만약 실제로 전쟁으로 일어나게 된다면'이라는 가정까지 설정한다. '영국이나 미국과의 전쟁이 벌어지게 된다면'이라는 가정하에 미국의 함대나 해군력이 일본에 미치지 못할 것이라고 예상하고 있다. 태평양전쟁에 대한 가상 설정은 공상보다 실제로 다가왔을 것이고, 현실을 압박하는 불안과 공포가 한반도를 휘감았다고 볼 수 있다. 「태평양의 전망」에서 영국과 미국과 전쟁이 실제로 벌어지게 되면 어떻게 될까 하는 공상은 1941년 2월 안전민의 「태평양의 독수리」라는 제목의 가상소설에서 고스란히 재현된다.

> 인류人類의 문명文明은 과학科學의 진보進步에 딸아 향상向上하고, 또 기계력機械力에 의依하야 문화文化는 진보進步하는 것이다. 그러나 이 과학科學의 힘과 기계機械의 힘의 정화精華를 다하야, 이것을 가장 응용應用하는 것은 병기兵器다. 그래서 학자學者들은 '병기兵器는 과학科學의 최고봉最高峯이다'라고 말하고 있다. 어쨌든지 간에 지금의 전쟁戰爭은 기계화전機械化戰이다.
> ─「과학소설(科學小話)의 군기계화(軍機械化)란?」, 『신시대』, 1941.1, 213면

그러나 미국과의 충돌이 생긴 때에는 어떻게 되겠다는 가정假定을 하여본다면, 미국은 오늘에 있어서, 일본함대를 격파할 만한 자신을 가지고 있지 못하므로, 해군력을 멀리 극동에까지 파견하리라고는 생각되지 않습니다. 그러나 미국으로서는 무력을 직접 쓰지 않더라도 일본을 타도할 수 있다는 수단으로서 경제전쟁經濟戰爭을 계획할 것입니다.

그러면 일본으로서는 공영권내共榮圈內에 포함된 지역地域을 점거하고서 장기

전장戰長期戰에 필요한 물자를 확보하여서 경제고갈전에 대처對處할 방도를 취하지 않으면 안 될 터이므로, 극동에 있어서는 극동수역極東水域 내에 남아있는 미국의 극동함대(현재 순양모함 두척 이하의 함대가 있으나 형세가 급박해지면 대부분 먼저 물러갈것입니다마는) 와의 사이에 적은 충돌이 있을 것이나 그것이 일단락을 고하면 당분간은 통상파괴전通商破壞戰은 없을 것이라고 생각됩니다.

이상以上은 영미양함대와 일본과의 싸움을 분리해가지고 생각한 것이나, 결국 싸움이 벌려만 진다면 이상의 두 경우가 동시에 행해질 것이라는 것을 우리들은 각오하여야 할 것입니다.

—〈戰雲싸움이 폭발(爆發)벌어지게 되면〉 장, 「태평양의 전망」, 『신시대』, 1941.1, 135면

'과학의 힘과 기계의 힘을 가장 응용하는 것이 병기', '병기는 과학의 최고봉', '전쟁은 기계화전'임을 강조하는 1941년 당시 과학발명은 곧 신무기와 신병기의 개발로 직결되었다. 1941년 태평양을 둘러싸고 미국과 전운이 감돌던 당시 '싸움이 벌어지게 되면'이라는 가정은 먼 미래의 막연한 상상이 아니라 피부로 느끼는 실제 현실이었다. 안전민의 미래전쟁소설 「태평양의 독수리」[11]는 일본이 진주만을 기습하기 불과 몇 달 전에 쓴 가상소설이다. 도입부 작품 소개에서 "이 일편一篇은 **가상소설**假想小說이다. 그러나 제국항공대帝國航空隊는, 이와같은 충렬용감忠烈勇敢한 정신情神으로 뭉치고 당치어 있는 것이다. 장렬壯烈한 일대백오십一對百五十의 **대공중전**大空中戰!

---

11 1953년 같은 제목인 〈태평양의 독수리(太平洋の鷲, The Eagle of the Pacific)〉라는 일본의 혼다 이시로(1954년 〈고지라〉로 유명함) 감독의 영화가 있다. 따라서 안전민을 일본 사람으로 유추해 볼 수 있으나, 뒷받침할 만한 자료를 확보하지 못했다. 그러나 작중인물로 일본인 '하나다' 공조를 내세우고 있고 같은 제목의 일본 영화도 있어서 일본인일 가능성이 높다. 그렇게 본다면, 한국 작가 중에 아무리 찾아도 나오지 않는 이름이라는 것이 설명될 수 있다.

장래將來할 세계를 바라볼 때, 그 누가 **실전**實戰이 아니라고 할 것이랴"115면
라고 가상소설임을 밝히고 있다. 다가올 세계의 동향을 고려할 때 '실전'
에 다름 아님을 강조한다. 미래전쟁소설임에도 다른 공상과학에서 미래
를 그리는 것과 달리, 작품의 시공간 배경이 태평양을 둘러싼 1941년 현
재에서 벗어나지 않는다. 태평양을 끼고 벌이는 전쟁인 만큼 '대공중전'
에 걸맞게 전투기, 증폭기, 폭격기, 항공모함의 숫자와 성능 정도가 전투
력으로 환산된다.[12] 적군의 비행정을 몇 대나 격추했는가, 적국의 주요 건
물을 얼마나 폭격했는가 하는 것이 비행사의 업적으로 인정되었다. 고등
비행훈련을 하다 부상으로 해군병원에 입원한 하나다 이二공조는 퇴원명
령이 떨어지기만을 기다린다.

> 일본과 미국 두나라가 태평양을 사이에 놓고 드디어 전단戰端을 열게 된후 이
> 미 五개월이다. 미국을 일본이 맹주盟主가 되어 확립된 대동아공영권大東亞共榮圈
> 으로 말미암아 극동에있는 미국의 권익權益이 一소掃될 것을 염려하고 드디어
> 금년 四월에 대일선전포고對日宣布告를 한 것이다.
>
> ─ 안전민, 「태평양의 독수리」, 『신시대』, 1941.2, 116면

> 그들이 타고 있는 항공모함 세이류우는 낮이면 초계哨戒의 정찰대偵察隊의 지
> 도를 따라 적 공군의 눈을 피해 가며 복잡한 침로針路를 취하여 혹은 동으로 혹
> 은 서로 항주航走하면서 적도 부근을 향하였다. 그리하여 이튿날 저녁때에는 남
> 양령의 최남단 크리이도 동편 백이십二十킬로의 해면海面을 남쪽으로 빠졌다.
>
> ─ 안전민, 「태평양의 독수리」, 『신시대』, 1941.2, 122면

---

12 로저 포드, 앞의 책, 2015.

"크리이도는 헐수없다지만 한달
전엔 타리이트도가 폭격을 당해서
무전無電, 철팁鐵塔이 산산조각이 났
다지. 그대신 적군의 비행정을 세
대나 격추擊墜했다지만……."

　　　　　　　—안전민, 「태평양의 독수리」,

　　　　　　　　　『신시대』, 1941.2, 121면

안전민, 「태평양의 독수리」, 『신시대』 / 소장 고려대 도서관

「태평양의 독수리」는 공중의 전투
기가 날아다니는 장면의 삽화로 시
작한다. 대개의 전투는 공중전에서
적의 전투기나 비행정을 몇 대나 격
추시켰는가, 혹은 바다에서 적의 군
함을 몇 대나 격퇴했는가, 그리고 폭격기로 적군 영역의 군사기지나 산업기
지의 주요 건물이나 송신탑을 붕괴했는가로 결정이 난다. 그러다 보니 전투
기, 비행정, 폭격기, 증폭기 등의 공중전의 최신 병기가 앞다투어 발명되었
다. 역사적으로 최신 병기가 가장 많이 발명된 시기는 이차대전이었고, 가
장 많은 신병기를 개발한 국가는 독일이었다.[13] 독일의 최신 병기와 화학무

13　1941년 1월 『신시대』에서 「최신병기전관 제1부」에서 폭탄을 다루고 있는데, 이때 발성폭
　　탄이아 파괴탄을 설명할 때, "독일서 만들어낸 것인데 인심을 소동시키자는 폭탄이다. 영국
　　서는 그 소리가 무서워서 자살까지 한 사람이 다 있다고 한다"(217면), "이거야말로 폭탄이
　　니 이번 전쟁에 피차가 서로 기가 나서 사용하는 것이다. 그중에도 독일서 쓰는 폭탄은 무게
　　가 이천오백 근, 이놈의 땅에 떨어지면 사방열간둘레로 사간 깊이를 파내는데 서울로 치면
　　'반도호텔'이라도 한방에 밑바닥까지 부셔지는 위력이 있다"(218면)라고 독일의 최신병기
　　의 위력을 내세우고 있다.

김내성, 「괴도 그림자 후일담」/ 소장 국립중앙도서관

기는 제2차 세계대전이 끝난 후 미국에서 가져가려고 했으며, 실제 독일의 과학자를 포섭하여 미국에서 활동하도록 하는 데 적극적인 개입을 하였다. 전쟁과 동시에 역사적으로 가장 많은 발명이 행해졌다는 아이러니는 그동안 장밋빛 미래에 대한 기대를 품었던 발명과학이 잿빛으로 변할 수도 있다는 불안과 긴장을 불러왔다. 그런데도 인간의 전쟁에서 이겨서 세계를 제패하려는 욕망은 광기 어린 신병기 발명과 무자비한 실험을 자행하도록 했다.

1940년대 발명과학은 과학의 이중성과 무자비한 힘에 대해 실제적 공포를 느끼기는 했지만, 그래도 전쟁에서 승리하려는 인간의 욕망을 이기지 못했다. 신병기 발명과 전쟁에서의 승리에 대한 기대심리는 1945년 핵폭발 이후 전 세계가 잿빛으로 물들면서 '인류의 대재앙'에 대한 디스토피아로 가라앉게 되었다. 수전 손택이 「재앙의 상상력」이란 글에서 공상과학영화를 예로 들어서 설명한 것은 '재앙'에 대한 막연했던 그림이 바로 핵폭발이 이루어지고 난 후에야 구체적 형상으로 상상하는 것이 가능해졌기 때문이다.

『신시대』에 「매국노」를 연재한 작가 김내성의 1940년 발표작 「비밀의 문」은[14] 당시 국내에 감돌던 전쟁의 분위기와 신병기 발명에 대한 치열한 경쟁을 고스란히 보여주고 있다.

강세훈 박사─! 그렇다, 제군은 신문지상이나 혹은 잡지 같은 데서 살인광선殺人光線 연구자로서 유명한 이학박사理學博士 강세훈 씨의 이름을 너무나 잘 알고 있을 것이며, 다년간 연구 중에 있던 그 무서운 살인광선이 이즈음에 이르러서는 거의거의 완성에 가까웠다는 소식을 들었을 줄로 믿는다.

제3차 세계대전의 위험성을 내포하고 있는 이즈음, 그리고 세계 각국에서 앞을 다투어 가면서 신병기 발명에 전력을 기울이고 있는 이즈음에 강세훈 박사의 살인광선이 거의 완성되었다는 사실은 비단 우리들만의 자랑이 아니라 전 세계의 경이의 적이 아닐 수 없었다.

—김내성, 『비밀의 문』, 명지사, 1994, 14면

해외의 신문은 구라파 어느 나라에서 살인광선을 발견하였다는 소식을 때때로 전하지마는 그것은 모두 허위의 풍설임을 면치 못하는 것이다. 세계 각국이 서로 먼저 이 무서운 병기 살인광선을 발명하고자 노력하고 있는 것만은 틀림없는 사실일는지 알 수 없으나, 그러나 그것은 아직 극히 소규모의 것이므로 실전쟁에 사용하기까지는 아직 기나긴 시일이 요할 것이다.

무엇보다도 그 증거로 이번에 일어난 세계대전에서 아직 살인광선을 사용한 나라는 하나도 없는 것을 보면 그간의 소식을 넉넉히 추측할 수 있는 것이다.

—김내성, 『비밀의 문』, 명지사, 1994, 14면

---

14 김내성은 1940년 11·12월 합본 『농업조선』에 「怪盜 그림자 後日譚」 상편을 게재한다. 1940년 12월이 자료의 끝(국립중앙도서관 소장)이어서 후속편이 마무리되지 않은 채였던 이 작품은, 이후 1949년 『비밀의 문』이란 창작집을 낼 때 「비밀의 문」으로 제목이 바뀌고 완결된 내용으로 실리게 된다. 본 책에서 인용한 「비밀의 문」은 1994년 명지사에서 다시 간행한 것임을 밝힌다.

근래의 전쟁이 과학의 전쟁이라는 것은 다시 말할 필요도 없거니와 마지노선이 그처럼 쉽사리 격파된 것은, 첫째로는 프랑스의 작전상의 오산도 오산이려니와 무엇보다도 정예한 독일의 기계화 부대의 힘이 컸다는 것을 알아야 할 것이다.[15]

—김내성, 『비밀의 문』, 명지사, 1994, 14면

김내성의 「비밀의 문」은 의문의 그림자가 살인광선 설계도를 빼앗아 가려는 통보를 보내고 위협하는 내용의 탐정소설 형식으로 전개된다. 그러나 살인광선을 연구하는 강세훈 박사의 비밀 설계도를 둘러싼 쟁탈전은 이후 국내 공상과학소설에서 종종 등장하던 모티프이다. 1940년대 방첩소설에서도 비밀무기 설계도가 주요 모티프로 등장한 것으로 보아서, 이시기 신무기 발명에 대한 경쟁이 제국들 사이에서 얼마나 치열했는지를 짐작할 수 있다. 또한 독일이 프랑스를 함락한 전쟁을 언급함으로써, 당시 독일의 기계화 부대에 대한 일제의 선망이 컸음을 드러내고 있다. 결국 태평양전쟁은 원자탄이 터지며 종결된다. 발명과학의 디스토피아를 예견했던 웰스가 원자탄이 터지는 것을 목도한 것은, 섬뜩하고 비극적이다.

1940년대 전쟁 무기 발명과 핵실험을 둘러싼 불안과 염려는 히로시마와 나가사키에 원자탄이 떨어진 이후 1950년대 전 인류에게 '대재앙 공포'로 확산되었다. 김내성의 「비밀의 문」에서 예견한 제3차 세계대전에 대한 불안은 해방 이후 냉전 체제가 되면서 국내 공상과학 계보에서 계속 이어진다. 1959년 『정의의 사자 라이파이』에서는 제3차 세계대전이 벌어질 것을

---

[15] 1940년 6월 25일 프랑스 정부가 나치 독일에 공식적으로 항복한 일을 일컫는다. 이후 독일의 영국 침공(실패로 끝남), 일본의 진주만 습격이 1940년에서 1941년 사이에 일어난 중요 전쟁이었다. 「비밀의 문」은 독일의 프랑스 함락 직후에 창작되었음을 알 수 있다.

염려하여 세계연방정부를 결성하는가 하면, 1965년 문윤성의 「완전사회」
에서는 이미 제3차 세계대전은 벌어졌고, 제4차 전쟁에 이어 제5차 전쟁
까지 예고하고 있다. 1940년대 극단으로 치달았던 신무기 선점권과 쟁탈
전은 핵폭발 이후 1950년대 미·소 냉전 체제에서 오히려 더 극대화되었
다. 이런 상황에서 미·소 냉전 체제에 끼인 남한은 1950년대를 어떻게 극
복했을까. 1960년대와 1970년대 국내 공상과학은 국가의 과학교육 정책
과 함께 발전·진보를 향한 낙관적인 기대와 전망으로 기울게 된다. 이 글
은 공상과학이 낙관적인 세계관으로 기울게 되기까지의 남한의 복잡한 속
내와 이중적이고 모순적인 감성을 보여주고자 한다. 공상과학이 현실이
되는 것을 목도한 1940년대의 발명은 전투기, 폭격기, 항공모함 등 모두
전쟁의 '실제' 병기였다. 로케트, 우주선이 등장한 것은, 1950년대 후반이
되어서이다.

2) 인간이 발명과학의 실험대상이 될 때―「소신술」

발명과학의 대상이 멀리 있을 때나 막연할 때는 두렵지 않다. 그러나 그
것이 우리와 같은 살아 있는 생명체가 될 때, 더 나아가 인간 그리고 내가
될 수 있을 때 섬뜩함은 이루 말할 수가 없다. 웰스의 『투명인간』 역시 과
학자가 자신이 발명한 약을 직접 먹고 자신이 실험대상이 된 경우이다.[16]
투명인간은 나는 상대가 보이지만 상대는 내가 보이지 않는다. 이때의 발
명과학은 나와 타자를 구분하는 경계가 지워진다. '나의 몸이 남에게 보이
지 않는 투명인간이 된다면'이라는 공상은 누구나 한번 해 보았을 것이다.

---

16 웰스의 『투명인간』은 세계공포괴기걸작선에 『공포의 투명인간』(꿈나라, 1991)이라는 제
   목으로 출간되기도 한다.

그러나 우리가 막연하게 남몰래 자유자재로 나가거나 들어올 수 있고, 남의 물건을 가져올 수 있거나 하는 공상은 웰스의 『투명인간』에서 씁쓸하고 비극적인 감정으로 완전히 뒤바뀐다. 세상의 '괴물', '악'으로 규정되어 표적이 되다가 결국 비참하게 만신창이로 죽음을 맞이하는 투명인간의 최후를 보았기 때문이다. 막연하게 공상했을 때는 즐거운 유희였는데, 막상 실제로 실현될 것을 상상했을 때 그것은 끔찍한 공포에 다름아니었던 것이다. 투명인간이 된다는 것은 내가 실험대상이 된다는 말이다. 우리는 막연하게 공상만 했지 내가 실험대상이 될 수도 있다는 가정은 해 보지 않았을 것이다. 그러나 웰스의 '투명인간'이 실현되지 않은 공상임에도 섬뜩한 것은, 인간이 발명과학의 실험대상으로 이용되었던 실제 사례가 있기 때문이다. 제2차 세계대전과 1940년대는 실제로 인간을 대상으로 실험이 자행되던 때[17]였으므로 더욱 끔찍하게 다가올 수 있다. 양차 대전을 실제로 지나온 웰스는 발명과학이 전쟁의 살인 기계와 도구로 쓰이던 것을 실감할 수밖에 없었을 것이다. 그래서 타임머신이나 투명인간이라는 발명이 인류에게 불안하고 위험한 미래를 가져올 수 있다고 경고한다. 특히 인간이 나와 타자를 구분하려는 이기적인 욕망의 존재라는 점을 적나라하게 보여 준다.

『신시대』의 「소신술」1941.5은 바로 인간이 발명과학의 실험대상이 될 수도 있다는 지점을 명확히 보여주고 있다. 과학소설이란 표제를 달고 있는 「소신술」은 수령 울스키를 조롱하고 비웃음으로써 희극적인 효과를 유발

---

17 일본의 마루타 실험, 독일의 세균 실험. 김내성의 「매국노」(『신시대』, 1943.7~1944.6)에서 세균 쟁탈전은 '세균'이 전쟁의 무기로 이용되었으며, 이용하기 전에 인간을 대상으로 실험을 했을 것이란 전제와 가능성을 반영한다.

하지만, 그 웃음은 씁쓸하다. 식민지 조선인이었던 우리는 유리벽 밖의 울스키를 조롱하는 사람들이 아니라 유리벽 안의 울스키에 감정이입되기 때문이다. 소신장치는 전기회절경을 이용하여 나는 타인이 보이나 타인의 눈에는 내가 보이지 않는 기계이다. 남산수의 「소신술」은 한국 SF의 계보에서 김동인의 「K박사의 연구」의 뒤를 이어 '엉뚱한 공상'으로 블랙코미디를 자아내는 작품이다. 타인의 눈에 보이지 않는 소신장치의 발상도 엉뚱하지만, 그것을 이용하여 수령 울스키에게

화학 약품이나 시험관들이 즐비하게 있어서 실험실 풍경을 자아내는 장면을 첫 장 삽화로 넣음.
남산수, 「소신술」, 『신시대』 / 소장 고려대학교 도서관

복수하는 이유가 털 하나 때문이라 어이없고 황당하다. 양박사는 수령 울스키에게 훔쳐 간 황금고리를 돌려달라고 요청하고, 울스키는 소신장치의 실험을 보여주면 돌려주겠다고 한다. 양박사는 파리 두 마리에 소신장치를 실험하여 눈에 보이지 않으나 소리는 들림으로 파리가 유리병 안에 있음을 보여준다. 그러나 돌려받은 황금고리 안에 정작 중요하게 있어야 할 털이 사라져 버리자 양박사는 분노를 참지 못한다. 울스키는 그깟 털 하나를 찾는 양박사가 망령이 난 것처럼 보이는데 양박사는 "그게 세상에 둘도 없는 보물이거든. 십만메돌되는 하늘 꼭대기에서 구한 진기한 털이

소신장치 회절경으로 인해 유리벽 안의 울스키를 거리의 행인들
이 동물원 원숭이 구경하듯이 다 보고 있는 장면의 삽화
남산수, 「소신술」, 『신시대』 / 소장 고려대학교 도서관

거든. 그것을 가지고 잘 조사해 보면, 다른 유성遊星에 사는 생물들을 잘 알아낼 수가 있을거람 말야. 세계에 단 한 개밖에 없는 털이거든"250면이라며 얼른 내놓으라고 한다. 결국 털을 되찾지 못한 양박사가 수령 울스키이자 『대동일보』 사장인 올란드를 소신장치로 실종되게 만듦으로써 복수를 한다. 김동인의 「K박사의 연구」에서처럼 발명과학이 터무니없고 어처구니없다는 인식과 과학자(발명가)의 미치광이 같은 성향을 보여 준다.

「소신술」에서 다른 유성에 사는 생물 털 하나로 촉발된 양박사의 복수는, 자신의 소신장치를 써서 울스키를 유리벽 사이에 가두고 거리의 사람들이 구경하게 하여 웃음거리로 만드는 것이다. 우스꽝스럽고 터무니없는 설정 때문에 가벼운 웃음을 유발하지만, 「소신술」은 인간이 실험대상이 될 수도 있다는 끔찍한 현실을 보여줌으로써 그 웃음의 끝은 쓸쓸하다. '만약 내가 동물원의 원숭이처럼 실험대에 오르거나 발명의 도구로 전락하게 된다면'이라는 가상은 실제 전쟁의 학살과 실험을 떠올리게 하면서 우리에게 섬뜩하게 다가올 수밖에 없다. 그리고 그 섬뜩함은 거리의 사람들이 올란드 씨를 보고 웃는 웃음이 인간이 아닌 화성 생물이 아니라 바로 식민지 조선을 살았던 우리를 향한 것일 수 있다는 현실 자각에서 비롯된 것이다. 이처럼 1941년의 『신시대』의 발명과학은 우리에게 낯설어서 너무 먼 미래에 대한 기대와 꿈을 품게 하는 것이 아니라, 바로 현실 그 자체가 되면서 실제적 공포와 섬뜩함을 불러일으킨다. 발명과학의 황금시대가 디스토피아적 전망으로 귀결된다는 것은 아이러니하다. 유리벽을 사이에 두고 독일의 신무기와 미국의 원자탄과 영국의 항공모함으로 전쟁을 하는 세계전은 식민지 조선과는 무관한 세계임을 암시한다. 그러나 우리가 발명한 무기가 아니고 우리가 나눈 경계가 아니지만, 타격과 충격을 고스란히 떠안는 것은 식민지 입장에서 태평양전쟁을 지켜보았던 조선인일 수밖에 없었다.

> 그는, 벌써 한 열흘 동안이나, 소란한 거리를 내다보며 지낸 것이었다. 그는, 쇼-윈도만한 커단 유리창을 통하여 이날 이때까지 밧갈을 내다보고 지낸 것이었다.
>
> —남산수, 「소신술」, 『신시대』, 1941.5, 253면

> 그제서부터 이 길다란 쇼-윈도 생활이 시작되었다. 그는 거기서 한발도 밖에 발을 내놓을 수가 없었던 것이다.
> 그는 눈 앞을 지나가는이를 향하여 사람 살리라고 소리를 쳤다. 지나가는 사람이 혹 볼가 하고 유리창을 들입다 두드리기도 하였다. 그러나 한사람도 고개를 돌려보는 이가 없다.
>
> —남산수, 「소신술」, 『신시대』, 1941.5, 253면

뒤가 마려울 때는, 그 구멍으로 들여보내준 요강을 사용하였다. 처음에는 사람이 번쭐나게 다니는 큰 행길을 앞에 두고 뒤를 보려니, 나오다가도 도루 들어가군 했으나, 이쪽에서 밖은 환히 내다보이되, 밖에서는 들여다보이지 않는 것을 안 다음부터는, 좀 덜 창피한 생각이 들었다. 하루 이틀 그러는 동안 그는 동물원 원숭이 모양으로 거리를 흘끔흘끔 내다보면서 뒤를 보게끔 되었다.

—남산수, 「소신술」, 『신시대』, 1941.5, 245면

"자네가 손으로 만지는 유리하고 거리에서 보이는 유리하고의 사이에는, 오십 쎈치의 틈이 있거든. 그리로, 내가 발명한 전기회절경電氣廻折鏡을 사용한 소신장치消身裝置가 돌아가고 있거든. 자네가 내다보면 밖이 보이지만 밖에서 들여다보면 아무것도 안 뵌담 말야. 그만하면 알았겠지."

—남산수, 「소신술」, 『신시대』, 1941.5, 254면

"아니 저게 바루 행방불명이 된 울란드씨가 아니야"고 한사람이 웨치자, 이게 대관절 웬일이냐고 소동은 점점 더 벌어졌다. 이것은 양박사가, 소신장치의 회절경廻折鏡을 반대로 돌렸기 때문에, 지금까지 내다보이던 쇼-윈도 밖 광경은 아니보이게 되고, 그대신 여태 밖에서는 보이지 않던 쇼-윈도 내부가 환히 다 들여다보이게 된 것이었다. 그런 것을 통 모르고, 쇼-윈도 속의 울란드씨는 유유히 사람들이 들여다보는 곳에서 뒤를 보고 있는것이다. 구경꾼들은 하도 어처구니가 없어서 벙벙이 서있다가, 입들을 틀어막고 킬킬거렸다. 온 저런 망신이 있나.

—남산수, 「소신술」, 『신시대』, 1941.5, 254면

유리벽을 사이에 두고 울란드 씨와 거리 사람들은 다른 세계에 놓인다.

소신장치의 회절경은 마치 허버트 조지 웰스의 '투명인간'처럼 누구나 남 앞에서 내가 보이지 않게 되기를 바라는 욕망의 실현이지만, 보이지 않는 다고 생각한 순간 보이게 될 때의 현실을 꼬집고 있다. 남이 나를 보지 못 하는 소신장치와 안이 훤히 들여다보이는 '쇼윈도' 유리창은 『투명인간』에 서 백화점에서 하루를 보내던 투명인간을 연상시킨다. 소신장치를 통해 남의 눈에 보이지 않다가 안이 훤히 들여다보이게 된 울스키는 회절경이 반대로 돌려진 것도 모르고 볼일을 보고 있었다. 울스키가 뒤를 보는 광경 을 목격한 구경꾼들은 어처구니없어하며 그 이후로 울스키를 예전과 같 이 대하지 않는다. 당시 위생 관념을 두고 서양이 동양을 바라보는 관점이 내포되어 있는데, 「소신술」은 보기 좋게 그것을 비웃는다. 서양의 양변기 와 동양의 재래식 뒷간은 동서양의 문화 차이를 가장 많이 드러내던 것이 었다. 「소신술」은 동양에 대해 늘 야만적이고 원시적이라며 조롱하던 서 양[18]에 대해 남들이 보는 곳에서 요강에 뒤를 본다는 우스꽝스러운 양박 사의 복수로 비웃어주고 있다. 그러면서도 동물원 원숭이가 된 울스키를 마냥 조롱할 수 없는 식민지 조선인의 이중적인 시선이 들어 있다. "**동물원 원숭이** 모양으로 거리를 흘끔흘끔 내다보면서 뒤를 보는"245면 울스키의 모 습은 일제가 '인간동물원'을 만들어 우리에 가두고 구경거리로 삼은 '식 민지 조선인 남녀'를 연상시킨다.[19] '쇼윈도'를 통해 보는 거리의 사람들

---

18 서양은 동양에 대해 늘 '미개'하고 '야만적'이고 '비위생적'임을 강조하였는데, 제국주의 국 가들이 식민지로 삼은 땅의 원주민을 데려와 마치 코끼리와 사자처럼 우리에 가둬두고 구 경거리로 만들었던 '인간동물원'에서 적나라하게 드러난다.(황규정 기자, 「인간동물원 만 들어 '조선인 남녀' 우리에 가두고 구경거리로 삼은 일본」, 『핫이슈』, 2018.9.18 입력)
19 "박람회장에 조선 동물 두 마리가 있는데 아주 우습다"(『대한매일신보』, 1907.6.6) 인간을 전시하여 동물원처럼 구경하도록 하는 서양 제국주의를 베낀 일본은 오사카에서 '내국권업 박람회'에서 터키인, 아프리카인, 대만인, 중국인, 인도인과 조선인을 전시했다. 인간동물 원이 호황을 누리자 다시 도쿄에서 '도쿄권업박람회'를 열어 조선인 남녀를 전시한다. 식민

이 인간에게 가장 치욕스러운 뒤를 보는 장면을 적나라하게 구경하는 것은 당시 서양 제국을 비롯한 일제의 인간을 전시하던 발상이 얼마나 잔혹한 것이었는지를 드러낸다. 창경궁 동물원에서 인수공통감염병에 관한 바이러스나 세균 실험을 자행했듯이, 1940년대 '인간동물원'은 구경거리뿐만 아니라 인간이 발명을 위한 실험대상이 되는 비참한 현실을 보여준다. 「소신술」이 식민지 조선인으로서의 비참하고 잔혹한 현실을 꼬집어주는데도 『신시대』에 실릴 수 있었던 것은, 현실이 아닌 것처럼 우스꽝스러운 코미디와 공상과학으로 '가장'하였기 때문이다. 더불어 유리벽 안에 서양인 울스키를 구경하게 함으로써, 식민지 조선인과 직접적으로 동일시되는 것을 피하여 대동아공영권 아래의 일제와 식민지 조선이 동시에 서양에 대한 통쾌한 복수를 가하는 효과를 거두고 있기 때문이다.

양박사와 울스키가 새로운 발명인 소신장치를 두고 싸움을 벌였듯이, 1940년대는 신무기 비밀 설계도를 쟁탈하기 위한 스파이 작전이 횡행했고, 스파이 활동은 방첩소설의 소재나 모티프로 활용되었다.[20] 1943년 7월 『신시대』에 연재된 김내성의 방첩소설 「매국노」에서는 반도제약회사에서 '세균전'에 대비하여 개발한 신약의 출처를 알아내는 것이 재산을 탕진하고 자살하려 한 하상철에게 주어진 기회였다. '세균전'은 제2차 세계대전에 전쟁의 무기로 이용되었으며, 이를 위해서는 인간을 대상으로 실험

지인의 전시를 통해 일제는 조선인은 '미개'하고 '비위생적'이고 '열등'한 존재임을 전 세계에 각인시켰다.(황규정 기자, 「인간동물원 만들어 '조선인 남녀' 우리에 가두고 구경거리로 삼은 일본」, 『핫이슈』, 2018.9.18 입력; 남종영 기자, 「창경원과 식민주의, 일본인─조선인─동물의 위계」, 『한겨레』, 2015.3.20 등록; 2011년 KBS 역사스페셜 〈조선 사람은 왜 일본 박람회에 전시됐나〉)

20 김내성의 「비밀의 문」, 「태풍」, 「매국노」 모두 비밀무기 설계도를 둘러싼 암투를 모티프로 하고 있다.

해야 했다.[21] 1941년 1월 『신시대』에는 전쟁의 불안한 기운과 함께 누구의 무기가 더 강력한가(누가 함대를 더 많이 가지고 있는가 등)에 관한 무기를 비교하는 기사가 실린다. 「최신병기전관最新兵器展觀」 제1부로 '폭탄'에 관한 글이 실려 있다.[22] 소이탄, 발성폭탄, 파괴탄, 시계폭탄, 봉지폭탄, 와사탄, 세균탄 등의 여러 폭탄 종류가 나열되어 설명과 활용법이 소개된다. 이중 와사탄이나 세균탄은 다른 폭탄과 다르게 인간을 대상으로 실험해야 한다. 식민지시기 탐정소설이나 과학소설에는 독와사로 살인을 하거나 세균탄을 전쟁의 무기로 활용하는 장면이 종종 삽입된다.[23] 김내성이 「매국노」 1943.7~1944.6의 배경으로 삽입한 '세균전'은 공상이 아니라 생생한 실제 현실이었다.

이건 전쟁을 안할때도 적성국가敵性國家를 골려주려고 사용한다는 상식없는 폭탄이다.

이질, 호열자, 열병 등의 빠테리아, 즉 세균을 밀가루같은 약에다가 뭉쳐 가지고 비행기에다 실어서 일만메들 이상의 상공上空으로 날라가며 슬쩍슬쩍 뿌려놓으면 밑창에서는 비행기소리도 못듣고 떨어지는 것도 못보고 그냥 병에 걸려

---

21 일본은 만주지방에 특수세균전을 위한 731부대(1940~1945)를 세웠다. 일본 나가사키 장기대학 쓰네이시 케이이치 조교수는 1981년 5월 『사라진 세균전 부대』란 제목의 연구서를 발표했다. 그는 "세균전 전문부대인 731부대가 유행성출혈을 세균전에 이용하기 위해 많은 한국인과 중국인을 대상으로 인체실험까지 한 뒤 이들을 모두 독살했다"고 말했다.(「24년 전 오늘, 일본군 731부대 생체실험 사진이 처음 공개됐다」, 『한겨레』, 2018.8.14 등록); "일방위청 보관 작전일지등서 찾아내 중국에 '페스트균 투입 벼룩' 공중살포", "2차대전 직후 일본근해에 독가스폭탄 수만개 버려"(「731부대 세균전 자료 발견」, 『한겨레』, 1993.8.15)

22 안광호, 「最新兵器展觀 제1부 爆彈」, 『신시대』, 1941.1, 214~218면.

23 김내성의 「매국노」뿐만 아니라 허버트 조지 웰스의 단편 「도둑 맞은 세균」에서도 세균이 인류의 수명을 연장하거나 병을 치료할 목적보다는 적과의 암투를 벌이는 도구로 활용되고 있음을 알 수 있다.

버리는 두려운 놈이다.

—안광호, 「最新兵器展觀 제1부 爆彈」, 『신시대』, 1941.1, 218면

'적성국가를 골려주기 위해서 사용한다는 상식 없는 폭탄'이라는 설명에서 세균탄이 전쟁을 안 할 때도 사용하기 때문에 비인간적이고 명분도 없다고 한다. 쥐도 새도 모르게 당하는 것이라 더 무서운 것이라고 한다. 눈에 보이지 않는 적과 싸우는 것이라 더 섬뜩하고 끔찍한 무기일 수 있다. 더군다나 와사탄이나 세균탄을 위해 인간을 실험대상으로 삼는 것이 실제 현실이었기 때문에, 「소신술」의 소신장치나 「매국노」의 세균전이 먼 미래의 공상에 그치지 않는다. 1929년 김동인의 「K박사의 연구」에서 촉발된 1930년대 『과학조선』의 발명과학에 대한 열풍과 기대가 1940년대로 오면 비관적인 전망으로 귀결되는 것은 현실과 간격이 벌어지지 않기 때문이다. 그러나 발명과학이 전쟁의 도구와 살인 무기로 활용되던 1940년대 당시 비관적인 전망에도 열강들은 그치지 않고 경쟁적으로 '최신' 무기를 내놓기에 바빴다. 부작용이나 비관적인 전망보다는 전쟁에서의 승리를 위해 내 편과 적성국가를 가를 뿐이다. 누가 이용하느냐, 내가 어느 편이 되느냐가 발명과학에서 중요한 '선악'의 기준이 된다.

제5장

1950년대 대재앙 디스토피아와
인조인간에 대한 양가성

1. 한국 SF 계보에서 공상과학만화 『헨델박사』의 위치

『헨델박사』는 그동안 SF 블로그에서 서지사항에만 언급되고 연구된 바가 없어 한국 SF의 계보 확보에도 도움이 될 것으로 사료된다. 그동안 한국 SF 연구가 과학소설 분야에 집중되어 왔기 때문에, 최초나 본격의 타이틀도 과학소설에 붙여지던 수식어였다. 그러나 소설 이외의 다른 매체로 확장하게 되면, 해방 후 국내 SF의 창작 시기를 한낙원의 「잃어버린 소년」이 연재된 1959년보다 더 이른 시기로 앞당기게 된다. 특히 공상과학만화 영역에 주목하게 되면, 『헨델박사』가 이미 전쟁기인 1952년에 껌딱지 만화로 발간되었기 때문에 7년이나 앞선다. 이 책에서 과학소설을 분석 대상으로 했음에도 『헨델박사』를 넣은 이유는, 국내 SF 연구에서 공상과학만화만화영화 포함가 소외되었음을 간접적으로 보여 주고자 한 것이다.[1]

---

1 공상과학만화에 관한 연구는 저자가 서문에서 언급했던 『공상과학의 재발견』(서해문집, 2022)에서 4장과 5장 부분을 참고할 것. 특히 5장 '공상과학만화의 꿈과 현실' 부분을 참고할 것. 저자가 공상과학만화 부분을 쓸 당시 선행연구가 없어서 자료를 모으는 작업에서부터 많은 시간과 노력이 들어갔음을 밝힌다.

최상권의『헨델박사』는 만화라고 하여 그것도 껌딱지 만화라고 하여 버리거나 소홀히 했던 SF 연구사를 반성하게 한다. 그런 의미에서 해방 후 한국 최초 SF 혹은 본격 SF라는 타이틀을 붙이기 위해 논쟁을 벌이던 SF 연구사를 되돌아보게 한다.

『헨델박사』는 한국 SF의 계보에서도 중요한 위치에 놓이지만, 인조인간이 국내에 들어와 로봇 영화 시대를 열기 전까지의 대중 감성이 어떠했는지를 들여다보는 데 유효한 작품이다. 더불어 국내 SF에서는 드물게 1950년대 핵폭발로 인한 인류 대재앙의 공포를 보여주는 몇 안 되는 작품이다. 1952년 전쟁기에 껌딱지 만화로 발간된『헨델박사』는 '지구의 마지막 남은 인간'으로 시작하고 있다. 그러나 1959년 한낙원의 「잃어버린 소년」이나 김산호의 공상과학만화『정의의 사자 라이파이』에서 디스토피아적 전망은 낙관적인 기대로 바뀌게 된다.[2] 이 장에서는 낙관적 전망으로 바뀌기 전 디스토피아적 전망을 드러내며 미래를 공상할 여유가 없이 현실의 공포가 잠식했던 시기를 따라가 보고자 한다.『헨델박사』에 나오는 인조인간에 대한 이중적인 대중 감성을 논하기 위해 이우영의『인조인간사건』[3]을 함께 분석하였음을 밝힌다.

---

2   최애순, 「1950년대 원자탄 공포를 낙관적 전망으로 치환하기까지-1959년 김산호의 〈라이파이〉와 한낙원의『잃어버린 소년』을 중심으로」,『국제어문』제92집, 2022.3, 317~352면 참조.

3   이우영의『인조인간사건』은『한국현대장편소설사전』에 1946년 보문서관·우신상사출판 부판으로 등재되어 있다. 이 글에서는 국립중앙도서관에 소장된 1953년 창문사판을 인용했음을 밝힌다.

2. 원자탄의 디스토피아와 국가 이기의 충돌–『헨델박사』1952

제1, 2차 세계대전을 겪으면서 신무기가 대량 발명되었으나 신발명에 대한 인간의 공포는 핵무기 사용을 계기로 극에 달했다. 핵무기 사용은 전 인류에게 디스토피아적 세계관을 전염시키는 변곡점이 되었다.[4] 1945년 미국의 핵실험과 일본의 원폭 투하는 전 세계를 핵공포로 몰아넣었다. 1949년 소련이 핵실험에 성공하게 되자, 핵독점이 깨진 미국을 중심으로 냉전의 긴장과 언제 터질지 모르는 전쟁의 불안이 감돈다. 1952년에 미국은 원자탄보다 더 파괴적인 수폭실험을 남태평양 비키니 환초에서 실행했다. 원폭보다 강한 수폭실험으로 인해 일본을 포함한 세계적 반핵 운동이 퍼지게 되었고, 1953년 UN은 핵의 평화적 이용을 선언했다.[5] 『헨델박사』는 트루먼 대통령이 핵사용도 불사하겠다고 공표한 한국전쟁기 1952년에 피난지 대구에서 껌을 사면 경품으로 주던 껌딱지 만화로 제작되었다. 껌딱지 만화라는 제작 형태도 전쟁기에 제작된 특수한 상태라서 이례적인데, 내용적인 면에서도 인류가 멸망하고 인류의 마지막 인간의 시체가 묻힐 묘지로 시작하는 '디스토피아'를 담고 있어서 국내 SF 계보에서는 낯설다.

1950년대는 원자탄의 황금시대라고 일컬어졌으나 그와 반면에 원자탄의 공포가 극에 달했던 시기였다. 특히 미국의 핵실험 이후 실제 히로시마에 떨어진 원자탄의 위력을 경험한 미국인들에게 핵은 막연한 공포가 아니라 '실제적 공포'로 다가왔다. 수전 손택에 따르면 '재앙의 상상력'

---

4 박상준, 「미래를 바로잡아 보려는 시도」, 『과학과 기술』, 2002.4, 82면 참조.
5 이영재, 「1950년대 미국과 일본의 괴수영화와 핵」, 『사이間SAI』, 2018.10, 51~52면 참조.

으로 공상과학 붐이 일었던 시기이기도 하다.[6] 1951년 〈지구 최후의 날〉, 1953년 〈심해에서 온 괴물〉, 1957년 〈해변에서〉 등은 원자탄으로 인한 공포를 재현해 놓고 있다. 1951년 〈지구 최후의 날〉에서 인류가 원자탄과 같은 과학기술을 무분별하게 발달시키다 보면 결국 멸망하게 될 것이라는 종말론이 대두되었다. 전 세계가 냉전의 살얼음판 위에서 원자탄 공포에 시달렸을 때, 한국은 전쟁 중이었다. 한국전쟁에도 원자탄을 터뜨려야 한다는 논의가 진행되었고 이는 중국에 암묵적인 위협으로 작용했다.[7] 원자탄이 터질지도 모른다는 공포와 불안은 한국전쟁을 종식시켰다. 아이러니하게 남한은 원자탄으로 인해 해방을 맞이했고, 전쟁도 멈출 수 있었다. 1953년 〈심해에서 온 괴물〉은 레이 브래드버리의 〈안개 고동〉을 원작으로 한다. 원자탄의 공포로 인한 인류 멸망의 디스토피아적 세계관이나, 원자탄의 트라우마로 인한 괴물의 내습에 대한 상상은 1950년대 미국영화를 비롯한 SF의 주요 모티프였다. 미국을 비롯한 세계 유럽의 SF가 '종말론적 세계관'을 다룬 인류 대재앙, 방사능 피폭 결과물괴수들들로 가득찼던 반면,[8] 남한에서 핵은 공포라기보다 구원의 아이콘이라는 아이러니를 빚어냈다. 상대적으로 국내 SF에서 원자탄의 공포를 다룬 작품은 찾아보기 힘들다.[9] 원자탄 장면을 삽입한 SF 역시 1950년대 잠깐 등장하다가 1960년대 이후는 공상과학에서 초인이나 영웅 서사가 압도

---

6 수전 손택, 「재앙의 상상력」, 이민아 역, 『해석에 반대한다』, 이후, 2013, 316면 참조.
7 「원자탄 사용불사ー트대통령언명」, 『민주중보』, 1949.4.10; 「세계평화와 복사를 위해 원자탄 사용불사」, 1949.4.9; 「원자탄 사용불사ー트대통령중대발언」, 『한성일보』, 1950.5.12.
8 이영재, 「1950년대 미국과 일본의 괴수영화와 핵」, 『사이間SAI』 제25호, 2018.10, 48면.
9 '대한민국 신문 아카이브'에서 '핵공포'를 키워드로 검색했을 경우, 단 세 건밖에 기사가 올라와 있지 않다. 반면 '원자력'을 키워드로 검색했을 경우, 1587건이나 기사가 뜬다. 1955년, 1956년을 기점으로 원자력은 한미 원자력 협상, 원자력 평화 이용 등의 기사를 적극적으로 싣고 있다.

적인 비중을 차지한다. 미국을 비롯한 다른 국가에서는 〈지구가 불타는 날〉1961 등 인류 대재앙의 디스토피아를 다룬 영화가 1960년대까지도 꾸준히 생산된다. 그러나 남한에서 원자탄으로 인한 인류 멸망에 대한 상상을 다룬 암울한 SF는『헨델박사』이외에는 찾아볼 수 없다. 1959년 한낙원의「잃어버린 소년」에서 우주 괴물을 멸하기 위해 원자탄을 터뜨리고 그 반사로 뉴욕시를 비롯한 도시가 불바다가 되지만, 한국은 원자탄 사정거리에서 벗어나 있다. 1950년대 인류 대재앙의 디스토피아에서 원자탄 공포는 우리를 비켜 간다.

1952는 최상권의『헨델박사』는 전쟁기에 나온 1950년대 가장 이른 시기의 SF이다.[10] 최상권은「인조인간」이라는 만화도 비슷한 시기에 창작했으나, 현재 실물을 확인할 수가 없다.「인조인간」에서는 철수와 영이가 인조인간을 조종해 사람들을 돕는 이야기를 담고 있다면,[11]『헨델박사』에서는 지-멘이 만든 인조인간이 원자 독가스를 뿌려 인류를 모두 멸망시킨 이야기를 다루고 있다. 헨델 박사와 오젤 박사라는 등장인물의 이름이 미국식인 것으로 보아 미국 펄프 잡지 만화의 번안일 가능성도 있다. 작품의 서두에서도 '미국'의 철학박사가 상상하고 꾸며놓은 이야기라고 밝히고 있다. 1952년『헨델박사』는 인류가 모두 죽고 묘비 앞에 오젤 박사가 혼

---

10 과학소설 분야에서 해방 이후 가장 이른 시기의 작품은 한낙원의「잃어버린 소년」이었으나, 이 글에서 다루는 이우영의『인조인간사건』이 더 이른 시기에 창작된 작품이다. 다만『국제살인사건』과 한 권에 묶여 있고, 살인사건의 범인이 인조인간으로 밝혀지는 것으로 보아 추리소설 장르에 넣을 수도 있다. 그러나 공상과학만화 영역에서는 1959년보다 더 이른 시기인 전쟁기에서부터 인류 대재앙을 소재로 한 작품이 있었으며, 이후 인조인간을 다룬 공상과학만화가 대거 제작된 것을 고려해 보면, 소설보다 만화 영역에서 공상과학이 우세했음을 알 수 있다.

11 페니웨이의『한국슈퍼로봇열전』(한스미디어, 2017)에서 최상권의「인조인간」을 잠깐 언급하고 있는 것을 확인할 수 있다.(19면)

인조인간을 적 기지로 바닷속 신장비에 태워 보내는 장면(왼쪽)과 '마지막 인간이 묻힐 곳'이란 묘비명 앞에 앉아 있는 오젤 박사(오른쪽). 소장 부천 한국만화박물관

자 남아 있는 장면으로 시작한다. 시작부터 끝을 예고하는 장면은 충격적이다. 레이 브래드버리의 「지구의 마지막 남은 시체」처럼 음울한 디스토피아를 보여준다.

이 이야기는 미국의 유명한 철학박사가 앞으로 한 천년 후의 세상을 상상하고 꾸며놓은 아주 재미있고 무시무시한 이야기입니다.
위대한 젊은 과학자 오젤 박사는 태평양 넓은 바다 속을 마음대로 헤매이며 살기 좋은 곳을 찾고 있었습니다.

바닷속에서 일 년을 보낸 오젤 박사는 바닷속에서는 사람이 도저히 살 수 없을 것이라 여기고 육지로 올라온다. 육지로 올라와 보니 지구의 인류가 모두 죽어 있었다. 알고 보니 지—멘이 조직한 인조인간 지구단이 원자 독가스로 인류를 살인한 것이었다. 오젤박사는 생존자를 찾는다는 방송국의 방송을 듣고 찾아갔다가 지구단원에게 납치된다. 납치된 오젤박사

물속에서 나타나는 잠수정. 『헨델박사』 / 소장 부천 한국만화박물관

는 뗏목을 타고 가다가 물에서 솟아오른 용처럼 생긴 이상한 괴물과 마주한다. 바닷속의 용처럼 거대한 심해 괴물의 상상은 1950년대 원자탄의 부산물로 돌출되었다. 『헨델박사』 3권의 마지막에서 살인광선을 쐈던 섬으로 헨델박사가 일생을 바쳐 만든 무기를 타고 간다. 그리고 지-멘과 똑같이 만들었던 인조인간을 잠수정에 태워서 그곳으로 보낸다. 3권의 끝과 1권의 시작은 1950년대 당시 공상과학영화의 인류 멸망과 대재앙의 디스토피아적 전망과 연결되어 있다. 태평양 바다 한가운데서 핵실험과 수소폭탄 실험이 자행되었고, 태평양전쟁이 끝난 후 연합군은 일본 바다에 무기들을 버렸고, 일제는 전쟁에서 패하자 제주도 바다에 무기들을 버렸다. 〈심해에서 온 괴물〉1953, 〈고지라〉1954 등에 이르기까지 전쟁과 원자탄의 부산물인 괴물은 바다에서 출현한다. 바닷속에 무엇이 묻힌 것인지 모른다는 수수께끼가 언제 어디서 내습할지 모르는 원자탄의 공포를 불러왔고, 그것이 괴물로 현현한 것이다. 특히 미국의 태평양 한가운데서 자행된

원폭과 수폭의 실험은 바닷속의 괴물로 현현하여 공상과학영화나 소설의 모티프로 쓰였다. 1959년 한낙원의 「잃어버린 소년」에서도 우주 괴물은 제주 바다 한가운데서 출현한다.[12] 1950년대 괴수영화는 원자탄으로 인류가 멸망하고 방사능으로 인해 괴물로 변한 생명체가 지구를 공격하거나 도시 한가운데에 침투하여 마비시키는 상상으로 재현된다. 『헨델박사』에서도 지—멘과 똑같은 인조인간은 '무기'이다. 잠수정에 태워 적에 침투하는 무기를 보낸다는 설정은, 바닷속에 매장된 셀 수도 없는 무기와 병기를 연상시킨다. 적을 섬멸하러 신무기를 앞세우고 갔던 헨델박사와 오젤박사는 지—멘과 인조인간 지구단과 싸워 승리했는지 알 수 없다. 그러나 1권의 시작은 모두 죽고 오젤박사 혼자 살아남아 자기가 묻힐 묘지 앞에 앉아 있다. 『헨델박사』는 곳곳에 원자탄이 터지는 장면과 방사선을 쏘는 장면이 삽입된다. 헨델박사의 연구실을 파괴한 태평양상의 조그만 섬으로부터 비친 광선은 1940년 김내성의 「비밀의 문」에서 전 세계가 발명하려고 하는 '살인광선'임을 알 수 있다. 무시무시한 살인광선은 1940년에는 아직 발명되지 않았지만 전세계가 비밀 설계도를 노리고 있었다는 설정으로 나오는데, 1952년 『헨델박사』에서는 원자탄이 터지는 장면이 구체적으로 묘사된다.

그날밤 태평양상에 있는 조거마한 섬에서 이상한 광선이 빛이기 시작했습니다. 이 무서운 광선은 산중턱을 (…중략…) 수백마일 밖에 있는 조거마한 섬에서

---

12 일제는 제2차 세계대전의 본토 결전을 위해 제주도를 병참기지로 활용하다 전쟁에서 패한 후 제주도 바다에 무기를 대거 수장했다.(이성돈, 「일제강점기, 제주인의 삶」, 『헤드라인 제주』, 2019.11.28 승인; 강미경, 「제주 평화박물관을 아시나요?—일제의 인권 유린과 침략 전쟁의 현장, 자유와 평화는 공짜가 아니다」, 『(월간) 순국』, 통권 353호, 2020.6, 112~117면)

원자탄 빛의 섬광처럼 터지는 장면. 『헨델박사』 / 소장 부천 한국만화박물관

원자탄 터지는 장면. 『헨델박사』 / 소장 부천 한국만화박물관

바닷속 탱크. 『헨델박사』 / 소장 부천 한국만화박물관

뗏목, 물속에서 나타나는 괴물. 『헨델박사』 / 소장 부천 한국만화박물관

바닷속 괴물. 『헨델박사』 / 소장 부천 한국만화박물관

빛여 나오는 이상한 광선은 헨델 박사의 연구실을 파괴하고 또 지하실까지도 그 이상한 광선은 사정 없이 파고 들어 갑니다.

『헨델박사』에서는 '태평양 상에 비치는 이상한 광선'으로 원자탄이 터지는 장면을 묘사한다. 1952년에 미국의 남태평양에서의 수폭실험은 파괴력이 원자탄보다 어마어마해서 전 세계를 공포로 몰아넣었다. 핵실험이나 수폭실험은 주로 어마어마한 빛이 쏟아지는 것으로 상징된다.[13] 그래서 마치 천지창조 신화처럼 세상이 만들어지기도 하지만, 단 한 번의 빛으로 지구가 멸망할 것이라는 종말의 상상력이 전 세계를 전염시켰다. 공상과학에서 적이 쏘아대는 이상한 빛이나 광선은 원자탄의 상징이다.[14]

빛과 파괴라는 모순적이고 충돌하는 이미지는 대중문화를 통해 사람들에게 원자탄의 공포와 구원이라는 이중적인 이미지로 각인되었다. 1952년 남태평양에서의 미국의 수폭실험은 『헨델박사』1952의 물밑으로 가는 탱크, 납치한 뒤 뗏목으로 갈아타는 설정, 물밑의 연구실 등 바다를 배경으로 그 밑에서 무엇이 솟아오를지도 모른다는 공포를 자아내고 그에 대응하는 방어무기를 발명해내도록 한다. 잠수정, 물밑으로 가는 신무기 탱크 등 '잠수함'이 냉전 체제에서 적의 기밀을 파악하는 무기가 된다. 바다는 무수한 생물이 사는 미지의 장소가 아니라 어떤 무기나 적이 튀어나올지도 모르는 공포의 장소이다. 바다가 핵실험과 수폭실험의 괴물이 내습하는 장소로 묘사되다가 1957년 소련의 스푸트니크 사건 충격 이후 미·소의 싸움이 우주로 바뀌고 괴물이 내습하는 장소는 산 위가 된다. 1959년 한낙원의 「잃어버린 소년」까지 우주 괴물은 제주 바다에서 솟아올랐다가 거기로 사라진다. 그러나 1967년 〈대괴수 용가리〉의 용가리는 인왕산에서 출현하여 도시 한가운데를 급습한다.

3. 인조인간 발명에 대한 경계와 매혹
　　―『헨델박사』1952와 『인조인간사건』1946

바다에서 일 년을 살다 육지로 올라간 오젤박사는 육지에서 인간들이 모

13　피종호, 「1950년대 독일의 전쟁영화에 나타난 냉전의 수사학와 핵전쟁의 공포」, 『현대영화연구』 36호, 2019.8, 85면.
14　『헨델박사』에서도 이상한 광선이 빛나는 것으로 묘사되고, 〈대괴수 용가리〉에서도 핵실험으로 용가리가 나오기 전에 이상한 빛이 인왕산에서 솟아오르는 것을 보여준다.

두 죽어 있는 것을 목격한다. 유명한 발명가 지–멘이 '인조인간' 지구단을 조직하여 원자 독가스로 인류를 모두 죽음으로 몰아넣은 것이다. 이에 헨델박사는 지–멘과 똑같은 인조인간을 만들어서 오젤박사의 정신을 불어넣는다. 인조인간을 병기로 활용하는 모티프는 국내에서 1960~70년대 공상과학 만화에서 거대로봇을 내세워 적을 무찌르는 상상으로 이어지게 된다. 거대로봇 시대 인조인간이 우리 편 무기로 활용되기 전, 국내에서 '인조인간'은 범죄살인와 연루되거나 상대편의 적으로 등장해서 두려웠으며, 그로 인해 인조인간 발명에 대한 대중의 거부감과 경계심을 불러왔다.

발명가 지–멘이 조직한 지구단원들은 모두 인조인간으로 구성되어 있다. 국내에서 인조인간에 대한 부정적인 이미지는 1946년 이우영의 『인조인간사건』에서부터 드러난다. 1946년은 해방된 지 겨우 1년이 지난 때이다. 1940년에서 1945년에 이르는 동안 새로운 발명은 곧 무기와 재앙이 되는 것을 경험했다. 이우영의 『인조인간사건』은 인조인간, 로봇이라는 새로운 발명 역시 축복이 될지 재앙이 될지 예측할 수 없는 상황에서의 두려움과 '경계'를 보여준다. 인조인간이 우리 편일지 상대편일지에 따라 '선'과 '악'이 결정되고, '정의의 사자'로 거듭날지 '괴물'로 현현할지 좌우된다. 새로운 발명은 모두 적과 싸우기 위한 '무기'에 다름 아닌 것으로 인식되었기 때문이다. 1960년대와 1970년대 국내 공상과학영화에서 로봇은 대부분 적과 싸우기 위한 전투용이다.[15] 이우영은 살인사건의 범인을 인조인간으로 설정함으로써, 1946년 인조인간에 대한 거부감과 경계를 보여준다. 그러나 인조인간을 조종한 인간을 지목함으로써 누가 이용

---

15 1960년대와 1970년대 로봇 조종사는 어린이들이 꿈꿨던 우주 조종사나 과학자라기보다 전쟁에 나가는 '전사'에 다름 아니었다.

하느냐에 따라 인조인간이 범인이 될 수도 있고 안 될 수도 있다는 가능성을 통해, 인조인간이 낯설지만 발명해서 활용하고 싶은 강렬한 유혹도 불러일으킴을 알 수 있다. 1946년 이우영의 『인조인간사건』에서 살인 범죄자로 등장했던 인조인간은 「철인 캉타우」, 「로보트 태권브이」, 「Z보이」 등에 이르기까지 1960년대와 1970년대 공상과학만화에서 정의의 영웅으로 탈바꿈한다. 그러나 인조인간에 대한 공상이 밝은 기운으로 전환되었음에도 1960년대와 1970년대 공상과학에서 인조인간은 생활의 편리를 위한 것이 아니라 상대 적과 싸우기 위한 강력한 '무기'로 기능한다.

1952년 『헨델박사』는 인조인간의 출현에 대한 대중의 모순된 이중적 감성을 보여준다. 인조인간이 무시무시한 살인 범죄자였지만, 사실 그 뒤에 그것을 이용한 인간이 있었다는 설정은 '누가' 이용하느냐에 따라 달라질 수 있다는 선언이다. 마치 핵의 평화적 이용을 선언한 UN처럼 전 세계를 위험에 빠트릴 괴력을 지니고 있다고 해도 그것이 지닌 강력한 힘의 매혹을 떨쳐버리기 쉽지 않았던 것처럼 말이다. 발명과학은 늘 미래를 장밋빛으로 물들이는 희망과 기대와 함께 부정적 영향에 대한 우려와 경계를 내비치는 산물로 기능했다. 그런데도 새로운 발명을 포기하지 않는 것은 부정적 영향에 대한 우려와 경계로 조심스러운 측면이 있지만, 그 잠재된 목소리가 인간의 이기적 욕망을 이기지 못했기 때문이다. 인조인간은 이용자에 따라 '선'이 될 수도 '악'이 될 수도 있지만, 사실 똑같은 상황에서 '우리 편'에서 이용하게 되면 '선'이 된다. 정의를 앞세우는 평화적 이용은 국가적 이익이나 실리를 앞세우기 위한 '합리적인' 명분이 되었다.

수사과장이 선두로 일행은 범행현장으로 들어갔다. 창식이도 그들의 뒤를 딸어서 들어갔다. 이층으로 올러갔다. 그곳이 윤박사의 실험실이었다. 그곳은 삼십三十 평이나되는 넓은 방이었다. 여러 가지 기게들이 벽에 달려 있었다. 또 옆에는 철공장과 같이 조고만 여러 가지 기게도구가 놓여있었다. 그와 반대편에 동편 창앞에는 큰 침대가있고 침대 위에 윤박사의 사체가 있었다. 그들은 박사의 사체를 싸고 모혀들었다. 사실인즉 무참한 죽엄이였다. 안면은 납작하게 찍으려저서 인상도 모를만큼 되었다. 엉크러진 고기덩이 속에 피뭉치 아래로 한 줌의 힌 수염이 없었드라면 이것이 윤박사의 시체인 것도 분별할 길이 없을 번 하였다. 창식은 잠간 박사의 시체를 드려다보고는 그들이 고개를 맛대고 회의하는 곳을 떠나서 방안을 돌나보았다. 그때 마침 그의 눈에 띤 것은 벽에 붙이었든 크고 넓게 맨든 궤짝 속에 강철로 맨든 인조인간이 서 있는 것을 발견했다. 그것은 사람의 키보다 조금 컷는데 중세기의 무사가 갑옷을 두 겹이나 껴입은 듯한 훌륭한 인조인간이였다. 큰 코가 쑥 나왔고 입속에는 고성기가 들어있는 것이 보히였으나 눈에는 동그런 전광기가 들어있는 것이 보였다. 또 두 귀에는 옛날 구식라듸오 나팔과 같은 것이 달려있는데 그것은 검은 헌겊으로 내리 덮어있었다. 인조인간 앞으로 가까히 갔을 때 어데서인지 찌리리 찌리리하는 적은 소래가 들리었다.

—이우영, 『人造人間事件』, 창문사, 1953, 57면

그러나 창식은 어제밤 드른 라디오 드라마를 그대로 또박 또박 읽어 내려갔다. 전쟁이 이러나는 장면이였는데 적국의 공군이 경성시가를 습격하는 장면에 이르러서는 여러 사람은 정신이 없었다. 그디어 거위 끝나는 곳에 인천 바다에서 두 나라 함대가 결사전을 하는 장면에 이르렀다.

"인천해상의 결사전은 절박했다."

창식은 소리를 높여서 읽었다.

"서풍이 한번 강하게 불러왔다." "해상은 점차로 파도가 높아진다." "아!"

일동이 돌연 놀라지 않을 수 없었든 것이다.

"큰일났다! 인조인간이 움지긴다." "이곳으로 거러나온다."

철석 철석하고 쇠소리를 내면서 인조인간은 궤속에서 한거름을 내여드디였다. 혼이 드러간 듯하다.

창식은 창백하여진 얼굴로 일이를 계속했다.

"포성은 차츰 차츰 격렬하여간다."

포성이라고 한즉 인조인간은 뒷둥 뒷둥 거러서 세 거름 앞으로 나와 방중앙에 왔다. 여러 사람은 두려워서 벽에 기대서 있었다.

"흑연이 바다 위에 가득하다."

흑연이라고 한즉 인조인간은 왼편으로 돌아섰다.

"폭탄과 독와사가 터진다."

폭탄이라고 한즉 인조인간은 박사의 침대 앞으로 거러갔다. 그것을 본 일동의 얼굴은 공포로써 가득차 있었다.

"두려운 폭음을 내인다." "아!"

일동은 비명을 내질렀다. 폭음이란 신호에 인조인간은 강철로 만든 주먹을 드러서 내려쳤다. 과장의 모자는 찍으러졌다.

—이우영, 『人造人間事件』, 창문사, 1953, 73~75면

『헨델박사』보다 이른 시기에 발표된 1946년 이우영의 『인조인간사건』이다. 윤박사의 실험실과 인조인간이 비교적 자세하게 묘사되어 있다. 여러 가지 발명 기계들이 즐비한 철공장과 같은 곳에 중세기의 무사가 갑옷을

두 겹이나 꺼입은 듯한 인조인간에 대한 묘사는 익숙하지 않아 낯설지만 아주 오래전 마주한 듯한 기괴함을 불러온다. 인간과 닮았으나 인간이 아닌 인조인간에 대한 대중의 이중적 감성을 드러내고 있다. 이우영의 『인조인간사건』에는 '전쟁'을 테마로 한 라디오드라마 '공습장송곡'이 삽입되어 있다. 마치 실제 전쟁이 일어난 것처럼, 포성, 흑연, 폭탄, 폭음 등 전쟁 용어를 삽입하고 라디오 방송극인 만큼 독자에게 극으로 치닫는 절정과 음향효과를 상상하게 한다. 인조인간을 살인사건의 범인으로 설정하여 라디오 방송극에 나오는 전쟁 용어에 따라 인조인간이 실제로 움직인다는 가정은, 당시 대중에게 전쟁 소재의 라디오드라마가 얼마나 현실처럼 생생하게 받아들였는지를 알 수 있게 해 준다.[16] 1938년 허버트 조지 웰스의 『우주전쟁』이 미국에서 오손 웰스의 라디오드라마로 방송되었는데, B14 폭격기 조종사의 보고에 따라 트렌턴 주민들은 실제 전쟁이 일어난 줄 알고 도망가려는 사람들로 아수라장이 되었다고 한다. 전쟁을 겪은 세대에게 오손 웰스의 〈우주전쟁〉 라디오 방송은 공상과학이 아닌 실제 현실로 받아들여졌던 것이다. 이우영의 『인조인간사건』에 삽입된 전쟁 공습도 당시 사람들에게 공상과학보다는 생생한 현실로 인식되었다. 공상과학이 종종 전쟁영화를 방불케 하는 것은 아무리 미래나 가정을 공상

---

16 일제는 중일전쟁과 태평양전쟁 당시 실제 전쟁을 라디오 방송으로 전파하여 선동 목적으로 활용하기도 했다. 한국전쟁기에도 실제 전쟁 발발과 전투 상황을 유엔총사령부가 라디오 방송으로 전하기도 했다. 라디오 방송으로 실제 전쟁을 들었던 1940년대와 한국 전쟁기에는 『인조인간사건』에 삽입된 라디오 방송극을 실제 전쟁으로 듣고 공포에 떠는 것이, 낯설거나 이상한 광경이 아니라 익숙하고 생생한 현실이었다. (송석원·엄현섭·홍선영·정준영·강태웅, 「전파(電波)와 전파(傳播)II – 태평양전쟁의 라디오방송과 방송극을 중심으로」, 『일본학연구』 제31집, 2010.9, 83~103면; 엄현섭, 「전시기 라디오 방송콘텐츠와 방송극 연구」, 『일본사상』 제18집, 2010.6, 199~218면; 장영민, 「6·25 전쟁기 '유엔총사령부의 소리(VUNC)' 라디오 방송에 관한 고찰」, 『한국근현대사연구』 제47집, 2008, 280~325면 참조)

하려고 해도 현실에서 겪은 전쟁이 더 생생했기 때문이라 볼 수 있다.

살인사건의 범인으로 혹은 『헨델박사』에서처럼 인류를 멸망시키는 악당으로 등장하는 인조인간은 어떻게 1960년대와 1970년대 정의의 영웅으로 전환될 수 있었을까. 인조인간에 대한 경계와 유혹의 이중적인 감성에서 헨델박사가 적에 대적할 '무기'로 활용한 것처럼 강력한 힘을 이용하고 싶은 욕망이 앞서게 된다. 인조인간이라는 거부감에 헨델박사는 지-멘의 지구단과 같은 악당과는 다르다는 의미로 오젤박사의 '영혼'을 불어넣고, 이우영의 『인조인간사건』에서도 인조인간을 조종한 배후를 찾아내려고 한다. "인조인간이라는 이 강철로 맨든 이 물건이 사람의 **혼**이 있다고는 생각지 않"는다. "**인조인간이 영혼이 없는 이상** 이러한 일은 사람의 행동임이 틀림없다고 생각한"다고 한다. 결국 인조인간이 어떤 명령어에 따라 움직이고, 그 명령어가 라디오드라마 공습장송곡 속에 삽입되어 있었음이 드러나며, 윤박사의 조수였던 태윤이 살인의 배후로 밝혀진다. 그리고 이후 '영혼'을 집어넣은 인조인간은 우리의 적이 아니라 우리를 위해 싸우는 정의의 영웅이 된다.

1952년 『헨델박사』에서는 인조인간을 적절하게 이용하여 적군에 잠입하는 스파이로 심기 위해 오젤박사의 영혼을 불어넣는다. 1952년 데즈카 오사무는 인조인간 아톰에게 '영혼'을 불어넣는다. 인조인간이 영혼을 가지게 되면 인간을 해하거나 악한 마음을 품지 않고 정의로운 행동을 할 것이라는 이미지를 각인시켰다. 인조인간의 '영혼'이란 우리 편에 충실한 충성심이나 애국심과 흡사한 말이다. 아직 현실로 와 닿지 않는 신발명에 대한 이중성에서 감정의 저울이 매혹 쪽으로 기울게 되면, 어떻게든 내 쪽으로 끌어당겨 적극적으로 활용하고 싶은 욕망이 인다. 감정의 저울이 매혹

쪽으로 기우는 데는 현실과의 거리가 필수적이다. 공상과학이 낙관적 기대와 전망을 품기 위해서는 현실과 거리가 멀어져야 한다. 그래야 암울하고 피폐한 현실에서 미래를 향한 꿈을 꿀 수 있기 때문이다. 1940년대와 전쟁기에는 공상과학이 현실에서 벗어나지 못했다. 아무리 미래를 공상해도 현실이 너무 생생해서 현실과 거리를 두는 것이 불가능했기 때문이다. 전쟁기가 지나고 1950년대 후반에 가서야 공상과학으로 미래를 설계하고 어린이가 꿈을 키울 수 있게 되었다. 인조인간이 정의의 영웅이 되고, 우주로 나가 우주 괴물을 섬멸하며 과학자와 우주비행사를 꿈꾸는 시대가 된 것은 공상과학이 현실과 괴리된다고 터무니없다고 비판받던 바로 그 현실과의 거리 때문이다. 현실과 일치할 때 공상과학은 밝은 미래를 기대할 수가 없다. 아무리 상상해봐도 미래 역시 암울할 뿐일 때 세상은 온통 디스토피아가 점령하게 될 수밖에 없다. 1960년대와 1970년대 공상과학이 미래에 대한 낙관적 기대를 품을 수 있었던 것은, 막연하고 추상적으로 다가오는 '우주과학'이 우리의 현실에 와닿지 않고 거리가 있었기 때문이다. 공상과학의 본질은 바로 현실 그 자체가 아니라 실현 불가능할 것 같은 터무니없고 우스꽝스러워 보이는 '공상'에 있다. 발명도 마찬가지이다. 로봇, 인조인간, 우주 로켓의 발명은 꿈이 될 수 있지만, 전투기, 폭격기, 항공모함의 발명은 전쟁에 실제로 쓰이는 무기이기 때문에 꿈이 아닌 '현실'이다.

『헨델박사』의 인조인간은 인류를 모두 멸망시킨 악의 무리 지구단이기도 하면서, 헨델박사가 오젤박사의 영혼을 불어넣어서 만든 정의의 무기이기도 하다. 헨델박사는 지하 연구실을 차지한 지구단에게 무기 설계도가 아닌 방사선 단추를 누르는 법을 건네준다. 지-멘이 인조인간으로 지구단을 만들어 인류를 멸망시켰다는 설정은, 인조인간, 로봇에 대한 오래된 두려움이 전제되어 있다. 인조인간을 무기로 하면 인간보다 몇 배나 강할 것이라는 생각에 유혹적이지만, 만약 나쁜 목적으로 사용된다면 인류 전체에 끼칠 영향도 배제할 수 없는 것이다. 그래서 헨델박사는 지-멘과 똑같이 생긴 인조인간에 오젤박사의 영혼을 집어넣는다. 그럼으로써 누가 어떻게 이용하느냐에 따라 인조인간은 우리를 위해 적을 무찌르는 '평화적인' 무기가 될 가능성도 보여준다.

인조인간에 대한 이중적인 시선은 핵원자탄에도 고스란히 적용된다. 핵의 평화적 이용이라는 유엔의 승인하에 미국은 합법적으로 핵을 보유하고 공산주의를 견제하는 강력한 권력으로 활용한다. 제2차 세계대전은 발명과학이 이중적인 대립과 견제의 권력으로 기능하게 된 결정적 계기를 제공했다고 볼 수 있다. 힘과 권력을 가지는 것은 발명가가 아니라 국가, 지구, 남성, 민주주의 등의 대립 구도에서 핵을 보유한 쪽이다. 발명가 개인은 사악할 수 있지만, 핵을 사용하는 (우리) 국가(혹은 우주인에 대항하는 지구)는 사악하지 않다는 모순된 함정에 빠진다.[17] 1952년 데즈카 오사무가 아톰이라는 인조인간을 만들면서 영혼마음을 불어넣는 작업을 한 것도 사실은 일본에 해가 되지 않는 일본을 위해 싸우는 작은 영웅을 만들고 싶어서였을 것이다. 이때의 영혼은 상대편에게 넘어가지 않고 끝까지 우리 편을 위해 싸울 수 있는 정의 수호를 앞세운 '애국심'에 다름 아니다. 세계가 냉전으로 갈리어 있던 상황에서 인조인간에 강요된 영혼은 결국 더욱더

---

17 이런 이분법적 대립은 1959년 김산호의 『정의의 사자 라이파이』로 가면 더 극명하게 드러난다. 『헨델박사』에서 인조인간의 부정적인 이미지가 강했던 반면, 『정의의 사자 라이파이』에서는 지구연합연맹이 적을 무찌르기 위해, 혹은 사악한 녹의 여왕 부대를 무찌르기 위해 원자탄을 터뜨리는 장면이 나온다. 원자탄은 상대적으로부터 우리를 수호해주고 지켜주는 평화를 보장하는 무기이다.

살얼음판의 분위기로 원자탄이 터져서 지구가 멸망할지도 모른다는 허버트 조지 웰스가 예언한 디스토피아적 전망으로 치닫게 한다.

1953년 국내에 에릭 블레어의 『1984』가 『미래의 종』이란 제목으로 라만식에 의해 처음 번역된다.[18] 전체주의 사회가 도래하게 될 위험성을 경고하는 미래를 담고 있는 에릭 블레어의 예언은, 1984년이 훨씬 지난 2022년인 오늘날 실현되지는 않았다. 그러나 오늘날에도 여전히 섬뜩한 디스토피아를 담아내고 있다. 1965년 문윤성의 「완전사회」에서도 사회주의 국가의 충돌로 제3차 세계대전이 일어났다고 가정한 것을 보면, 1950년대 원자탄으로 촉발된 냉전 체제는 1960년대 우주개발 경쟁으로 이어져서 극에 달했다고 볼 수 있다. 에릭 블레어의 『미래의 종』은 허버트 조지 웰스가 80만 년 후의 미래인종을 예견했던 것과 마찬가지로 암울한 디스토피아적 전망을 보여준다. 제2차 세계대전과 원자탄이 터지는 것을 지켜본 에릭 블레어는 1946년 죽음을 작정하고 세상 끝 오지로 들어가 1948년 소설을 탈고한다.[19] 유럽은 두 갈래의 적대 진영으로 나뉘어 있었고 원자탄이 터지기라도 하면 전 인류의 종말이 닥칠 것이라는 묵시론적 예언이 먼 미래의 상상이 아니라 생생한 현실로 와닿는 시기였다.[20]

『헨델박사』에서 헨델박사가 발명했던 오젤박사의 영혼을 불어넣은 인조인간 무기는 1960년대와 1970년대 SF에서 거대로봇의 시대가 열리도록 했다. 인조인간, 로봇은 정의와 평화를 지킨다는 명분과 함께 강력한

---

18 최애순, 「대체역사의 국내 수용 양상 – 복거일의 『비명을 찾아서』가 탄생하기까지」, 『우리문학연구』 제61집, 2019.1, 406~407면 참조.
19 존 루이스 개디스, 정철·강규형 역, 『냉전의 역사 – 거래, 스파이, 그리고 진실』, 에코리브르, 2010, 15면 참조.
20 위의 책, 15~16면 참조.

무기의 아이콘으로 등극하게 되었다. 로보트 태권브이는 아직까지 그 시절을 함께 보낸 세대들에게 무적의 아이콘, 승리의 아이콘으로 각인되고 있다. 『헨델박사』에서 인류의 대재앙이라는 공포는 헨델박사가 창안한 인조인간과 여러 발명 무기로 극복할 수 있음을 시사하고 있다. 전쟁이 일상이었던 1952년과 1953년만 해도 더 나은 미래는 보이지 않았다. 그러나 1950년대 후반을 거쳐 1960년대로 가게 되면 원자탄의 디스토피아적 세계관은 국내 공상과학에서 거의 자취를 감춘다. 대신 돌려차기로 악당을 물리치고 납치된 이들을 구출하는 정의의 사자 라이파이가 온다. 암울과 패배, 종말의 장막을 걷어내고 희망과 낙관을 담은 유토피아의 미래가 주류가 된 공상과학 시대가 열리게 된다.[21]

『헨델박사』는 여러 면에서 국내 SF의 계보보다는 미국 SF의 영향을 받고 있음을 알 수 있다. 〈지구 최후의 날〉로 야기되는 종말론에 대한 디스토피아적 상상, 〈심해에서 온 괴물〉에서 바다에서 내습하는 괴물의 출현, 바다 밑 탱크 등과 같은 모티프들이 『헨델박사』에 차용되고 있다. 그러나 번역일 가능성을 염두에 두더라도, 국내에서 미국의 영향을 받은 핵공포와 인류의 대재앙이라는 디스토피아적 상상력이 1950년대 말과 1960년대로 가게 되면서 어떻게 밝은 미래를 보장하는 유토피아로 전환되는지

---

21 본격문학에서 여전히 원자탄의 공포에 대해 묘사하고 있고 전쟁의 트라우마로 인한 우울과 상실을 그리는 데 치중하고 있었지만, 공상과학에서는 선진국으로 도약하려는 국가 이데올로기와 함께 원자탄의 공포를 극복하고 원자력 에너지로 미래를 낙관적으로 전망하려는 기대를 담아내고 있었다. 공상과학은 1960년대와 1970년대, 1980년대까지도 국가의 과학진흥정책과 함께 아동청소년의 과학교육 독려와 기획에 부응하는 역할을 하고 있었다. 국가의 발전 진보의 미래관과 함께 대중 역시 정의의 영웅을 원했던 결과 본격문학과는 다른 대중 독자층이 형성되었다고 볼 수 있다. (최애순, 「1950년대 원자탄 공포를 낙관적 전망으로 치환하기까지—1959년 김산호의 〈라이파이〉와 한낙원의 『잃어버린 소년』을 중심으로」, 『국제어문』 제92집, 2022.3 참조)

를 고찰해보기 위해서는 1952년 『헨델박사』와 1959년 한낙원의 「잃어버린 소년」이나 김산호의 『정의의 사자 라이파이』 같은 작품 간의 거리를 살펴볼 필요가 있다. 이 글에서는 발명과학이 낙관적인 전망으로 전환하기 이전의 디스토피아적 세계를 보여주던 국내 공상과학의 계보를 따라가 보았다. 그럼으로써 전쟁이나 원자탄의 재앙이 현실 그 자체가 되어버려서 현실과의 거리를 벌리지 못했을 때 비관적인 전망으로 나타남을 살펴보았다.

4. 현실과 공상의 거리─낙관적 전망으로 나아가기

SF의 창시자 중 한 명으로 꼽히는 허버트 조지 웰스는 세기말에서 원자력이 등장한 시기까지 거의 1세기를 살았던 인물이다. 허버트 조지 웰스는 『타임머신』, 『투명인간』을 발간한 1894년경에 과학발명의 부작용과 실제로 실현되었을 때의 섬뜩한 공포에 대해 예견하고 있다. 2022년 현재 웰스가 예언한 타임머신이나 투명인간은 아직 발명되지 않았지만 이제 아무도 그것이 실현 불가능한 것이라 주장하지 않는다. 웰스의 공상과학이 실제로 일어나지 않은 것임에도 우리가 섬뜩한 공포를 느꼈던 것은 실현되었을 때를 상상했기 때문이다. 그리고 지금 우리는 막연하게 '바이러스가 인류를 덮친다면'이라고 상상했던 실제를 마주하고 있다. 인공지능, 자율기계, 가상현실 등의 발달로 미래는 분명 빠르게 과학기술과 문명이 진보할 것임에도 우리는 지금 낙관적인 미래를 전망하거나 보장할 수 없다. 그리고 과학기술의 발달이 인류에게 행복을 가져올 것인지에 대해서도 장담할 수 없다. '현실'과 '공상' 사이의 거리가 벌어졌을 때, 미래를 마음껏 공상할 수 있는 여유가 있었을 때 우리는 낙관적인 전망을 가질 수 있었다. 그러나 인류는 비관에서 벗어나고 우울에서 탈피해서 앞으로 나아가고자 하는 욕망이 있다. 어떻게든 절망적인 현실을 견뎌내고 좀 더 나은 미래로 나아가고자 하는 노력과 의지를 드러내는 것은 그것 때문이다.

1940년대와 한국 전쟁기를 거치며 원자탄이 터지고 발명과학이 전쟁의 살인 무기로 이용되는 것을 경험했다. 과학기술의 발달이 비관적인 전망을 내포한다는 것을 목격한 인류에게, 새로운 과학기술은 섬뜩한 '경계'를 불러왔다. 그러나 유혹 또한 만만치 않아서 원자탄이 터지고 인류의 대재앙 공포가 만연한 1950년대 남한은 선진국으로 도약하기 위한 적극적인 원자로의 도입과 과학교육 정책을 펼치게 된다. 디스토피아적 전망이 만연한 상황에서 발명과학이 드러내는 이중성과 인간의 욕망이 맞물릴 수밖에 없다. 발명과학의 디스토피아적 전망을 낙관적인 전망으로 치환하기 위해서는 현실과 공상의 거리가 다시 벌어져야 한다. 이때 소환되는 것이 '공상과학'의 영역이다. 현실과 공상의 거리를 벌리기 위해 공상과학은 현실의 공간에서 벗어나 드넓은 '우주'로 나아가게 된다.

1950년대 후반으로 가면 디스토피아적 전망은 걷히고 낙관적 전망과 기대로 가득한 한낙원의 우주과학소설이 등장하게 된다. 그러나 한국 과학소설은 그때부터 과학소설이 과학적 사실을 바탕으로 해야 한다는 SF 작가 클럽의 고뇌와 함께 아동청소년 과학소설을 허무맹랑한 이야기라고 몰아붙이는 성인문학(소위 본격문학)과의 대립 논쟁에 들어가게 된다. 그리고 이런 논쟁은 한국 과학소설사에서 과학소설의 발달을 더디게 하는 요인으로 작용하게 된다. 다음 장부터 한국 과학소설의 발달이 본격문학과의 대립만으로도 버거운데, 그 안에서도 또 성인 대상과 아동청소년 대상으로 나뉘어 기이한 형상으로 발달하게 된 과정을 보여주고자 한다. 그것은 왜 한국 과학소설이 재미있는 상상의 영역이 사라지고 전쟁소설의 형식을 띠게 되었는지, 왜 초기에 성인잡지에는 실리지 않았는지, 왜 추리소설 공모에 과학소설을 응모했는지 등에 대한 답이 될 것이다.

제6장

해방 이후 SF의 발달과
아동청소년문학과의 대립 논쟁

1. SF와 아동청소년문학

과학소설은 장르문학 중에서도 낯설고 생소해서 가장 늦게 국내에 정착하게 된 장르라고 볼 수 있다. 그런데 과학소설의 발달을 더 더디게 하는 것은 안타깝게도 아동청소년문학과 성인문학의 이분법적 구도하의 배타적인 연구 경향이다. SF문학은 소위 '본격'이란 용어를 내세우며 SF 아동청소년문학을 배제해 왔다.[1] 그러나 국내에서 SF는 초창기에 아동청소년문학을 통해 들어왔다. 리얼리즘 위주의 성인문학 혹은 본격문학에서는 미래에 관한 공상을 그리는 SF가 낯설고 생소한 옷이었던 반면, 성인문학보다 판타지 전통이 강했던 아동청소년문학[2] 쪽에서는 '공상' 혹은 '상상'

---

[1] 이숙, 「문윤성의 『완전사회』(1967) 연구─과학소설로서의 면모와 지배이데올로기 투영 양상을 중심으로」, 『국어문학』 52, 2012.2, 225~253면.

[2] 그렇다고 아동청소년문학이 판타지라는 것은 아니다. 편의상 아동청소년문학에서는 '현실'을 다루기보다 꿈과 희망을 제시하는 것을 목적으로 해 왔다. '현실동화'라는 용어가 최근에 생긴 것이 그것의 한 증명이 될 수 있다고 본다.(황정현, 「사실동화의 현실 반영 문제」, 『한국아동문학연구』(20), 2011.5, 187~207면; 김경우, 「한국 리얼리즘 동화연구─한국 동화의 리얼리즘은 가능한가?」, 『한국아동문학연구』(13), 2007.5, 191~209면) 권혁준은 아동청소년문학과 SF는 본래부터 친연성이 있다고 했다. 또한 판타지 동화의 한 유형으로

은 그야말로 적합한 소재이며 놀이였다. 아동청소년문학과 과학소설이 결합하는 것은 순식간이었다. 공상과학, 과학모험, 탐정모험 등과 같은 결합어들이 생성되고 아동청소년 잡지에서 과학소설이 종종 읽을거리로 실리는 한편, 성인잡지에서는 과학소설이란 용어가 거의 사용되지 않는다. SF 문학도 낯설고 생소했던 국내에서 SF 아동청소년문학은 그야말로 불모지에서도 불모지라고 인식되어왔던 것이 일반적 견해였다.

김이구는 '어린이문학은 과학소설의 불모지인가'라고 의문을 던진다.[3] 권혁준 역시 최근 연구에서 한국의 아동청소년문학에서 과학소설이 오랫동안 불모지로 남아 있었던 이유를 과학적 상상력이 흔치 않은 성인문학의 토양 때문이라는 언급으로 시작하고 있다.[4] 그러나 과학소설의 불모지는 아동청소년문학이 아니라 오히려 성인문학 쪽이다. 초창기 아동청소년문학에서는 과학소설을 적극적으로 수용했고 장르도 분화해 나갔다. 그런데도 아동청소년 과학소설이 명맥을 유지하지 못하고 지지부진한 것처럼 보이는 이유는 무엇일까. 아동청소년문학의 연구가 활발하지 못한데 책임이 있다고 본다. 과학소설 연구에서 아동청소년문학뿐만 아니라 국내 SF 역사에서 선구자적 위치에 있었던 한낙원이 거론되기 시작한 것도 얼마 되지 않은 일이기 때문이다. 성인문학 쪽에서 아동청소년문학을 허무맹랑한 공상과학의 이야기라고 하여 다루지 않은 것이 가장 일차적

SF의 경우를 들기도 한다.(권혁준, 「아동·청소년문학에 나타난 SF적인 상상력」, 『창비어린이』 12(2), 2014.6, 21~38면; 판타지 동화의 개념, 범주, 유형에 대한 재검토」, 『한국아동문학연구』16, 2009.5, 5~42면) 선안나는 동화는 이미 환상성을 본질로 하므로 판타지 동화라는 말은 동어 반복이라고 한 바 있다.(선안나, 「판타지 동화와 판타지 소설의 비교-아동문학을 중심으로」, 『돈암어문학』 13, 2000.9, 215~232면)

3 김이구, 「과학소설의 새로운 가능성」, 『창비어린이』 3(2), 2005, 157~159면.
4 권혁준, 「아동청소년문학에 나타난 SF적인 상상력」, 『창비어린이』 12(2), 2014.6, 21면.

인 원인이라고 보지만, 아동청소년문학 쪽에서 본다면 '공상'을 다루었다는 것은 폄하하거나 무시할 일이 아니다.[5] 판타지의 전통이 강했던 아동청소년문학에서 과학소설이 불모지인 것처럼 보이는 연유는 그들 스스로 발굴하지 못한 책임이 있다. 국내에서 과학소설은 아동청소년문학을 통해 들여왔다고 해도 과언이 아닐 정도로 성인문학에서 과학소설이 완역되고 창작되기 시작한 것은 얼마 되지 않는다. 그렇다면 당연히 과학소설 연구를 아동청소년문학 쪽에서 먼저 시작했어야 한다고 본다. 『과학소설이란 무엇인가』에서부터 과학소설 목록에 한낙원이나 오민영 같은 과학소설가가 포함되지 않은 것은 아동청소년문학이 과학소설의 불모지여서가 아니라 지금까지 연구가 미비했기 때문이다.

SF문학과 SF 아동청소년문학은 해방 이후 최초 창작 시기를 놓고서 의견이 분분하다. 문윤성의 「완전사회」와 한낙원의 「잃어버린 소년」을 두고 팽팽하게 갈리고 있다. 그러나 시기적으로 한낙원의 「잃어버린 소년」이나 「금성탐험대」가 문윤성의 「완전사회」보다 앞서 있는 것은 부인할 수 없는 사실이다. 그런데도 의견이 분분한 것은 소위 '본격' 과학소설이란 명목하에 아동청소년 과학소설을 의도적으로 인정하지 않고 배제했기 때문이다. 그러나 초창기 국내 과학소설은 아동청소년문학을 통해 유입되었으므로 아동청소년문학을 배제한다면 텅 빌 수밖에 없다. 김재국은 「한국 과학소설의 현황」[6]에서 문윤성의 「완전사회」, 복거일의 『비명을 찾아서』,

---

5   권혁준은 과학소설과 아동문학이 체질적으로 친연성을 지니고 있기 때문에, 과학소설이 아동문학의 변방으로 남아 있는 것은 부자연스러운 일이라 하였다.(권혁준, 「아동·청소년문학에 나타난 SF적인 상상력」, 『창비어린이』 12(2), 2014.6, 21면)

6   김재국, 「한국 과학소설의 현황」, 『과학소설이란 무엇인가』, 국학자료원, 2000, 93~116면. 김재국의 문윤성의 「완전사회」에서 복거일의 『비명을 찾아서』로 이어지는 한국 과학소설의 계보는 이후 연구자들에게 그대로 받아들여져 그 사이의 한국 창작 과학소설 목록은 텅

듀나 등으로 한국 과학소설의 계보를 그리며, 한낙원의 작품은 언급하지 않는다. 오히려 서양 과학소설의 국내 수용과정을 살피는 김창식의 논문에서 초창기 과학소설은 주로 '아동문학'을 통해서 들어왔다는 기술을 접할 수 있다.[7] 문윤성의 「완전사회」 이후 과학소설은 복거일의 『비명을 찾아서』가 나오기 전까지 명맥이 끊어졌을 정도로 텅 비어 있다. 반면, 아동청소년 과학소설은 한낙원의 「잃어버린 소년」 1959이 게재된 이후로도 아동청소년 잡지와 소년소녀전집을 통해서 왕성하게 번역되고 창작되고 있었다. 아동청소년문학에서 SF의 전성기는 1960~70년대라고 할 정도로 성인문학보다 활발하게 전개되고 있었다. 활발한 전개에 비해 연구가 미비해서 빛을 보지 못하고 있다가 최근에야 아동청소년문학 부분에서도 과학소설에 주목하기 시작했다.[8]

아동청소년 과학소설에 관한 연구는 김이구가 『한낙원 과학소설 선집』 현대문학, 2013을 펴내면서 본격화되었다. 그동안 한낙원이라는 작가는 SF 작가 목록에서 아예 누락되었기 때문이다. 김이구는 한낙원이 문윤성의 「완전사회」보다 훨씬 앞선 시기부터 과학소설을 창작하고 있었으며 한국 과학소설의 선구자라고 밝히고 있다.[9] 그는 성인문학과 아동청소년문학과의 분리 의식이 오랜 고질병으로 자리잡고 있는 한 과학소설의 가능성은 곧 한계에 부딪힐지 모른다고 한다.[10] 김이구는 「금성탐험대」에 대해 "어

비어 있다.

7 김창식, 「서양 과학소설의 국내 수용 과정에 대하여」, 『과학소설이란 무엇인가』, 국학자료원, 2000, 55~91면.
8 권혁준, 「특집 어린이, 과학, 이야기─아동청소년문학에 나타난 SF적인 상상력」, 『창비어린이』 12(2), 2014.6, 21~38면; 박진, 「청소년문학은 SF와 결합하여 어떻게 진화하는가」, 『창비어린이』 8(4), 2010.12, 189~203면.
9 김이구, 「한국 과학소설의 개척자 한낙원」, 『한낙원 과학소설 선집』, 현대문학, 2013, 543~563면.

린이 대상 과학소설인데, 굳이 어린이용으로만 한정시켜 볼 수 없는 작품이다"라고 언급한다든가, "소년물이지만, 보편적인 과학소설로서 손색이 없다"는 등의 기술로 아동청소년 과학소설이 성인 대상의 보편적인 과학소설로 읽히기를 바란다. 그러나 한낙원의 과학소설이 보편적인 과학소설로 읽혀야 더 의의 있는 것일까. 한낙원의 의의를 '아동청소년 과학소설'이란 독자적인 영역을 개척했다는 것에서 찾을 수는 없는 것일까 하고 의문이 든다.

김지영은 한국 과학소설의 장르소설적 특징으로 '청소년 독자 지향성'을 꼽는다.[11] 여기에는 김지영이 텍스트로 삼은 『한국 과학소설 전집』에 실린 작품들을 '청소년 과학소설'로 분류한다는 전제가 깔려 있다. 『한국 과학소설 전집』의 과학소설들은 『학생과학』에 실렸던 SF 작가 클럽의 작품들을 모아 놓은 것이다. 그렇다면, 『학생과학』의 SF 작가 클럽의 과학소설들은 '청소년 과학소설'로 분류할 수 있는 것일까. '청소년 과학소설'이란 장르 규정은 무엇을 특징으로 하는가 등이 과제로 남는다. 초창기 과학소설을 연구하다 보면, 아동청소년문학과 계속해서 겹치게 됨을 알 수 있다. 초창기 SF가 아동청소년문학과 결합하여 들어왔기 때문이다. 그렇다면 문제는 아동청소년문학에서 SF가 어떻게 받아들여졌고 이해되었는가 하는 점이다. 과연 아동청소년문학은 독자적으로 SF를 받아들였는가, 아니면 교육이나 계몽의 일환으로 정책에 맞추어서 들여올 수밖에 없었는가 하는 실질적인 문제를 들여다보아야 한다.

---

10 김이구, 「과학소설의 새로운 가능성」, 『창비어린이』 3-2, 2005, 171면.
11 김지영, 「한국 과학소설의 장르소설적 특성에 대한 연구-『한국 과학소설(SF) 전집』(1975)을 중심으로」, 『인문논총』 32집, 2013.10, 375~397면.

과학소설 연구가 활발해지면서 초창기 과학소설을 적극적으로 실었던
『학생과학』에 대한 연구도 심심치 않게 나오고 있다.『학생과학』의 연구
에서 대두된 것은 그동안 본격이 아니라고 배제해 왔던 '청소년 과학소설'
이다. 조계숙은『학생과학』에 실린 과학소설을 '청소년 과학소설'로 규정
하고 국가 이데올로기와 연관 짓고,[12] 김지영 역시『학생과학』에 실린 작
품이 전집으로 편찬된『한국 과학소설 전집』의 과학소설을 '청소년 과학
소설'로 분류하고 있다.[13] 그러나 이에 대해 최애순은『학생과학』에 실린
SF 작가 클럽의 작품들을 과연 '청소년 과학소설'로 분류할 수 있는가에
대한 의문을 제기한 바 있다.[14] '청소년 과학소설'이란 도대체 무엇이길래
이처럼 의견이 분분한 것인가.『학생과학』에 실린 것을 모두 '청소년 과학
소설'로 분류할 수 있는가. 과학소설과 청소년 과학소설은 어떤 차이점이
있는 것일까. 청소년 과학소설이라는 독자적인 영역이 가능한가.

더불어 초창기부터 과학소설을 지속적으로 쓴 한낙원에 관한 연구 역시
속속 나오고 있다.[15] 그럼으로써 그동안 본격 과학소설에서 배제됐던 한
낙원이 과학소설 작가의 목록에 포함되기 시작했다.[16] 그러나 모희준은

---

12 조계숙,「국가 이데올로기와 SF, 한국 청소년 과학소설」,『대중서사연구』제20권 3호, 2014.12,
415~442면.
13 김지영,「1960~70년대 청소년 과학소설 장르 연구-『한국 과학소설 전집』(1975) 수록 작
품을 중심으로」,『동남어문논집』제35집, 2013.5, 125~149면.
14 최애순,「1960~1970년대 과학소설에 대한 인식과 창작 경향-『학생과학』지면의 과학소
설을 중심으로」,『대중서사연구』제23권 1호, 2017.2, 249~291면.
15 모희준,「한낙원의 과학소설에 나타나는 냉전체제하 국가 간 갈등 양상-전후 한국 과학소
설에 반영된 재편된 국가 인식을 중심으로」,『우리어문연구』50집, 2014.9, 223~248면; 모
희준,「냉전시기 한국 창작 과학소설에 나타난 종말의식 고찰-한낙원의『잃어버린 소년』,
『금성탐험대』와 문윤성의『완전사회』를 중심으로」,『어문론집』65, 2016.3, 127~144면.
16 한낙원은 Science Times의 기획 연재인「한국 베스트 SF 작가 10인」의 가장 첫 번째 작가로
들어가며, 고장원이 1, 2회에 걸쳐 실었다(고장원,「한국 베스트 SF 작가 10인, 한낙원(1)」,
2012.2.21, http://www. sciencetimes.co.kr/article.do? atidx=0000058390; 한낙원(2),

한낙원의 과학소설을 아동청소년문학과 분리시켜서 연구하여, 한낙원의 소설 속에 나타나는 종말 이미지가 구체적이지 않다고 지적한다. "한낙원은 여전히 소설 속에서 핵무기를 통해 지구가 멸망할 수도 있음을 끊임없이 경고한다"[17]고 한다. 그러나 한낙원의 과학소설은 원자탄이 떨어져도 남한은 빗겨난다는 점에서 종말과 정반대되는 지점을 제시한다.[18] 모희준이 한낙원의 과학소설에서 종말 이미지가 구체적이지 않게 보였던 것은 그의 과학소설이 미래에 대한 낙관적인 전망을 담고 있기 때문이다.[19] 한낙원의 과학소설은 성인 대상의 과학소설과 같이 바라보기보다 오히려 아동청소년 과학소설로 바라보아야 더 잘 볼 수 있는 측면이 있다. 아동청

2012.2.27, http://www. sciencetimes.co.kr/ article.do? atidx=0000058491). 그러나 2008년 고장원의 저서『세계과학소설사』에는 남한 과학소설에도 한낙원의 이름은 찾아볼 수 없다. 이때까지도 복거일 정도가 눈에 보일 뿐 남한 과학소설 작가의 목록을 거의 접할 수 없는 실정이었던 것으로 보인다(고장원, 『세계과학소설사』, 채륜, 2008. 참조).

17 모희준, 「냉전시기 한국 창작 과학소설에 나타난 종말의식 고찰」, 『어문론집』 65, 2016.3, 135면.

18 아동청소년문학 쪽에서의 연구와 완전히 상반되는 지점이기도 하다. 가령, 권혁준은 '과학 발전에 대한 기대와 미래 세계의 낙관적 전망'이라는 장에서 한낙원의 「잃어버린 소년」과 「금성탐험대」, 서광운의 『북극성의 증언』을 들어 SF 아동청소년문학의 특징을 기술하고 있으며(「권혁준, 「아동청소년문학에 나타난 SF적인 상상력」, 『창비어린이』 12(2), 2014.6, 22~26면 참조), 오래전부터 한낙원이라는 작가를 발굴한 김이구는 한낙원을 '우리나라에서 최초로 과학소설을 쓴 선구자'라고 지칭하며, 『학원』 1968년 5월호(302면)에서 한낙원과 본지 학생기자와의 인터뷰를 빌려 '학생들의 모험심을 기르고 난관을 극복할 지혜와 담력을 길러주는 것', '과학에 대한 지식을 넓혀 나라를 발전시키는 것', '학생들의 꿈의 세계를 키워주는 것'이 한낙원 작가가 생각하는 과학소설의 의의이자 창작 이유라고 밝히고 있다(김이구, 「한국 과학소설의 개척자 한낙원」, 『한낙원 과학소설 선집』 해설, 현대문학, 2013, 560~561면 참조).

19 한낙원의 「잃어버린 소년」에서 원자력을 터뜨려서 오히려 괴물의 침입으로 인한 전지구적 멸망의 모습이 담겨 있는 것은, 한낙원이 허버트 조지 웰스의『우주전쟁』을 번역하고 그 영향을 받았기 때문으로 보여진다. 그러나 한낙원은 어디까지나 웰스의『우주전쟁』이 보여 준 디스토피아적 전망보다 그것을 극복하고 강력한 국가를 재건하여 미래를 꿈꾸는 결론을 맺고 있다. 「금성탐험대」에서도 냉전시기 국제사회에서 한국의 위치에 속해 있는지를 드러낸다고 하는데, 당시 한국은 미국의 진보적 발전관에 기대어 강력한 선진국가를 건설하려는 이상을 담고 있었기 때문에, 이 또한 종말 이미지를 드러내는 것이라 보는 것은 무리가 있다고 본다.

소년 대상의 과학소설을 성인 대상의 과학소설의 관점에서 비교하여 부족하거나 한계가 있다고 인식하기보다 아동청소년 과학소설이라는 독자적인 영역으로 바라보고 특성을 짚어 내야 의미가 있다고 본다. 그것은 과학소설과 아동청소년의 과학교육과 계몽이라는 당대의 사회문화사적인 이데올로기가 긴밀하게 연관되어 있기 때문이다.

성인 대상의 문학과 아동청소년 대상의 문학을 비교하거나 같은 선상에 놓는 오래된 관습은 현재까지도 아동청소년문학을 아동청소년에게 읽히기보다, 문학사 위주의 작품을 아동청소년에게 필독서로 강조하는 경향을 낳고 있다. 아동청소년문학이 SF의 변방으로 밀려날 것인지, SF 아동청소년문학이라는 독자적인 영역을 개척할 것인지는 연구자들의 몫이기도 하다.

2. 식민지시기 SF문학의 도입과 해방 후 SF 아동청소년문학과 SF문학의 분리

국내 아동청소년문학에서 SF의 최초 작품은 『어린이』 잡지에 실려 있던 허문일의 「과학소설 천공의 용소년」이다. 『어린이』(8권 8호~8권 9호까지 2회 연재 계속)[20] 그러나 '번안자'라고 달려 있어 순수 창작 작품이 아닌 것으로 보인다.

---

[20] 권혁준은 1936년 노양근의 「날아다니는 사람」에서 발명가를 꿈꾸는 소년을 등장시켜 미래 사회에는 과학과 기술의 발달이 인류를 편리하고 풍요롭게 할 것이라는 내용을 전달한다고 한다(권혁준, 「아동청소년문학에 나타난 SF적인 상상력」, 『창비어린이』 12(2), 2014.6, 22면). 그러나 발표지면을 밝히지 않아서 확인을 할 수 없었다. 1936년 노양근의 「날아다니는 사람」에도 과학소설이라는 장르명이 달려 있었는지 궁금하다. 그렇다고 하더라도 허문일의 「천공의 용소년」이 시기적으로 앞선다.

이것은 화성火星이라는 별나라에 사는 '∵'라는 소년과 그 아저씨 'X'박사가 실지로 행한 일을 간단하게 추리하여 쓴 이약입니다. 그런데 우리들은 모다 '∵' 등 화성 사람들의 쓰는 글자를 알지 못함으로 소년의 일흠은 '한달'이라 부르고 그 아저씨는 '별!' 박사라고 부릅시다.

번안자

— 「천공의 용소년」, 『어린이』, 1930년 10월호, 58면

번안자라고 한 것으로 보아 허문일이 외국 SF를 번안한 것으로 보인다. 원저자가 누군지는 알 수 없으나, 화성인이 등장하여 「**화성소설 천공天空의 용소년勇少年**」이라 달려 있다. 『어린이』 잡지에 실린 허문일의 「천공天空의 용소년勇少年」1930.10~11은 '화성소설火星小說'이라고 장르명이 달려 있으나 편집후기에서 "조선서 처음 시험인 과학소설科學小說 「천공天空의 용소년勇少年」

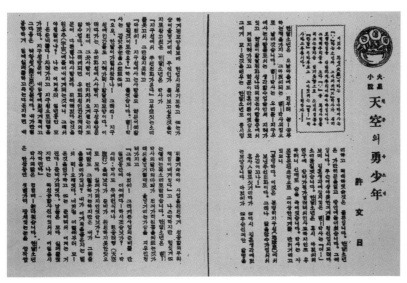

허문일, 「천공의 용소년」, 『어린이』 / 소장 고려대 도서관, 촬영 저자

을 실게된 것은 독자와 가티 깃버하는 바입니다"[21]라고 하며, '과학소설'임을 명시하고 있다. 보통 지구인이 주인공으로 등장하는데, 화성인이 지구를 탐사하러 오는 것으로 설정되어 있어, 화성인이 바라본 지구의 시각으로 전개되고 있다. 전쟁, 총, 자기편끼리 싸워서 죽이는 전쟁을 벌이는 지구의 모습은 700여 년 전 화성인류와 같은 것으로 묘사된다. "지구 우에서 서로 싸호든 병정들은 공중에 이상한 비행긔가 써도는 것을 보고 적국의 정찰긔偵察機로만 넉여 고사포高射砲의 조준照準을 정하야 가지고 쏘앗습니다. 별−박사의 비행긔는 대포알에 날개쭉지를 마자 핑글핑글 돌기를 시작햇습니다"1930년 11월호라며 지구에 도달한 화성인은 괴물 혹은 '적국'으로 간주되어 공격당한다. '화성인' 혹은 '우주인'에 대한 이러한 묘사는 해방 이후 1970년대까지도 지속된다. 아동청소년 과학소설이 일반 과학소설과 다른 점은 자라나는 아동청소년이 주인공으로 등장하거나 독자로 상정되기 때문에, 미래에 대한 디스토피아적 전망보다 낙관적인 기대와 꿈을 그린다는 것이다. 허문일의 「천공의 용소년」에서도 소년의 '용감함'이 강조되고 독자는 그 소년이 반드시 위기를 극복할 것이라 믿어 의심치 않는다. 아동청소년 과학소설은 불가능을 가능하게 하는 무모한 용기와 터무니없는 공상이 밑거름인 것이다.

그러나 바로 그 이유 때문에 해방 후 1950년대 이후의 성인문학에서는 '과학소설'이란 용어를 의도적으로 쓰지 않고 과학소설에 추리소설이라는 장르명을 내세워서 표제를 달기도 한다. 소년소녀 세계문학전집이나 소년소녀 공상과학전집, 혹은 아동청소년 잡지를 통해 유입되면서 과학

---

21 「편즙을맛치고」, 『어린이』, 1930.10, 72면.

소설은 아동청소년문학과 동의어처럼 인식되었다.[22] 대표적인 과학소설 전집으로는 광음사의 『소년소녀 세계과학모험전집』과 아이디어회관에서 펴낸 『SF 세계명작』이 있다. 번역가는 주로 아동청소년 문학가들이었으며, 전집의 편집위원 역시 아동청소년 문학가들이었다. 1960년대 들어서면서 『학원』 잡지에서 '공상과학소설'이란 장르명이 대거 달리게 되는데, 아동청소년문학에서 의도하지 않았던 '공상과학소설'이란 장르명은 소위 성인문학(본격문학)에서 과학소설을 폄하하거나 비판하기에 좋은 이유가 되었다.

광음사에서 1970년에 펴낸 『소년소녀 세계과학모험전집』은 로버트 하인라인과 아이작 아시모프의 작품이 들어 있다. 이주훈이 번역한 『로봇 나라 소라리아』는 아이작 아시모프 로봇 시리즈의 두 번째 작품으로 1992년 정태원이 『벌거벗은 태양』으로 번역했다. 두 번역은 아시모프의 같은 작품을 번역했지만 목차를 살펴보면, 『로봇 나라 소라리아』는 '1부 지하도시, 2부 로봇 나라의 살인사건, 3부 새로운 우주를 향하여'로 크게 나뉘어 있다. 그 안의 세부 절은 2만의 인간과 2억의 로봇, 누가 독을 넣었는지 알고 있다, 겁내는 우주인들, 로봇의 명령에 따르지 말라!, 육아 로봇, 독화살의 비밀, 로봇이 살인을 할 수 있을까?, 흉기는 어디로 갔나?, 로봇도 역시 살인을 한다, 인간을 가까이 말라 등으로 구성되어 있다. 반면 『벌거벗은 태양』의 목차는 의혹, 범죄의 추이, 무능한 의사, 공격적인 우주인, 곤경에 처한 로봇, 문명의 자취, 빗나간 표적, 로봇 학자, 드러난 동기, 해결, 회의, 드러난 의혹 등으로 구성되어 있다. 『로봇 나라 소라리

---

22 최애순, 「우주시대의 과학소설—1970년대 아동전집 SF를 중심으로」, 『한국문학이론과 비평』 제60집, 2013.9, 213~242면 참조.

아』는 아동청소년을 대상으로, 『벌거벗은 태양』은 성인을 대상으로 한 번역이다. 목차를 살펴보면, 『로봇 나라의 소라리아』에서는 인간과 로봇의 대립적인 위치를 부각시키고, '로봇이 살인을 할 수 있을까'와 같은 질문을 하며 로봇이 인간에 위해를 가하면 안 된다는 아시모프의 로봇 원칙을 상기시키고 있다. 더불어 '살인 사건'과 같은 자극적인 단어를 제목으로 가져오는가 하면, '새로운 우주를 향하여'처럼 낙관적인 미래를 제시하는 방향으로 결론을 맺고 있다. 반면, 『벌거벗은 태양』은 '고려원 미스터리'에서 한국추리작가협회와 미스터리 클럽에서 기획한 것으로, 머리말 「〈고려원 미스터리〉를 펴내면서」를 보면 '추리문학'의 장르 명칭이 나라마다 다른 것을 소개하고 추리문학을 펴낸 것임을 밝히고 있다. 『벌거벗은 태양』은 성인문학에서는 '추리문학'으로 소개되었고, 목차도 의혹으로 시작해서 범죄를 추리하고 해결하는 것에 집중되어 있다.

혹자들은 SF 아동청소년문학을 '공상'을 다루는 것으로 폄하하기도 하고, 축약되거나 교훈을 강조한 번역으로 부각시키기도 하지만, 초창기 SF가 유입되던 시기에 오히려 SF에 대한 편견이 없는 '과학소설' 자체로 유입되었던 것은 아동청소년문학이었다. 아동청소년문학에서 SF를 들여오게 되자 성인문학 혹은 본격문학에서 공상과학을 허무맹랑한 것으로 치부하는 경향이 생기게 된 것이다. '과학소설'이란 장르가 성인문학에서는 거의 찾아볼 수 없다는 것도 당시에 과학소설을 아동청소년문학으로 간주했음을 보여주는 사례이다.

3. 해방 이후 SF 아동청소년문학의 두 갈래 양상
　―『학원』과 『학생과학』

1) 『학원』과 SF 아동청소년문학의 정착 과정

해방 이후 초창기 과학소설은 『소년』, 『새벗』, 『카톨릭 소년』, 『학원』, 『학생과학』 등과 같은 아동청소년 잡지를 통해 창작되고 게재된다. 그중에서도 과학소설은 청소년 대상의 잡지이면서도 대중성을 표방한 『학원』과 따끈따끈한 '과학' 관련 기사를 직접적이고 중점적으로 다루었던 『학생과학』에 많이 실렸다. 『학원』이 비슷한 시기에 창간된 당대 대중잡지인 『아리랑』, 『명랑』과 필진들이 겹치는 반면, 『학생과학』의 과학소설 필진들은 SF 작가 클럽이었다.

『학원』에 실린 과학소설 목록

쥘 베른, 최인욱 역, 「과학 애기(과학모험) 바다 밑 이만 리」, 1954.3~1955.3.

이종기, 「공상과학―에리타스 여행기」, 1954.6~10.

유신, 「과학소설 인조인간」, 1955.9.

주일석, 「과학소설 백만 년 여행」, 1955.10.

장수철, 「과학소설 잃어버린 지하왕국」, 1958.8~1959.6 · 7.

　　　　: 총 12회 연재.

조능식, 「공상과학소설 원자마수의 내습」, 1959.3.

　　　　: 공상과학이란 용어 등장.

존 부레인, 권달순 역, 「공상과학 티베트의 비밀도시」, 1959.8~10.

코난 도일, 박홍근 역, 「과학모험(과학탐정) 해저도시 애트란티스」, 1959.8~10.

조능식, 「공상과학 곤충왕국」, 1959.9.

주동혁, 이주훈 화, 「과학소설 우주선의 괴상한 사나이」, 1961.4.

듀아멜, 박명수 역, 「모험소설 지구는 어디로」, 1961.6~8.

아란 애너, 「모험소설 사해의 보물」, 1962.3~11.

한낙원, 「과학소설 금성탐험대」, 1962.12~1964.9.

아아더. C. 클라아크, 「과학소설 해저목장」, 1964.3.

저자미상, 「과학모험 녹색의 우주인」, 1965.5.

어윈 알렌, 「장편 공상과학소설 원자력 잠수함 시뷰호」, 1965.7.

강석호, 「공상과학소설 10만 광년의 추적자」, 1966.2.

저자미상, 「공상과학소설 미래전쟁」, 1966.7.

> : 넉 장의 트럼프 재크의 비밀을 에워싸고, 광대한 우주에 전개되는 드릴과 서스펜스가 넘치는 모험 이야기.

E. E. 스미스, 「SF 전작 장편 은하순찰대」, 1966.10.

> : 우주 패트롤의 정예, 렌즈맨의 눈부신 활약! 현재 미국에서 그 인기가 최고 절정에 이른 우주 전쟁 소설, 렌즈맨 시리이즈의 일부.

저자미상, 「공상과학소설 바다밑 대전쟁」, 1966.12.

> : 신무기 실험장 바닷속에서 꿈틀거리는 기분 나쁜 그림자─그 정체는 놀랍게도 움직이는 수사체였다. 드릴과 서스펜스 넘친 SF.

한낙원, 「과학소설 우주 벌레 오메가호」, 1967.6~1969.2.

> : 장수철의 「추리소설 비밀극장을 뒤져라」(1967.6~12)와 동시에 나란히 연재 시작.

편집부 편, 「공상과학소설 제논 성의 우주인」, 1967.7.

편집부 편, 「우주서스펜스 스토오리 화성탐험 SOS」, 1967.7.

: 무한한 수수께끼에 싸인 우주 거기에 살고 있는 미지의 생물은 마침내
지구를 습격하기 시작했다.

H. G. 웰스, 「공상과학 타임머신」, 1967.8.

: 합본부록 : 20세기가 낳은 최대의 격찬을 받던 필자가 그의 백과사전적
인 지식으로 쓴 공상과학소설의 고전을 원고 300매로 초역 전재한다.

후레트 호일, 「공상과학소설 암흑성운의 내습」, 1967.9.

S.M 테네쇼우, 안동민 역, 「공상과학소설 아이스맨」, 1967.10.

문호(본지), 「과학액션 청동의 거인」, 1967.12.

: 20세기 과학의 공포와 대결하는 과학의 액션 소설 원고 250매 전재.
전편 불가사의한 사건 후편 거대한 괴물의 공포.

문호(본지), 「SF 지구 S. O. S」, 1968.1.

: 한밤중에 돌연 지구에 나타난 우주인과 이를 끈덕지게 추격하는 지구
인의 대결.

최재진, 「과학소설 사라진 대륙」, 1968.4.

이종철, 「공상과학소설 달나라의 화성인 上」, 이종철, 1968.9.

이승길, 「합본부록 달나라의 화성인 下」, 1968.10.

권준섭, 「과학소설 지구에 기습 착륙하라」, 1969.4.

정용훈, 「과학소설 공포 괴물 세계에 나타나다」, 1969.5.

윤동일, 「SF 돌아오지 않는 성」, 1969.7~1970.1.

저자미상, 「괴기 과학소설 불가사의한 이상인간」, 1970.10.

『학원』에서 과학소설은 과학 얘기, 과학소설, 공상과학소설, 과학모험,
과학탐정 등과 같이 여러 용어로 바뀌며 장르명이 달린다. 1950년대 창간

「우주서스펜스 스토오리 화성탐험 SOS」
소장 국립중앙도서관

초반에는 오히려 식민지시기처럼 과학소설이라 달리다가, 1960년대 들어서면서 공상과학소설이란 장르명이 압도적으로 많이 사용되고 있는 것을 볼 수 있다.[23] 또한 과학모험, 과학탐정과 같이 식민지시기에는 볼 수 없었던 장르 결합 양상이 나타난다. 대표적으로 쥘 베른의 「바다 밑 이만 리」가 '과학모험'으로 달려 있는가 하면, 코난 도일의 「해저 도시 애트란티스」도 과학모험으로 분류되다가 도일의 작가적 특성을 살려서 과학탐정이라고 바꾸기도 했다. 식민지시기 모험소설과 과학소설이 구분되던 것에서 해방 후 1950년대 이후부터는 모험소설, 과학소설, 탐정소설 등은 유사한 장르로서 명확한 장르 구분 없이 혼동되어 쓰이기도 했다. 작가 역시 과학소설 작가가 따로 있는 것이 아니라 추리소설 작가가 과학소설을 연재하기도 하고, 명랑소설 작가가 과학소설을 쓰기도 했다. 이처럼 장르를 넘나드는 현상은 『학원』과 비슷한 시기에 창간되어 대중잡지로 꼽혔던 『아리랑』, 『명랑』과 『학원』의 필진들이 겹치면서 두드러지게 나타나는 현상이다.

1954년 3월부터 쥘 베른의 「과학얘기 바다 밑 이만 리二萬里」를 번역한

---

23 앞에서 조성면의 연구에서 일본의 1960년 창간된 SF 전문지인 『SF 매거진』에서 공상과학소설을 표지에 판타지와 과학소설의 번역어로 넣게 되면서 국내에도 이 용어가 그대로 들어와 사용된 것이라는 점을 가정하면, 『학원』에서 1960년대 공상과학소설이란 장르명이 압도적으로 많이 쓰인 것도 그런 맥락하에서 고찰해 볼 수 있다.

최인욱은『아리랑』에서 명랑소설을 연재한 작가이다.[24] 코난 도일의 작품
은 아동문학가 박홍근이, 브루스 카터의 작품 역시 장수철이 번역하고 있
다.『학원』에「원자마수의 내습」1959.3과「곤충왕국」1959.9과 같은 '공상과
학소설'을 실은 조능식은 동일 잡지에「범죄수사 비화—사형이냐 무죄냐」
1959.1를 싣기도 한다. 공상과학소설을 쓴 조능식이 범죄수사 비화를 실을
수 있었던 것은, 그가 원래 공상과학소설의 작가가 아니라 에로틱하고 자
극적인 색채가 농후한 추리소설을 쓰던 작가였기 때문이다.[25]『학원』에서
는 과학소설을 싣고 있었지만,『아리랑』과『명랑』잡지에서는 장편 추리
소설을 연재했던 작가였다.『학원』의 필진들은『아리랑』,『명랑』과 겹치
는데,『학원』의 과학소설 작가들은『아리랑』,『명랑』에서는 추리소설이나
명랑소설처럼 과학소설이 아닌 다른 장르를 창작했다.『학원』에서 이처
럼 빈번하게 실렸던 과학소설은『아리랑』과『명랑』의 성인대상의 대중잡
지에서는 거의 찾아볼 수 없다. 간혹 있다고 하더라도 '추리소설'이란 표
제를 달고, 초능력자라든가 불멸의 몸과 같은 과학소설의 내용을 다루곤
했다.[26] 문윤성의「완전사회」역시『주간한국』'추리소설 공모'에 당선된
작품임을 감안하면, 성인문학에서 SF는 아동청소년문학과 동일시되어 다
루지 않거나 배제하는 풍토가 만연했던 것으로 볼 수 있다.

　『학원』에서「비밀극장을 뒤져라」1967.6~12라는 추리소설을 연재하는 장

24　최인욱,「가정명랑 명구부처」,『아리랑』, 1955.4. 그뿐만 아니라 최인욱은 1960년대『벌레
　　먹은 장미』라는 에로틱한 소설을 써서 금지당하기도 하고,『초적』과 같은 장편 역사소설을
　　쓰기도 했다.『일곱별 소년』을 비롯하여 아동청소년문학 부분에서도 활동했던 작가이다.
25　조능식,「추리탐정 삼각의 비극」,『아리랑』, 1961.2.『아리랑』잡지에 실린 조능식의 추리
　　소설에 관해서는 최애순의「50년대『아리랑』잡지의 '명랑'과 '탐정' 코드」(『현대소설연구』
　　47호, 2011.8)를 참고할 것.
26　「추리소설 검은 천사」,『명랑』, 1960.9. 초능력자 이야기를 다루고 있다.

수철은 같은 잡지에 1955년 3월 감격소설 「푸른 신호등」을 싣기도 했다.[27] 또한 브루스 카터의 「잃어버린 지하왕국」이라는 과학소설을 꽤 오랜 기간에 걸쳐 번역해서 싣고 있다. 「잃어버린 지하왕국」은 처음에 연재 탐정이라 달리다 과학탐정으로 바뀌었다가 차츰 과학소설로 용어가 정착되는 것을 볼 수 있다. 브루스 카터의 작품이 과학소설임에도 불구하고 탐정소설과 과학소설이란 장르명이 혼동되어 쓰이는 것은, 장수철이 탐정소설도 쓰고 과학소설도 썼기 때문이다. 상대적으로 한낙원의 경우에는 한결같이 '과학소설'이란 장르명이 일관되게 달리고 있다. '과학모험'이라는 장르의 결합도 보이지 않는다. 『학원』에 연재된 과학소설 중 처음부터 끝까지 '과학소설'이란 장르명을 일관되게 다는 작가는 한낙원이 거의 유일하다. 그러나 한낙원의 작품에서 당대 과학소설에서 흔히 보이던 수수께끼를 제시하거나 누군가의 실종 혹은 납치로 시작하는 탐정소설의 서두가 보이지 않는 것은 아니다. 한낙원의 과학소설도 당시 국내 과학소설에서 익숙한 설정이었던 탐정소설의 서두라든가 납치, 실종과 같은 범죄와 연루된 모티프를 종종 접할 수 있다.

장수철의 추리소설 「비밀 극장을 뒤져라」1967.6~12는 한낙원의 과학소설 「우주 벌레 오메가호」1967.6~1969.2와 나란히 함께 연재가 시작되어서 인상적이다. 두 작품은 추리소설과 과학소설이라는 서로 다른 장르를 달고 있지만, 「비밀극장을 뒤져라」에서 과학적 분위기를 느낄 수 있고, 「우주 벌레 오메가호」에서 수상한 수수께끼와 만날 수 있다.

---

27 장수철, 「명랑지상극 부부이중주」, 『아리랑』, 1955.6; 장수철, 「명랑소설 실연삼총사」, 『아리랑』, 1959.1.

혼내어 주다니 어떻게 할 셈이오? 살무사는 힘으로는 도저히 당신을 당해 낼 수 없기 때문에 정 순림양을 볼모로 해서 독약주사를 놓은 거예요. 서울 장안의 7인의 대부호大富豪에게 주사 놓은 것도 이 독약입니다. 이 독약은 살무사의 부하인 탈베이 태생의 종족인 의사가 발견한 것인데 이 독을 해소하는 약은 단 하나밖에 없어요. 더더구나 그 약은 그 의사 외에는 아무도 모릅니다. 살무사조차 모른답니다. 만약 당신이 고분고분 서울을 떠나신다면 이 해독약解毒藥을 정순림 양에게 주겠다는 거예요.

— 「연재추리소설 비밀극장을 뒤져라」 7회, 246면

악마의 화학, 다츠라의 독

하여튼 이 이상한 독약 얘기를 들어봐. 이 얘기를 들으면 당신도 우리들에게 방해를 한다는 것이 얼마나 헛된 것인가를 잘 알게 될 테니까. 다츠라는 식물의 독은 다츠린이라고 해서 알칼로이드, 즉 식물독의 일종인데 성분은 아직 모른다. 그것은 화학계의 영원한 수수께끼로 남을 것이다. 이 독에 침범되면 목이 바짝 마르고 목소리는 쉬고 동공瞳孔이 커지며 심장이 약해진다. 게다가 기억력이 없어져서 이상하게 웃고 싶어지는 것이다. 이 독을 다스리는 약은 우연한 일로 내가 발견했을 뿐 전 세계의 아무도 아는 사람은 없는 것이다.

— 장수철, 「비밀극장을 뒤져라」 9회, 『학원』, 302~303면

그날밤(1)

나는 우리가 어떻게 해서 백운대에서 돌아 왔는지, 그것을 말하기 전에 지난 몇 주일 동안 한국을 뒤덮은 심상찮은 뜬 소문을 이야기해 두고 싶다.

이런 이야기가 백운대에서 생긴 일과 어떤 상관이 있는지 없는지 지금의 나

「비밀극장을 뒤져라」, 『학원』 / 소장 국립중앙도서관

「우주 벌레 오메가호」, 『학원』 / 소장 국립중앙도서관

로서는 알 바 없지만 어쨌든 이야기가 초자연적인 것뿐이니만치 나로선 수상한 이야기는 수상한 이야기들끼리 모아 보고 싶은 것이다.

—한낙원, 「우주 벌레 오메가호」 2회, 『학원』, 218면

심지어 대낮에 달 가까이 뜬 금성을 보고 이것을 외부 세계에서 날아온 비행물이라고 해 본 일도 있지만 과학은 그것이 금성임을 입증했다. 이런 일로 미루어 이런 뜬소문도 낭설이라고 믿는 바이다.

—한낙원, 「우주 벌레 오메가호」 2회, 『학원』, 220면

한낙원은 「우주 벌레 오메가호」뿐만 아니라 「금성탐험대」에서도 고진 조종사의 실종을 서두에서 모티프로 활용하고 있다. 『학원』에 실린 작품 말고 「잃어버린 소년」에서도 세 소년의 납치를 다루고, 「별들 최후의 날」에서도 항아리에서 나온 소년에 대해 "아냐, 그 애는 탐정인지 몰라. 그 항아리에 무슨 수수께끼가 숨어 있을지 몰라"『한낙원 과학소설 선집』, 현대문학, 2013, 337면라며 그 장의 소제목을 '수수께끼 소년'으로 달고 있다. 이런 것들을 살펴보면, 국내에서 낯설고 생소했던 과학소설은 탐정소설이나 모험소설과의 결합을 통해 독자에게 익숙하게 다가가며 정착하는 과정을 겪었던 것을 알 수 있다. 이처럼 『학원』은 초창기 과학소설을 싣는 통로로써, 때로는 장르명의 혼돈을 겪기도 했고, 작가들이 장르를 넘나들며 창작해서 장르의 정체성이 제기되기도 했지만, 그런 혼돈 과정은 오히려 국내에서 과학소설이 어떻게 정착하고 발달해 나갔는지를 고스란히 보여준다.

더불어 1961년 8월 「꿈의 과학-꿈은 어떻게 꾸나」 혹은 1964년 8월 「신비한 이야기-텔레파시의 비밀」과 같은 과학 관련 지식도 실어 줌으로

써, 아동청소년들에게 과학에 대한 흥미를 함께 돋워주고 있다. 『학원』에서 흥미로운 현상 중 하나는 1970년대가 되면 1960년대 그토록 빈번하게 실리던 과학소설이 찾기가 힘들 정도로 현저하게 줄어든다는 것이다. 1971년 9월에 「과학 읽을거리−수명을 연장하는 냉동인간」, 1971년 12월에 「2색 4차원 세계」, 「2색 최면학습법」, 「2색 걸음걸이로 보는 당신의 운명 속」 등의 과학 관련 글이 실리는 것을 보면, 최면, 꿈, 텔레파시 같은 용어들이 그동안의 로켓, 비행접시, 우주인 등의 용어를 밀어내고 새롭게 부상하는 것을 알 수 있다. 1972년 2월에는 「서스펜스도큐멘트−북괴의 거물 간첩을 쫓아라」, 「세계의 흑막−그림자의 사나이를 쫓아라」, 「감동 스토오리−월남전戰이 맺어준 새 오누이」, 「과학 읽을거리−머리가 좋아지는 약藥이 생긴다」, 1975년 5월에는 「소련스파이 대 영국 정보부」 등의

테네쇼우의 「아이스맨」, 『학원』 / 소장 국립중앙도서관

글들이 실리며, 이전까지 집중적으로 다루어지던 우주과학 소재에서 간첩, 스파이 등의 첩보전으로 관심사가 이동했음을 알 수 있다. 그 이전에 이미 1967년에 S.M. 테네쇼우의 「아이스맨」1967.10이라든가 미키 스필레인의 '타이거 맨' 시리즈1967.9·10 등이 실리고 있었으며, 이런 첩보소설은 『학원』에서 번역된 해외 과학소설의 대표적인 유형의 하나로 자리 잡고 있었다.

1969년 SF 작가 클럽을 결성하여 SF 작가 클럽의 대표라고 알려진 서광운

은『학원』에 단 한 편의 과학소설도 신지 않는다. 다만, 한국일보외신부 장으로서 「비행접시 애기-우주시대 는 닥쳐오고 말았다」1958.6, 「핵실험 은 왜 반대해야 하나」1958.9, 「암호의 비밀-암호의 해독은 승리를 좌우한 다」1958.10, 「특별강좌 바다의 왕자 원 자력 잠수함」1958.11 등의 과학관련 지 식 혹은 기사를 신고 있을 뿐이다.

미키 스필레인의 '타이거 맨' 시리즈 중 「정보부장의 비밀 명령」,『학원』 / 소장 국립중앙도서관

2) 『학생과학』과 SF 작가 클럽의 정체성의 혼란

『학생과학』은 창간호에 과학세계사 사장 겸『학생과학』, 『과학세기』 발 행인인 남궁호가 「학생과 과학과 과학진흥」이라는 글에서 감사의 뜻을 표 하는데 문교부의 과학교육과, 미공보원 당국과 미대사관의 출판과, 그리 고 공보부 당국을 지명하고 있다. 『학생과학』이라는 중·고교생을 위한 과학 잡지를 내는데, 문교부, 공보원, 미대사관 등이 관여되어 있다는 것 은 당대 과학교육이 위로부터의 정책이었음을 알 수 있는 대목이다. 창간 초기에 「학생에게 부치는 글」이라는 코너를 마련하여 「과학을 전공하려 는 학생들에게」성좌경, 1966.6, 「과학으로 후진국의 탈을 벗자」김삼순, 1966.8, 「특 허공보의 조사 활용을 권장합니다」전준항, 1966.10라는 글을 실어 국가 이데 올로기를 장려하였다. 또한『학생과학』은 권두언에 「과학하는 마음을 갖 자」전상근, 1967.1, 「과학도는 조국근대화의 기수이다」최복현(서울시 교육감), 1967.6 등의 글을 실어 국가에서 과학을 정책적으로 장려했음을 알 수 있다.

탐정소설을 악서로 분류하여 읽지 못하게 하는 반면, 과학소설은 국가정책이나 이데올로기를 전파하는 수단으로 활용했음을 알 수 있다.

해방 20년이 지난 지금, 우리나라는 선진 외국에 비해 아직 뒤떨어지지는 했지만 과학기술 분야에 주목할 만한 발전을 이룩해가고 있으며 뛰어난 과학기술자들이 국내외에서 활약하고 있다. 다음 세대를 이을 여러분들은 과학을 공부하는데 있어 어느 때 보다도 좋은 환경에 놓여 있다. 아직 우리의 실정은 과학교육을 위한 만족할 만한 설비와 시책이 갖추어져 있지는 않으나, 이는 점차적으로 개선되어 가고 있으며 정부는 과학기술의 진흥을 위해 그 어느 때보다도 큰 관심을 갖고 적극 뒷받침하고 있다. 학생들이 자기 재능을 살려서 노력하기만 하면 훌륭한 과학자가 되어 조국과 인류에 공헌할 수 있다는 명예로운 국민이……
—최복현, 「과학도는 조국근대화의 기수이다」, 『학생과학』, 1967.6, 23면

『학생과학』에서 국가 이데올로기를 강력하게 설파하고 과학 지식을 넓혀서 청소년을 조국과 인류에 공헌하는 국민으로 만들고자 하는 기획은 1960~70년대 아동청소년 교육의 일환이었다. 따라서 『학생과학』의 과학소설은 청소년 독자에게 국가 이데올로기를 효과적으로 전달할 수 없다면 의미가 없는 것과 다름없었다. 딱딱한 과학 지식이나 설교가 아니라 과학소설로 전파하기 위해서는 청소년 독자의 호응이 무엇보다 중요했다. 과학소설을 전문적으로 실었던 『학생과학』의 과학소설은 당대 어느 정도 인기를 끌었을까. 『학원』에서 과학소설을 싣는 작가들은 한낙원, 장수철 등과 같은 아동청소년문학가들인 데 반해, 『학생과학』의 작가들은 SF 작가 클럽에 속한 이들이었다. SF 작가 클럽은 『아리랑』, 『명랑』과 같은 대

중 잡지에도 글을 싣지 않았고, 같은 청소년 대상의 잡지인 『학원』에도 글을 싣지 않았다. 그들이 실제 창작해서 글을 실었던 지면은 『학생과학』이 거의 유일했던 것으로 보인다. 『학생과학』에 실린 과학소설을 아이디어 회관에서 SF 세계명작전집 한국편으로 다시 출간하기도 했지만 그들이 작품을 발표한 지면은 『학생과학』이었다. 연구자들은 『학생과학』에 실려 있는 SF 작가 클럽의 과학소설을 '청소년 과학소설'로 분류한다.[28] 서광운은 한국 SF 작가 클럽을 대표하여 아이디어회관에서 전집으로 간행하면서 책머리에 다음과 같이 기술하고 있다.

> 우리 나라에서 단군이래 처음으로 SF 작가 클럽이 탄생한 것은 아폴로 11호가 달에 착륙했던 1969년 4월 3일의 일. 당시 서울의 종로구 수송동에 자리잡고 있던 과학 세계사의 편집실이 바로 산실이었습니다. 이 역사적인 날에 뜻을 같이 한 창설 위원들의 이름을 적어 두면 김학수, 오영민, 강민, 신동우, 서정철, 이동성, 지기운, 윤실, 이홍섭, 최충훈, 강승인, 서광운 등입니다.
>
> ─서광운, 「책머리에」, 『우주함대의 최후』, 아이디어회관, 1971

SF 작가 클럽의 이름을 밝히고 있으며, 처음부터 과학세계사 내부에서 SF 작가 클럽이 결성되었다[29]는 것을 알 수 있다. 과학세계사가 발행한 『학생과학』에 이들이 과학소설을 게재하는 것은 자연스러운 일이었다. 다만

---

28 조계숙, 「국가이데올로기와 SF, 한국 청소년 과학소설」, 『대중서사연구』 제20권 3호, 2014.12, 415~442면.
29 『학생과학』 1969년 6월호 편집후기에서 과학소설 작가들 모임인 SF 작가 클럽 총회가 있었고, 그 총회에서 초대회장으로 본지에 오랫동안 기고해 준 서광운 선생님이 뽑혔다고 소식을 전하고 있다.(166면)

아이디어회관 전집을 내는 위의 이름들에는 포함되지 않지만 SF 작가 클럽에 「완전사회」의 작가 김종안[문윤성]이 회원으로 들어가 있다[30]는 점이 특이하다고 할 수 있다. 문윤성[김종안]은 『학생과학』에도 아이디어회관 전집에도 그 어디에서도 과학소설을 싣고 있지 않기 때문이다.

『학생과학』에 실린 과학소설 목록

이동성, 「과학소설 크로마뇽인의 비밀을 밝혀라」, 1965.11(창간호)~1966.5
　　　(미완).

서기로(서광운), 「과학소설 북극성의 증언」, 1965.12~1966.12.

강성철, 「SF 방랑하는 상대성인」, 1966.8~11.

오민영, 「SF 지저인 오리거」, 1966.12~1967.3.

서기로(서광운), 「과학소설 해류 시그마의 비밀」, 1967.1~12.

오민영, 「과학소설 화성호는 어디로」, 1967.6~1968.4.

서광운, 「과학소설 관제탑을 폭파하라」, 1968.1~12.

강성철, 「과학소설 우주에서의 약속」, 1968.9~11.

오민영, 「과학소설 해양소설 바다 밑 대륙을 찾아서」, 1968.12~1969.6.

서광운, 「과학소설 우주소설 우주함대의 최후」, 1969.1~6.

30　이숙은 문윤성의 본명이 김종안이라고 밝히고 있으며, 작가가 구성원으로서 활발하게 활동한 것은 '한국추리작가협회'라고 한다(이숙, 「문윤성의 『완전사회』(1967) 연구 — 과학소설로서의 면모와 지배 이데올로기 투영 양상을 중심으로」, 『국어문학』 52, 2012.2, 226면). 문윤성이 김종안이라는 이름으로 SF 작가 클럽의 회원에 가입하기는 했지만, 「완전사회」가 추리소설 공모에 당선된 작품이었던 만큼 이후에 『일본 심판』, 『사슬을 끊고』, 「하우 로드의 두 번째 죽음」, 「범죄와의 전쟁」, 「팔당 호반의 추적」 등 추리소설을 창작하였기 때문이다. SF에서는 이렇다할 만한 작품을 내놓지 않고 있다. 조계숙 역시 SF 작가 클럽의 회원에 김종안의 이름이 있었다고 밝히고 있다(조계숙, 「국가이데올로기와 SF, 한국 청소년 과학소설」, 『대중서사연구』 20권 3호, 2014.12, 424면(『동아일보』, 1969.1.4・7.30).

김학수, 「우주소설 우주 조난」(번역 작품), 1971.8~1972.10.

이동성, 「SF 과학추리소설 악마박사」, 1971.8~1972.10.

오민영, 「SF 사건 2732년!」, 1971.11~1972.5.

이동성, 「과학소설 지문의 비밀」, 1972.11~1973.6 · 1973.8~10.

서광운, 「우주소설 절대시간 003으로!」, 1974.1~6.

강성철, 「서기 2026년」, 1974.11~1975.12.

이형수, 「잠수함 유격대」, 1976.1~8 · 1976.10~1977.3.

서광운, 「SF 이공간의 밀사」, 1977.5 · 7 · 9.

『학원』에 비해 장르명이 과학소설 혹은 SF로 안정된 것을 볼 수 있다. 오민영은『학생과학』에서 과학소설을 실을 때에는 오민영으로, 명랑소설을 창작할 때는 오영민으로 활동했다.[31] SF 작가 클럽 회원 중에 SF에 지속적인 관심을 가진 이는 서광운 정도였고 다른 사람들은 인맥에 의해 편성된 것으로 보인다. 그래서 SF 작가 클럽의 과학소설은 전문 과학소설가가 쓴 것이라기에는 엉성하고 어설픈 것들이 많다. 가령, 강민의 『황혼의 타임머신』SF 세계명작 한국편 53, 아이디어회관, 1978은 청소년 독자를 고려하여[32] 철민이라는 소년을 등장인물로 내세운다. 철민이 우연히 이상한 통을 손에

---

31 오영민은『학원』의 편집장을 지냈으며, 『2미터 선생님』, 『6학년 0반 아이들』, 『개구장이 박사』 등 조흔파, 최요안과 함께 명랑소설 3대 작가로 꼽힌다. 오영민이 어떤 연유로『학생과학』에서 과학소설을 연재하고 SF 작가 클럽에 소속되게 되었는지는 의문이다. 아동문학 하며『학원』에도 함께 관여했는데, 한낙원을 SF 작가 클럽에 가입시키지 않은 것도 의문이다. 『학생과학』에서 서광운 다음으로 부각되는 과학소설 작가는 오민영이다.

32 강민은『학원』의 편집장이면서 월간『주부 생활』의 편집국장이었다. 또한 금성출판사의 편집국장이기도 했다. 그의 이런 이력이 '청소년' 독자를 고려하도록 유도한 것으로 보인다. 그러나 과학소설의 창작에는 어설퍼서 타임 슬립 이외에는 과학소설로 볼 만한 어떤 요소도 찾을 수가 없어서 작품 자체가 말할 수 없이 엉성하다.

(좌) 보통 과학소설을 실을 때는 오민영으로 활동했는데, 이 작품은 오영민으로 달려 있다.
　　오영민, 「사건, 2732년!」, 『학생과학』 / 소장 국립중앙도서관
(우) 오민영, 「화성호는 어디로」, 『학생과학』 / 소장 국립중앙도서관

넣게 되어 300년 전 과거로 타임이동을 하는 이야기이다. 차례를 살펴보면, '이상한 통－여기는 어디냐?－주문국과 솔본국－철민, 두령頭領이 되다－잊어버린 숙제－강미화 선생 납치되다!－든든한 구원대救援隊－황솔을 사로잡다－그림자 없는 적敵－솔본국의 패배－도둑맞은 타임머신－중대한 회의－솔본국의 솔솔이－허실음양虛實陰陽의 싸움－솔본의 화공火攻－두 사람의 솔솔이－강미화 선생을 탈환하라!－주스와 스테레오－강적強敵, 왕호룡－심야深夜의 활극－온溫 솔솔이의 소원－솔솔아 용서해라!－연鳶과 로켓－드디어 결전決戰－최후의 비책秘策－슬픈 승리!'로 구성되어 있다.

철민의 부대가 본거지를 살고 있는 곳은, 주문국의 ××마을의 북서쪽 호두리에 가까운 세발못 근처, 원불사를 우측에 바라보며, 이윽고 미륵불 앞에서 좌측으로 꺾어지는 부근이었다. (…중략…)

얼마 후, 지뢰화를 매설한 평길 일행이 돌아왔다. 청솔은 솔솔이를 거느리고 마을이 잘 보이는 곳으로 나섰다. 원태가 뒤를 따랐다.

"대장, 지뢰화 8개, 분명히 묻고 왔습니다."

(…중략…) 여러 발의 포탄이 무서운 소리를 내며 마을을 향해 날았다. 환하게 보라 빛 불기둥이 일었다. (…중략…)

『학생과학』의 독자가 청소년인데 실제 전투에 사용되었던 폭격기가 구체적으로 실려 있어 눈길을 끈다. 이런 전투폭격기는 『학생과학』의 공작(만들기) 코너에서 활용되어 인기를 끌었다.

두 번째의 일제 사격이었다. 강호의 부하들은 과연 훌륭한 솜씨였다. 이 선제先制 포격을 거의 속사速射에 가까운 속도로 발사시키는 것이었다.

—강민, 『황혼의 타임머신』, 101~103면

강민의 『황혼의 타임머신』은 300년 과거로 돌아간다는 타임슬립의 설정을 빼면, 과학소설보다는 무협소설이라든가 6·25 배경의 전쟁소설을 연상케 한다. 무사들, 강호의 부하들과 같은 무협소설의 냄새를 풍기는가 하면, 분대를 조직하고 선제 포격을 가하는 등의 전쟁소설의 설정이 눈에 띠기 때문이다. 강민은 주인공을 소년으로 설정해 놓았지만 자신의 군대 체험을 창작으로 옮겨 놓은 듯한 인상을 준다.

반면, 서광운의 과학소설은 아예 청소년을 독자로 상정하지 않고 과학 이론이나 논쟁을 끌어들여 『학생과학』의 독자들로부터 어렵고 생소하다는 비판을 듣고도 했다. 서광운의 과학소설 중 『북극성의 증언』은 태풍 경보라는 기상문제로 시작해서 식물자력선이라는 식량문제로 넘어가 우주인과 통신하는 수소 센티 파장에서부터 설명을 듣고도 이해가 가지 않는 허력 에너지까지 청소년 독자가 감당하기에 낯설고 생소한 용어가 대거 쏟아져 나온다.

그는 더 강한 생명력이 나무줄기와 나뭇가지를 굳게 연결하고 있는 것만 같은 상상에 사로잡혔다. 사과나무 가지를 배나무에 접목해서 새로운 품종의 과일을 얻는 궁극의 비밀은 무엇일까.

거기에는 씨앗의 문제를 넘은 더 강력한 생명력이 분명히 작용하고 있을 것 같다. 그는 이런 생각 끝에 보통 때의 나무줄기와 가지 사이의 모양이 마치 자석의 자력선 모양과 비슷하다는 유사성을 발견해 냈다.

"원예부로선 토마토 재배를 위해 자석을 뿌리에 함께 심어줌으로써 재래종보다 5배의 다수확을 올렸고 수박은 과일이 익기 시작한 일정한 기간 자력선을 보강함으로써 일 년 내내 맛이 변하지 않는 특수 품종을 개량해 냈습니다. 당부가 결론을 얻으려는 것은 일년생 식물을 그 특징을 변경함이 없이 다년생 식물로 성전환을 시키려는데 있습니다. 뿐만 아니라, 사과나 귤의 경우도 재래식 방법은 종이로 과일을 싸서 보호하는 방식인데, 이를 지양하여 100분의 1밀리의 플라스틱 막을 과일 표면에 액체로서 살포하면 자력선과의 균형하에서 반드시 구형이 아닌 4면체 또는 3면체 등의 이른바 임의의 다면체 재배에 착수했습니다.

—서광운, 『북극성의 증언』, 아이디어회관, 1978, 7~8면

태풍에 견디는 나뭇가지와 나무줄기 사이에서 자석의 자력선과의 유사성을 연결시키는 것은 엉뚱하다. 태풍 경보로 시작한 서두가 식물 자력선으로 바뀌는 과정은 독자에게 어렵고 낯설 수밖에 없다. 여기에 사과나무 가지를 배나무에 접목시켜서 품종을 개량하는 것은 자력선과는 또 다른 문제인데 모두 엮어서 서사를 전개시키고 있어 독자를 혼란스럽게 한다. 서광운의 과학소설이 어려운 이유는 바로 여기에 있다. 어떤 한 가지 문제를 놓고 고민하는 것이 아니라 여러 개의 가설을 상정하고 독자적인 논리와 용어로 풀어 나가기 때문이다. 그래서 작품 초반에 강의 형식으로 식물 자력선 연구에 관한 설명을 하는 데 많은 지면을 할애한다. 작품 초반에 강의 형식으로 설명하는 방식은 『관제탑을 폭파하라』나 『우주 함대의 최후』의 서광운의 다른 작품에서도 종종 볼 수 있다.

뿐만 아니라 자신이 창작하기가 버거워서 아예 다른 작가의 작품을 가져오는 경우도 있었다. SF 작가 클럽이 아이디어회관에서 한국편으로 펴낸 작품 중 김학수의 『텔레파시의 비밀』과 뒤에 실린 단편 「우주 조난」에서 김학수는 스스로 다른 작품을 가져왔음을 밝히고 있다. 그런데 김학수 작으로 달려 있어서 혼란을 가중시킨다. 국내 SF가 발달하지 못한 이유 중 하나는 선두적인 역할을 해야 할 SF 작가 클럽의 회원들의 작품이 다른 작품을 베낀 것이거나 차마 작품이라고 말하기 어려울 정도로 엉성했기 때문이다.

SF에 관심을 가지다보니 필자도 한번쯤 써보고 싶었다. 그러나 막상 시작해 보려고 하니 이야기를 꾸며 본 경험이 없는 필자로서는 우선 스토리 텔링에 자신이 안 생겼다. 그래서 구성 면에서 우선 남의 것을 참고하기로 작정했는데 그 결과가 『학생과학』에 연재되었던 이 SF이다.

처음에는 필자의 원안에 기초한 창의적인 작품을 꾸며 볼 욕심으로 여러 가지 메모도 해 두었지만, 형편은 애초의 생각대로 되지 못했다. 남의 것을 참고한다는 것은 필자의 의욕이 용서치 않았지만 상당한 열심히 정리해 두었던 그동안의 메모가 언젠가는 빛을 보게 되길 바랄 뿐이다.

이 작품을 쓰면서 참고한 작품은 영국 작가 Angus, Mecvicar의 *Secret of the Lost Plant*와 역시 영국 작가 Arthur C. Clarke의 *Breaking Strain*이다.

—김학수, 「작품해설」, 『텔레파시의 비밀』, 아이디어회관, 1978, 195면.

오민영은 『학생과학』에 「화성호는 어디로」를 비롯하여 해양과학소설 「바다 밑 대륙을 찾아서」와 「SF 중편 지저인地底人 오리거」1966.12~1967.3를 연재한다.[33] '인공동면'으로 700년 동안 잠자고 있는 우주인이 나온다. 인공동면은 국내 창작 과학소설에서는 소재로 잘 차용되지 않았는데, 문윤성의 「완전사회」『주간한국』, 1965에서 나온 이래로 모티프로 활용되고 있다. 『학생과학』의 창간 시기와 논자들이 본격 과학소설의 시초라고 꼽아 왔던 문윤성의 「완전사회」가 공모에 당선된 시기는 1965년으로 같은 해이다. 문윤성은 김종안이라는 이름으로 SF 작가 클럽의 회원이기도 하다. 그러나 문

---

33 오민영의 작품 중 『마의 별 카리스토』도 일본의 코단샤판 『소년소녀세계과학모험전집』 (1957) 20번 패트릭 무어의 『魔の衛星カリスト』의 번안작이다. SF 작가 클럽의 작품 중 외국 작품의 번역 혹은 번안작인데도 창작물인 것처럼 저자 이름이 달려 있는 경우가 종종 있어서 더 많은 작품이 번역작일 가능성이 있다.

윤성 혹은 김종안이라는 이름
으로 『학생과학』에 실린 과학
소설은 단 한 편도 찾아볼 수 없
다. SF 작가 클럽은 문윤성·김종안
의 이름만을 빌린 셈이다.

『학생과학』에 한낙원의 과학
소설은 실려 있지 않다. 한참 뒤
1980년대 「공상과학소설 우주 전
함 갤럭시안」를 싣는다. 한낙원
은 SF 작가 클럽에 속하지도 않
았고, SF 작가 클럽이 주요 필진
이었던 『학생과학』에 과학소설
을 싣지 않았을 뿐만 아니라 아

오민영, 「지저인地底人 오리거」, 『학생과학』 / 소장 국립중앙도서관

이디어회관에서 낸 『SF 세계 명작한국편』에도 포함되지 않았다. 반면, SF 작
가 클럽은 『학원』에 과학소설을 연재하지 않는다. SF 작가 클럽과 한낙원
은 지면을 달리했으며 서로 겹쳐서 활동하지 않았다는 점이 이채롭다. 반
면, 아동청소년문학가인 오민영은 『학생과학』에도 연재했고, SF 작가 클
럽에도 속해서 그들과 함께 활동했다. 오민영은 『학생과학』에서는 여러
편의 장편 과학소설을 연재했지만, 『학원』에서는 과학소설을 단 한 편도
쓰지 않았으며 이름도 바꿔서 오영민으로 활동했다.

한낙원이 SF 작가 클럽에 속하지 않았던 것과 연구자들의 SF 작가 목록
에서 누락되었던 것은 무관하지 않은 것으로 보인다. 그럼으로써 후대 연
구에서 문윤성의 「완전사회」와 한낙원의 「잃어버린 소년」은 최초 창작 과

학소설의 시기를 두고 팽팽하게 대립하게 된다. SF 작가 클럽은 문윤성김종안을 회원으로 받아들여서 자신들의 입지를 구축해 나갔던 것으로 보인다. 그러나 SF 작가 클럽이 『학원』에는 과학소설을 싣지 않으면서 아동청소년문학과 거리를 두고자 했음에도 불구하고, 그들이 지면으로 채택했던 것은 아이러니하게도 『학생과학』이라는 청소년 대상의 잡지이다. 『학생과학』의 독자들은 말 그대로 청소년들이었다. SF 작가 클럽의 과학소설을 『학생과학』의 청소년들 말고 성인들이 읽었을 리는 거의 없다. 청소년들에게는 어렵고 생소해서 괴리감을 형성하고, 성인 독자들에게는 아예 접근조차 시도하지 않았기 때문에, SF 작가 클럽은 결국 과학소설의 발달에서 두터운 매니아층의 독자도 확보하지 못하고 아무런 영향력도 행사하지 못한 채 자기들끼리의 모임만으로 끝나고 만다. 국내에서 과학소설이 발달하지 못한 가장 큰 이유는 『학생과학』에 실린 SF 작가 클럽의 작품이 '청소년 과학소설'도 아니고 그렇다고 성인 대상의 '본격 과학소설'이라 부르지도 못하는 어정쩡한 위치에 있었기 때문이다. 그들은 왜 그토록 한낙원의 아동청소년 과학소설을 배제했을까. 어정쩡한 과학소설 분야보다 『학생과학』에서 독자의 취향을 저격하여 SF 아동청소년문학 부분을 담당한 것은 바로 SF 장편 연재 만화였던 「원폭소년 아톰」1966년 7월부터 연재이었다.[34]

---

34 『학생과학』에 실린 「원폭소년 아톰」에 대해서는 저자의 『공상과학의 재발견』(서해문집, 2022) 참고할 것.

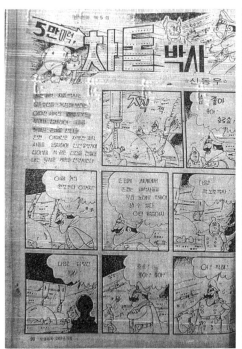

『학생과학』에 실린 공상과학만화.
(좌) 신동우, 「5만 마력 차돌박사」, 『학생과학』 (우) 「원폭소년 아톰」, 『학생과학』 / 소장 국립중앙도서관

제7장

냉전시대 『학원』의 과학소설과
한낙원의 등장

1. 미소의 우주경쟁에서 지구인과 우주인의 과학기술 대립
-「금성탐험대」의 경우

『학원』에서 과학소설은 한낙원이라는 장르소설가를 배출하면서 국내에 수용된다. 한낙원은 「금성탐험대」와 「우주 벌레 오메가호」의 두 편의 장편 과학소설을 싣고 있다. 한낙원의 과학소설은 당시 과학소설이 어떻게 수용되었으며, 과학이 국가교육이나 이데올로기와 어떻게 관계를 맺고 있는지를 반영해 준다. 「금성탐험대」는 우주비행사 고진이 소련의 스파이였던 니콜라이 중령에게 납치되면서 미국의 금성 탐험 기밀이 누설되어 소련과 함께 경쟁을 벌이는 이야기이다. 1957년 소련의 스푸트니크 발사 이후, 「금성탐험대」1962.12~1964.9가 연재되던 1960년대 초는 미소 간의 우주경쟁이 극도로 과열되던 시기였다. 한낙원의 「금성탐험대」는 당시 과열된 미소의 우주경쟁 분위기가 고스란히 재현되어 있다. 미국은 금성 탐험을 위한 V.P호 발사를 기장과 부조종사가 없어졌음에도 불구하고 감행한다. 감행하는 주 이유가 소련에 뒤처질까 봐서이다. "천만에, 이 시간을 놓치면 지금까지 애쓴 보람이 나무아미타불이야. 그렇게 되면 우리는 소련에 뒤질지도 모르고. 모처럼 순조롭게 진행되던 터인데……"26면[1]하며 안타까워한다. 이에 질세라 스파이를 잠입시켜 미국의 금성 탐험호에 대한 설계도를 빼내 꼭 같은 우주선을 만든 소련 역시 미국과의 경쟁에서 이길 것만을 생각한다.

"왜 웃나? 지금 금성이 우주경쟁에 있어서 얼마나 중요한지 아나? 소련은 기어이 미국보다 먼저 금성의 좋은 기지를 점령하고야 말 걸세. 우리가 우주선을 만들기 위하여 얼마나 많은 돈과 희생을 치렀는지 아나? 소련은 금성의 **원자력 자원**이 필요해. 그것을 미국에 넘겨줄 수는 없어"57면라며 마치 광활한 우주의 주인 없는 땅을 먼저 선점하는 사람이 그 땅의 소유권을 가지는 것처럼 깃발 꽂기 전쟁에 몰입한다. 이것은 당시의 냉전 분위기가 얼마나 냉랭하고 팽배했었는지를 드러내 준다. 더불어 공산당원에 대한 혐오는 곧 개인을 중시하는 미국과 전체를 위해 개인의 희생을 강조하는 전체주의의 비교를 통해 반공 이데올로기가 더욱 강화되도록 한다. 미소의 지나친 우주경쟁은 처음부터 위험한 것인 줄 알면서도 이기느냐 죽느냐의 두 길밖에 없는 것처럼 목숨을 건다. 「금성탐험대」는 처음부터 미국의 금성 탐험선의 설계도를 훔친 소련의 스파이가 한국인 고진을 납치하는 것으로 설정하여 독자가 소련의 C.C.C.P호가 아니라 미국의 V.P호를 응원하도록 만든다.

---

1   이 책에서 인용된 한낙원의 「금성탐험대」는 『학원』에 연재된 것을 묶어서 단행본으로 간행한 창비출판사본임을 밝혀 둔다. 이하 인용 면수는 2013년 창비출판사에서 간행된 단행본의 면수임을 밝혀 둔다.

"V.P호 대원 전원 무사히 금성에 착륙, 착륙 날짜 1981년……"

―『금성탐험대』, 156면

"그것은 지구에서 보냈던 마리너 7호에서 내려놓은 금성 탐색기 같구려."

―『금성탐험대』, 306~307면

　한낙원이 「금성탐험대」를 연재할 무렵에는 아직까지 금성 탐험에 성공하지 못하던 때였다. 화성에 가장 먼저 무인 우주선이 보내지고 이어서 미소의 관심은 금성에로 쏠리고 금성 탐험을 위한 경쟁이 시작되고 있었다. 미국은 마리너 2호가 1962년 8월~1963년 1월 사이에 활동하였으며, 1962년 12월 금성 표면을 탐사하였다. 한낙원의 「금성탐험대」는 미국이 금성 탐사선 마리너 호를 소련과 경쟁하며 띄우던 바로 그 시기에 창작되었던 작품이다. 마리너 7호는 그로부터 불과 몇 년 뒤인 1964년 미국이 화성을 탐사하기 위해 발사한 우주선이다. 이 작품이 연재되던 때는 마리너 7호가 발사되기 이전이므로 금성 탐색기로 설정되어 있다. 『학원』에 실린 과학소설은 그 시대의 따끈따끈한 이슈를 바로 반영하여 창작하고 있다. 금성을 놓고 미국의 마리너 호와 소련의 베레나 호가 벌이던 경쟁을 둘러싼 암투가 바로 「금성탐험대」의 소재이다. 배경도시도 미국의 하와이와 소련의 블라디보스토크로 대비해 놓고 있으며, 하와이를 야자수 우거진 해변의 낭만적인 공간으로 묘사했다면, 블라디보스토크를 철근 콘크리트와 철탑들이 서 있는 스산한 곳으로 묘사했다. 인물의 성격 구도도 V.P가 한 개인의 생명을 중시했다면, C.C.C.P호의 윌리엄 중령은 치올코프 교수의 목숨을 구하려다 늦게 돌아온 고진에게 "우리 사회에서는 개인보다는 전체를 위한 이익이 더 크단 말야. 만일 한 사람이 죽어서 전체에 이익이 된다면 한 개인은 기꺼이 죽어야 해"하고 전체를 강조하는 것으로 대비시켜 놓았다. 이렇게 미소 간의 대립 구도가 명백하게 반영되어 있고, 소련의 스파이에 납치되어 C.C.C.P호에 타게 된 고진은 한사코 미국의 V.P호에 돌아가고자 한다.

이렇게 미소 간의 냉전시대의 우주경쟁에서 미국과 같은 입장에 처한 우리에게 소련은 공산당 적이었으며, 과학소설 역시 소련의 작품은 번역되지 않았다. 체코의 차페크의 작품은 식민지시기에는 오히려 번역되었으나, 1950~60년대 국내에 번역된 과학소설에 차페크의 작품은 찾아보기 힘들다. 대신, 미국의 과학소설이 대거 번역되었으며, 이런 미국 과학소설의 영향은 한낙원의 작품에서도 찾아 볼 수 있다. 미국과 소련의 금성탐험대가 금성에 착륙하였을 때, 그들은 금성인으로 보였으나 사실은 알파성인이었던 이들에게 감금당한 적이 있다. 그때 케로로라는 인조인간로봇이 그들을 감시하게 되는데, 이들에게 로봇의 법칙에 대해 물어보고 '로봇은 사람을 해치지 않는다'라는 규정을 어기고 공격하자 고장났다고 진단해서 부숴 버린다. 로봇의 삼원칙은 아이작 아시모프[2]의 과학소설에서 유래되어 그 뒤로 국내 창작물에서 로봇이 등장할 때마다 인용되곤 했다.

한낙원의 과학소설에서는 아직 알지 못하는 우주로 나갔을 때 밖의 대기에 대한 공포가 '방사능'으로 대체된다는 점에서 우리에게 '방사능'이

2　미국의 과학소설가. 아이작 아시모프, 로버트 하인라인, 아서 클라크는 삼대 과학소설가로 손꼽힌다. 1970년대 과학모험소설전집에서 아이작 아시모프와 로버트 하인라인의 번역이 두드러진 데 반해, 아서 클라크의 작품은 잡지에서나 간간이 볼 수 있다. 그만큼 국내 과학소설 장르에서는 과학소설의 고전이었던 영국의 허버트 조지 웰스와 프랑스의 쥘 베른을 넘어서서 미국이 전집의 1권을 차지하며, 과학 강국으로서의 지위를 굳혔다고 볼 수 있다.

얼마나 위협적이며 공포를 유발하는 대상이었는지를 실감나게 해 준다.

팔도 아프고 머리도 지끈지끈 쑤셨다.

"방사능 때문일 거다."

고진은 뚫린 구멍에서 들어오는 금성의 공기 속에는 방사능이 많이 섞여 있다는 것을 짐작한다. 그러나 그것을 무릅쓰고 수리 작업을 계속하는 동안에 몸도 지치고 마음도 지쳤다.

—『금성탐험대』, 199면

위험 신호인 빨간불이 켜지든가 가이거 계수관에 달린 벨이 요란하게 울리기만 해도 누군가가 "방사능!"하고 외치면, 또 다른 누군가가 "방사능 지대다!"하고 외칠 정도로 우주의 공포보다 더 큰 공포로 남아 있는 것이 '방사능'이었음을 알 수 있다. 그럼에도 불구하고 또한 가장 강력한 에너지원이어서 무기를 '원자력'으로 설정한 것은 당시의 시대상을 고스란히 반영해 주었다고 볼 수 있다. 미국과의 우주경쟁을 펼치면서 '금성의 원자력 자원'이 꼭 필요하다고 외치는 니콜라이 중령의 말은 그만큼 국가의 힘을 기르기 위해 원자력이 절실하다는 것을 대변해 준다.

『학원』의 과학소설에는 '원자력'을 활용한 의학이라든가 동력 에너지 모티프가 종종 삽입된다. 또한 첩보소설에서처럼 '핵무기'를 놓고 싸운다든가, 핵 방사능이 터지는 위험에 대한 경계감이 늘 아우라처럼 녹아 있다. 또한 핵 방사능이 터질지도 모른다는 경계 속에서 소련측의 공산당을 적으로 돌리는 반공주의가 더욱 팽배해질 수밖에 없었음을 짐작할 수 있다. 과학소설에서 방사능이라든가, 대륙간 탄도미사일, 원자력과 같은 용어가 구체적으로 등장하는 것은 독자로부터 극도의 긴장감을 끌어올리는 역할을 한다.

2. 공포의 화학과 진보의 의학 사이 ―「우주 벌레 오메가호」의 경우

한낙원의 또 다른 작품인 「우주 벌레 오메가호」에서도 '원자력'을 활용한 의학 사진촬영 장면이 나온다. 다만 「금성탐험대」가 금성을 놓고 벌이던 미소 간의 우주경쟁을 소재로 차용했다면, 마리너 호가 금성 탐사선을 띄우는 데 성공한 이후에 쓰여진 「우주 벌레 오메가호」에서는 아직까지 정복되지 않은 목성인과의 사투가 벌어진다. 흥미로운 점은 그리스 문자에서 알파, 베타, 감마가 아닌 제일 끝의 '오메가'를 제목으로 삼았다는 것이다. 「금성탐험대」에서 문명이 발달해서 지구인을 야만인 취급하던 '알파성'인이었던 다른 행성의 우주인은, 「우주 벌레 오메가호」에서 문명이 발달한 것으로 그려지고 있음에도 불구하고 우주 벌레 '오메가'호로 전락한다. 여기에는 그만큼 우주 정복에 대한 자신감이 투영된 것으로 보인다. 그동안 잘 알지 못했던 우주에 깃발을 하나하나 꽂아 나가면서 우주 개척에 대한 자신감도 생기고 지구인이 결코 우주인과의 싸움에서 지지 않을 것이라는 과학의 진보에 대한 확신이 배어 있다. 「금성탐험대」에서 '금성에 만약 생물이 산다면'이라는 가정하에 그려진 상상의 세계에서 우주인은 막연하고 추상적으로 '괴물'이라고만 언급된다. 혹은 지구의 벌떼라든가 실제 게의 크기보다 훨씬 큰 게들의 떼라든가 하는 우리가 알고 있는 한에서 그려지고 있다. 그러나 「우주 벌레 오메가호」에서 그려지는 우주인의 모습은 구체화되어 있다. 우주인의 모습이 한결같이 혐오스러운 괴물 혹은 거인이거나 난장이거나 해서 비정상으로 그려지는 것은, 우주인에 대한 공포와 함께 방어해야 할 적으로서의 이미지가 크기 때문일 것이다. 1950~60년대의 우주는 또 하나의 전쟁터를 방불케 할 만큼 전쟁의 연속이었다. 작품 속에서도 아군과 적군으로 갈리어 싸우고 있는 광경이 목격된다. "도대체 핵심이 없는 설명같소. **우리의 적**은 누군지 그것을 알아야 대책이 설 게 아뇨."252면 "옳소. **우리 적**은 누구요? 누가 선량한 우리 시민을 괴롭히고 있소?"「우주 벌레 오메가호」 5회, 252면

　　1967년 『학원』에 연재된 「우주 벌레 오메가호」는 일단 배경을 미국의 하와이 해안과 소련의 블라디보스토크에서 국내의 백운대로 가져왔다는 점에서 「금성탐험대」와는 차별화되며, 이제 우리의 과학기술과 치안국장, 정보부장, 국방장관과 관측소가 등장하게 된다. 「우주 벌레 오메가호」에서는 「금성탐험대」와는 다르게, 우리의 관심사로 옮겨오면서 진보된 과학기술에서 희망하는 것이 우주개발이나 탐사보다는 '의학'과 '치료약' 부분임이 강조된다. 「우주 벌레 오메가호」에서 설정된 '낯선 우주인의 침입'은 '감염'을 상징한다고 볼 수 있다. 목성으로 탐사하려 나가는 것이 아니라 목성인이 지구에 착륙하여 탐험한다는 발상은 국내에서는 그때까지 기술이 도달하지 않은 우주개발보다는 언제 발병할지도 모르는 '질병'으로부터의 보호가 더 실질적인 관심사였음을 말해준다. 폐렴과 결핵으로 수많은 사망자가 발생하던 1950년대에 미국의 결핵 항생제의 발명은 가히 놀라운 것이었음을 짐작할 수 있다. 진만이와 다른 친구들이 목성의 지하도시에 납치되어 겪은 경험은 목성인의 놀라운 '의학'의 발전이었다. 결국 운전수와 진만이는 탈출을 시도하다 진만이만 살아남았지만 그가

「우주 벌레 오메가호」, 『학원』 / 소장 국립중앙도서관

겪은 목성의 의학기술은 또렷이 기억에 남았다. 방사선을 활용한 사진촬영과 치료와 수술은 미래의학의 상상이었지만 지금은 실현되어 있다. 이처럼 당시에는 과학소설에서 '과학적인 요소'를 중시했다. 터무니없는 공상이 아니라 '실현가능성'을 염두에 둔 미래의 희망을 담아 진보적 세계관으로서의 과학소설을 창작했다고 볼 수 있다.

거인의 사령실 옆에 붙은 의무실이다. 역시 둥근 방이지만 일우네가 있던 방과 다른 점은 천정과 벽이 온통 최고기계로 가득 차 있다는 것이다. 어떤 장치는 레이저 광선을 내 보내듯이 꾸불꾸불 나선형으로 도는 통 모양으로 총대 같은 광선 발사관이 달려 있고, 어떤 것은 천정에 거는 둥근 통 같고 어떤 것은 여러 개의 구멍이 뚫린 속으로 광선이 나오게 되었다. 나중에 안 일이지만 이런 장치에서 여러 종류, 각양각색의 방사선이 나오게 되어 있는데, 이들은 약 대신 전부 이런 방사선으로 병을 치료하고 수술까지 해내고 있었다.

— 「우주 벌레 오메가호」 5회, 257면

도대체 두 종류의 괴인이 한 우주선에 탈 까닭이 없다.

머리가 크고 키가 작은 쪽이 뿔난 괴인을 지배하고 있다. 미혜의 경우만 하더라도 뿔난 괴인이 광선을 비추려고 하자 손을 들어 그것을 막고, 자신이 다시 검진을 시작했다.

— 「우주 벌레 오메가호」 5회, 258면

일우는 눈을 부릅뜨고 다시 지켜보지만 피는 분명히 나지 않았다. 의사는 조금 뒤 심장을 드러냈다. 드러낸 심장은 이내 동맥과 정맥선에 통로가 연결되고 곧 커다란 플라스틱 병 속에 옮겨졌다. 이런 작업이 끝나는 동안에도 피 한 방울 구경할 수 없었다. 의사는 일차 작업이 끝나자 이번엔 그들이 만든 심장을 인체의 동맥 정맥선과 연결하여 몸 안에 집어넣고 도려냈던 살더미를 덮어 버렸다. 그 뒤엔 주사 몇 대와 광선치료를 하는 일이 남았는데 그런 일은 보조원이 맡았다.

— 「우주 벌레 오메가호」 7회, 348면

"우리는 목성에서 온 지구 탐험대이다. 우리는 여러분을 훈련하여 우리 일에 협력토록 할 것이다. 그것을 위해 우리는 여러분에게 목성인의 말과 습관을 가르칠 것이며, 약간의 무기사용법과 비행접시 조종법을 가르치려 한다."

— 「우주 벌레 오메가호」 5회, 259~260면

다른 행성으로 우주 탐험대를 보내던 지구는 목성에서 온 지구 탐험대로 인해 침략의 위기를 맞는다. 그리고 그 위기는 화학무기의 전쟁이 아니라 바로 우주 벌레에 물려 '감염'되는 사태이다. 치료약을 개발하는 것만이 위기에서 탈출할 수 있는 유일한 방법이다. 이것은 현재에까지 우리가 겪는 국가의 재난 상황이다. 이런 재난 상황에서 신약을 개발하는 국가는 주로 미국이었으며, 이때에도 미국은 신약 개발에 앞장서서 페니실린에 이어 스트렙토마이신이라는 항생제의 개발로 전 세계 인류를 구원하는 이미지를 강화했다. 그리고 그 (미국의) 신약들은 잡지의 광고면에서, 그리고 과학소설에서도 등장하여 '인류를 구원'하고 있었다.

「우주 벌레 오메가호」에서 벌레에 물린 치료 방법과 치료약으로 제시되는 것은 '스트렙토마이신'이다. 1952년 스트렙토마이신을 발명한 미국의 생물학자 왁스만은 노벨 생리·의학상을 받는다. 한낙원의 「우주 벌레 오메가호」에서 전 지구를 구하고 인류를 구원하는 치료약이 '스트렙토마이신' 신약이라는 사실은 역시 미국이 과학이 가장 발전하여 세계의 선진국 자리에 있다는 인식을 전파한다. 영국이 발명한 페니실린보다 더 강력한 '스트렙토마이신'이라는 항생제는 전염병이라든가 각종 질병에서의 인류를 구원하는 이미지로서의 미국을 각인시켰다. 그러나 '스트렙토마이신'의 부작용에 대해서는 이때 아무도 말해주지 않았다. 이것만 있으면 그 어떤 질병에도 감염되지 않을 것이라는 강력한 믿음의 주입은 '스트렙토마이신'이라는 '항생제'의 위력이 당시 얼마나 대단했는지 알 수 있게 해준다.[3] 제2차 세계대전에서 화학전의 위력을 지켜보았던 세계인들은 미국

---

3 1950~60년대 대중잡지에서 약 광고를 많이 접할 수 있는데, 이는 미국의 신약이 국내에 대거 들어오면서 부작용보다는 만병통치약인 것처럼 사용되었음을 알 수 있다. 비타민뿐만

이 전 지구와 전 인류를 구원해 줄 것이라 희망한다. 「금성 탐험대」에서 미·소 간의 우주경쟁을 벌이던 V.P호인들은 알파성인에 갇혀 있던 소련인을 보자, 일단 '지구인'을 우주인으로부터 구해야 한다고 말한다. 미·소 간의 대립은 지구인과 우주인 앞에서는 한 인류로 묶이게 된다. 그럼으로써 한 우주선을 타고 지구로 돌아오게 된다. 미국과 소련의 과학기술로 무장한 우주선이 모두 파괴되고 고진이 대장으로 임명되었지만, 실상은 미국의 V.P호(고진은 시종일관 V.P호 대원임을 역설한다)가 같은 지구인인 소련을 우주인으로부터 구해서 함께 돌아온다는 의미가 깃들어 있다.[4]

나는 우리가 어떻게 해서 백운대에서 돌아 왔는지, 그것을 말하기 전에 지난 몇 주일 동안 한국을 뒤덮은 심상찮은 뜬 소문을 이야기해 두고 싶다.

이런 이야기가 백운대에서 생긴 일과 어떤 상관이 있는지 없는지 지금의 나로서는 알 바 없지만 어쨌든 이야기가 초자연적인 것뿐이니만치 나로선 수상한 이야기는 수상한 이야기들 끼리 모아 보고 싶은 것이다.

― 「우주 벌레 오메가호」 2회, 218면

심지어 대낮에 달 가까이 뜬 금성을 보고 이것을 외부 세계에서 날아온 비행물이라고 믿은 일도 있지만 과학은 그것이 금성임을 입증했다. 이런 일로 미루어 이번 뜬소문도 한낱 낭설이라고 우리는 믿는 바이다.

그러나 S대학의 천문학 반에서는 관상에서의 의견과 다른 견해를 내놓았다. S

아니라 캡슐약(아마도 마이신의 일종으로 보인다)이나 마이신 광고가 지속적으로 똑같이 실려 있는 것을 볼 수 있다.

4 장수경은 한국인 고진이 우주선의 함장이 되어 돌아오는 결말에 대해 '한국인'의 입장에서 결말을 낸 것이라 분석하고 있다(장수경, 『『학원』과 학원세대』, 소명출판, 2013, 245면).

대학 천문학 반은 이상 물체에 대한 소문이 퍼지기 오래 전부터 태양계의 별들을 유심히 관측해 오고 있었는데, 특히 그 초점은 목성 주변이 꽂혔다. 그것은 목성의 제12번째의 달이 특히 최근에 발견되었다는 사실에 비추어 목성에는 어떤 또 하나의 달이 발견될지도 모른다는 견해 때문이었다. 그래서 A단은 목성과 목성 주변을 살피고 B단은 화성과 목성 사이를 관측하였다.

— 「우주 벌레 오메가호」 2회, 220~221면

한낙원의 과학소설 「우주 벌레 오메가호」는 이처럼 시작 부분에서부터 화성, 목성, 금성 등 우주의 행성에 관한 천문학 지식을 내세운다. 천문학은 1960~70년대 미소의 '우주과학' 경쟁으로 국내에서도 관심이 집중되었다.[5] 대학에서 천문학과를 찾아보기 힘든 지금과는 다른 풍경이다. 미국이 세계시장에서 자신의 지위를 굳히는 방편으로 삼은 것이 '과학'이었고, 우리는 그 미국을 따라서 선진국으로 발전하기를 희망했던 것이다. 웰스의 『우주전쟁』에서부터 우주인의 대표적인 표상이었던 화성인은 1960년대 『학원』에 실린 과학소설에서 한낙원의 「금성탐험대」, 「우주 벌레 오메가호」에서 볼 수 있듯 화성 이외의 다른 행성인 금성과 목성으로 옮겨간다. 영국이 화성에 과학소설의 깃발을 꽂았다면, 미국은 화성 이외의 다른 행성인 수성, 금성, 달「달로케트의수수께끼」, 목성, 심지어 알려지지 않은 소행성제논성등 등에 깃발을 꽂고자 한다. 1960~70년대 『학원』의 과학소설은 공상이 아니라 미·소 과학 경쟁의 연장선에서 생생한 현실을 담

---

5   그러나 현재 대학에 천문학과가 남아 있는 곳은 극히 드물다. 1960~70년대 풍미했던 우주 과학 열풍은 그 시대 미소 냉전체제하에서의 소련의 스푸트니크 발사 충격으로 말미암은 미국의 영향 때문이었다.

아내고 있었다. 「우주 벌레 오메가호」가 연재되던 1967년은 목성에 탐사선이 발사되기 이전이었다. 한 낙원의 과학소설은 당시 과열된 우주경쟁으로부터 화성, 수성, 금성에 미소가 우주선을 쏘아 올리자 그다음 번에는 목성일 것이라고 미래를 예견하고 있다. 1960년대 『학원』에 실린 과학소설은 이처럼 생생한 현실을 바탕으로 하여, 우주를 탐사하고자 하는 인류의 꿈이 실현되면 또 다음 목표를 설정하고 그것을 미래의 희망으로 그려놓고 있다. 「금

「제논성의 우주인」, 『학원』 / 소장 국립중앙도서관

성탐험대」와 「우주 벌레 오메가호」는 같은 1960년대이지만 1962년과 1967년이라는 시간적 간극 사이에 금성 탐험이 현실로 실현되면서 다음 희망인 목성이 배경으로 등장하고 있다. 그러면서 가장 밝은 별인 알파성에서 왔을 거라는 우주인은 이제 두려운 존재라기보다 정복 가능한 존재로 인식되어 그리스 문자의 가장 끝에 위치한 '오메가호'로 바뀌게 된다. '알파'에서 '오메가'로의 변모는 우주인에 대한 우리의 두려움의 정도를 대입해 놓은 것으로 볼 수 있다. 『학원』의 과학소설에서 과학은 '진보'에 대한 믿음으로 반짝였고, 과학소설은 청소년에게 인류의 희망을 심어 주었으며 미래를 향한 목표를 설정하도록 계몽하고 있었다.

장수철의 「비밀극장을 뒤져라」1967년 연재는 장편 창작 추리소설이다. 범

인 살무사를 잡는 형식의 추리소설 구조를 택하고 있지만, 담겨 있는 내용은 화학 분야의 과학적 지식이 핵심이다. 독약과 해독약에 얽힌 수수께끼 풀기보다 독약의 성분과 증상에 대해 상세하게 설명해 주고 있다. 장수철의 「비밀극장을 뒤져라」는 『학원』의 추리소설이 고전적인 미스터리 구조를 벗어남으로써, 미스터리 자체보다 과학소설적 요소를 통해 청소년의 흥미를 끌어들이고 있다. 한낙원의 과학소설은 청소년을 대상으로 하고 있지만, 장수철의 「비밀극장을 뒤져라」는 비단 청소년을 독자로 염두에 두고 있지 않다. 그 부분을 메워 주는 것이 바로 '과학적 지식'이라 볼 수 있다. 추리소설에서 과학적 요소의 차용은 1960~70년대 국내에 과학소설이 막 들어오던 시기, 과학교육의 강조로 인해 '과학'에 대한 관심이 증대해졌기 때문이라 볼 수 있다. 한낙원 이외의 특별한 과학소설 작가가 없었던 국내에서 같은 작가가 추리소설과 과학소설을 함께 번역하기도 하고 창작하기도 했다. 이렇게 추리소설과 과학소설은 국내에 들어올 때는 각각 분화되어 따로 들어온 것이 아니라 마치 식민지시기의 '탐정소설'처럼 유사한 장르로 들어와 분화되어 나갔다고 볼 수 있다. 『학원』에 추리소설 「비밀극장을 뒤

「비밀극장을 뒤져라」, 『학원』 / 소장 국립중앙도서관

져라」를 연재한 장수철은 같은 지면에 브루스 카터의 과학소설 「잃어버린 지하왕국」1958년 연재을 번역하기도 했다.

혼내어 주다니 어떻게 할 셈이죠? 살무사는 힘으로는 도저히 당신을 당해 낼수 없기 때문에 정순림 양을 볼모로 해서 독약주사를 놓은 거예요. 서울 장안의 7인의 대부호大富豪에게 주사 놓은 것도 이 독약입니다. 이 독약은 살무사의 부하인 탈베이 태생의 종족인 의사가 발견한 것인데 이 독을 해소하는 약은 단 하나밖에 없어요. 더더구나 그 약은 그 외사 외에는 아무도 모릅니다. 살무사조차 모른답니다. 만약 당신이 고분고분 서울을 떠나신다면 이 해독약解毒藥을 정순림 양에게 주겠다는 거예요.

— 연재추리소설 「비밀극장을 뒤져라」 7회, 246면

하여튼 이 이상한 독약 얘기를 들어봐. 이 얘기를 들으면 당신도 우리들에게 방해를 한다는 것이 얼마나 헛된 것인가를 잘 알게 될 테니까. 다츠라라는 식물의 독은 다츠린이라고 해서 알칼로이드, 즉 식물독의 일종인데 성분은 아직 모른다. 그것은 화학계의 영원한 수수께끼로 남을 것이다. 이 독에 침범되면 목이 바짝 마르고 목소리는 쉬고 동공瞳孔이 커지며 심장이 약해진다. 게다가 기억력이 없어져서 이상하게 웃고 싶어지는 것이다. 이 독을 다스리는 약은 우연한 일로 내가 발견했을 뿐 전 세계의 아무도 아는 사람은 없는 것이다.

— 「비밀극장을 뒤져라」 9회 '악마의 화학' 장, 302~303면

'악마의 화학'이라는 소제목이 달릴 정도로 화학무기, 독약, 독가스에 대해 끔찍한 역사적 사실이 있었음을 떠올릴 수 있다. 무엇이 이 당시 사

람들에게 화학약품에 대해 악마적이라는 인식을 심어 주었을까 하는 의문에 대한 답은, 본문에서 독약을 발명한 사람을 '타이베이 태생'으로 설정해 놓은 것으로 유추해 볼 수 있다. '독약', '화학'에 대한 끔찍한 공포는 화학전이었던 '베트남전'[6]에서 비롯된 것임을 유추할 수 있다. 베트남전은 작품 배경에 전면으로 부상하지 않는다. 다만, 그 이후에 나타난 증상이나 트라우마는 치유하기가 쉽지 않았을 것으로 사료된다. 가령, 「달 로케트의 수수께끼」1968.1에서 베트남전 이후에 전혀 다른 사람으로 바뀌었다는 하이드는 과학소설에서 우주인이 뇌에 자기들이 조종할 수 있는 칩을 심어 놓은 것으로 설정되어 있다. 그리고 결국 우주인이 달 로케트를 조종할 것이라는 국가의 위협을 근거로 하이드는 달 로케트와 함께 공중에서 폭파되어 제거된다. 베트남전 이후로 정신적인 이상 증후가 나타나는 사람이 많았을 것이라 여겨지는데, 그들의 정신이상을 치유하기보다는 오히려 국가의 존립을 위해 제거해야 할 대상으로 설정해 놓고 있음을 알 수 있다. 전체보다는 개인을 중시했던 미국의 사상에 한 개인을 쉽게 저버리는 것은 지금까지의 평화 수호국의 이미지와 상반되기 때문에, 과학소설에서 모티프로 삼은 방법은 우주인이 뇌에 이상한 칩을 심어 놓아

---

6 1964년부터 1973년까지 미국이 베트남전에 개입하는 순간부터 미국의 우방국이었던 우리는 베트남에 32만 명에 달하는 전투부대원을 파병했다. 그 직후 즉각적으로 베트남전쟁의 후유증을 묘사하는 소설은 나오지 않았지만, 과학소설에 배경으로 잠깐 언급되는 것들을 통해 유추해 볼 때 베트남전을 겪고 난 이후 증상을 호소하거나 후유증을 앓는 사람들이 많았을 것으로 사료된다. 장수철의 「비밀극장을 뒤져라」는 『학원』에 1967년 연재된다. 베트남에 전투부대를 파견한 때가 1965년이었으니, 바로 그 직후에 베트남과 가까운 대만(베트남전 때 미국이 베트남과 가깝다는 이유로 주요 휴가지로 정한 곳) 타이베이 태생(중화민국 화교)으로 독약을 발명한 사람을 설정해 놓았다는 것은 베트남전을 염두에 둔 화학전의 공포를 소재로 차용한 것으로 볼 수 있다. '질병'의 근원 혹은 전염병의 근원지를 베트남으로 설정해 두고 있다고 보여진다.

서 하이드가 국가에 해가 되는 존재로 전락했다는 설정이다. 그럼으로써 독자는 하이드라는 인물을 희생시키는 것을 마치 국방을 위협하는 스파이 존재를 처단하는 것처럼 당연하게 여기게 된다. 과학소설에서 파악해야 할 대상은 개인의 적이 아니라 '국가의 적'이다. 국내에서 과학소설이 추리소설과 분리되어 나가는 지점은 바로 그 지점이다. 과학소설의 문제는 '국가'의 문제이기 때문에, 일개 사립 탐정이 개입하거나 한 사람의 범인을 잡는다고 하여 끝나는 것이 아니다. 적을 잡기 위해 국방장관이 명령하고 군대가 개입하게 된다. 그럼으로써 과학소설은 첩보스파이소설과 겹쳐지기도 한다.

더불어 원자물리학, 전자물리학, 수학, 천문학, 지질학 등의 과학 분야의 세부 전공이 두각을 나타내었다. 「잃어버린 소년」에 등장하는 직업군들은 원박사, 공장장, 나기사, 전기공, 기계공 등 모두 이공계 분야이다. '박사'라는 칭호도 모두 무언가를 개발하고 연구하는 이공계 쪽을 의미한다. 국가가 '강력한 힘'이 필요하다고 생각된 때 강조된 것은 늘 무기를 개발하고 로켓을 설계하는 이공계 쪽임을 알 수 있다. 1950년대 과학소설이 국내에 들어와 아동청소년들을 대상으로 읽힐 수 있었던 것은 '과학'이야말로 국가의 강력한 재편을 가능케 하는 힘이었기 때문이다. 장르소설은 시기마다 발달하는 유형이 있다. 1970년대 과학소설과 역사소설이 발달하게 되는 것도 그 시기가 '과학'과 '역사'를 요구했기 때문이다. 국내 과학소설은 여러 번역된 과학소설의 영향보다는 식민지시기에 창작되었던 모험스파이 양식의 탐정소설의 영향이 짙다.

『학원』과 비슷한 시기에 간행된 대중잡지인 『명랑』 혹은 『아리랑』에서 성인을 대상으로 하는 과학소설이 주로 죽지 않는 '몸'에 대한 열망을 담았다면, 『학원』의 어린이 청소년 과학소설은 교육 이데올로기를 담아서 국가가 욕망하는 청소년상을 뽑아내고자 했다. 『학원』의 청소년 과학소설을 '교육' 혹은 '국가'와 분리시켜서 생각하는 것은 불가능하다. 따라서 과학소설은 자라나는 청소년에게 나와 타인, 나와 적을 구분하고 상대방을 쓰러뜨릴 수 있는 무기를 개발하여 '경쟁구도'에 익숙하도록 유도했다. 경쟁에서 살아남는 것, 1등을 차지하기 위한 수단으로서의 과학은 '우등과 열등', '우량과 불량'으로 끊임없이 구분하며 발전·진보의 이데올로기로 점철된 국가관을 뒷받침했다.

3. 한낙원의 아동청소년 과학소설과 국가에 공헌하는 기술자 지망생

한낙원은 「잃어버린 소년」을 『연합신문』의 『어린이연합』에 1959년부터 연재한 이후 줄곧 아동청소년 대상 지면에 과학소설을 실어 왔다.[7] 바로 그것 때문에 같은 과학소설을 쓰면서도 SF 작가 클럽에도 속하지 못했고, 연구자들의 서지 목록에서도 누락되어 오는 고전을 면치 못했다. 그러나 한낙원의 과학소설은 당대 아동청소년 독자들의 환영을 받으며 잡지

7　『한낙원 과학소설 선집』을 낸 김이구는 「책머리에」에서 『학원』, 『학생과학』, 『소년』, 『새벗』, 『소년동아일보』, 『소년한국일보』 등의 신문과 잡지에서 한낙원의 작품들이 인기리에 연재되었다고 한다.(김이구 편, 『한낙원 과학소설 선집』, 현대문학, 2013, 15면) 그러나 이 글이 SF 작가 클럽과 한낙원의 배타적인 위치에 대해 논의한 만큼 『학생과학』은 초창기에 한낙원의 작품이 연재되지 않았다고 볼 수 있다. 한낙원이 『학생과학』에 1984년 4월부터 「우주 전함 갤럭시안」을 연재한 것이 전부이다. 과학소설의 전문 지면의 역할을 했던 『학생과학』에 초창기부터 과학소설만을 전문적으로 창작해 온 한낙원의 작품을 싣지 않았다는 것은 주목할 만한 일이다.

에 실리고 곧 단행본으로 간행되기도 하고, 번역이 아닌 창작임에도 전집이나 문고에 들어가기도 하고 거듭 재판을 찍기도 했다.

성인 대상이 아니라 아동청소년 과학소설을 전문적으로 쓴 까닭에 한낙원의 과학소설에는 당대의 교육 이데올로기나 아동에 대한 인식, 과학을 바라보는 입장 등이 고스란히 녹아 있다. 1987년 간행된 계몽사문고에는 세계명작의 번역 작품들이 주로 포함되어 있다. 그런데 그 중에 한낙원의 창작 과학소설 『우주항로』가 들어 있다는 것은 한낙원의 과학소설은 SF 작가 클럽의 과학소설처럼 독자와 괴리감을 형성하지 않고 아동청소년 독자들이 즐겨 읽었다는 것을 말해 준다. 「우주항로」는 1966년 2월부터 6년 동안 『카톨릭 소년』에 연재했던 글이라고 작가 스스로 밝히고 있다.[8] 한낙원의 과학소설은 주로 '우주'를 소재로 다루고 있어서 1960~70년대 아동청소년들에게 '우주시대'를 열어서 진보적인 미래관을 교육했던 시대상을 반영하고 있다. 그는 초창기에 「잃어버린 소년」1959, 「금성탐험대」1962, 「우주항로」1966, 「우주 벌레 오메가호」1967 순으로 장편을 발표했다.

「잃어버린 소년」『연합신문』 어린이연합, 1959.12.20부터 연재은 당시 '과학'에 대한 국내 인식과 외국 작품의 영향이 묻어나는 초창기 과학소설의 면모를 잘 보여준다. 한라산 우주과학연구소의 원 박사 아래에 있는 세 특별훈련생은 월세계에서 자란 용이, 수학 천재 철이, 누나 현옥이다.

철이의 아버지 공장장은 집으로 갔다. 철이가 원 박사에게 불려간 일이 궁금해서였다. 한편 나 기사는 몸이 좀 뚱뚱한 편이어서 아직 땀에 밴 얼굴로 소풍을

---

8 한낙원, 「인류의 생활권이 된 우주」(지은이의 노우트), 『우주항로』, 계몽사문고 47, 계몽사, 1987, 269면.

하는 패에 끼었다. 기계공 한 사람과 전기공 한 사람과 같이 바다가 바라다보이
는 산기슭을 걷고 있었다.

—『한낙원 과학소설 선집』, 현대문학, 2013, 119~120면

나 기사는 지금 중대한 일에 종사하는 몸이다. 원일 박사가 필생의 노력을 기
울여서 연구하는 사업을 가장 가까운 곳에서 또 가장 중요한 한 사람으로 직접
도와주고 있는 것이었다. 원일 박사의 연구는 우주선의 새로운 에네르기와 우
주선을 자동적으로 운전하고 움직이게 하는 오토메이션 연구였다.

연구소에서는 요사이 원일 박사가 서두르는 표정으로 보아 일을 빨리 진행시
켜야 할 이유가 생겼다고 짐작했다.

(…중략…)

나 기사는 연구소 안에 들어서자 두 기술공과 헤어져서 자기 방으로 들어갔다.

—『한낙원 과학소설 선집』, 현대문학, 2013, 122~123면

한낙원의 첫 장편 과학소설인 「잃어버린 소년」에서는 훈련생 중 한 명인
철이의 아버지의 직업을 공장장으로 설정해 놓고 있다. 그뿐만 아니라 원
박사와 같이 일하는 나 기사, 기계공, 전기공과 같은 기술직들을 등장시키
고 있다. "연구소도 공장과 우주선을 넣어두는 격납고와 우주선이 뜨는
시설과 그밖에 연구소의 아파트로 되어 있었다"92면와 같이 공장과 연구소
를 나란히 배치함으로써, 비밀설계도의 작업을 위해서는 공장에서 그 설
계도대로 작업을 하는 기술직들이 필요함을 알 수 있다. 당시 국내에서 과
학은 '우주과학'처럼 거창한 것이 아니라 '기술'이었음을 말해준다. 『학생
과학』에서는 「한국 라디오 TV 통신 강의록이란」의 광고란에 "당신도 **기술**

자가 될 수 있습니다"라고 내세우기도 할 정도로 기술을 배우는 것이 급선무였음을 시사한다. 더불어 『학생과학』에서도 학생들에게 인기 있었던 파트는 과학소설도 과학 관련 기사도 아닌 '공작'이었다고 한다.[9] 기술을 배우려는 학원 혹은 공업고등학교나 실업고등학교로의 진학이 우세했던 점을 감안하면, 우주과학보다는 실질적인 과학기술이 유효했음을 알 수 있다. 그래서 '우주'를 다룬 소설을 공상과학소설과 동일시하거

『학생과학』 공작 코너 / 소장 국립중앙도서관

나 우주비행 프로젝트 실행은 독자적으로 하기보다 한낙원의 「금성탐험대」에서처럼 미국에 동승하는 것으로 그리곤 했다.[10]

웰스의 『우주전쟁』을 번역한 바 있는 한낙원은 「잃어버린 소년」에서 『우주전쟁』에서의 화성인이 지구를 침입하는 장면과 그 공포를 고스란히 재현해 놓는다. "보이지 않는 우주의 괴물 내습!" / "잃어버린 세 특별 훈련생!" / "알 수 없는 나 기사의 죽음!" / "가까워오는 지구 최후의 날!" / "아- 지구는 이길 것인가?"176면 웰스의 『우주전쟁』은 한낙원의 첫 장편인 「잃어버린 소년」에 많은 모티프를 제공하며 영향을 끼쳤다. 혹자들이

---

9   창간호부터 독자로부터 꾸준히 호응을 받은 것은 '공작' 파트였고, 그 중에서도 라디오 조립이 특히 인기였다고 한다.(임태훈, 「1960년대 남한 사회의 SF적인 상상력」, 『우애의 미디올로지』, 갈무리, 2012, 266면)
10   오민영의 「화성호는 어디로」에도 미국에서 선발하는 우주대원에 한국인이 뽑히는 것으로 설정되어 있다.

「잃어버린 소년」에서 종말의 이미지를 읽기도 하는 것은, 바로 웰스의『우주전쟁』에서 괴물로 묘사되는 우주인의 침입으로 인한 공포가 원자폭탄의 공포와 함께 고스란히 재현되기 때문이다.

"지구 방송국에서 임시 뉴스를 말씀드립니다. 세계정부는 앞으로 1분 안에 달나라 상공에서 원자탄을 터뜨립니다. 그것은 지구상에 나타나서 우리를 괴롭히는 괴물에게 우리의 힘을 보여주고 멀리 우주 밖으로 괴물을 쫓거나 없애버리기 위한 것입니다. 지금 허진 교수가 지휘하는 원자탄을 실은 우주선 30척이 달나라 상공에 도착하고 있습니다……. 원자탄이 터지는 모양은 달나라 아나운서가 보내드릴 예정입니다……."

"뭐? 원자탄을 터뜨려?"

—『한낙원 과학소설 선집』, 현대문학, 2013, 209~210면

"세계정부를 좀 불러주시오."

원박사가 통신원에게 말했다. 그러나 뉴욕의 통신은 벌써 끊어진 뒤였다.

아니 뉴욕에서는 수라장이 벌어졌다. 괴물을 찾으러 올라갔던 지구의 날틀들은 모두 소식이 끊어졌다. 바다를 헤매던 잠수함에서도 연락이 끊어졌다. 세계정부 안에 모인 과학자들은 대책을 의논해보았지만 별로 신통한 궁리가 떠오르지 않았다. 그러는 동안 날틀이 자꾸만 지상으로 떨어진 것이었다. 무서운 폭발이 일어났다.

거리마다 사람들이 쏟아져 나왔다가 고층 건물이 쓰러지는 바람에 무참하게 깔렸다. 사람들은 서로 달리다가 부딪치고 차에 깔렸다. 차는 차끼리 부딪쳤다. 울부짖음과 죽음의 골짜기를 불바다가 덮었다. 그야말로 생지옥이었다. 간신

히 빠져나온 사람은 차를 몰고 비행기를 타고 서쪽으로 달렸다. 워싱턴이 삽시간에 피난민으로 찼다. 사람들은 다시 산속으로 몰려갔다.

—『한낙원 과학소설 선집』, 현대문학, 2013, 224면[11]

그러나 「잃어버린 소년」이 웰스의 『우주전쟁』과 다른 점은, 멸망하는 대상을 일본으로 삼고 야마다 박사의 패배를 다루고 있기 때문이다. 즉 우주인의 침입이 우리의 원 박사에게는 일본의 야마다 박사에 대한 승리로 그려지고 있는 점이 인상적이다. "원 박사님 용서해주시오……. 모두 내 잘못이오……", "나는 원 박사를 시기했소……. 원자탄을 터뜨리는 것도 원 박사의 말을 꺾기 위해서였소"227~228면라며 죽기 직전 원 박사에게 지구를 구해달라고 부탁한다. 야마다의 패배로 인해 원 박사와 세 소년은 지구를 구하는 영웅으로 거듭날 수 있었다. 「잃어버린 소년」은 이처럼 종말을 다룬 것이 아니라 전 지구의 위기 극복을 다룸으로써 미래에 대한 낙관적인 기대와 희망을 아동청소년에게 강력히 설파하고 있다. 적국으로 일본을 설정하여 일본에 대한 승리를 그린 것 역시 통쾌함을 자아낼 수 있는 부분이다. 어떻게든 아동청소년에게 꿈의 세계를 키워주고, 과학에 대한 지식을 넓혀 나라를 발전시키려는 한낙원의 과학소설에서 종말이 아닌 미래의 희망을 읽는 것은 어렵지 않다. 다만 그의 과학소설을 아동청소년문학과 연관시키지 않는다면 그의 창작 의도가 읽히지 않을 수도 있다. 그런

---

11 "무서운 사건! 웨이브리지에서 벌어진 전투의 보고! 화성인 겨우 1명 쓰러지다! 런던도 위험"(『별들의 대전쟁』 어린이를 위한 세계 SF·추리문학 16권, 서영출판사, 1985, 93면). 웰튼과 웨이브리지에서 런던으로 다시 남쪽으로 이동하는 모습과 화성인의 침입으로 인한 아비규환의 공포는 웰스의 『우주전쟁』에서의 묘사를 답습하고 있다. 이에 대해서는 최애순의 「우주시대의 과학소설─1970년대 아동전집 SF를 중심으로」, 『한국문학이론과 비평』 제60집, 2013.9, 225~227면 참조할 것.

의미에서 한낙원의 과학소설은 '아동청소년 과학소설'로 읽을 때 가장 빛
난다고 본다.

한낙원의 작품이 '아동청소년 과학소설'로 분류될 수 있는 것은, 그의
과학소설에 등장하는 소년들로 당대 아동청소년에 대한 인식을 들여다
볼 수 있기 때문이다. 「금성탐험대」에서는 하와이 우주항공학교에 입학할
수 있는 자격으로 "누구나 치열한 경쟁에 이기기만 하면 중학을 나오
자"261면마자 가능하다고 한다. 고진이란 부산중학출신과 서울 출신의 최
미옥은 우주항공학교에서 공부한 지 4년이 지났다고 한다. 그들에게 일반
고등학교 과정보다 더 중요한 것은 우주선을 타는 훈련을 받아 우주비행
사가 되는 것이라고 볼 수 있다. 1962년부터 『학원』에 연재되는 「금성탐험
대」[12]에는 미국과 소련의 과열된 우주개척 경쟁이 주요 모티프로 다루어
진다. 그러나 고진군과 미옥양은 미국의 우주과학의 일원으로 등장할 뿐
이다. 1967년 연재된 「우주 벌레 오메가호」는 미국의 목성 탐사를 위한
보이저 계획이 작품의 배경으로 설정되어 있다. 이처럼 한낙원의 우주과
학소설에서 우주탐사는 미국이 배경이고 우리의 우주과학에 대한 기대는
미국을 통한 대리만족이었다고 볼 수 있다. '우주탐사', '우주비행'과 같

---

[12] 1957년 소년세계사에서 간행한 『금성탐험대』가 있다는 언급이 있으나, 실물을 확인하지
못해 『학원』 연재본을 저본으로 삼는다. 1957년 판본이 있다면 남는 의문은 「금성탐험대」
에서 언급한 마리너 7호는 실제로 1962년 미국에서 금성 탐험을 위해 쏘아 올린 탐사선이
기 때문이다. 1957년에 금성 탐험 계획을 미리 알아서 정확한 탐사선 명칭을 어떻게 구사했
는지가 의문이다. 혹 1957년 판본이 있다면, 시대 상황에 맞추어서 1962년 연재할 때 수정
한 부분이 있을 가능성도 있다. 김이구는 이 판본 찾기를 추적하다가 최근 네이버 블로그
'우리 과학소설 찾기'의 「한낙원 과학소설 『금성탐험대』 발표 및 출간 이력」에서 『학원』에
연재된 것이 최초이고 이후 1965년 학원명작선집 25번으로 출간된 것이 단행본으로는 최
초이고 이것을 학원사에서 1967년 『금성탐험대』로 간행하였다고 밝혀 놓아서 의문이 해소
되었다(김이구, 「한낙원 과학소설 『금성탐험대』 발표 및 출간 이력」, 네이버 블로그 '우리
과학소설 찾기', 2017.1.14, 최종수정일 2017.1.18 참조).

은 소재를 늘 다루었지만, 우리에게 '우주과학'의 꿈은 낯설고도 멀기만 할 뿐이었다. SF 아동청소년문학이 공상과학소설, '공상'이라고 여겨진 데는 '우주과학소설'에서의 우주개척의 꿈이, 기술자를 양성하기 위한 직업교육을 받던 당시 현실감이 없고 허황되어 보였기 때문이다. 우주비행사 혹은 과학자라는 꿈과 라디오 기술자 혹은 기능공과 같은 현실의 괴리만큼 말이다. 그러나 아동청소년문학에서는 공상이 아니라 불가능도 가능으로 만들 수 있는 것이 청소년의 꿈이었고 희망이었으며 미래였다. 야간학교에 다니던 소년이 우주비행사가 되고, 공장의 기술직들이 미래의 우주선을 만들어내고, 우리도 미국과 같은 선진국 국민이 될 수 있다는 희망을 품었던 것이다. 그러나 아동청소년 과학소설에서 아동청소년에 대한 인식이 계몽하거나 훈육해야 하는 대상으로 그려져 불편하게 느껴지기도 한다.

1966년 『카톨릭 소년』에 연재하고 1987년 『계몽사문고』로 펴낸 『우주항로』는 당대 아동청소년관이 적나라하게 드러나 독자를 불편하게 하는 부분이 있다. 『우주항로』의 주인공 민호는 낮에는 소년 신문사에서 교정 일을 보고, 밤에는 야간 학교에 다니는 15살 소년이다. 한낙원의 과학소설 인물들은 아동청소년이 주인공이며, 이들이 당대 상황에 맞게 구체적으로 묘사되어 있다. 낮에 일하고 밤에 공부하는 소년의 모습은 1960년대 볼 수 있었으며, 더불어 산업학교나 직업학교를 다니는 중고등학생들을 종종 접할 수 있었다. 『학생과학』의 학교탐방에도 야간 전문직업학교가 등장하고, 세부 직업군들을 보여주고 있어서 일하며 공부하는 소년의 모습이 낯익은 광경이었다고 볼 수 있다.[13] 그런데 신문사에서 일하고 있던 민호는 한라산 연구소로 숨어 들어가서 우주선에 대해 취재하라는 지시를 받는다.

『계몽사문고』로 간행된 작품 목차(왼쪽)와 『우주 항로』(계몽사문고, 1987) 표지 / 촬영 저자

"그러니까 나는 민호 군을 생각해 낸 거야. 나는 민호군이 무슨 일에나 열성적
이고, 책임감이 강한 데다 또 참을성이 많은 소년이란 것을 벌써부터 알고 있었지.
오늘도 민호 군은 남들이 다 가버린 뒤에도 혼자 남아 새해의 준비를 하고 있었
잖나……."

민호는 조 주필이 자기를 과분하게 치켜 세우는 바람에 얼굴이 빨갛게 달아올
랐다.

---

13 『학생과학』 1966년 12월호(138~139면)에는 '생산교육을 장려하는' 조선대학교 병설 공
업 고등학교의 과학반이 소개되기도 하고, 1967년 1월호에는 광주 공업고등학교 과학반이,
1967년 6월호에는 효명실업 중·고교 과학반이 소개되기도 한다. 뿐만 아니라 서기로(서
광운)의 「해류 시그마의 비밀」에서 충무호 탐사에 함께 하는 이로 목포 해양고등학교의 박
진서 소년을 설정해 놓고 있다. 그만큼 실업고등학교를 다니는 청소년들이 많았음을 말해
준다고 볼 수 있다.

"그러니까 민호 군한테 모험심 하나만 더 있다면, 내가 계획하는 일은 틀림없이 성공할 것이고, 그것은 분명히 재미있는 기사거리가 될 줄 믿는데, 어떤가?"

(…중략…)

"문제는 간단해. 우주 과학 연구소 안에 숨어 들어가서 닥치는 대로 모험을 하는거야. 그리고 그것을 글로 쓰면 훌륭한 모험담이 될 게 아닌가. 어때, 한 번 해 보지 않겠나?"

(…중략…)

"응, 내일. 그리고 거기서 당하는 일은 무엇이건 민호 자신이 해결해야 해."

—『우주 항로』, 계몽사문고, 1987, 13~14면

무엇이든 기술을 익혀서 돈을 벌어야 했던 기술자 지망생들이나 직업학교 학생들은 함부로 다루어도 된다고 생각하는 어른들의 시각이 숨어 있다. 돈이 없어 먹고 살기가 급급했던 그들은 과학자를 꿈꾸기보다 기술을 익혀서 기술자가 되는 것이 실현 가능한 현실이었다. 예나 지금이나 기술자 없이는 우주선을 만들 수 없음에도 불구하고 기술자나 기능공들은 과학자 밑에서 일하며 제대로 대접받지 못했음은 자명하다. 과학소설에 등장하는 소년들이 직업학교의 학생들이라는 점은 당시 과학교육이 기술교육과 다르지 않았음을 말해준다.[14]

---

14 3차 교육과정(1973.2~1981.12)의 총론 중 '기본방침'에는 "우리는 조국 근대화를 조속히 성취하고 국토를 평화적으로 통일함으로써 민족중흥의 사명을 완수하기 위하여, 거족적으로 유신 사업을 추진하여야 할 역사적 시점에 서 있다. / 이러한 민족적 대업을 완수하기 위하여 (…중략…) 주체적이며 강력한 국력을 배양하는 데 총력을 기울여야 한다. (…중략…) 이러한 점에 비추어 교육과정을 구성함에 있어서는 국민교육헌장 이념의 기본 방향으로 삼고, 국민적 자질의 함양, 인간 교육의 강화, 지식·기술 교육의 쇄신을 기본 방향으로 정하였다.(문교부, 1981, 45면)

"이놈아, 어떻게 이런 데까지 숨어 들어왔어, 응?"

한 사람이 민호의 따귀를 후려갈겼다.

"보아 하니 아직 어린 소년인데, 누가 시켜서 그런 엄청난 짓을 했지?"

다른 종업원이 민호의 턱을 쥐어박았다.

― 『우주 항로』, 계몽사문고, 1987, 27면

맨 처음 따귀를 갈긴 사나이가 다시 민호를 발길로 차며 일으켜 세웠다. (…중략…) "뭐가 선생님이야. 요 깜찍한 것아! 나는 너를 돌봐 줬는데, 너는 나를 죽이려고 해?"

― 『우주 항로』, 계몽사문고, 1987, 28면

민호를 대하는 허 조종사를 비롯한 이들의 태도는 마치 국가정보를 염탐하러 온 적국 스파이를 대하는 것 같다. 게다가 아직 확실한 증거도 없는데 어린이에게 무차별적인 폭행을 가하는 장면은 당대 아동청소년에 대한 인식을 반영해 준다.

"내 생각 같아서는 허 기천 조종사를 질투하는 사람이 시킨 짓 같은데, 조금 있으면 사실이 밝혀질 것이오. 조사를 시켰으니……."

사람들은 한 박사의 말을 듣자, 범인은 민호가 아니라 먼저 잡혀 온 사나이 같다고 느끼게 되었다.

민호의 경우는 아무런 증거물이 없었지만, 그 사람은 벌써 증거물이 많이 드러났기 때문이다. 이렇게 되자 민호가 뒤집어쓴 누명은 깨끗이 벗겨지고 말았다.

"민호 군, 미안하게 됐네."

허 조종사가 먼저 사과하였다. (…중략…)

"민호 군이 아니었으면 우린 귀중한 우주 조종사를 잃을 뻔했군그려. 그럼, 우리 계획도 허탕을 칠 테고……."

한 박사는 생각만 하여도 몸서리가 쳐지는지 어깨를 치켜 올리고 고개를 저으며 민호에게 감사하였다.

민호는 어리둥절한 기분으로 소장실을 둘러보았다. 지금까지 사람을 죽이려고 한 죄인 취급을 받다가 갑자기 사람을 구해 준 은인 대접을 받게 되니, 마음이 얼떨떨할 수밖에 없었다.

— 『우주 항로』, 계몽사문고, 1987, 30~31면

민호는 자신의 행동에 따라서 주위 사람들에게 대접받는 것이 아니라 한 박사의 말 한마디에 누명이 벗겨지기도 하고 은인 대접을 받기도 한다. 이처럼 1960년대는 아동청소년을 어른과 같은 독립적인 인격체로 대하지 않았으며, 국가 발전을 위한 책임감 있고 성실한 모범생으로서의 인재만이 필요했음을 알 수 있다. '모험'은 곧 불법과 같은 의미를 지녔을 것임에도 불구하고 무슨 일이 생겼을 때 민호에게 모든 책임을 떠넘기려는 신문사 조 주필의 모습 또한 당대 어른의 부도덕한 면모를 드러내 준다. 그래서 민호는 어른들의 이런 행동에 대해 과분한 칭찬이라고 거북해하기도 하고, 죄인에서 갑자기 은인으로 대접해서 얼떨떨해하기도 한다. 그러나 한 박사를 비롯한 어른들은 민호의 반응 따위는 개의치 않는다. 『우주 항로』에서 더욱 놀라운 것은 한 박사가 발명한 약이나 실험 중인 약을 민호에게 먹일 계획을 세우는 것이다.

"그러면 됐군그래……. 모두가 좋지 않나. 자리는 있것다, 허 조종사는 생명의 은인에게 은혜를 갚을 수 있으니 좋고, 나는 내 발명한 약의 효력을 확인해 볼 수 있고, 민호 군은 또 우주 여행의 꿈을 이루게 되니 좋고, 그야말로 일석 삼조의 좋은 방법이 아닌가?"

"그러다가 그 약에 잘못이라도 생기면 어떡하죠?"

"나를 믿어 주게. 내가 몇십 차례나 실험을 거듭한 약이니까."

— 『우주 항로』, 계몽사문고, 1987, 36~37면

한낙원의 과학소설은 당대 아동청소년상 혹은 국가의 아동청소년 기획을 들여다볼 수 있다. 1960~70년대 만화나 탐정소설을 불량도서로 간주하고 악서로 분류하는 반면, 과학소설을 장려하는 것은 과학교육으로 국가에 헌신하는 미래의 국민을 양성하고자 했던 국가 기획과 맞닿아 있었기 때문이다. 따라서 모험하고 일탈하는 과학자가 아니라 학교에 충실하고 말 잘 듣는 성실한 과학자가 필요했다. 『학생과학』1967년 6월호에 「여러분은 과학자가 될 수 있다」라는 글에서 과학자가 된 조지의 어린 시절을 이야기하면서 아동청소년에게 '과학자의 꿈'을 키우도록 유도한다. 과학자가 되기 위한 조건으로 '학교에 가겠다는 굳은 신념', '식물에 관한 뛰어난 관찰력' 등을 들고 있는데, '학교에서 공부를 열심히 하는 성실함'을 가장 큰 덕목으로 꼽고 있다는 것이 이채롭다. 그러나 '과학자'가 되고 싶은 꿈은 단순 기능직을 양산하기 위한 희망 고문에 불과했으며, 어른들이 아동청소년에게 그것을 빌미로 국가에 대한 무조건적인 헌신과 충성을 요구하는 데 유용한 도구가 되었다. 한낙원의 과학소설에서 서광운의 과학소설에 등장하는 S대학의 천문학생이라든가 우주과학생 같은 대학생

을 설정할 수 없었고, 대학을 가기 위한 꿈을 키우는 소년을 설정할 수 없었던 것은, 직업학교 혹은 야간학교에서 '기술'을 익혀서 가족을 먹여 살려야 했던 것이 당시의 아동청소년들의 현실이었기 때문이다.

4. '아동청소년 과학소설'이라는 독자적인 영역 개척

초창기 SF 아동청소년문학은 성인 SF문학보다 오히려 전문 작가를 배출해 냈다는 데 큰 의의가 있다. 「완전사회」를 쓴 문윤성도 이후 이렇다 할 만한 과학소설을 내놓지 못했고, 「재앙부조」『자유문학』제1회 소설공모당선작를 쓴 김윤주도 마찬가지였다. SF 작가 클럽이 아동청소년문학과는 거리를 두면서도 지면은 『학생과학』이라든가 아동청소년 대상의 SF 전집을 택하면서 정체성을 확보하지 못했던 반면, 한낙원은 「잃어버린 소년」을 발표한 이후 꾸준히 아동청소년 과학소설을 창작하고 있었다. SF 작가 목록 자체에서도 중요하지만, 무엇보다 아동청소년 과학소설이라는 영역을 개척했다는 점에서 한낙원은 아동청소년문학가이면서 아동청소년을 대상으로 하는 SF를 전문적으로 쓴 유일한 작가라는 점에서 독보적인 존재이다.

아동청소년문학과 성인문학에서 장르는 상생관계에 있다. 아동청소년문학에서 명랑소설은 확고한 자리매김을 했지만 이후 성인문학에서 명맥을 이어가지 못했기 때문에 장르 자체가 사라져서 1950~70년대에 국한된 것으로 굳어져 버렸다. 반면, 과학소설은 초창기에는 성인문학 쪽에서 아동청소년문학과 동일시하여 폄하하고 무시하였지만 이후 전 세계적인 붐을 타고 복거일, 듀나에 이어 2010년대 이후 대체역사소설을 비롯하여,

타임슬립 등 과학소설 창작이 활발하게 이어지고 있다. 초창기에 풍성했던 아동청소년 과학소설은 한동안 위축된 듯 보이기도 했다. 그러나 2020년대 박미정의 『에이아이 내니 영원한 내 친구』, 윤해연의 『빨간 아이, 봇』 등을 비롯하여 아동청소년 SF가 성인문학 못지않게 활발하게 창작되고 있다. 우리에게 김초엽, 천선란, 배명훈 등의 이름만 각인된 것은, 아동청소년 SF 연구가 아직 미비하기 때문일 것으로 사료된다. 아동청소년 과학소설의 정체성을 확립하기 위한 연구와 창작이 병행될 때 SF 아동청소년문학은 현대 SF의 한 자리를 당당히 차지할 수 있을 것이라 기대한다.

제8장

1960~70년대 『학생과학』과
SF 작가 클럽

1. 과학소설 연구가 뒤늦은 이유

과학소설 연구가 활기를 띠게 된 것은 2010년대 들어서면서이다.[1] 여타 다른 문학에 비해 혹은 다른 장르에 비해서도 상대적으로 늦은 시기이다. 과학소설 연구가 다른 장르에 비해 뒤처지게 된 것은, 국내에서 과학소설을 아동문학으로 인식했기 때문이다. 연구자들 사이에서도 가장 의견이 분분한 부분이 바로 해방 후 최초 창작 과학소설의 등장 혹은 시기에 관한 것이다. 과학소설 연구 붐에도 불구하고 이렇다 할 만한 논의의 진전이 없는 것은, 서로의 영역에 대해서 배타적이기 때문이다. 장르문학과 순수문학의 경계가 뚜렷하듯이, 같은 장르문학이라 하더라도 아동문학에 대해서는 배타적이다. 그러나 아동청소년 과학소설을 배제한다면, 한국 창작 과학소설의 역사는 텅 빌 수밖에 없다.[2] 연구자들이 문윤성의 「완전사회」에

---

1   김주리, 「『과학소설 비행선』이 그리는 과학의 제국, 제국의 과학」, 『개신어문연구』 34호,
    2011.12, 169~196면; 김종방, 「1920년대 과학소설의 국내 수용과정 연구-「80만년 후의
    사회」와 「인조노동자」를 중심으로」, 『현대문학의 연구』 44호, 2011.5, 117~146면.
2   최애순, 「우주시대의 과학소설-1970년대 아동전집 SF를 중심으로」, 『한국문학이론과 비

주목할 수밖에 없는 이유는, 아동청소년을 대상으로 한 과학소설을 배제했기 때문이다. 과학소설은 1960~70년대『학원』,『학생과학』,『새벗』과 같은 중고등학생들이 보는 잡지에 주로 게재되었다. 과학소설 연구를 위해서는 1960~70년대 중고등학생을 주요 독자로 했던 잡지들을 살펴보는 것이 선행되어야 한다. 그럼에도 불구하고 과학소설 연구자들은 과학소설을 마치 아동청소년문학의 전유물처럼 인식하는 것에 반발하고, 본격문학의 범주에서 진지하게 논의하려는 장에서는 아동청소년 대상의 과학소설을 배제시키려 한다. 해방 후 최초 '본격' 과학소설을 놓고 의견이 분분한 것은 바로 이런 이분법적인 시각이 짙게 깔려 있기 때문이다.

국내 과학소설 연구들은 그래서 '본격' 과학소설과 청소년 과학소설로 양분되어 논의가 전개되었다. 문윤성의「완전사회」를 최초의 '본격' 창작 과학소설로 보는 견해들,[3] 청소년 과학소설의 주요 지면이었던『학생과학』에 관한 연구들,[4] SF 작가 클럽 회원의 작품들에 관한 연구들,[5] 아동청소년 과학소설 연구들[6]이 있다. 아동청소년 과학소설은 거의 연구되지 않

평』제60집, 2013.9, 213~242면.

3 이정옥,「페미니스트 유토피아로 떠난 모험 여행의 서사-문윤성의『완전사회』론」, 대중문학연구회 편,『과학소설이란 무엇인가』, 국학자료원, 2000, 139~164면; 이숙,「문윤성의『완전사회』(1967) 연구-과학소설로서의 면모와 지배이데올로기 투영 양상을 중심으로」,『국어국문』52, 2012.2.28, 225~253면; 복도훈,「단 한 명의 남자와 모든 여자-아마겟돈 이후의 유토피아와 섹슈얼리티」,『한국근대문학연구』2 4, 2011.10, 345~373면; 손종업,「문윤성의『완전사회』와 미래의 건축술」,『어문론집』60, 2014.12, 239~263면.

4 임태훈「1960년대 남한 사회의 SF적 상상력-재앙부조, 완전사회, 학생과학」,『우애의 미디올로지』, 갈무리, 2012, 239~273면; 조계숙,「국가 이데올로기와 SF, 한국 청소년 과학소설-『학생과학』지 수록작을 중심으로」,『대중서사연구』20권 3호, 2014. 12, 415~439면.

5 김지영,「1960~1970년대 청소년 과학소설 장르 연구-『한국과학소설(SF)전집』(1975) 수록 작품을 중심으로」,『동남어문논집』35집, 2013.5, 125~149면.

6 박상준,「21세기에 재조명되는 한국 과학소설의 선구자」,『창작과 비평』, 2013, 584~587면; 모희준,「한낙원의 과학소설에 나타나는 냉전체제하 국가 간 갈등 양상-전후 한국 과학소설에 반영된 재편된 국가 인식을 중심으로」,『우리어문연구』50집, 2014.9.30, 223~

다가 김이구가 2013년 현대문학에서 『한낙원 과학소설 선집』을 펴내면서 활기를 띠게 되었다. 그러면서 「잃어버린 소년」『연합신문』, 1959을 최초 창작 과학소설로 보는 견해가 새롭게 제기되었다.[7] 그러나 '본격'의 기준으로 바라보는 논자들은 한낙원의 작품을 아동청소년문학이라 하여 배제시키고 여전히 문윤성의 「완전사회」로부터 과학소설 논의를 가져와야 한다고 한다. 한낙원을 발굴한 김이구 역시 한낙원의 과학소설이 아동청소년을 대상으로 했다는 점을 한계로 지적했다.[8] 김지영은 과학소설이란 장르의 특성으로 '청소년 독자 지향성'을 꼽기도 했다.[9] 그는 또한 『한국과학소설(SF) 전집』해동출판사, 1975을 청소년 과학소설로 분류하고 논의를 개진하기도 했다.[10] 그러나 『한국과학소설(SF) 전집』에 실린 작품을 청소년 과학소설로 분류할 수 있을까도 의문이다. 왜 유독 국내 과학소설 분야에서 성인문학과 아동청소년문학의 이분법적 잣대로 인해 과학소설 연구가 절름발이를 면하지 못하고 있는 것일까.

특이한 것은 논자들이 본격 과학소설로 평가하는 문윤성의 「완전사회」[11]

248면; 김이구, 「과학소설의 새로운 가능성」, 『창비어린이』, 2005 여름, 156~171면; 최정원, 「한국 SF 및 판타지 동화에 나타난 아동상 소고(小考)」, 『한국 아동문학 연구』, 2008.5, 173~202면.

7　김이구, 「한국 과학소설의 새로운 가능성」, 『창작과 비평』, 2005 여름호.

8　김이구, 「한국 과학소설의 개척자 한낙원」, 『한낙원 과학소설 선집』, 현대문학, 2013, 543~598면.

9　김지영, 「한국 과학소설의 장르소설적 특징에 대한 연구―『한국과학소설(SF)전집』(1975)을 중심으로」, 『인문논총』 32집, 2013.10, 375~397면.

10　김지영, 「1960~1970년대 청소년 과학소설 장르 연구―『한국과학소설(SF)전집』(1975) 수록 작품을 중심으로」, 『동남어문논집』 35집, 2013.5, 125~149면.

11　흥사단 출판부에서 1985년 『여인공화국』이란 제목의 단행본으로 출간하기도 했다. 제목에 '과학소설' 냄새를 풍기지 않으며, 표지에 '장편소설'이라고 달려 있다. 다만 표지를 넘기면 속지에 '공상과학 추리소설'이라고 달려 있다. 흥미로운 것은 표지에는 장르문학이 아니라 '장편소설'이라고 달려 있다는 점이다.

는『주간한국』의 '추리소설 현상 공모'에 당선된 작품이라는 것이다. 그러나 '추리소설' 분야에서 연구되지 않고 '과학소설' 분야에서 연구되고 있으며, 내용이나 소재도 '과학소설'에 해당한다. 비단 문윤성의「완전사회」뿐만 아니라 성인대상의 잡지에서 '과학소설'이란 표제를 달고 창작된 작품은 거의 찾아볼 수 없다. 대표적 대중잡지인『명랑』에서 초능력자 이야기를 다룬 SF「검은 천사」1960.9도 '추리소설'이란 표제를 달고 있다. 비슷한 시기에 '과학소설'이란 장르 표제를 다른 잡지에서 사용하지 않았던 것이 아니다.『학원』과 같은 청소년 대상의 잡지에서는 1960년대 들어서면서 추리소설보다 과학소설의 비중이 더 커질 정도로 눈에 띄게 실려 있다. 아동청소년 대상의 잡지가 아닌 성인 대상의 잡지에서는 왜 과학소설에 '과학소설'이란 용어를 사용하지 않는 것일까. 그것은 과학소설이 국내에서 아동청소년문학으로 간주되었다는 것을 말해준다. 저자는 국내에서 과학소설이 아동청소년의 전유물인 것처럼 인식되도록 한 연유가 '공상'이라는 단어에 대한 거부감에서 비롯되었다고 판단한다. 과학소설을 '공상과학소설'이라고 지칭하는 순간, 과학소설이 다루는 세계가 터무니 없고 황당한 어린이들의 놀이터라고 인식했던 것으로 사료된다. 그런 면에서 이 장에서는 당대 과학소설에 대한 인식이 어떠했으며, 과학소설 작가들은 '공상과학소설'로 불리는 것을 거부하기 위해 어떤 과학소설들을 창작했는지를 들여다볼 것이다.

과학소설사는 어느 시대에는 아동청소년 대상의 과학소설이 발달하기도 하고, 어느 시대에는 펄프 잡지에 가볍게 쓴 과학소설이 대량으로 팔리기도 하는[12] 등 각 시기에 어떤 유형의 과학소설이 발달했는지, 어떤 작가가 그 시대를 대표했는지 등을 기술하는 것이 보편적이다. 그런 의미에서

이 장에서는 1965년 창간되어 새로운 과학용어의 도입과 과학기사, 과학소설의 주요 지면이었던 『학생과학』을 중심으로 국내 과학소설의 경향을 짚어보기로 한다. 당대 과학소설의 소재가 어디에서 온 것인지, 과학기사와 국내 과학소설 경향 사이의 간극은 없는지 등을 알아보기 위해 『학생과학』에 실린 과학기사에도 주목했음을 밝혀 둔다. '우주시대'와 국내 과학소설 혹은 과학교육의 괴리는 없는지, '공상'을 거부한 과학소설은 어떤 양상을 띠었는지 등을 살펴보며, 그 시대 과학소설 작가들이 아동청소년 대상의 잡지에서밖에 지면을 확보할 수 없었는데도 늘 아동청소년문학으로 인식되는 것에 대한 거부감을 지니고 있었음을 살펴보고자 한다.

1960~70년대 과학소설 작가들이 처한 딜레마는 『학생과학』 과학소설이 왜 독자를 확보하지 못한 채 재미없는 전쟁소설로 흘러가게 되었는지를 알 수 있게 해 준다. 이 장에서는 『학생과학』에 과학소설을 실은 작가들 대부분이 SF 작가 클럽이었다는 점을 감안하여, SF 작가 클럽의 작품 중에 『아이디어회관 SF 전집』[13]으로 간행된 작품들도 포함했다. 대표적으로 김학수의 『텔레파시의 비밀』이 '텔레파시'라는 용어를 직접적으로 제목에 내세웠기 때문에 다루었음을 밝혀 둔다.

---

12 Jesse G. Cunningham, *Science Fiction*, San Diego: Greenhaven Press, CA, 2002.
13 후에 아이디어회관에서 『SF 세계명작』의 한국편으로 해동출판사에서 간행했던 SF 작가 클럽의 작품들을 똑같이 넣어 재간행했다. 이 글에서는 아이디어회관에서 간행된 『SF 세계명작 한국편』을 텍스트로 했음을 밝힌다.

2. 『학생과학』의 과학용어와 기술로서의 과학

1) 『학생과학』을 통한 새로운 과학용어의 도입

새로운 과학은 국내에서 믿을 수 없는 허무맹랑한 '공상'의 세계에 다름 아닌 것으로 인식되었다. 예로부터 처음 도입되는 '과학'은 서양에서도 이질적이거나 사악한 이단이라 하여 금기시했다.[14] 1960~70년대는 과학교육을 장려하고 우주과학시대를 열었던 만큼 새로운 첨단과학기술에 대한 맹신, 특히 이공계 전공에 대한 선호도가 높았던 시기라 볼 수 있다. 그러나 이때에도 '과학'을 무조건 맹신하고 받아들였던 것은 아니다. 과학소설의 유입과정만큼이나 새롭고 낯선 과학용어들은 한 차례씩 검증과정을 거치듯 대중의 뭇매를 맞았다. 대중적으로 전파되어 널리 알려진 UFO, 텔레파시, 노이로제, 치료법의 일종으로 쓰이는 최면과 같은 용어들이 처음 도입될 때 대중의 검증과정을 거쳤다. 대중의 검증과정이란 낯설고 이질적인 것에 대한 경계태세로 주로 의심, 불신, 무조건적인 반감과 같은 반응으로 돌출된다. 1960년대 우주과학시대에도 국내에서 미신이나 주술이라 하여 가장 경계하고 부정적으로 인식된 것은 바로 인간의 '뇌'에 관한 인지영역이다. 과학이 발달해도 인간의 두뇌만큼은 함부로 건드릴 수 없다는 믿음과 동시에 과학기술의 발달도 두뇌가 장악 당할지도 모른다는 두려움이 양립하고 있었다.[15] UFO란 용어가 처음 사용되었을 때는 「신비의 물체 비행접시는?」윤실, 1967.5이라고 호기심을 품었다가도 '괴물체'라 하여

---

14 고장원, 『SF의 법칙』, 살림, 2012. 「낯섦과 인식」장 부분 참고.
15 신상재, 「가장 복잡한 기계인 인간의 두뇌」, 『학생과학』, 1966.6, 44~58면; 이병훈, 「인간과 기계」, 『학생과학』, 1966.6, 59~61면.

경계심을 드러내기도 하는 이중적인 태도를 보였음을 알 수 있다.

『학생과학』은 텔레파시, 초능력, 초인, 뇌파, 전자파, 자력, 노이로제, 최면 등과 같은 당시 낯설고 새로운 과학용어들을 적극적으로 도입한다. 「초인을 만드는 기계」1966.4, 「수수께끼의 초능력」1966.9, 「전파는 인체에 해로운가」1967.5, 「전자파로 서로의 생각을 전달한다」1967.7 등 새로운 과학용어나 당시 이슈화된 쟁점을 빠르게 싣는다. 성균관대 생물학 조교 조동현의 「전자파로 서로의 생각을 전달한다」는 글은 직접 보고, 듣고, 이야기하지 않고서도 멀리 있는 다른 사람의 생각을 알아낼 수 있는 초감각적超感覺的 지각작용을 상세히 다루고 있다. 두뇌가 전파를 발생하고 전자파를 수신할 수 있다는 학설을 설명해 주고 있다. 『학생과학』에서 1960년대 새롭게 대두되어 부각된 과학용어는 바로 초능력, 초감각적 인지작용, 텔레파시, 최면과 같은 두뇌와 관련된 뇌신경과학 분야의 용어들이다.

『학생과학』 창간호1965.11부터 연재된 첫 과학소설 「크로마뇽인의 비밀을 밝혀라」에서부터 최면술이라든가, 전자 두뇌電子頭腦, 공간정空間艇 등과 같은 최첨단 과학용어들이 대거 등장한다. 미지의 우주인에게 납치되어 가는 김윤삼과 홍식은 모습을 드러내지 않고도 특수 장치를 통하여 말을 걸어오는 크로마뇽인에게 "당신은 생물이오? 전자두뇌와 같은 기계요?" 하고 묻는다. 『학생과학』 1966년 3월호에는 O.E.해밀턴의 과학중편 「육체환원기」가 실리는데, 머릿속의 지식을 끄집어내는 '두뇌수색기'라는 용어가 등장한다.

두뇌수색기頭腦搜索機. 즉 머리 속의 지식을 싫건 좋건 간에 끄집어내는 기계요. 다만 나는 그다지 쓰고 싶지가 않소. 이 기계에 질리면 십중 팔구는 바보가 돼

버린단 말씀이야.

— 「육체환원기」, 『학생과학』, 1966. 3, 54면

그 때, 괴한들에게 자기도 모르게 주사를 맞고 텔레파시精神感應力 해석解釋을 당한 것 같아요. 저는 병원에 있었으니까 신경과에서 텔레파시 해석을 하는 것을 자주 목격했어요. 텔레파시에 걸리면 머리 속에 생각하고 있는 기억의 곡절이 자동적으로 전기 회로에 의해 기록되거든요. 성하룡 씨의 식물 자력선 연구에 관한 대뇌의 기억이 텔레파시로 말미암아 그 사람들에게 누설되지나 않았을까? 저는 공연히 그런 생각이 들어요.

— 서광운, 『관제탑을 폭파하라』, 99~100면

윈스턴 처칠의 2차 대전 회고록이니, 무슨 미신 책과 같은 텔레파시니, 독심술이니, 황순원의 카인의 후예니……

— 김학수, 「우주 조난」, 『텔레파시의 비밀』, 아이디어회관, 1978, 178면

텔레파시는 '초능력' 혹은 '괴력'으로 인식되었는데, 대중 잡지에서도 텔레파시초능력를 사용하는 인간을 다룬 소재를 볼 수 있다. 텔레파시가 과학소설의 소재로 차용된 것은 일본 과학소설의 영향을 무시할 수 없다. 일본 과학소설의 아버지라고 불리는 후쿠시마 마사미의 『악마 나라에서 온 소녀』에서 홍구는 눈 깜짝할 사이에 공간을 이동하는 텔레포테이션정신감응이동이라든가 마음먹은 대로 떨어져 있는 물체를 조종하는, 이를테면 인형이나 자동차, 사람 등을 마음대로 들어 올리거나 내려놓거나 하는 등의 염동력정신동력, 혹은 사람의 마음을 미리 알아차리고 조종할 수 있는 초능력

을 가진 소녀이다. 이 능력을 '텔레파시'라고 명명하고 있다. 우주과학 시대가 열리고 첨단기술로 선진국의 대열에 서고자 했던 1960~70년대 국내뿐만 아니라 일본에서도 '텔레파시'는 무시무시한 괴력으로 인식되었다. 그것은 텔레파시로 인한 인간이 탄생할 경우, 현 인류가 멸종할지도 모른다는 근원적인 공포에서 비롯된다. 자신의 의지대로 움직일 수 없거나 초능력자에 의해 조종당하거나 하여 뇌정신를 지배해버린다는 공포가 컸을 것이다. 이러한 텔레파시초능력에 대한 공포는 노이로제 치료로 들어온 서양의 정신의학서양과학에 대해서도 반감을 갖게 한다.

1960~70년대 정부 차원에서 적극적으로 '과학' 교육을 장려하고 진보 이데올로기를 내세웠지만, 국내에서 수용된 과학은 산업화를 위한 '기술적인' 것이었다. 정신과학이라든가 신경과학 같은 기술적인 부분이 아닌 인간의 정신사고을 다루는 부분에 있어서는 서양의학보다 동양의 한의학이 우세하다고 믿었던 것으로 판단된다. 따라서 정신이상자에게 허약해서 귀신이 들린 것이라 하여 기를 보해주는 한약이 아니라 뇌구조를 파헤쳐서 과학적으로 접근하여 원인을 분석하는 '정신의학'은 마치 뇌를 조종당하는 것 같은, 최면에 걸려 나의 모든 정보를 빼내는 것 같은 반감을 불러일으켰을 것으로 사료된다. 당시의 정신의학과 의사들이 환자를 조종하거나 억압한다고 느낀 것은 그들이 자신에게 최면을 걸어 주술을 부리는 악마와 동일시되었기 때문이다. 국내에서 텔레파시, 최면, 노이로제 치료는 과학적으로 증명이 안 된 '미신' 혹은 다른 사람의 마음을 읽는 '독심술'로 인식되었다. 그러면서도 방사능에 오염된 환자의 회복에서도 의지와 신념에 기댄다거나 뇌파 증폭기를 노리는 사사키와의 전쟁에서도 기적을 바라기도 한다. 또한 감정 분열이 일어나면 감정이 이성을 누르고

지배하게 될 것이라고 하며 '우주 사회에서는 감정적이어선 안 된다'「텔레파시의 비밀」라고 선언한다. 동양의 한의학을 내세우다가도 서양의 과학이 발달한 배경에는 감정이 아닌 '이성'이 있었음을 인정함으로써 우리의 오래된 콤플렉스를 드러내기도 한다. 1960~70년대 과학소설은 서양의 신경의학과 동양의 한의학, 서양의 이성과 우리의 감정의지, 과학과 미신 사이에서 끊임없이 갈등하고 충돌하는 과정을 보여준다.

2) 기술로서의 과학 — 과학소설의 직업 세분화와 중등 실업교육

『학생과학』이 창간된 1965년에 한국은 우주시대로 발돋움하기 위해 과학교육이 강조되고 과학교육진흥법안이 검토되고 있는 시점이었다.[16] 1957년 스푸트니크 사건 충격으로 미국이 과학교육진흥으로 소련과학계에 대비할 과학자를 양성하는데 연방정부의 원조를 강렬히 요구하며 혈안이 되어 있는 동안, 국내는 말로는 우주과학시대의 과학교육을 강조한다고 하지만 사실상 '실업교육'이나 '기술교육'에 주력하고 있었다. 1966년 5월 『학생과학』에는 과학세계사에서 발행한 전상운의 『한국과학기술사』의 광고가 크게 실려 있다.63면 흥미로운 것은 『한국과학기술사』라는 책제목이다. 과학발달사라든가 과학의 역사가 아니라, '과학기술사'라는 책 제목은 '기술'로서의 과학을 강조하고 있는 당대의 국내 과학의 수용 인식을 대변하는 것이라 볼 수 있다. 1963년부터 시행된 2차 교육과정에는 교육 목표가 교과 중심의 교육에서 경험 위주의 교육으로 전환된다. 제2차 교육과정 심의위원은 인격, 체육, 실업, 기술을 중시하는 교육으로 전환하

---

16 「科學(과학)교육, 宇宙時代(우주시대)에의 발돋움」, 『경향신문』, 1965.4.9, 3면.

는 데 중점을 두었다. 이에 따라 실업교육, 직업교육, 기술교육이 강조된다.[17] 기술교육의 강조는 실업고등학교와 공업고등학교의 발달을 가져왔고, 그것은 이공계에서 다양한 전공의 세분화 양상을 초래하게 되었다. 『한국과학기술사』의 목차에 기술된 장들을 살펴보면, 천문학, 기상학, 물리학과 물리 기술, 화학과 응용 화학, 지리학과 지도로 나뉘어 있다.[18]

1960~70년대 국내 창작 과학소설의 대표적인 특징은 각 인물의 전공과목과 그에 따른 직업군이 소개된다는 것이다. 서광운을 비롯한『SF 세계명작』의 과학소설에는 마치 대학의 이공계 학과와 전공을 홍보라도 하듯, 다양하게 배치하고 있다. 특히 서광운의 과학소설은 대학의 학과와 전공을 하나하나 진단하듯 소개하고 있다. 『북극성의 증언』에서는 식량개량 연구에 몰두하는 '농학'을, 『관제탑을 폭파하라』에서는 태풍의 진로를 파악할 수 있는 '기상학'을, 『4차원의 전쟁』에서는 외뿔 우주인이 어떻게 진화했는가 하는 '인류학'을, 『우주함대의 최후』에서도 우주인과 어떻게 소통하고 살아갈 것인가 하는 '우주 사회학'을 기본적인 바탕 소재로 깔아 놓고 있다. 여기에서 그치지 않고, 서사 전개 곳곳에서 하나의 임무와 연구를 완수하기 위해서 여러 분야의 전공자들이 협력하고 '통합'하는 모

---

17 「中高等學校教育(중고등학교교육)에 대한 몇 가지 提議(제의)」, 『동아일보』, 1962.1.22, 1면; 『경향신문』, 1962.10.2, 3면. "본사는 이번 문교부 주최 전국 공업고등학교 실업교사 재교육 강습회에서 3개월 동안 기름바지를 입고 교육을 받았던 교사들과 함께『실업교육진흥』을 위한 좌담회를 열었다"는 기사가 실려 있다. 1960년대 2차 교육과정에서 실업, 기술, 직업 교육의 강조는 정부의 산업진흥사업과 함께 기술자 양성에 목적을 둔 정책과 함께하고 있음을 알 수 있다.

18 기상학과 지리학이 과학 분야의 세분화 과정에서 눈에 띈다. 기상학은 1960~70년대 과학기술의 발달로 실질적인 문제 해결의 과제로 떠오른 분야였고(바로 앞 절에서 기상 관련 기사와 과학소설 소재로써 활용된 예들을 참고할 것), 지리학은 과학기술의 발달이 개척의 역사임을 말해주고 있다.

습을 강조한다. 지금 시대가 요구하는 융복합을 이미 1970년대에 예측한 것이다.

『우주 함대의 최후』에서 우주함대에 탑승한 자들은 전자공학, 생물학, 지질학, 천문학, 화학, 농학, 심리학, 의학에 이르기까지 갖가지 전공을 갖추고 있다. 또한 작품 곳곳에 이들이 전공을 활용하여 실생활에 적용하는 내용이 전개된다. 가령, 전자물리학을 전공한 이상호는 행성들의 위치를 재어 비행 궤도를 수정하는 역할을 맡고 있으며, 생물학을 전공한 황영숙은 목성에서 발견한 자력선 박테리아의 존재를 발견한다. 언급할 필요가 없는 부분에서도 전공이 수식어로 과장되어 따라다니고 있는 경우를 볼 수 있다. "역사학을 전공한 신온철은 우비구니의 모습을 하염없이 바라보는 나날이 계속되었다"라든가, 흙을 만져 보고 "생물학을 전공한 황영숙 양이 상기된 얼굴로 기쁜 듯이 외쳤다", "지질학을 전공한 까닭에 지하의 비밀을 일반에게 알리려 하지 않는 통치자들의 심정엔 밝았던 것이다" 등 별 연관이 없는 것에도 꼭 전공을 붙여서 이름을 언급한다. 이외에도 수학을 전공한 이광호, 천문학을 전공한 문창수 등 이름 앞에 늘 전공이 수식어처럼 붙어있는 것을 볼 수 있다.

『우주 함대의 최후』에서 가장 인상 깊은 장면 중 하나는 RS6호 별노고지리별에 떨어진 우주 함대 대원들이 개미 모양의 세미족에게 붙잡혀서 지구 도시를 건설하도록 명령받은 것이다. 지구 도시를 건설하는 데 있어 과학이 아닌 예술의 필요성이 대두되며, 과학과 예술의 교류를 제안하고 있다. 아버지가 문화재 관리위원인 황영숙이 고미술을 접할 기회가 많았다고 하며 내부 장식과 조각을 설계하기 시작하자, "역시 어릴 적부터 보아 두어야 될 것들은 보아두어야겠어. 황영숙 대원이 은하계에서 엉뚱한 실력을 발휘할 줄 누가 상상이라도 했겠어. 과학과 예술이 서로 담을 쌓고 있는 듯한 인상을 주는 지구의 문명이 역시 낮은 것 같아"[19]117면라고 다른 대원이 발언한다. 석굴암이 아무리 뛰어나다고 하더라도 엉뚱한 과학자들이 뛰어난 예술가의 솜씨를 따라갈 수 있겠냐고 자문하는 것과 그것만은 로봇이 할 수 없는 부분이라고 단언하는 대원들의 태도에서 과학이 아무리 발전된다고 하더라도 예술의 영역은 남아 있음을 역설하고 있다.

인구가 증가함에 따라 무엇을 먹고 어떻게 살아야 하는가 고민이 늘어나는 시기에 과학소설에서 대학의 전공이나 학과를 빈번하게 가져오는 것은 학생들에게 미래 어떤 꿈을 가져야 하는지, 어떤 전공을 택해야 하는지, 어떤 직업을 가져야 하는지를 모색하도록 한다. 더불어 우주로 향하는 미래의 꿈은 어떤 한 전공자의 힘으로 되는 것이 아니라 각각 자신의 전공 분야에서 충실히 임무를 완수할 때 달성될 수 있음을 말해주고 있다. 마치 3차 산업사회의 분업화를 말해주고 있는 인상을 심어 준다. 과학소설에서 각 분야의 융합을 강조하는 것은 국민 계몽의 역할을 하였을 것으로 보인다.

『학생과학』과학소설에서 대학의 학과와 전공의 강조는 실업고등학교와 공업고등학교의 발달로 인한 전공 세분화와 관련이 깊은 것으로 보인다. 직업과 직접 연결되는 실업과 기술교육의 강조와 공업고등학교의 발달은 『학생과학』에서 잘 드러난다. 『학생과학』 1966년 12월호138~139면에는 '생산교육을 장려하는' 조선대학교 병설 공업 전문학교의 과학반이 소개된다. 전파를 이용한 전기과, 동력을 자랑하는 기계과, 생산을 자랑하는 공업화학과, 풍부한 표품을 가진 광산과, 전국 전문학교에서 단 하나인 야

---

19 서광운, 『우주함대의 최후』(SF 세계명작 51), 아이디어회관, 1978.

금과, 특수한 미술연구실을 가진 건축과 등으로 상세하고 세분화된 전공은 과학소설에서 다양한 직업 전공 분야와 겹쳐진다. 1967년 6월호에도 효명 실업 중·고교 과학반이 소개되고 있으며, 더불어 기계제도공, 편물공, 선반공, 주조공 등의 전국 기능 경기대회 개최 소식도 함께 전하고 있다. 『학생과학』은 계속해서 각호의 마지막 부분에 각 학교의 과학반을 자랑하거나 소개하는 코너를 마련하고 있었다. 이때 학교는 일반 고등학교가 아니라 공업고등학교나 실업고등학교인 것이 특징적이다. '기술'을 통한 실질적인 직업 선택을 장려하는 것이 중·고등학교 과학교육의 실질 목적이었던 셈이다. 과학교육은 청소년들에게 이상으로서가 아니라 실질적이고 현실적인 문제해결의 역할을 담당했던 것으로 보인다. 우주과학 시대라고 불리지만 국내의 중고등학생들에게 우주과학은 먼 나라 이야기였을 뿐이고 실질적으로 과학교육은 실업교육, 기술교육, 그에 따른 직업교육에 초점이 맞추어져 있었음을 알 수 있다.

과학소설에서 대학의 학과, 전공뿐만 아니라, 빔프로젝터나 마이크로필름 같은 당시 대학 강의에서 새롭게 도입된 기술을 과학용어로 들여옴으로써, 청소년의 미래 직업이나 진로 선택 등에 영향을 미치도록 유도하고 있다. 『학생과학』에서 종종 광고하고 있는 라디오 기술자 양성 과정이라든가 기능대회, 실업교육 강조는 국내에서 과학이 어떻게 인식되고 있었는지를 보여주는 사례이다. 우리에게 실현 불가능하고 먼 우주과학보다 『학생과학』에서 실질적으로 강조하고 있는 과학은 생활로서의 과학, 사회에 나가서 직업을 갖고 살아갈 수 있는 (기계, 전자) 기술과 관련된 분야이다. 더불어 바람직한 미래 청소년 상을 통해 불량 학생을 선도하여 미래과학 인재를 양성하고 선진국으로 발돋움하고자 하는 이데올로기적 표상이 담겨 있다.

3) 현실성을 내세운 과학소설의 소재 – 기상변화와 식량문제

공상의 세계 대신 『학생과학』에서 과학의 발달로 해결할 수 있는 현실적인 문제로 내세우는 것은 기상변화와 인구증가로 인한 식량문제이다.[20] 「기근에 대비한 새로운 식품들」1967.4에서 식량품종의 개발을 다루는가 하면, 「세계인구와 식량문제」1969.4에서는 인구증가에 따라 심각한 기아문제가 발생할 것이라는 맬서스의 예언을 언급한다. "하루에 콩알만 한 환약한 개만 먹고 사는 시대가 올 것이다라는 둥 한 달에 주사 한 번 맞고 사는 시대가 앞으로 올 것이다라는 따위의 공상은 현재로선 아득한 이야기라고밖에 말할 수 없다."1969.4, 61면 1960~70년대 『학생과학』은 우주과학소설에서 자주 등장하는 알약 하나로 사는 이미지를 공상으로 치부하며, 그것보다 더 실제적인 차원에서 식량문제를 고민하고자 한다. 『학생과학』 과학소설은 새로운 식량품종을 개발하거나 기상변화에 대처할 현실적인 가설IF을 제시한다.

「북극성의 증언」1965.12부터 연재은 996밀리바 태풍 15호가 몰려오는 날, 태풍 경보가 발동하는 '기상특보'로 시작한다. 서광운은 다른 과학소설보다 유난히 '농학', 즉 '식물개량'과 같은 인류의 개량 식량에 관심이 많았다. 인구증가에 따른 우주의 식물개량 연구가 『북극성의 증언』에서 우주개발의 목표였다. 우장춘의 '씨 없는 수박'에 대한 언급은 당시 국내의 과학소설에서 쉽게 찾아볼 수 없다.[21] '자력 혁명! 자력선 연구소에서 무한

---

20 김수권, 「기상과 천기도」, 『학생과학』, 1966.9, 78~86면.

21 서광운과 우장춘이 친분이 있었다는 근거 자료는 확보하지 못했지만, 『이 땅의 사람들』 2권 (뿌리깊은 나무, 1980)에 「한국일보 과학부장이 쓴 우장춘」이라는 글을 보면, 남다른 인연이 있었음을 짐작케 한다. 우장춘의 아버지 우범선은 명성왕후 시해사건에 가담해 일본으로 도망해서 일본인 여자와 결혼했다. 그러나 서광운의 글은 우범선이 마치 암살 사건에 휘말려 억울하게 자객 고영근에게 암살당한 것처럼 기술되어 있다. 서광운은 「해류 시그마의 비밀」에

동력을 발견! 과일의 다면체 재배도 대성공!'에서 드러나듯, 『북극성의 증언』은 식물의 자력을 이용한 식량 품종의 개발이 주요 소재이다.

원예부로선 토마토 재배를 위해 자석을 뿌리에 함께 심어 줌으로써 재래종보다 5배의 다수확을 올렸고 수박은 과일이 익기 시작한 일정한 기간 자력선을 보강함으로써 일 년 내내 맛이 변하지 않는 특수 품종을 개량해 냈습니다. 당부가 결론을 얻으려는 것은 일년생 식물을 그 특징을 변경함이 없이 다년생 식물로 성전환을 시키려는데 있습니다. 뿐만 아니라, 사과나 귤의 경우도 재래식 방법은 종이로 과일을 싸서 보호하는 방식인데, 이를 지양하여 100분의 1밀리의 플라스틱 막을 과일 표면에 액체로서 살포하면 자력선과의 균형하에서 반드시 구형이 아닌 4면체 또는 3면체 등의 이른바 임의의 다면체 재배에 착수했습니다.

—서광운, 『북극성의 증언』, 아이디어회관, 1978, 7~8면

"만일 자력선에 의해서 식물이 생장이 5배 늘어날 수 있다면, 그 나무의 잎사귀의 세포들은 그만큼 빛의 합성 작용을 활발히 해야될 겁니다. 우리는 자력선 연구소의 잎의 세포 구조를 분석해서 염색체를 분류해야겠습니다. 국립 연구소의 권위와 전통을 위해서 여러분의 분발을 기대하겠습니다……"

계획에 따라서 10여 년 전에 미국이 월남의 게릴라전 때 사용한 적이 있는 '호지돌'과 인P 화합물을 선정된 잎에 붙여 놓았다. 이 약은 낙엽제 또는 **고초제**로 알려진 것이다. 화학반은 그럼으로써 수분이 없어질 때의 인 형질의 상태를 우선 파악해 보는 것이었다.

서도 우장춘의 식량 개량을 언급하며, 생선 양식의 계획을 세우는 것을 소재로 등장시킨다.

그들은 또한 수박의 염색체가 2배체와 4배체를 교배시켜서 씨 없는 수박과 똑같은 특징을 가지고 있음을 발견하고 1주일 동안에 상당한 결론을 얻을 수 있었다.[22]

— 서광운, 『북극성의 증언』, 아이디어회관, 1978, 17면

서광운의 과학소설 『4차원의 전쟁』은 바닷물의 수위가 높아지는 것에 대한 불길한 의혹으로 시작한다. 독자는 이후의 서사가 왜 해수면의 수위가 높아지는지에 대한 원인을 밝히는 것으로 전개될 것이라 예상한다. 두 번째 장의 소제목이 '빙하 시대가 오는가?'로 되어 있어 북극의 얼음이 녹아서 해수면의 수위가 높아지고 그 전에 혹독한 빙하 시대가 올 것이라는 내용을 추측한다. 여러 논쟁 끝에 서광운은 해수면의 수위가 높아지는 원인에 대해 전혀 다른 추측을 내어놓는다. 북극이나 남극의 얼음이 녹아서가 아니라 우주인이 지구에 광선을 쏘아 대고 있어서라는 가설을 설정하고 이후의 서사 전개는 해수면의 수위 상승 원인과는 전혀 무관한 지구에 내습한 외뿔 우주인의 정체에 관한 것으로 전환된다. '세계의 바닷물은 나날이 불어가고 게다가 정체불명의 우주인이 금성을 점령했다'18면는 악몽은 곧 바닷물이 불어나는 원인이 지금까지 벌인 여러 학설이나 논쟁과는 무관하게 우주인 때문이라고 급선회하게 한다. 서광운은 터무니없는 이질적인 줄거리 결합으로 독자로부터 황당함을 자아낸다. 그러나 그런 황당함 속에는 과학의 여러 학설은 기본적으로 '가설'이고 이에 '논쟁'을 거쳐서 해결책이나 실마리를 찾아간다는 과정을 제시하는 것을 보여준다

---

22 서광운, 『북극성의 증언』(SF 세계명작 한국편 60), 아이디어회관, 1978(1965~1966년 『학생과학』 연재).

는 면에서 의미가 있다.

『북극성의 증언』은 도입부에 태풍으로부터 식물 자력선 연구 아이디어를 얻은 것을 시작으로 하여, 본격적인 식물 자력선 연구를 설명한다. 그러다가 갑자기 '이상한 광채'를 발견하고 당시에 유행어처럼 떠돌던 UFO 비행접시의 환상인가 하는 의문을 던져 놓는다. "저 유지 같은 이상야릇한 괴물체", "혹 폭발물이 아닌가"[23] 하는 의문으로 이어지다가 말미잘처럼 촉수를 가진 괴물로 묘사되다 우주 생물로 결론이 난다. 우주 생물에 대한 당대 반응은 "저 놈이 느티나무의 **생기를 빨아먹는** 것으로 보아", "마치 말미잘이 **둔갑한** 것 같구나" 등으로 생기를 빨아먹고 둔갑하는 묘술을 쓰는 전설의 구미호를 대하는 듯하다. 이러한 반응은 낯선 과학이 처음 도입될 때 악마라 하여 경계하고 금기시하는 것을 보여 준다.

그러나 이에 대한 대처방안은 황당하다. 금강여대 3학년인 한수 누이동생은 "소금을 뿌려보면 어때요? 보통 생선을 절일 때처럼 소금으로 처리해 보면 기적이 일어날 것 같아"라고 하자, 이 황당한 의견을 묵살하지 않고 "만일 저 괴물의 몸 속에 소립자만으로 되어 있는 물질이 있다면 소금 속의 나트륨 핵이 반응하여 당장에 폭발할 염려도 없지 않"다며 전자파 송수신이 거론되다 수소파가 적당하다고 의견을 모은다. 서광운의 과학소설에는 이처럼 어떤 사안이 벌어졌을 때, 여러 가설을 세우고 그 가설을 설득하는 논쟁 과정이 포함된다. '과학 논쟁'이야말로 서광운 SF의 핵심이다. 그래서 엉뚱하고 황당한 아이디어라도 받아들여지거나 채택되는

---

23 이상한 물체를 폭발물이나 지뢰로 의심하는 것은 전쟁을 겪은 후유증으로 다른 과학소설에서도 종종 엿볼 수 있다. 가령, 한낙원의 「별들 최후의 날」(『한낙원 과학소설선집』, 현대문학, 2013)에서도 이상한 물체가 발견되었을 때, 두 아이들은 처음에 지뢰인가 하고 의심한다.

과정을 보여주고 있다. 그의 소설에서 원인을 규명하는 작업이 때로 황당하고 엉뚱한 서사로 전개되기도 하는 것은 바로 여러 가설 중에서 한 안을 임의로무작위로 채택했기 때문이다. 『북극성의 증언』은 우주 생물과의 통신을 시도하기 위한 수소 센티 파장이 거론된다.[24] 수소 센티 파장과 같은 용어는 당시 실제 과학기사에서 접할 수 있는 내용이다. 이처럼 서광운은 과학소설이 공상으로 흐르는 것을 막기 위해 과학 논쟁을 벌이거나 실제 과학기사의 내용을 근거로 드는 것을 볼 수 있다. 서광운의 「우주함대의 최후」가 연재되는 가운데 독자로부터 온 편지 중에는 과학소설이 너무 공상적으로 흐르면 재미있게 읽다가도 막상 끝나면 매우 허무한 것을 느낀다[25]는 의견도 있다. 『학생과학』 독자들 역시 과학소설을 대할 때 '공상적'이거나 '허무한' 것보다는 지적이거나 계몽적인 것을 추구하는 경향이 있었음을 알 수 있다.

---

24 프랭크 드레이크 박사가 고안한 SETI(외계문명탐사 계획)는 먼 우주에서 오는 전파신호를 추적하여 외계의 지적 생명체를 찾으려는 프로젝트이다. 멀리 떨어진 외계인과의 통신 역시 '텔레파시'의 일종이다. 외계의 지적 생명체가 있으리라고 가정하는 것은 말 그대로 '가설'이고 '공상'이지만, 있을 수도 있다는 일말의 기대 때문에 현재까지도 진행형인 프로젝트이다. 이 드레이크가 고안한 프로젝트는 '과학'은 '공상'과 배치되는 것이 아니라 동전의 양면처럼 붙어 다닌다는 것을 보여준다. 가설을 제안하고 그것을 증명하는 과정, 논쟁을 벌이는 과정 자체가 과학이 답이 다 정해져 있는 것이 아니라 불확실한 미지의 세계라는 것을 반영한다고 볼 수 있다. 그러나 서광운은 가설에 초점을 맞추다가도 공상을 거부하는 듯한 애매모호한 자세를 취하고 있어 독자에게 과연 과학소설의 핵심은 무엇인가 하고 혼란을 준다. 과학소설이란 무엇인가, 혹은 한국 과학소설의 정체성은 무엇인가를 규명하고자 할 때, 서광운의 답변은 무엇일지가 궁금하다.
25 중동고등학교 1학년 박경로, 「과학소설을 읽고 나서-독자로부터 온 편지」, 『학생과학』, 1969.1, 161면. 「우주함대의 최후」 1회가 끝나는 지면에 과학소설 독자편지를 싣고 있다. 독자편지를 보면, 중동고등학교 1학년, 경기여자고등학교 1학년 등 『학생과학』 과학소설의 독자가 고등학생이었음을 알 수 있다. 청소년 잡지를 표방한 『학원』이 중학생이 주요 독자였던 것과 비교하면, 『학생과학』의 연령층이 더 높았음을 알 수 있다.

『학생과학』에 연재된 서광운의 과학소설 / 소장 국립중앙도서관

3. 과학소설 장르의 발달과 우주시대와의 괴리

『학원』과 같은 매체에서 공상과학소설, 과학소설, SF, 모험과학소설, 과학모험소설 등 용어를 하나로 통일하지 못하고 있는 가운데, 『학생과학』은 창간호부터 줄곧 '과학소설'이란 용어를 사용하는 것을 볼 수 있다. 대신 우주과학소설, 해양과학소설 등 세부 장르의 발달이 눈에 보인다. 우주과학시대라고 지칭되는 만큼 우주과학소설이 가장 많이 실려 있으며, 동시기 『학원』과 같은 매체에서는 잘 볼 수 없는, 서광운의 「해류 시그마의 비밀」을 비롯하여, 오민영의 「바다 밑 대륙을 찾아서」, 「지저인 오리거」 등 해양과학소설이 연재되고 있다는 점이 주목된다. 그리고 『학원』에서도 종종 볼 수 있었던 스파이소설의 양상이 과학소설이란 표제를 달고 실려 있음을 알 수 있다. 우주시대라고 일컬어지고 대부분의 국내 과학소설 작가들이 우주과학소설을 썼던 시대에 『학생과학』의 세부 장르의 발달은 국내 과학소설의 인식이 어떠했었는지를 들여다볼 수 있게 해 준다.

1) 전쟁소설이 되어 버린 우주과학소설

『학생과학』에는 우주시대라는 타이틀에 걸맞게 미소의 우주경쟁으로 인한 우주과학 기사가 가장 많은 지면을 차지하고 있다.[26] 「드디어 달에 사뿐히 내려앉은 미국의 서베이어 1호」1966.7, 「달 탐험을 실현해 줄 아폴로 계획」1967.5, 표지설명, 「아폴로 우주선은 달 정복 후 어떻게 지구로 돌아오나」1969.1, 미국의 아폴로호가 달에 착륙하기도 전부터 아폴로 계획에 관한

---

26 조계숙, 「국가이데올로기와 SF, 한국 청소년 과학소설―『학생과학』지 수록작을 중심으로」, 『대중서사연구』, 2014.12.30, 415~442면 참조. 특히 425~426면 참조.

기사를 실으면서 소련은 아직 못하고 있는 랑데부와의 결합을 미국은 이미 완수한 상태라는 것을 강조하는가 하면, 소련이 루나 5호 이래 네 번이나 실패를 한 후 루나 9호로 간신히 달 착륙에 성공한 데 비해 미국은 서베이어 1호로 첫 번째에 보기 좋게 성공했다는 점을 내세우기도 한다. 반면에 「소련의 유인 우주비행은 가짜다」1966.10, 28~36면라며 소련의 루나 9호의 달 착륙이 연극이라는 로이드 맬런의 글을 9면이나 할애하여 대대적으로 싣는다. 미국 아폴로호의 달 착륙을 계속해서 강조하면서 우주경쟁에서 미국을 우승국으로 만들고자 하는 의도가 배어 있음을 알 수 있다.

그렇다면 우주경쟁에서 한국은 어떤 위치에 있었던 것일까. 한국은 사실 우주시대라는 말이 무색할 정도로 우주 진출이 실현 불가능한 것으로 인식되었다. 우주로 나아가는 장면이나 우주선을 타는 장면에서 자신 있게 한국인을 선두로 내세우지 않고 늘 미국과 함께 탑승하지 않으면 과학소설의 '현실성'이 떨어진다고 의식하고 있었던 것으로 보인다. 오민영의 「화성호는 어디로」『학생과학』, 1967.6~1968.4와 같은 우주과학소설에서 한국은 미국이 주도하는 우주비행선의 탑승 일원으로 등장할 뿐이다. 우리가 주도권을 갖지 않고 한 일원으로 참가할 뿐인 우주과학은 국내에서는 거의 불가능한 '공상'의 세계로 인식되었다. 그래서 종종 '공상'과학소설은 '우주'를 배경으로 하는 소설과 동일시되기도 했다. "과학적인 공상을 그리는 SF, 즉 공상과학소설에서는 여러 작가가 지구를 공격해 온 우주 생물 애기를 쓰고 있"다거나, "우주를 무대로 하는 갖가지 공상과학소설은 지구 이외의 혹성이나 우주 공간에서 벌어지는 모험이 그려져 있"다는 등[27]

---

[27] 인용문은 각각 전자는 『심해의 우주괴물』(아이디어회관, 1975), 후자는 『방황하는 도시 우주선』(진영출판사, 1981)에 대한 작품 해설에서 가져온 것이다.

으로 과학전집의 해설에서 공상과학소설이란 용어를 가져온다. 우주 배경의 과학소설은 스페이스 오페라우주대활극라고 불리며 미국의 싸구려 잡지에 연재되었기 때문에 과학소설 내에서도 무시되는 경향이 있었다. 따라서 공상과학소설이라고 할 때 보통 우주과학소설을 지칭하며 더불어 실현 불가능하고 터무니없는 공상의 세계를 그리는 허무맹랑한 이야기로 인식되었다. SF 작가 클럽의 회원들은 '공상'과학소설이라고 인식되는 우주 배경의 과학소설에서 '현실성'을 부여하는 방법으로 실제 '베트남전'을 상기시키는 전쟁터를 활용한다. '베트남전'은『학생과학』에서 자주 보이는 기사이다.

서광운의『우주함대의 최후』에서의 서로 다른 종족 간의 전쟁과 지하도시 건설은 국내 창작 우주과학소설에서 종종 등장하는 모티프이다. 전쟁과 지하도시는 마치 국내 우주과학소설의 구조인 것처럼 반복적으로 설정되어 있다. 우주를 제국주의 시대의 땅따먹기처럼 개척해야 할 땅으로 인식했기 때문에,[28] 우주라는 공간은 미래과학의 영역이 아니라 또 다른 전쟁터에 불과했다. 보통 우주라고 하면 당시 인류의 역사상 아직 정복되지 않은 미지의 세계에 속한다. 따라서 우주과학소설은 미지의 세계인 우주 공간을 얼마나 매혹적으로 표현할 것인가에 심혈을 기울이는 데 반해, 국내 창작 우주과학소설의 우주 공간은 지하 벙커를 연상케 한다. 다이너마이트가 터지고, 탱크와 지프차가 다니고, 굴을 파서 지하기지를 형성하는 설정은 우주과학소설이 아니라 6 · 25나 베트남을 소재로 한 전쟁소설

---

28 달에 착륙한 미국 아폴로 우주선이 열악한 환경에도 불구하고 성조기를 다는 것이 그렇게나 중요했던 것은 콜럼버스가 신대륙을 발견했던 것처럼 우주도 정복해야 할 땅이었기 때문이다.

이라는 인상을 준다. 엉뚱하고 이질적인 원인으로 황당함을 자아내던 SF 작가 클럽의 상상력과 아이디어는 '우주'로 넘어가면 언제 그랬었냐는 듯이 증발해 버린다. 우주인과의 전쟁 장면도 마치 6·25를 연상시키는 듯한 폭탄, 지뢰, 땅굴기지와 같은 용어들뿐만 아니라 육탄전이나 탱크(그림에서 탱크로 보이는)까지 등장할 때는 그야말로 익숙한 육지 전쟁의 한 장면과 마주한다.

> 벼랑 꼭대기에 무사히 도착한다. 나와 스파이크 씨는 차 뒤에서 다이너마이트를 꺼내어 급히 오던 길로 도로 달려 내려간다. 적은 이제 벼랑길로 접어드는 참이다. 우리는 녹슨 울타리 쇠 하나를 빼버리고 폭약 2개를 묻었다. 이 정도면 지름 2미터쯤의 함정을 만들기에는 충분하리라.
>
> (…중략…)
>
> 이 때, 천지를 뒤흔드는 폭음이 들려온다. 뒤이어, 폭파 찌꺼기가 비처럼 쏟아져서 지프차의 본넷을 두드린다. 다시 조용해진다. 우리는 벼랑 꼭대기로 다시 올라갔다. 길 가운데 커다란 웅덩이가 입을 벌리고 있다. 탱크라도 통과하지 못할 장애물이 생긴 것이다. 멀리 벼랑 중간쯤에 장갑차가 정지해 있고 사람들이 웅성거린다. 그들 중에는 팔짱을 끼고 올려다보고 있는 사사키도 알아볼 수 있다.
>
> ─김학수, 『텔레파시의 비밀』(SF 세계명작 한국편 54), 아이디어회관, 1978, 135~136면

"터널에 **흙 포대**만 쌓아 놓으면 그만이겠오?"137면, "핵융합 총처럼 보이는 길다란 **대포**를 **장갑차**에 장비하고 시내를 향해 천천히 들어온다"155면, "사사키가 탄 장갑차의 뚜껑이 열리면서 사사키가 뛰어 나온다. 손에는 번쩍이는 긴 일본도가 들려 있다"159면 등과 같이 특히 전투 장면은 그동안

의 전쟁 영화나 전쟁 소설에서 보아왔던 것과 익숙하다. 지프차가 등장하고, 새떼로 차 주위를 둘러싸서 운전사 앞을 가리는 등 첨단 과학기술이 아니라 전략을 세우고 적을 공격하고 포위하고 방어하는 전쟁을 연상시킨다. "전쟁 중에, 아내의 다정한 미소를 등 뒤에 받으며 출근한 남편이, 저녁에 집에 돌아 왔을 때 아내도 집도 무참히 폭격에 날아간 어이없는 광경을 목격하고 있는 것처럼 선장은 압력계를 쳐다보고 있다"166면처럼 우주에서의 위기 상황도 전쟁에 비유하고 있다. 우리에게 우주는 실감나는 세계가 아니었고, 몸소 겪은 전쟁만큼 생생한 전율과 공포를 던져 주는 것은 없었다.

과학소설에서 첨단과학을 내세우다가도 유독 '우주'로 나아가야 할 단계에 이르러서는 이전보다 훨씬 더 원시적인 장면이 펼쳐진다. 추장, 무전기, 지프차, 다이너마이트, 땅굴과 같은 용어들의 사용 자체가 이전까지의 뇌파 증폭기, 텔레파시, 감마선 등과 같은 용어와 대립되며 마치 6 · 25전쟁이나 베트남전을 다시 보는듯한 인상을 심어 준다. 어른들의 세계에서 '우주=공상=비현실=실현 불가능'이라는 생각을 품고 있었던 것이 무의식적으로 반영되었다고 볼 수 있다. 어디까지나 현실적인 세계에 머물렀던 그들은 과학소설보다 '전쟁소설'이 훨씬 실감나고 외계인보다는 간첩을 경계하는 방첩소설이 더 긴장되고, 우주전쟁보다 베트남전이 더 생생했다고 볼 수 있다.[29] 실제로 월남전 관련 필자였던 최규섭은 『학생과학』

---

29 조규상, 「베트콩의 기괴한 무기들」, 『학생과학』, 1966.9, 30~33면; 박명기, 「원자력 잠수함」, 『학생과학』, 1966.9, 34~35면; 최규섭, 「잃어버린 수폭회수 작전」, 『학생과학』, 1966.9, 38~45면; 네빌 브라운, 「국지전쟁에 쓰이는 무기는?」, 『학생과학』, 1966.9, 70~77면에 이어 『학생과학』 1966년 11월호에는 「과학적으로 분석한 월남전쟁」이라는 특집하에 김재관의 「월남전의 현황과 그 장래」(30~33면), 편집부의 「월남의 산족의 생태」(34~37면), 조규상의 「월남전과 헬리콥터」(38~41면), 최규섭의 「월남전에 적합한 나르는 찝」(42~45면),

(좌) 전쟁에서 무기로 사용되었던 탱크가 『학생과학』의 공작(만들기) 코너에서 활용되거나 문구점이나 완구점에 파는 공작 교재로 홍보되곤 했다. (우) 어디라도 달리는 바퀴없는 차, 수륙양용차

1967년 5월호에 「달탐험에 등장할 차량들」66~70면이라는 글을 쓴다. 그는 1966년 월남전 특집에서 「월남전에 적합한 나르는 찝」을 실었다. 그가 월남전의 지프차를 달 탐험 차량과 접목시켰다는 것을 한눈에도 알 수 있다. 이런 국내 사정이 동반되어 1960년대와 1970년대 우주과학소설에서 마치 월남전을 보는 것처럼 달이나 화성에서 지프차가 등장하는 것이 전혀 낯설지 않다.

이광소의 「월남전에 활약하는 발명가·발명품」(46~49면)이 실려 있다. 1968년 1월호에는 *popular science*에서 발췌한 「월남전의 소총 M-16의 성능은?」(24~27면)이 실려 있다. 이처럼 월남전에 관한 기사는 『학생과학』에서 지속적으로 싣고 있어서 월남인의 생태, 월남전의 무기(총 및 화학무기), 월남전의 지프차, 벙커와 같은 것들을 접할 수 있어 육지전의 면모를 파악할 수 있다. 우주전쟁보다 육지전이 우리에게 훨씬 그리기가 수월하고 익숙했을 것이다.

2) 사라진 대륙의 전설과 해양과학소설

과학소설에서 미지의 영역은 우주 이외에도 인간이 내려가 보지 못한 바다 밑 세계가 있다.[30] 진영출판사에서 과학모험전집을 펴낼 때 추천사를 쓴 서광운은 SF의 종류로 무대를 우주로 설정한 작품과 미지의 세계인 바닷속으로 설정한 작품을 대표적인 예로 들었다.[31] 그만큼 과학소설에서 미지의 영역으로 우주와 바다는 양대 산맥이었다. 국내 창작 과학소설에서 우주보다는 해양을 배경으로 하는 과학소설은 '공상'보다 좀 더 '현실적인' 소재였다고 볼 수 있다. 하늘을 나는 비행선보다 바다 밑의 잠수정이 '간첩' 임무에 훨씬 와 닿았을 것이다. 단적으로 바다 밑 세계를 소재로 다룰 때는 미국의 잠수원과 함께하지 않는 것을 보면, 우리에게 바다 밑의 세계가 훨씬 현실적이었음을 말해준다. 바다 밑 세계를 다룬 과학소설은 '잠수정' 기술에 대한 호기심으로 집중되어 있다. 그만큼 몰래 적군 기지를 탐지하는 능력이 바다 밑 세계에서 중요했던 것이다. 이 시기 과학발달의 핵심은 적군의 군사적 기밀이나 무기의 탐지가 가장 일차적인 목적이었음을 자연스럽게 알 수 있는 부분이기도 하다. 그것은 과학의 발달이 국방력과 직결되는 것임을 말해준다. 우주과학보다 해양과학은 정부가 주도하는 실업계 고등학교의 양성과 실업교육의 일환과도 맞물려 있어『학생과학』독자들에게 현실감을 부여할 수 있었다.

1966년 7월호『학생과학』에 실린「신비의 베일을 벗기는 바다 밑 연구」에서는 우주와 바다를 정복해야 할 각기 다른 두 영역으로 대립시켜 놓고

---

30 편집부,「바다 밑의 광물자원」,『학생과학』, 1967.7, 30~33면. 1967년 7월호 화보란에도 「바다 밑 탐험」이 실려 있다.
31 진영출판사에서 1981년 옹달샘소년소녀SF문학전집을 펴낼 때 SF 작가 클럽 회장 서광운이 추천사를 썼다. 1권『방황하는 도시 우주선』에 실린 추천사 참고.

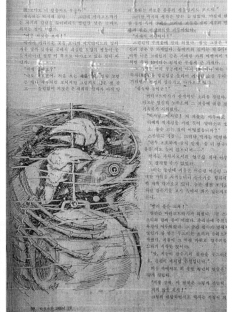

『학생과학』해양과학소설 / 소장 국립중앙도서관

있다. 1967년 1월호에도 「바다 깊이 숨어 버린 잠수함 탐색 작전」과 「가까워진 달나라 정복」을 나란히 게재함으로써 미국과 소련의 바다와 우주에서의 경쟁을 부각시킨다. 미국이 달나라에 도달하는 것이 마치 지상 최대의 과제인 것처럼 여기는 사람들이 있는가 하면, 스파이 영화 혹은 스파이 소설에서 자주 등장하는 '거대 잠수함'에 대한 환상을 가지고 미국 해군의 해저 탐험 능력을 발전시키는 것이 시급하다는 사람들도 있다.[32] 「신비의 베일을 벗기는 바다 밑 연구」라는 글은 바다 밑의 알려지지 않은 생물이라든가 환경 등에 관한 내용이 아니라 잠수정의 구조라든가 잠수부의 수중 호흡, 물속에서 휴대할 수 있는 고무천막, 잠수가 끝날 때마다 올라오지 않고도 계속 머물러서 일할 수 있는 해저 승강기 같은 잠수기술 위주로 기술되어 있다. 「바다 깊이 숨어 버린 잠수함 탐색 작전」에서는 바다에서 벌어지는 조용한 전쟁을 다루며, 감쪽같이 숨어 버린 소련의 잠수함을 추적하는 미국 해군의 과학적인 활동상을 보여준다. 이처럼 바다 밑 세계에 대한 과학기사는 잠수함으로 대표되는 군사력의 확장[33] 혹은 적국의 기밀 탐지 등이 주 내용을 이룬다.

1960년대 『학생과학』은 바다를 소재로 다룬 과학소설에 '해양과학소설'이라고 구분해서 달고 있다. '해양과학소설'은 사라진 도시 아틀란티스의 전설을 모티프로 차용한다. 더불어 사라진 대륙 아틀란티스나 바다 밑 세계의 생물, 네스호에 사는 괴물에 관한 기사도 심심치 않게 보인다.[34]

32 M. 스코트 카펜터, 「신비의 베일을 벗기는 바다 밑 연구」, 조규상 역, 『학생과학』, 1966.7, 35면.
33 최규섭, 「폴라리스 미사일 잠수함을 따라서」, 『학생과학』, 1967.4, 69~74면. 글의 시작에서 미국 과학잡지 *Popular Mechanics*에 실린 한스 한텔(Hans Fantel) 기자의 탐선기(船旗記)임을 밝히고 있다.
34 신동한, 「사라진 대륙」, 『학생과학』, 1965.5.

「수수께끼의 바다속 괴물」1967.3, 「네스호에 사는 괴물의 정체는?」1967.6에서처럼 네스호의 괴물에 대한 전설을 다룬 기사를 종종 접할 수 있다. 네스호에는 길이 15m 정도의 괴물이 수중음파탐지기에 잡혀 알려지지 않은 바닷속 괴물이 살고 있다고 전해 내려오고 있다. 1960년 옥스퍼드와 케임브리지 대학 탐험대 보트가 음향탐지기로 탐지되는 물체를 쫓았으나 수심이 워낙 깊어 사라져 버리고 말았다는 것이다.[35] 『학생과학』의 해양과학소설은 오래전 사라진 도시 아틀란티스의 전설과 네스호의 바다뱀 괴물의 전설을 모티프로 활용한다.

서기로서광운는 미국이 소련의 잠수함을 추적하는 과학기사가 실린 1967년 1월에 「해류 시그마의 비밀」이라는 해양과학소설을 연재하기 시작한다. 국립 수산대학의 김일환 학장은 뱀장어의 산란지를 밝혀내려는 시그마 계획을 세우고 학술조사단을 꾸린다. 일생을 생선 양식에 바친 정석기 박사의 아들인 정석조 박사를 단장으로 하고 '목포 해양고등학교'의 박진서를 사관식당의 보이로 해서 학술조사선 충무호의 일원을 채운다. 우장춘 박사가 육지의 식량을 개량하기 위해 노력했다면, 정석기 박사는 생선 양식에 일생을 바쳤다고 한 점이 흥미롭다. 서광운의 「해류 시그마의 비밀」은 아틀란티스나 네스호 괴물의 전설보다는 뱀장어 연구와 양식을 위해 조사단을 꾸미고, 괴물이 아닌 상어와 만나 싸우고 상어에 관한 지식을 알려 주는 등 현실적인 해양과학소설이라 할 수 있다. 대학의 현란한 학과를 내세우는 우주과학소설에서와 달리, 목포 해양고등학교를 졸업한 박진서라는 인물을 내세워서 대학생과 대비되어 자신의 위치에 대한 갈등

35　편집부, 「네스호에 사는 괴물의 정체는?」, 『학생과학』, 1967.6, 134~135면.

을 함께 담아낸다는 점에서, 실업계 고등학교의 진학을 앞둔 청소년의 실질적인 고민과 맞닿아 있다.

반면 오민영의 「바다 밑 대륙을 찾아서」는 사라진 아틀란티스 대륙과 네스호의 괴물에 관한 전설을 모두 활용하여 미지의 세계를 탐험하는 해양과학소설이다. 1968년 12월부터 1969년 6월까지 연재되는 「바다 밑 대륙을 찾아서」의 해양학 전공자 마라코트 박사는 최용현 청년과 스카란과 함께 해양조사선 스트랏드포오드호를 타고 바다 밑을 탐험하기 위해 떠난다. 마라코트 박사의 계획은 바다 밑 5백 미터에 사는 생물을 연구하기 위한 것이다.

> 아직 아무도 사람은 그렇게 깊은 바다 밑에 간 일이 없지. 그런데 거기에는 아무도 보지 못한 괴상한 생물이 살고 있을 것만은 틀림없네. 나는 그와 같은 수수께끼의 세계를 탐험하여 심해深海의 비밀을 밝은 세상에 드러낼 생각일세.
>
> ― 「바다 밑 대륙을 찾아서」 1회, 『학생과학』, 1968년 12월, 99면

오민영의 「바다 밑 대륙을 찾아서」는 바다 밑에 사는 생물을 연구하기 위해 떠났다가 로프가 끊어져 우연히 오래전에 사라졌다고 내려오는 전설 속 아틀란티스 대륙을 만나는 내용을 다룬다. 우주과학소설이 미래에 대한 가상의 세계를 그리는 터무니없는 '공상'의 이미지를 부여했다면, 해양과학소설은 사라진 아틀란티스 대륙이나 네스호의 괴물, 혹은 고대 마야 제국오영민, 「지저인 오리거」과 같은 과거의 역사 속 전설에 기대어 현실감을 부여하려 하고 있다. 1960년대 『학생과학』에는 바다 밑 세계에 관한 호기심이 과학기사나 과학소설의 소재로 종종 등장하고 있다. 국내에서

우주과학보다는 해양과학이 수산업의 발달과 양식업으로 식량문제를 해결할 수 있는 실질적인 과학으로 와 닿았던 것으로 보인다.

3) 최첨단 무기와 방첩소설[36]

첨단 과학기술의 발달은 과학소설만이 아니라 종종 범죄소설이나 추리소설, 그리고 스파이소설의 소재로 활용되었다. 『학생과학』 1966년 3월과 4월에는 연이어서 「스릴러 영화에 나오는 기묘한 과학 장치들」이 실려있다. 3월에는 스릴러 스파이 영화에 나오는 통신망, 방향탐지기, 엿듣는장치, 적외선 총이, 4월에는 만능 손목시계, 금고열기와 007 제임스 본드가 사용한 총을 비롯하여 스파이소설에 많이 나오는 대표적인 무기인 여러 가지 권총들이 나열되어 있다.[37] 스릴러 영화라고 제목이 달려 있지만, 내용은 스파이의 민첩하고 신속한 움직임을 도와주는 무기 혹은 도구에관련된 내용이다. 기사의 마지막에서 스파이 활동은 첩보와 파괴 활동으로 나뉘는데, 파괴공작원의 무기에 대해 싣지 못하는 것을 아쉬워한다.[38]과학 장치라고 하지만 실상은 스파이의 무기이다. 1966년 7월호에는 007영화에 나오는 비행벨트, 수중익선, 소형잠수함 등의 도구와 장치들을 분석하고 있어 눈길을 끈다.[39] 특히 모터보트, 수중익선, 잠수함 같은 수중전에 적합한 도구들을 집중적으로 다루고 있어 주목할 만하다. 기사 제목으로 제임스 본드의 소도구들을 '과학발명품'이라고 단 것이 흥미롭다.

---

36 1960~70년대 과학소설이 방첩소설, 첩보소설의 양식을 띠고 있었음은 다음 논문을 참고할 것. 최애순, 『학원』의 해외 추리·과학소설의 수용 및 장르 분화 과정」, 『대중서사연구』, 2015.12.30, 294~301면 '첩보소설의 탄생과 첩보원의 탄생' 부분 참조.
37 편집부, 「스릴러 영화에 나오는 기묘한 과학 장치들」, 『학생과학』, 1966.4, 20~22면.
38 위의 글, 22면.
39 편집부, 「007 영화에 나오는 기기묘묘한 과학발명품들」, 『학생과학』, 1966.7, 30~34면.

'스파이' 제임스 본드는 어둠의 침입자라거나 첩자라는 이미지 대신 첨단 과학기술 대명사로 유명해졌고 국내에서 007 소설과 영화도 인기를 끌었다.[40] 『학생과학』 1969년 5월호에는 소련의 군사기밀을 탐지하는 미국의 스파이 위성 이야기를 싣고 있다.[41] 스파이 위성은 우주 공간을 회전하면서 지구에서 송신되는 온갖 기밀을 남김없이 포착한다. 『학생과학』의 스파이 관련 기사는 첨단 과학기술의 발달이 007 영화에 국한된 것이 아니라 실제 각국의 스파이전과 뗄 수 없는 관계에 놓여 있음을 시사하고 있다. 그래서 1960~70년대 과학소설은 종종 스파이 소설과 결합하는 양상을 띠기도 한다.

미국의 디스커버리호나 사모스, 미더스와 같은 인공위성 역시 군사적인 목적에서 쏘아 올린 것이었다. 〈우주 수폭전〉이라는 SF 영화의 원작자인 레이몬드 존스의 『별나라에서 온 소년』소년소녀 세계 과학모험전집, 광음사, 1973에서 미확인 비행물체UFO가 나타나자 외계인의 우주선일 것이라는 생각보다 '미국이 개발한 비밀 무기인 것일까?'라는 생각이 먼저 앞서는 것을 볼 수 있다. 국내 과학소설에서 비행접시의 출현은 적국의 스파이 위성의 출현으로 의심받았다. 『학생과학』 창간호부터 연재된 이동성의 「크로마뇽인의 비밀을 밝혀라」에서도 괴물체의 출현으로 떠들썩하게 하는 비행접시는 외계인에 대한 경계보다 소련이나 중국에서 띄운 스파이 위성이 아닐까 하는 의심부터 하는 것을 볼 수 있다. 1960~70년대 비행물체는 외계인에 대한 상상보다는 '간첩 풍선'과 동일시되었다. 수상한 비행물체에서

---

40 『학생과학』이 창간된 해인 1965년 풍년사에서 이언 플레밍의 제임스 본드 시리즈가 10권 전집으로 번역될 정도로 국내에서 007의 인기는 뜨거웠다. 김삼의 「소년 007」 만화도 있다.
41 편집부, 「스파이 위성의 위력과 정체」, 『학생과학』, 1969.5, 27~29면.

간첩을 떠올리는 것은 2차 교육과정의 반공교육을 받은 그 세대에서는 당연한 현실이었을 것이다.

> 그 수상한 물체는 중공에서 날려 보낸 간첩 풍선인가, 어떤 특수 임무를 띤 모국某國의 비행선인가, 아니면 외계에서 온 비행접시인가, 그렇지 않으면 단순히 신기루 같은 어떤 기상 현상인가? 홍식이 일행은 괴물 같은 발광체의 원통 속으로 휘말려 들어가고 말았으니……
>
> — 이동성, 「크로마뇽인의 비밀을 밝혀라」 2회, 『학생과학』, 1965.12, 115면

1960~70년대 비행접시UFO는 국내에서 외계인에 대한 환상보다는 '적국'에 대한 두려움과 공포의 표상이었고 그만큼 '괴물체'로 인식되었다. 과학의 발달은 적국의 군사기밀을 빼내는 기술이나 정보의 발달을 포함했다. 따라서 과학소설의 등장인물들은 납치된 과학자나 국가 정보요원을 구하기 위한 007을 방불케 하는 첩보전을 펼치기도 했다. 서광운의 「관제탑을 폭파하라」『학생과학』, 1968년 1월호부터 연재는 통신위선 카파 B9호가 보내 온 기상 통보가 엉뚱한 숫자를 나타내는 것으로부터 시작한다. 낮에는 아무 이상이 없다가 밤만 되면 카파 B9호가 꼭 금강산 상공에서 변조를 일으킨다는 사실이 매번 반복된다. 일본 측이 쏘아 올린 것이니까 연락을 해 주자는 예보국장의 의견과 혹 한국 측 기계 고장으로 잘못 수신한 사실을 공연히 선전하여 웃음거리가 되지 않을까 하는 기상청장의 염려가 엇갈린다. 유독 왜 일본의 카파 위성만이 금강산 상공에서 변조를 일으키는 것일까 하는 의문으로 시작한 소설은 원인을 규명하기 위해 금강산의 식물 자력 연구소로 떠난 예보국장이 실종된다. 여기까지는 호기심을

자극하는 일반적인 과학소설의 서두이다. 그러나 이후 소련에 납치된 예보국장을 빼내 오는 과정은 마치 첩보소설을 방불케 한다. 카파 위성의 변조 원인으로 내세운 허력 에너지는 과학적으로 설명하기에 모호하다. 실체가 없어 막연한 허력 에너지는 독자의 머리에 잘 와닿지 않고, 오히려 납치된 예보국장의 탈출 과정을 따라가며 읽도록 한다. '일본'의 카파 위성의 변조 원인을 알아내다가 갑자기 예보국장이 '소련'에 납치된다는 설정은 그 둘 사이의 직접적인 원인이 없어 허력 에너지로 연결고리를 만들어야 했던 것이다.

『관제탑을 폭파하라』는 목차에서도 징조, 행방, 잠입, 탈출, 모의, 정체, 실종, 전쟁 등과 같은 단어가 키워드로 삽입되어 있어서 과학소설보다 방첩소설에 가깝다.

『관제탑을 폭파하라』에서는 기상청의 예보국장이 소련에 납치된다. 예보국장을 구해오기 위해 정보부의 김민수에게 소련으로 잠입하라는 지령이 떨어진다. 김민수가 소련에 잠입하기 위한 위장 장면은 마치 특수훈련을 받은 간첩을 연상케 한다.

'과연 전에 교육을 받은 그대로구나.'

혼자 감탄하면서 양복의 웃옷 안주머니에서 둥그런 메달을 꺼냈다.

태극기와 이화 무늬가 새겨 있는 정보부의 메달 뒤쪽에는 짜름한 수나사의 꼭지가 달려 있다.

민수는 그 꼭지를 긁어낸 화강암의 구멍에 맞추고 나사 돌리개처럼 틀어 보았다.

영락없이 맞아들었다!

조심스레 끝까지 돌리고 난 민수는 다시 대각선을 따라서 오른쪽 아래 모서리에서 구멍을 찾아 똑같이 메달의 꼭지를 틀어막으며 돌렸다.

(…중략…)

그러자 축대의 돌문이 소리없이 열리지 않는가?

김민수는 눈물이 핑 돌 듯한 감흥을 느끼면서 발을 돌문 안으로 내딛고 밖을 살펴본 뒤, 살짝 문을 밀었다.

돌문은 마치 친구인 양 순순히 닫혔다.

(…중략…)

민수는 이미 설악산 기슭에서 이와 같은 굴 속 생활로 한 여름을 보낸 적이 있다.

민수는 허리를 펴고 먼저 책상 서랍의 지도를 꺼내서 펼쳤다.

소련의 접경 지대의 작전도가 역력하다.[42]

— 서광운, 『관제탑을 폭파하라』, 아이디어회관, 1978, 28~29면

---

42 서광운, 『관제탑을 폭파하라』(SF 세계명작 한국편 56), 아이디어회관, 1978(1968년 『학생과학』에 연재).

위의 장면에서 김민수는 여지없는 스파이의 모습이다. 작전을 세우고 무전기로 "준비는 끝났습니다. 이제 출발하겠습니다. 발신기지 델타옹진의비밀기지의부호엔 이상이 없습니다"30면라고 보고하며 행동을 개시하는 민수는 과학소설보다 첩보소설에 더 어울릴 법하다. 굴속 생활, 돌문, 비밀 기지, 암호, 무전기, 작전도 등의 용어들도 마찬가지이다. 심지어 일본 인공위성 카파 B9호의 금강산 상공에서의 변조가 식물 자력선 때문인지를 알아보기 위해 우리는 비둘기 6호를 띄운다. 우리 인공위성의 이름이 비둘기 6호인 것도 의미심장하다. 비둘기는 스파이의 정보통에 쓰이곤 하던 용어이기 때문이다. '비둘기를 날리다'가 '정찰 비행기를 띄우다' 혹은 '정보를 전달하다'의 의미인 것은 우리나라 방첩소설에서 익숙한 설정이다. 인공위성의 이름을 하필이면 비둘기로 한 것은 서광운 스스로가 과학소설보다는 방첩소설이 훨씬 생생했기 때문이다. 『관제탑을 폭파하라』는 여기서 그치지 않고 성하룡 국장을 탈출시키는 장면에서도 메탄가스의 폭발촉진제를 사용하여 폭발소리와 함께 식당 안을 아수라장으로 만들어버린다. 그 틈을 타 예보국장을 탈출시키는 민수의 작전은 007시리즈를 방불케 한다.

이처럼 『관제탑을 폭파하라』는 과학소설이라는 장르명을 달고 있지만, 막상 읽어 보면 첩보소설에 가깝다. '태풍을 폭파하는' 문제로 논쟁을 벌인다는 발상 자체가 낯설고 새롭다. 서광운의 과학소설은 모두 기상관측, 기상변화로부터 시작하고 있다. 『관제탑을 폭파하라』에서는 제17호 태풍 아이러호의 진로를 변경하기 위해 긴급회의를 연다. "폭파시켜서 진로를 변경시켜야만이 정통으로 엄습을 당하지 않을 게요. 이대로 놔 두면 인천 근방에 상륙하지나 않을까"86면, "폭파시키자! 아무리 따져봐도 폭파시키는 도리밖에 없다. 원자탄 값과 피해액을 견주어 봐도 역시 폭파시키는 게

낮다."86~87면 그리하여 기상청으로서는 처음으로 원자탄에 의한 태풍 폭파를 시도한다. 방첩소설과 흡사함에도 차별화되는 점은 과학소설에서의 적군은 북한이 아니라는 것이다. 과학으로 서로 경쟁하기도 하고 경계하기도 하는데, 여기에 북한의 과학기술에 대한 경계는 전혀 보이지 않는다. 오히려 '일본'과 끊임없이 경쟁하고 일본인이 사악한 인간의 대표적인 사례로 등장한다.[43] 그것은 북한을 아예 과학기술 경쟁국에서 제외시킨 것이라 볼 수 있다.

방첩소설과 더 닮아있음에도 불구하고 1960~70년대 과학소설이 과학적 상상력에 영향을 끼친 것은 부인할 수 없다. 서광운의 『관제탑을 폭파하라』에서 아오지와 블라디보스토크 사이를 다니는 교통수단은 '모노레일'이다. 찻간의 유리창이 타원형이라는 것만으로도 이국적인 정서를 풍겨 준다는 모노레일 기차는 이후 국내 과학상상그리기나 과학글짓기 대회에서 단골로 등장하던 소재였다.[44] 『학생과학』은 다른 잡지에서 과학소설 용어 자체를 두고 혼란을 초래하던 것과는 달리, '과학소설'이라는 장르명 아래의 하위 장르의 발달이 두드러진다. 그런데, 특이하게도 우주시대를 표방하는 우주과학소설이 수적으로 가장 많음에도 불구하고 실제 내용에서는 전쟁소설이 되어 버리거나 독자적이거나 매혹적인 우주공간을 제시하지 못하고 만다. 대신 해양과학소설이나 방첩소설 유형에서는 생생하게 현장을 묘사하고 있는 것을 볼 수 있다.

---

43 한낙원의 「잃어버린 소년」에서도 한국의 과학박사와 경쟁하는 것은 일본의 야마다 박사이다.
44 과학글짓기 대회에서 학생들은 모노레일이 정확히 어떤 면에서 더 발달된 과학기술인지도 모른 채, 이동수단으로 종종 언급하고 있다. 과학소설에서 등장했던 모노레일, 텔레파시, 비행접시, 마이크로 필름, 빔 프로젝터 등은 지금은 일상화되어 별 것 아닌 기술이지만 당시에는 첨단과학기술의 대명사처럼 사용되었고, 학생들은 과학 상상글짓기 대회에서 종종 가져다 쓰곤 했다.

4. 『학생과학』이라는 지면과 국내 과학소설 작가의 괴리

『학생과학』은 중·고등학생을 대상으로 하는 청소년 잡지이다. 청소년 대상 잡지인 『학원』이 중학생을 주요 독자층으로 설정했다면, 『학생과학』의 주요 독자층은 그보다 좀 더 위인 고등학생이다. 『학생과학』에서는 각호 끝부분에 효성 실업고등학교, 경기 고등학교 등 구체적인 고등학교명과 함께 각 학교의 '과학반'을 탐방하는 기사가 실려 있다. 그러나 『학생과학』에 과학소설을 실었던 작가들은 청소년 작가들이 아니라 서광운, 이동성, 강성철, 오영민 등의 SF 작가 클럽의 회원들이었다. 이들은 청소년 대상의 『학생과학』에 싣고 있었지만, 청소년 독자들로부터 등장인물에 왜 청소년은 나오지 않느냐는 항변을 듣기도 하고, 어렵고 생소한 용어의 나열이라는 혹독한 평을 듣기도 한다. 그렇다면 SF 작가 클럽은 왜 청소년 대상의 잡지에 글을 실었을까. 『아리랑』, 『명랑』과 같은 대중잡지에서 '과학소설'이란 표제를 달고 창작된 작품을 찾기는 쉽지 않다. 그마저 실려 있는 작품도 '추리소설'과 같은 표제를 달고 있다. 반면 『학원』과 같은 청소년 대상의 잡지에서는 '과학소설', '공상과학소설', '모험과학소설' 등 용어상의 혼돈이 있기는 하지만 과학소설을 종종 볼 수 있다. SF 작가 클럽의 회원들이 청소년 대상의 잡지에 과학소설을 연재할 수밖에 없었던 이유는, 과학소설이 아동청소년 대상이라는 당대 인식에서 비롯된 것이었다.

정부에서 청소년 교육의 일환으로 권장한 과학소설은 청소년 독자를 대상으로 한 잡지에서 지면을 확보하기 쉬웠으나, 성인 대상의 잡지에서는 지면을 확보하기가 어려웠다. 그러나 SF 작가 클럽은 청소년 대상의 과학소설을 쓰는 데 익숙하지 않았다. 따라서 청소년 독자도 성인 독자도 확보하지 못하고 독자와의 괴리감을 형성할 수밖에 없었다. 초능력, 텔레파시, 최면을 주술이나 마술로, 서양과학이나 정신의학을 낯설고 이질적인 영역으로 받아들였던 국내에서 처음부터 과학소설이 아무런 마찰을 빚지 않고 유입되기 힘들었음은 자명한 사실이다. 그래서 이들은 교육 정책과 청소년 계몽의 일환으로 권장되었던 청소년 대상의 잡지나 전집을 불가피하게 지면으로 택할 수밖에 없었을 것이다. 그러다 보니 과학소설 자체의 독자적인 생존력이 상당히 약해졌고, 정체성마저 혼란을 겪게 되었다. 연구자들이 '청소년 과학소설'이라 분류하고 있는 SF 작가 클럽의 작품들은 과학소설이 유입될 때 어쩔 수 없이 청소년 잡지에 실렸을 뿐이지 그들이 청소년 과학소설 작가는 아니었다.

그런데도 과학소설 작가들이 『학생과학』이 청소년 대상의 잡지라는 점을 마냥 간과하고 있었던 것은 아니다. 과학지식을 전달하는 것이 학생 지면에서 하는 가장 큰 역할이었으므로, 당시의 이슈화된 과학지식을 전달하려다가 너무 사실적인 나열에만 그치고 있다는 것을 그들 자신도 인식했을 것이다. 그래서 과학 현상의 원인을 찾는 것에서 전혀 엉뚱한 방향으로 서사가 전개되기도 하고, 우주과학 시대라 우주를 배경으로 쓰긴 하지만 도통 우주라는 공간이 매혹적이지도 현실적으로 와 닿지도 않고 6·25나 베트남전이 훨씬 생생하여 '전쟁소설'이 되어 버리기도 한다.

과학소설이 '공상적'이고 허무맹랑한 이야기라는 것을 거부하기 위해, 우주나 바다 밑 세계를 배경으로 할 때도 식량문제를 고민했고, 우리가 겪을지도 모르는 기상변화가 서두에 등장하기도 했다. 그동안 우주과학소설만 부각되었던 국내 과학소설은 『학생과학』 지면에서는 다양한 하위 장르가 발달하고 있었다. 수적으로 우세하기는 하지만 우리에게 낯설고 먼 우주과학소설보다 피부에 와닿는 현실적인 해양과학소설이라든가 스파이소설 등이 발달했음을 알 수 있었다.

국내 과학소설이 중·고등학교 청소년을 대상으로 할 수밖에 없었던 것은 과학소설이 철저하게 '교육'의 일환으로 활용되었기 때문이다. 『학생과학』에서 과학교육은 과학지식의 전달뿐 아니라 실질적인 직업 선택의 기회를 제공하는 공업고등학교와 실업고등학교의 발달 역사와 함께하고 있다. 국내에서 과학은 '이상'이라기보다 먹고살 수 있는 '현실적인' 대안으로 기능했음을 알 수 있다. 과학소설은 낯선 과학용어나 세부 전공도 반복해서 모티프로 활용함으로써 청소년 독자가 일상생활에서 익숙해지도록 하는 데 유용한 역할을 했다.

제9장

1960년대 유토피아 본질과 「완전사회」를 둘러싼 대립과 논쟁

1. 인간의 미래에 대한 고민과 「완전사회」를 둘러싼 대립과 논쟁

한국 최초 장편 SF『완전사회』, 50년 만의 완전판 출간

"여기가 바로 한국 본격 SF가 태동한 성지입니다."

1965년 『주간한국』 추리소설 공모전 당선작

— 문윤성, 『완전사회』 1967, 아작, 2018

1967년 간행되었던 문윤성의『완전사회』를 2018년에 다시 낼 때의 책 소개 홍보 문구이다. 홍보 문구에서부터 '한국 최초 장편 SF', '한국 본격 SF' 등의 수식어가 따라붙는다. SF를 대대적으로 내세우고 있는데,『주간 한국』 추리소설 공모전 당선작이다. 이처럼 「완전사회」는 내용에 들어가 기에 앞서서 작품 자체가 논쟁을 불러일으킨다. SF인데, 왜 추리소설 공 모전에 냈을까. 왜 앞에 본격이라는 용어를 붙이는 것일까. 본격이라는 용 어를 붙이지 않으면, '최초'라는 수식어를 달 수 없었던 것일까 등의 질문 이 끝없이 펼쳐지게 된다. 1965년 추리소설 공모전 당선작으로, 다음 장

에서 논의되는 복거일의 『비명을 찾아서』가 문학과지성사를 통해서 발표된 것과 대비된다. 복거일의 『비명을 찾아서』가 소위 본격 문단을 통해 등단해서 문학사에 남았다면, 문윤성은 추리소설 공모전에 대중잡지를 통해 등단해서 문학사에서 잊혀진 작가였다. 문윤성의 「완전사회」는 한국 문단에서 본격문학과 대중문학의 대립 구도를 보여준다. 대중문학 내에서도 SF가 아동청소년의 것으로 인식되어 성인 대상의 문학에서 배제되었음을 보여준다. SF 작가 클럽에서 자기들의 정체성을 입증하기 위해 아동청소년 SF와 구분하고 아동청소년 SF 작가인 한낙원은 배제하고 문윤성을 회원으로 가입시켰던 사례를 앞 장에서 논의한 바 있다. 당대에도 성인 대상과 아동청소년 대상의 SF가 대립하고 있었는데, 연구자들이 SF에 주목하기 시작한 2000년대 이후에는 한낙원의 작품과 문윤성의 「완전사회」를 둘러싸고 해방 이후 '최초 SF'의 자리다툼이 벌어지고 있었다.

이처럼 문윤성의 「완전사회」는 홍보 문구만으로도 이미 논쟁을 불러오는 작품이며, 당대의 본격문학/대중문학, SF/아동청소년 SF 논쟁은 오늘날에도 여전히 현재 진행 중이다. 앞 장의 SF 작가 클럽에 끼이지도, 성인 대상이라고 하더라도 다음 장에서 논의될 복거일의 문단에도 끼이지 못하던 문윤성은 어떻게 「완전사회」라는 작품을 창작하게 되었을까. 그가 이 작품을 창작할 때 이런 논쟁을 불러일으킬 것을 예상했던 것일까. 아니면 대립 사회로 치닫고 있었던 당대 사회에 작은 울림이나 목소리를 내고 싶었던 것일까. 유토피아 제목을 달고 있으면서도 유토피아가 아닌 세계를 그리면서 무엇을 담아내고 싶었던 것일까. 이 장에서 그동안 「완전사회」를 둘러싼 논쟁이 무엇 때문에 기인하는 것인지, 완전사회가 지향하는 것은 무엇인지에 관한 해답을 찾아보고자 한다. '최초'와 '본격'을 붙이기에만 급급했던 기존의 연구에서 벗어나 '왜' 그런 논쟁이 일게 되었는지 당대 사회문화사를 따라가 보는 데 주목하였다.

코로나 시기를 겪으면서, 인간의 '미래'에 대한 고민이 급부상했다. 더불어 미래 이상향에 대한 갈망과 함께 현 사회의 대안으로 제시하는 '유토피아'도 다시 화두로 떠올랐다.[1] 유토피아 소설은 주로 사회가 혼란스럽거나 위기에 봉착할 때, 감정의 표출이 억압되고 짓눌릴 때, 출현하곤 한다. 식민지시기 1920년대 미래과학소설이나 1930년대 농촌계몽소설을 통해 이상향에 대한 갈망을 꿈꾸었다면, 1960년대 문윤성의 「완전사회」도 정상, 표준, 규격, 건강 등을 강조하는 사회에서의 억압된 감정이 '유토피아'를 구현하려는 욕망으로 나타났다고 볼 수 있다. 1960년대 미래의 유토피아를 그리고자 했던 완전사회에 대한 열망은 1970년대 이청준의 '소록도'의 이상사회나 '이어도'의 낙원파라다이스 구현으로 이어지고 있다. 1960~70년대 사회의 대립과 갈등의 골이 이상사회 구현을 위한 갈망을 낳았다고 볼 수 있다. 그렇다면, 1960~70년대 사회의 갈등을 불러일으킨 요인은 무엇이었을까.

이상사회에 대한 갈망은 현실 사회에 대한 불만이 클수록 증폭된다. 코로나 이후 우리 사회가 '미래'를 고민하고 '유토피아'를 갈망하는 것은, 현 사회가 남성/여성 혐오, 노인 혐오 등으로 대립과 갈등의 골이 깊어졌기 때문이다. 문윤성이 남녀의 대립으로 성전쟁이 일어날 것이라 공상했던 미래사회는, 무기를 들지 않았을 뿐이지 남녀 혹은 세대 간 전쟁을 치르고 있는 현재 우리 사회의 모습과 다름없다. 1965년 문윤성은 이미 이

1　https://www.hani.co.kr/arti/science/future/829777.html 손현주, 「지금 다시 '유토피아'를 상상해야 하는 이유」, 『한겨레』, 미래&과학, 2018.1.29.

분법적 대립으로 양극화된 사회 문제를 수면으로 끌어 올렸지만, 아무도 관심을 기울이지 않았다.[2] 문윤성이 1965년 경고했던 대로 젊은 세대들이 결혼과 출산을 피하는 상황에 이르게 되었다. 그렇다면, 이제 우리는 어떤 형태의 유토피아 공화국을 꿈꾸는 것일까. 코로나 이후 2020년대 들어서 연구자들도 유토피아 소설에 관심을 집중하기 시작했다. 어슐러르 권이나 마지 피어시 등의 작가들에 대한 연구와 함께 2018년 아작에서 단행본으로 재출간된 문윤성의 『완전사회』도 유토피아 소설로 거론되고 있다.

「완전사회」는 SF 연구자들이 '한국 최초 본격 SF'임을 강조하여, 의미를 부여하기 시작하면서 주목받기 시작했다.[3] 그전까지는 문단의 주류에서 밀려난 작품이었으나 장르문학 연구가 활성화되기 시작하면서 뒤늦게 주목받기 시작한 작품이다. 「완전사회」는 국내에서 보기 드물고 낯선 배경의 작품이기도 하면서, 성인 대상으로 한 SF가 거의 없는 국내에서 SF 논의의 체면을 세워주는 유일한 작품이기도 했다. 2018년 아작에서 출간한 『완전사회』는 사이언스 픽션이라는 장르명과 '한국 최초의 본격 SF 장편소설'이라는 홍보 문구가 함께 달린다. '최초'라는 타이틀을 아동청소년 SF에 내주지 않으려는 자리다툼의 치열한 경쟁을 엿볼 수 있다. 「완전사회」 내에서의 남녀 대립 사회가 이 책을 둘러싼 연구 담론의 대립 논쟁

---

2 문윤성은 『주간한국』 추리소설 공모전 당선작 「완전사회」 이후로도 여러 추리소설 관련 혹은 유토피아 관련 소설을 더 썼지만, 본격 문단에서 그의 작품이나 작가 이름을 찾아볼 수 없다. 대중잡지나 대중일간지에 실렸던 그의 소설은 처음부터 끝까지 본격 문단으로부터 소외당했다고 볼 수 있다.

3 소준선, 「미래지향적인 세계관을 가져야―국내 최초의 장편 SF 『완전사회』의 저자 문윤성」, 『SF매거진』 창간호, 1993; 이정옥, 「페미니스트 유토피아로 떠난 모험여행의 서사―문윤성의 『완전사회론』」, 『과학소설이란 무엇인가』, 국학자료원, 2000, 139~164면.

으로 번진 것이다. 의도했든 의도하지 않았든 간에 「완전사회」는 우리 사회가 얼마나 대립적인 시각으로 양분되어 있는지를 극명하게 보여준다. '최초'라는 타이틀을 두고 벌인 성인과 아동청소년 영역의 경쟁은, 본격문학과 장르문학의 자리다툼이었으며, 리얼리즘과 환상문학의 논쟁이기도 했다. '본격'이라는 용어는 본격문학과 장르문학을 가르는 기준이 되었다가, 다시 성인 SF와 아동청소년 SF를 가르는 기준이 되기도 한다. 아동청소년 SF는 본격이 아니라고 간주하는 관점에서부터 오랫동안 '과학소설은 아동청소년의 전유물'로 인식되던 관습을 엿볼 수 있다. 「완전사회」가 추리소설 공모 당선작임을 떠올려보면, 성인 잡지에서 과학소설 공모전이나 과학소설 게재는 거의 찾아볼 수 없었음을 알 수 있다. 그런 과학소설의 인식과 전통에서 뒤늦게 SF 연구자들의 최초 자리를 선점하려는 욕망이 투사된 「완전사회」에 '본격'이란 타이틀을 붙이고 더불어 아동청소년 SF에 '최초'라는 타이틀을 내주지 않으려는 예기치 않은 자리싸움으로 전파된 것이다.

이처럼 「완전사회」는 당대 혹은 현재 과학소설 독자들에게 재미있게 읽힘으로써 자리하는 면모보다, 연구자들 사이에서 '최초'라는 타이틀을 선점하려는 욕망을 드러내는 논쟁의 산물로 기능한다. 1960년대 본격문학과 장르문학, 성인문학과 아동청소년문학이라는 대립 논쟁의 틈바구니에 끼인 과정의 산물이자 표상이라 볼 수 있다. 「완전사회」는 작품 내용과는 별개로 작품 자체가 불러온 '본격' 혹은 '최초'의 논쟁에 휩싸여서 그 자체로 1960년대 남한의 대립 사회의 증거가 된다고 볼 수 있다. 『82년생 김지영』이 소설 내용보다 이 소설을 둘러싸고 벌어진 페미니즘 담론을 통해 한 시대를 대변했다면, 「완전사회」 역시 이 소설을 둘러싸고 벌어진 본격과 최초의 논쟁과 과학소설 및 페미니즘 담론을 통해 1960년대 대립 구도의 사회를 보여주었다고 볼 수 있다. 「완전사회」는 이 작품을 둘러싼 대립 논쟁과 작품 안에서 제시된 미래 대립 사회를 통해 1960년대 우리 사회가 얼마나 정상과 비정상, 건강과 허약, 건전과 불량 등의 이분법적 대립 구도로 점철되었는지를 보여준다. 특히 한국 과학소설사에서 「완전사회」는 해방 이후 본격문학과 대중문학장르문학 사이의 이분법적 대립 구도가 얼마나 견고했었는지를 온몸을 불살라 보여주고 있다고 해도 과언이 아니다. 문윤성의 「완전사회」 이후 한국에서 창작 SF의 등장은 복거일의 대체역사소설 『비명을 찾아서』까지 오랜 시간을 기다려야 했다. 복거일의 『비명을 찾아서』가 낯선 독법임에도 발표되자마자 문단의 관심을 불러일으켰던 것과 달리, 문윤성의 「완전사회」는 공모전 당선 당시의 심사평 이외에 문단에서는 언급이 전혀 없다. 복거일이 문단을 통해 등단하고 활동한 것과 문윤성이 『주간한국』이라는 대중지의 '추리소설 공모작'을 통해 발표되었다는 점이 같은 SF임에도 관심의 유무를 달리하는 이유가 되었을 것으로 사료된다. 이처럼 「완전사회」는 작품 자체로 본격문단과 장르문학과의 대립을 보여줌으로써, 당대 사회에 만연했던 대립과 갈등의 골을 증명한다.

작품을 둘러싼 논쟁 못지않게 작품 내에서도 당대 사회에 만연한 대립 갈등의 요소가 고스란히 드러난다. 이 장에서는 문윤성이 대립과 갈등의 해결로 제시하는 대안 사회인 '유토피아'의 본질과 전망을 들여다보고자 한다. 문윤성이 그린 유토피아는 당대 국민 만들기 기획하에 '표준'과 '정상'이라는 판정 기준으로 경계를 나누고 선진국 대열에 합류하고자 열망하는 완전사회가 언제 균열할지 모르는 위태로운 상태임을 보여주고 있다. 문윤성은 그 균열의 조짐을 남성과 여성의 극단적인 대립으로부터 발견했다. 극단적인 남성 혐오와 여성 혐오로 치닫는 상황에서 1960년대 그가 보여주었던 대립과 갈등의 한쪽 측면을 배제한 유토피아의 모습을 통해, 우리가 지향하고자 하는 유토피아의 본질이 무엇인가에 대해서 짚어보고자 한다.

「완전사회」는 1960년대 남한 사회의 알레고리로 읽을 수 있다. 완전사회로 표상되는 여인들의 공화국이 완전하지 않은 것도, 미래 전쟁으로 채식주의자와 육식주의자의 대립 전쟁을 제시한 것도 극단적 대립 사회의 비유라 볼 수 있다. 손종업은 최초의 본격 과학소설이라고 적극적으로 평가하든 서구 과학소설의 틀로 평가절하하든지 간에, 「완전사회」가 소설사에서 이질적인 '느닷없는' 출현이라는 평들에 공감하면서 논의를 전개한다.[4] 그는 소설 내의 미래 완전사회로 제시되는 '여인공화국'에 경도되어 페미니즘적인 관점에서 작가적 세계관을 비판하는 데 주력하거나, 표층적으로 페미니즘이나 섹슈얼리티의 차원에서 비판하는 일은 작품의 이해에서 의미 있는 작업이 아니라고 한다.[5]

다른 한편으로 「완전사회」를 유토피아의 관점에서 주목한 연구가 있다.[6] 그러나 유토피아 관점에서 분석한 연구자들은 여인들의 공화국이라는 「완전사회」는 유토피아가 아니라 또 다른 대립과 갈등을 불러일으키는 불

---

4 손종업, 「문윤성의 『완전사회』와 미래의 건축술」, 『어문논집』 60, 2014.12, 240면.
5 위의 글, 240~241면 참조.
6 이정옥, 「페미니즘 유토피아로 떠난 모험 여행의 서사-문윤성의 『완전사회』론」, 『과학소설이란 무엇인가』, 국학자료원, 2000; 복도훈, 「단 한 명의 남자와 모든 여자-아마겟돈 이후의 유토피아와 섹슈얼리티」, 『한국근대문학연구』 24, 2011.10, 345~373면; 허윤, 「남자가 없다고 상상해봐-1960년대 초남성적 사회의 거울상으로서 『완전사회』」, 『민족문학사연구』 67, 2018.7, 483~509면.

완전사회였다고 결론 내리고 있다. 「완전사회」가 지향한 유토피아가 불완전한 것이라고 평가하기에 앞서, 유토피아의 본질과 속성에 대해 다시 한번 짚어보고자 한다. 「완전사회」의 미래의 불완전한 사회가 작품 자체에서 그리고자 한 유토피아의 한계라기보다 그것이 유토피아의 본질이자 속성임을 보여주고자 한다. 그렇게 본다면, 「완전사회」는 당대 사회 문제와 유토피아의 본질을 명확히 꿰뚫고 반영한 작품으로 볼 수 있다. 「완전사회」는 당대 사회의 대립과 갈등 문제를 담론 현장으로 가져왔으며, 새로운 유토피아 담론을 형성하였다고 본다. 우리가 지향하고자 하는 유토피아의 다른 면을 통해 종종 이상향으로 제시되는 유토피아의 공간이 전혀 이상적이 아님을 보여줌으로써, 유토피아의 모순과 한계를 담론의 현장으로 끌어온다. 「완전사회」는 대립과 갈등의 요소를 배제하고 제거하는 유토피아 소설의 본질을 보여준다는 점에서 의의가 있다. 인간의 욕망이 염원하는 유토피아란 결국 특정 누군가에게 국한된 갇혀 있는 '섬'일 뿐임을 미래사회를 통해 보여주고 있다. 나환자들을 위한 이상사회를 건설하려 했던 소록도가 '당신들의 천국'으로 끝났듯이 말이다. 따라서 우리가 지향하는 유토피아가 과연 누구를 위한 것인가, 모든 사람에게 이상향이고 대안인가에 대한 물음으로부터 시작하고자 한다.

이 장에서는 「완전사회」를 통해 우리가 지금까지 이상적인 사회로 알고 있는 유토피아의 개념이나 전제 조건에 대해서 다시 한번 짚어보고자 하는 데 의의가 있다. 더불어 「완전사회」의 유토피아 사회 내의 갈등뿐만 아니라 미래사회로 가기 이전의 현 사회에서의 완전인간 우선구의 선발 과정에도 주목해 보고자 한다. 우선구의 선발 과정에 1960년대 당대 사회의 대립과 모순이 담겨 있다고 보기 때문이다.

2. 유토피아 소설의 개념과 전제 조건

1960년대는 유토피아 소설과 함께 담론이 생성되던 시기였다. 미국에서는 급진주의 페미니즘 물결이 일어나고 이와 함께 어슐러 르 권의 『어둠의 왼손』을 비롯한 유토피아 소설도 창작되었다. 유토피아 소설은 1970년대까지 이어져서 마지 피어시의 『시간의 경계에 선 여자』도 이때 출간되었다. 국내에서도 문윤성의 「완전사회」1965가 발표된 후, 1967년 단행본으로 출간되고 나서, 1970년대 이청준 등에 의해 유토피아 사회를 구현하려는 시도가 꾸준히 이어졌다. 미·소 냉전 체제와 함께 여러 이념과 사상이 대립하던 1960~70년대에 '유토피아'를 지향하려는 움직임이 일었던 것은 당연한 현상이다. 유토피아의 지향은 현실에 대한 부정이나 비판을 전제로 하고 일어나는 욕망이기 때문이다.

그러나 국내 유토피아 소설의 계보에서 「완전사회」가 최초는 아니다. 1920년대 에드워드 벨러미『뒤돌아보며』,1888의 번역인 「이상의 신사회」와 윌리엄 모리스의 『유토피아에서 온 소식』1890이 국내에 유입되었고, 이에 앞서 정연규의 다시쓰기 작품 『이상촌』이 있었다.[7] 1920년대 미래의 이상사회는 그야말로 '유토피아'의 구현이었다. 사회주의 체제의 구축으로 이상사회를 건설하려는 욕망은 유토피아 개념에서 중요한 '인간의 정치적 의지'를 드러내는 것이다. 인간이 의지와 노력으로 현실을 부정하고 사회를 개혁하려는 유토피아는 무릉도원이나 파라다이스낙원와는 다르다고 볼

---

7 최애순, 「1920년대 미래과학소설의 사회구조의 전환과 미래에 대한 기대-『팔십만 년 후의 사회』, 『이상의 신사회』, 『이상촌』을 중심으로」, 『한국근대문학연구』 41, 2020.상반기, 7~51면.

수 있다. 유토피아는 신의 섭리나 자연의 신비적 힘에 의해서가 아니라 인간의 노력과 의지로 실현된다.[8] 그런 면에서 허구이긴 하지만, 실현 가능성을 전제로 하고 있다.[9] 실현 가능성을 전제로 하기 때문에 과거를 동경하고 복원하려는 향수나 현실도피가 아니라 현실을 비판하고 개혁하려는 '미래' 지향적인 의지를 담고 있다.[10] 유토피아 소설이 종종 '미래' 이상사회 건설을 그리고 있는 것은 현실개혁의 의지가 담겨 있기 때문이다.

　문윤성의 「완전사회」도 161년 후의 미래를 상상하고 있다. 1965년의 「완전사회」는 완전한 이상사회가 구축될 것이라는 기대와 달리, 제3차 세계대전이 일어나서 지구가 멸망할 것을 전제하고 있다. 살아남은 비커츠 여성들이 있으니 종말은 아니다. 그러나 여성들의 낙원으로 그려진 세계는 우리가 상상한 것처럼 유토피아의 세계는 아니다. 여인들의 공화국으로 구성된 유토피아는 샬롯 퍼킨스 길먼의 『허랜드』1915에서 이미 마주했던 세계이다. 미국의 가부장적 남성 중심주의를 비판하고 여인들만 사는 나라를 그린 페미니즘 유토피아의 대표적인 소설로 꼽힌다. 「완전사회」의 '홀랜의 집'이라는 공간은 '허랜드'와 발음의 유사성뿐만 아니라 여인들의 공화국이라는 설정에서도 흡사하여 영향관계를 논하지 않을 수 없다. 『허랜드』를 비롯한 유토피아 소설은 대부분 '완벽하고 완전한 사회'의 구현을 그리고 있다. 그런데, 「완전사회」는 '안티 유토피아', 혹은 '안티 페미니즘'이라는 평가를 받을 정도로 '완전하지 않은' 세계를 그리고 있다는 것에 주목할 필요가 있다.

8　김영한·임지현 편, 『서양의 지적 운동』, 지식산업사, 1994, 7~8면. 이상사회론 중 「유토피아주의 장」 참조.
9　위의 책, 8면.
10　위의 책, 7~8면.

유토피아의 완전하지 않고 행복하지 않은 측면을 보여주는 「완전사회」는 유토피아 소설의 계보에 있으면서도 유토피아에 반기를 든다. 인간의 유토피아를 향한 욕망에는 늘 나와 나의 세계를 중심으로 하여 타자에 대한 대립적인 관점이 깔려 있음을 꼬집고 있다. 가난한 자는 계급이 없어지길 희망하고, 차별받던 자는 차별이 없어지고 기존에 차별받던 자들의 지위가 상승하길 바란다. 문윤성은 「완전사회」에서 막상 나의 세계가 중심이 된 세상이 될 때, 과연 이상적인 사회가 펼쳐질까에 대한 질문을 던져주고 있다. 1960년대는 4·19혁명 이후에 신구 세대의 갈등을 비롯하여 문단에서도 본격과 장르문학이 양분되던 시기였다. 세대갈등뿐만 아니라 남성과 여성, 이념의 대립도 첨예하게 갈렸다. 이렇게 양분된 대립과 갈등을 없애고 새로운 세상을 구현하는 유토피아는 어떻게 이루어질까.

토머스 모어의 『유토피아』1516에서 처음 사용된 용어인 유토피아란 원래 어디에도 없는 곳, 살기 좋은 이상향이란 의미이다. 『홍길동전』의 율도국은 이상향, 식민지시기 이광수 『흙』의 살여울은 살기 좋은 곳의 유토피아를 상징한다. 미래로 떠나는 유토피아는 어디에도 없는 곳이지만, 또한 욕망하는 곳이다. 1965년 문윤성의 「완전사회」는 '완전'을 꿈꾸는 유토피아가 얼마나 허구인지를 보여준다. 더불어 1960년대 남한 사회가 욕망하는 '완전', '건강', '건전', '정상'의 지배 이데올로기의 표어가 불가능한 것을 끝없이 가능한 것처럼 요구했던 '국민 만들기' 프로젝트의 일환이었음을 역설한다. 완전사회를 지향하는 욕망에는 불완전, 비정상, 불량, 불건전한 것에 끊임없이 불합격 판정을 내리고 격리하고 통제해야 하는 시스템이 작동해야 했던 것이다. 문윤성의 「완전사회」는 '완전사회'라는 것이 얼마나 허황된 욕망인지를 그려낸다. 유토피아를 꿈꾼다는 것은 불가능한 것을 욕망한다는 것의 의미이고, 그러나 불가능해 보이던 유토피아가 구현되더라도, 또다시 그 안에서 균열과 갈등은 나타나기 마련임을 보여주고 있다. 완전성을 추구하는 유토피아는 엄격한 계획과 통제로 유지되고, 엄격한 규율과 통제 시스템은 결국 인간의 자유와 다양성을 파괴하는 결과를 초래할 것이기 때문이다.[11]

유토피아는 '어디에도 없는 곳'으로 지금 여기 현실의 갈등을 해소하고 새로운 제도를 추구하는 인간의 의지가 담겨 있다. 흔히 이상적인 파라다이스, 낙원이라는 개념과 함께 쓰이지만, 새로운 제도와 시스템을 건설하려는 인간의 적극적인 정치적 의지가 담겨 있다는 점에서 좋은 세상이 신이나 자연의 섭리로 눈 앞에 펼쳐지는 낙원과는 차별성을 띤다. 미래사회의 유토피아 '건설'이라든가, 지금과는 다른 시스템의 미래사회에 대한 이상을 그리고 있다면 바로 인간의 '새로운 제도'를 향한 염원과 의지가 반영된 것이다.[12] 그냥 그곳에 있는 낙원이 아니라 새로 건설해야 하는 시스템으로서의 유토피아다. 문윤성이 그리는 유토피아도 '샹그릴라'로 대표되는 지상낙원이 아니라, 현실의 대립과 갈등을 극복하고 새로운 세계를 건설하고자 하는 인간의 의지와 의도가 반영된 유토피아라 할 수 있다. 이숙이 「완전사회」를 '정치적 과학소설'[13]이라고 명명한 것은, 유토피아 건설에 담긴 인간의 정치적 제도의 개혁 의지와 일맥상통한다고 볼 수 있다.

「완전사회」의 유토피아 건설의 기본 가설은 제5차 세계대전인 성전쟁으로 남성이 사라진 여인만의 공화국으로 남성 없이도 무수정 임신이 가

---

11 위의 책, 33~34면 참조.
12 김영한, 「유토피아주의」, 『서양의 지적 운동』, 지식산업사, 1994, 13~15면 참조.
13 이숙, 「문윤성의 『완전사회』 (1967) 연구—과학소설로서의 면모와 지배 이데올로기 투영 양상을 중심으로」, 『국어문학』 제52집, 2012, 235면.

능하게 된 '진성 사회'이다. 1960년대 베트남 파병과 군대의 징집, 그리고 산업사회의 일꾼이 필요했던 신체검사에서 건강함을 증명해야 했던 남성들은, 집안에서 육아에 몰두해야 할 여성들이 집 밖으로 진출하는 것에 불만을 품거나 곱지 않은 시선을 보냈다. 1960년대 남한 사회 '완전인간' 대표인 우선구가 바라본 미래 여인공화국 사회는 어떤 모습일까. 유토피아 소설의 전제 조건에는 당대 현실에 대한 부정 혹은 비판이 깔려 있다. 「완전사회」가 발표된 1965년[14] 당대 유토피아를 건설하려 한 주체남성의 현실에 대한 불만이 무엇이었으며, 무엇을 염원했던 것인가를 들여다보고자 한다.

3. 1960년대 미·소 냉전하의 「완전사회」의 강요된 남성성과 국가의 건강한 신체 기획

1960년대는 미·소 냉전체제가 극에 달하던 시기였다. 1957년 소련의 스푸트니크 사건으로 충격에 빠진 미국은 우주개발에 박차를 가했고, 식민지개척 경쟁을 하듯 소련과 우주개발을 두고 치열한 경쟁을 벌였다. 남한은 미소 냉전체제의 틈바구니에서 미국의 우방으로서, 과학으로 국력

---

14 「완전사회」의 발표시기를 흔히 1967년으로 표기하는 것을 종종 볼 수 있다. 그러나 「완전사회」는 1965년 『주간한국』 추리소설 공모 당선작이다. 1967년 수도문화사에서 단행본으로 간행되었고, 후에 1985년 홍사단출판부에서 상, 하 두 권의 『여인공화국』으로 제목을 바꿔서 다시 한번 재출간되었다. 그러나 이때까지도 연구자들이나 일반 대중에게 이 작품은 잘 알려지지 않고 기억에서 사라져 갔다. SF 붐과 함께 2000년대 이후에야 조금씩 연구되기 시작하다 2018년 아작에서 다시 『완전사회』라는 제목으로 재출간하여 연구자들과 SF 마니아들의 주목을 받고 있다.

을 다져서 선진국 대열로 발돋움하겠다는 강한 의지와 함께, 사회 전체가 경쟁 구도로 들어가서 어떻게든 우등생이 되려고 애를 썼다. 1960년대 남한 사회는 대립 구도 속에서 경쟁을 강조하여, 사회에 편입하지 못하는 자들을 낙오자로 간주하기 시작했다. 더불어 거리의 부랑아, 고아 등의 하층민을 범죄자 계층으로 규정해 나갔으며, 불량도서로 지정된 목록들은 청계천 뒷골목으로 밀려나기 시작했다. 그런 사회의 구조 속에서 『주간한국』의 추리소설 공모전은 눈길을 끈다. 추리소설을 불량도서로 간주하던 풍토에서 추리소설 공모전의 심사위원들은 조풍연, 정비석 등 문단의 중견들인 점도 아이러니하다.

1960년 4 · 19혁명은 청년세대와 기성세대를 가르는 신호탄이 되기도 했다. 추리소설이나 과학소설은 장르문학으로 기존 문단에서 설 자리가 없었다. 추리소설은 불량도서로 분류되었지만, 과학소설은 아동청소년에게 장려하고 전집으로까지 발간되었다. 이청준의 「퇴원」, 김승옥의 「환상수첩」 등 사회의 부적응자를 그리는 소설이 많았으며, 사회에 적응하지 못하면 낙오자, 패배자, 비정상인, 정신이상자 취급을 받았던 시대라 볼 수 있다. 국가는 사회 시스템에 적응하지 못하는 인물을 '비정상인'으로 취급하며 표면적으로 합리성을 얻어나갔다. 이렇게 1960년대 사회는 대립과 대립의 연속으로 치닫고 있었고, 문윤성의 「완전사회」는 바로 그 시점에 출간되었다. 과학기술이 발달할수록 극단적 대립의 결과는 전쟁으로 치달을 수밖에 없었고, 전쟁 이후의 미소 냉전체제 역시 끝나지 않은 이념 전쟁으로 살얼음판을 걷는 분위기를 자아냈다고 볼 수 있다.

SF에서의 권위자는 보통 과학자나 발명가이다. 그런데, 「완전사회」에서 미래로의 수면 여행 계획의 실행은 '유엔의 개입'을 통해 이루어진다.

「완전사회」에는 1960년대 미·소 냉전 체제하에서의 남한 사회의 시대적 배경이 깔려 있다. 작품 내에서 제3차 세계전쟁이 자유주의와 공산주의의 양대 진영 간의 전쟁이 아니라 공산주의 국가들 사이에서의 전쟁으로 그린 점, 유엔에서 모든 것을 기획하고 총괄하는 것으로 설정한 것은, 한국전쟁을 겪고 난 이후 남한의 반공 이데올로기가 투사된 것으로 유추해 볼 수 있다.[15] 유엔에서 미래로의 수면 여행 프로젝트를 기획하고 거기에 남한의 우선구라는 인간을 선발한 것은, 얼핏 보면 한국이 인류의 거대한 프로젝트에 참가하게 되어 대단한 국가적 지위를 보유하고 있는 것처럼 보인다. 인류가 멸망했을 때도 마지막까지 살아남도록 선택받아 대단한 것 같지만, 실상을 들여다보면 잔인한 결정에 따른 희생자일 뿐이다.

> 그러나 이 일이 워낙 거창하여 한두 학술단체 만으로선 힘겹다는 사실이 드러났다. 기밀실 제작에만 억대의 자금이 들고 이의 연간 유지비로 2천만 달러 이상이 필요하다는 계산 앞에 결국 전 세계의 철학가와 의사와 공업인이 힘을 합하기로 하고 끝내는 유엔의 개입을 요청하게끔 되었다.[16]

—12면

인류의 최후를 장식하기 위해서 실현됐으면 하나, 고귀한 인명을 잃지 않기 위해서는 차라리 실현 안 되기를 바랐을 거라고 추측할 수도 있었다. 디크위크 박사뿐 아니라 이 계획에 가담한 인사들의 심리도 거의 다 그럴지 몰랐다. 하여

---

15 이숙, 「문윤성의 『완전사회』(1967) 연구─과학소설로서의 면모와 지배이데올로기 투영 양상을 중심으로」, 『국어문학』 52, 2012.2, 243~244면 참조.
16 문윤성, 『완전사회』, 아작, 2018. 이하 이 책의 인용문은 면수만 표기하기로 한다.

간 전 세계의 의사들은 가능성을 의심하면서도 혹시나 하는 기대를 걸고 완전
인간 색출에 주의를 기울였다.

—14면

미래로의 수면 여행 계획을 주도하는 것은 과학자발명가가 아니다. 디크
위크 박사도 이학박사나 공학박사가 아니라 '의학박사'이다. 과학자 대신
의사와 공업인으로 설정한 부분은 당대 현실을 반영한 것이라 볼 수 있다.
과학자보다 의사가 권위를 획득하고 있었고, 중요한 결정권을 쥔 사람이
의사로 대표된다. 최고 권위의 상징으로서의 의사는 1960년대 정상과 비
정상의 구분, 즉 완전인간과 불완전인간으로 구분하는 기준을 제시하고
결정하는 위치에 있음을 알 수 있다. 의사가 우선구를 완전인간으로 규정
짓는 권위나 결정권을 부여받게 된 계기는 징병제와 베트남 파병 등으로
개인의 몸에 대한 국가의 규율과 통제가 합리성을 획득한 '신체검사'라고
볼 수 있다.[17] 1960년대 의사는 멀쩡한 사람을 정신병원으로 보낼 수도
있었고, 사회적 낙오자로 규정지을 수도 있었다. 의료전문가의 동원을 통
해 징병검사 기준이 세분화되고 복잡한 판정 기준으로 바뀌어 항의 불가
능한 절대적인 것으로 인식되었으며, 검사 장소도 징병검사장에서 병원
으로 바뀌게 된다.[18] 더불어 국민 전체에 건강 진단이라는 신체검사로 '정
상'과 비정상의 잣대를 들이밀게 된다. 체중, 키, 시력 등 완전인간 테스트
는 당시 남성들이 신체검사 테스트에서 정상에 속하려는 압박을 받고 있

---

17 최은경, 「1950~60년대 의료전문가의 동원과 징병검사의 수립」, 『인문과학연구논총』 36(4),
2015.11, 231~258면. 특히 232~235면 참조.
18 위의 글, 234~235면.

었음을 전제하고 있다.

미래로의 수면 여행 계획 설계에는 1960년대 당대 결정권을 쥔 힘을 가진 자들이 알게 모르게 들어가 있음을 알 수 있다. 한국전쟁에서 유엔 참전으로 전쟁이 중단되었던 만큼 유엔의 결정권은 1960년대 남한 사회에서 강력했다. 더불어 미소 냉전체제 아래에서 '반공 이데올로기'의 주입도 1950년대보다 1960년대 더욱 강화되었다.[19] 반공 이데올로기와 함께 주민등록법의 시행과 신체검사는 산업화를 내세운 국가가 국민을 관리하고 재건하기 위한 정책의 일환이었다. 기술자를 인류의 미래 프로젝트에 참여하는 완전인간으로 거대하게 포장한 것은, 1965년 당시 베트남 파병에 반대하는 시위 등 국가 재건의 균열 조짐이 보였기 때문이다.[20] 사회 균열의 불안을 잠재우고 신체검사의 정당성을 확보하기 위해 '선진국으로의 도약'을 위한 미래 발전·진보의 표어를 내세운다. 남한 남성인 우선구는 '미스터 유니버스 선발대회'와 같은 신체검사에 대해 반문하면서도 국가, 인류를 위한 프로젝트에 참여할 것을 결심한다. 이런 우선구의 모습은 가정과 국가를 위해 군대에 가고, 전쟁에 참여하는 남성성을 드러낸다. 전쟁에 참여한 영웅과 현재 기술자인 평범하고 비루한 소시민 사이의 괴리는, 미래로 간 여인공화국에서 냉소와 구경거리의 대상이 되었을 때 참지 못하고 폭발한다. 기술자인 자신을 인류의 영웅으로 거듭나게 하는 유일한 길은 국가의 프로젝트에 참여하여 국가인류를 위해 희생하는 것이다.

비슷한 시기 과학소설을 창작했던 한낙원의 「잃어버린 소년」이나 『우

---

19 허윤, 「남자가 없다고 상상해봐」, 『민족문학사연구』 67, 2018.7, 485면. '초남성적 사회와 대중서사의 길항' 장 참조.
20 기술자를 양성하기 위한 과학 입국 정책은 1965년 창간된 『학생과학』의 아동청소년 과학 교육에서부터 산업일꾼 국민을 만들기 위한 국가 기획으로 장려되고 있었다.

주항로』와 같은 작품에서도 비밀 설계도를 계획하고 우주선을 개발하는 이는 과학자라기보다 '기술자'로 묘사된다.[21] 우선구도 기술자의 한 사람이다. 기술자는 범박하게 말하면 공장 직공이다. 산업화의 신체 건장한 일꾼이 필요했던 1960년대에 신체검사는 군대뿐만 아니라 직장에서도 시행되었다. 1962년 주민등록법과 함께 신체검사로 건강한 '국민'임을 증명해야 했다. 국가의 재건 프로젝트와 국민 만들기 프로젝트는 처음 시행되었을 때는 강력한 추진력을 얻다가 1964·1965년 베트남 파병의 반대 시위 등으로 '균열'을 빚게 된다.[22] 문윤성의 「완전사회」는 바로 박정희의 재건 프로젝트가 균열을 빚어내던 1965년 발표된 작품이다. 「완전사회」의 건강함의 증명과 선발 과정은 당대 신체검사와 강인한 남성성의 강요에 대한 불만이 깔려 있다. '완전사회' 유토피아는 건강함을 증명해야 하는 압박과 남성성의 강요로부터 탈출하고 싶은 심리가 반영된 것이다. 1965년 당시 남성은 이러한 사회 불만을 국가 시스템에 항거하고 목소리를 내는 것이 아니라, 자신에게 가해지던 압박과는 달리 안락한 가정에 있으면서 집 밖으로 나가 사회 진출을 꾀하는 여성에 대한 반감으로 표출한다.[23]

---

21 1965년 11월 창간된 『학생과학』에는 청소년 독자가 보면서 '과학자' 꿈을 키웠다는 우주과학소설이나 초인·로봇 소설을 비롯하여 과학대회와 과학기술을 장려하는 공작 기사가 실려 있다. 그러나 다른 한쪽에서는 기술자나 기능공 자격증을 따기 위한 학원이나 기능대회 등이 대거 실려 있다. 1960년대 '과학자'와 '기술자(기능공)'는 지금 우리가 인식하고 있는 것처럼 과학자와 노동자라는 정반대의 길이 아니라 '과학기술'을 익혀서 갈 수 있는 최고의 진로(대학으로 진학하느냐 고등학교 졸업하고 바로 취직하느냐의 차이)였다고 볼 수 있다.
22 정미지, 「1960년대 국가주의적 남성성과 젠더 표상」, 『우리문학연구』 43, 2014.7, 682~684면 참조. 박정희 정권은 베트남 파병으로 확보한 자금으로 경제개발의 강력한 추진력을 얻다가 전쟁에 참여한 사상자가 늘어남에 따라 전쟁의 이면이 드러나게 되었다고 한다. 1960년대는 근대화 프로젝트의 추진과 함께 '가부장제의 균열'이 일던 시기였다고 한다.
23 허윤, 「남자가 없다고 상상해봐」, 『민족문학사연구』 67, 2018.7, 485면. '초남성적 사회와 대중서사의 길항' 장에서 대중문화의 향유층이 중산층 남성으로 대중문화를 여성화하여 자신의 욕망을 은폐하려 했다고 한다.

1960년대 대중잡지의 고개 숙인 남성과 드센 여자의 대립은 이런 사회적인 시각이 반영된 것이라 볼 수 있다.

순건 공업 주식회사의 의무 실장으로 있는 김정원 박사는 종업원 진단 카드를 뒤적이다가 그중 한 장에 시선을 멈췄다. 이 회사에서는 지난주에 3천여 명 전체 종업원의 일제 건강 진단을 한 바 있었다. 3천 장이 넘는 카드를 정리하다가 의사는 약간 색다른 숫자를 발견했다. 신장 175센티미터, 흉곽 87센티, 체중 70킬로그램, 시력 좌우 2.0, 기타 청각 기능, 치아, 호흡량, 손아귀 힘, 팔걸이 횟수 등등에 나타난 기록은 이 사람의 체격이 표준형이며 전체 조직이 우수하고 과거에도 아무런 질병이 없었음을 표시하고 있었다. 카드의 주인공은 '우선구, 남자 27세'. 자재과 직원이었다.

— 14~15면

완전인간으로 선발된 자는 유엔 가입국이 아닌 한국전쟁으로 분단된 남한의 우선구였다. 그는 순건 공업 주식회사의 자재과 평직원이었다. 행정, 사법 고등 고시에 패스하고 자재과 평직원으로 제철 원료에 관한 연구에 열을 올리고 있다고 하는데, 이력이 모순투성이이다. 평범한 공장 직공을 갑자기 완전인간으로 둔갑시킨 느낌이 들지 않을 수 없다. "완전인간이 되면 유엔에서 과학 실험재로 쓸지 모른다고도 하던데"라며 사장이 불러서 전하는 말에는 표본이나 건강체, 완전인간이라는 진단은 위로부터의 '기획'을 위한 것임을 말해준다. 자기의 건강을 위한 것이 아닌, 불량식품을 골라내듯 우성인자를 선별하는 과정은 유럽인이 아시아인을 바라보는 시각이 투영되어서 불편하다. 유엔은 가입국 중의 그 어느 나라에서도 완전인간을 선발하지 않고, 남한의 우선구를 택한다. 지금도 우주선에 탑승하는 자를 선발하지만, 가족과 떨어지는 데다 위험부담을 안고 있기에, 선뜻 선택하기를 주저하기 때문이다. 선진국이 아닌 작은 아시아의 한 나라에서 완전인간을 택한 것은 '실험대상'으로 선택한 것과 다름없었다. '완전인간'이라고 그럴싸한 포장을 내두른 것도 1960년대 위선과 기만 통치의 일단을 보여준다. 한국에서 보낸 자료를 믿지 못하고 다시 귀국하여 진단에 사용된 기구를 검토하고 확인 검사를 치른 후, "완전인간 확인"이라는 승인을 찍는 과정은 흡사 미국에서 물건을 납품할 때 품질 보증을 받는 과정을 연상시킨다. 미국이나 유엔의 승인이 있어야만 수출도 수입도 할 수 있었던 시대에, 완전인간이라는 유엔의 확인은 제품에 찍힌 품질 마크 도장과도 같았다. 1960년대 과학소설에서 미국의 우주개척에 합류하거나 우주선 탑승자로 선발된 소년을 종종 볼 수 있었던 것과 같은 맥락이다. 미국이나 유엔의 계획에는 참여하지 못하고 그 계획을 실행하기 위한 실험대상으로 쓰였다고 볼 수 있다.

개인의 몸을 국가가 기획하고 통제하는 것을 합법화된 규율로 강화하는 데에 '신체검사'는 적절한 판정 기준이 되어 주었다. 1960~70년대 신체검사는 징병검사뿐만 아니라 학교에서도 실시되어 비위생적인 것을 색출해내듯 정상에 통과하지 못한 자들을 미개한 이미지로 각인시켰다. 교실에서 남녀가 한 장소에서 팬티만 입은 채 옷을 다 벗고 있는 사진은 지금 보면 불편하고 불쾌하다. 이런 당시의 신체검사는 우선구의 선발과정에서도 우량과 불량의 제품 품질을 점검하는 듯한 이미지로 나타나고 있다.

아시아 인종을 마치 품질 검사라도 하듯 완전인간 확인 절차를 마치는 과정은 국가, 더 나아가 전 인류를 위한 희생이라고 가정하더라도 어색하고 불편하다. 당시 열렸던 유니버스 대회에서도 아시아 인종은 키가 작아서 혹은 비율이 좋지 않아서 늘 뽑히지 못하고 뒷전으로 밀려났기 때문이다. 그런 아시아인에게 완전인간이라는 명명은 반어법처럼 어울리지 않거나 혹은 조롱처럼 들리기도 한다. 국제사회에서의 남한에 대한 인식을 보여주는 한편, 국내에서도 '완전', '정상', '우수'에 대한 끊임없는 요구가 사회로부터 내려오던 것을 피부로 느낄 수 있다. 건강검진은 사원을 위한 것이 아니라 회사에서 각 개인의 관리를 위한 것으로 쓰이고 있었다고 보인다. 비정상인, 정신이상자, 신체적 결함을 가진 자 등을 구분해 내는 방법으로 건강검진을 활용하고 있었다.

완전인간 우선구를 선정하는 과정이 복잡하게 진행되자 "미스터 유니버스 대회에라도 보내시렵니까?"라는 우선구의 질문 역시 당대 미스 유니버스 대회에서의 '몸' 프로젝트를 연상시킨다. 미스 유니버스는 여성들을 대상으로 펼치면서, 미래로의 수면 여행 모험에서의 완전인간은 남성인 우선구를 선정하고 있다. 미래로의 여행에서 건강한 신체를 검증받고 모험에 참여하는 사람은 남성이라는 면에서, 사회적으로 남성과 여성의 대립된 인식이 반영되어 있다. 작가 문윤성은 「완전사회」 곳곳에 대립된 사회 인식을 배치해 놓고 있다. 남성의 눈으로 바라본 여성 사회라는 것도 전략적인 배치라고 보는 것이 타당하다. 남성에게는 완전인간을 요구하고, 여성이 추구하는 완전사회를 바라는 모순된 심리의 충돌은 결국 완전사회가 완전하지 않은 사회임을 드러내는 역설로 보여주고 있다.

당대 남성에게 가해지던 남성성의 요구, 신체적 조건 등에 부과되던 무거운 짐과 의무감에 대한 반발은 명랑한 여성과의 대립으로 이어진다.[24] 합격과 불합격 판정, 건강한 남자임을 증명받아야 하는 신체검사가 군대

징집을 위한 동원으로부터 비롯되었다는 점을 상기할 필요가 있다. 1960
년대 신체검사에 통과하지 못하는 남성은 정말 어디가 불량하고 쓸모없
고 볼품없는 남자로 취급되었다. 1965년 발표된 「완전사회」에서 드러나
는 부분은 바로 베트남 파병전 신체검사의 적합 판정을 기다리는 초조한
한국 남성의 모습이다. 완전인간 우선구가 미래사회에서 직면한 여인공
화국은 남성에게 가해지던 신체의 억압과 통제와 관리가 '여성의 몸'으로
바뀌어서 되풀이되고 있었다.

4. 완전인간의 염원과 여인공화국의 유토피아 지향

문윤성의 「완전사회」는 여성의 사회 진출과 남성성의 강요로 인한 부담
으로 남녀가 대립하던 1960년대에 남성은 화성으로 쫓겨나고 여인들만
사는 공화국을 건설한다. 문윤성은 '완전사회'를 통해 유토피아를 지향하
고자 한 것이 아니다. 오히려 완전하지 않음을 보여줌으로써 대립과 갈등
의 요소는 어느 사회에나 또 다른 양상으로 나타날 것이라는 '문제제기'
를 던져 준다. 그는 1960년대 남한 사회의 대립과 갈등의 요소는 어느 한
쪽을 배제한 유토피아를 건설한다고 해결되는 것이 아니라, 현실을 똑바
로 적시해야 한다고 경고한다. 그러나 1960년대 문윤성이 유토피아의 균
열을 보여줌으로써 사회에 던진 메시지와 문제제기는 큰 반향을 얻지 못

---

24 최애순, 「50년대 『아리랑』 잡지의 '명랑'과 '탐정' 코드」, 『현대소설연구』 제47호, 2011.8,
   377~380면 참조. 엄처시하의 소심한 남자 이야기에서부터 왈패, 왈가닥, 드센 여자 등의
   명랑 가정 이데올로기 부분 참조.

하고 현실의 더 큰 대립과 갈등에 묻히고 말았다. 2020년 이후 우리 사회는 남녀의 대립과 갈등, 빈부의 대립과 갈등, 정치적 대립과 갈등 등 곳곳에서 반목하는 현상에 직면해 있다. 1960년대 일종의 알레고리로서의 문윤성이 그린 '완전사회'의 의미를 짚어보고 당대 사회가 얼마나 대립하고 있었는지를 따라가면서, 지금 이 시대에 우리가 무엇을 해야 할지 고민해보고자 한다. 유토피아의 지향은 누가 주체가 되느냐에 따라 달라질 수밖에 없다. 「완전사회」에서 미래의 여인공화국을 건설하는 주체는 유엔을 주축으로 한 남성이다. 또한 미래 프로젝트의 주인공이자 모험의 주체도 남성인 우선구이다. 완전사회는 남성이 주체가 되어 건설한 여인공화국이라는 면에서 이미 모순과 충돌을 야기한다.

문윤성의 「완전사회」는 건전한 국민 만들기 프로젝트로 인해 사회의 대립과 갈등이 조장되던 1960년대 갈등과 대립의 요소를 배제하는 가설을 세운다. 가장 극렬하게 양분된 남성과 여성의 대립을 예로 들어, 남성이 사라진 여성만의 유토피아를 건설한다. 여인들만의 나라를 건설하는 유토피아는 「완전사회」 이전부터 종종 꿈꾸어 오던 유토피아의 대표적인 모습 중 하나이다. 남성과 여성의 대립과 차별에서 페미니즘은 오랜 기간 여성의 임신과 출산에서 야기되는 억압과 속박으로부터의 해방 문제를 다루어 왔다.

1960년대 미국의 급진적 페미니즘의 출현은 남녀의 대립을 부각시켰다.[25] 1960년대 국내에서도 남성들에게 부과된 군대 징집의 강인한 남성성의 요구와 여성의 가정 밖으로 나가고 싶은 욕구가 충돌했다.

---

25 김보명, 「급진-문화 페미니즘과 트랜스-퀴어 정치학 사이」, 『페미니즘 연구』 제18권 1호, 2018.4, 233~234면 참조.

남성과 여성의 사회 갈등의 고민 결과 161년 후 미래사회에서 남성 없이도 임신이 가능한 여인공화국이 건설된다. 샬롯 퍼킨스의 『허랜드』[26]는 미국의 가부장제를 비판하기 위해서 여성들만 사는 나라인 허랜드를 꿈꾸었다. 유토피아에 대한 욕망과 급진적 페미니즘의 등장이 함께 맞물려서 여인들만의 나라를 건설하는 욕망이 분출되었다. 「완전사회」가 쓰여지던 1965년은 가부장제에 대한 여성이 목소리를 높이던 시기로, 남성에게는 더 남성성이 요구되고 반면에 여성들은 집 밖으로 나가려는 움직임이 일었다. 페미니즘을 주장하는 여성은 전통적으로 여성에게 부여되던 임신, 출산, 육아를 둘러싼 신체의 속박과 가정이라는 틀에서 벗어나고자 한다. 우선구의 눈에 비친 이 여인공화국은 불편하고 자신이 마치 동물원 원숭이처럼 구경거리가 되어서 기분 나쁘다. 진성사회로 '헤어지루' 정부를 형성하여 세계가 통일 정부가 된 미래 여인공화국은 우선구가 보기에는 신문이나 방송을 마음대로 보거나 들을 수 없고, 도서관 이용도 제약을 받는 감시와 통제 시스템이 작동하고 있는 큰 '감옥'에 다름 아니다. 세계가 하나의 국가, 하나의 통일 정부로 구성된다는 발상은 웰스의 유토피아 '사회개혁안'을 연상시킨다. 「완전사회」는 1960년대 미국 급진적 페미니즘이 추구하는 페미니스트 유토피아의 형식을 취하고 있으면서도, 발상의 근원은 1920년대 국내에서 전개되었던 유토피아 담론으로부터 찾을 수 있다.[27] 식민지시기 경성고보를 퇴학당하고 노동자의 삶을 살았던 문

---

26 샬롯 퍼킨스의 『허랜드』의 여러 모티프들이 문윤성의 「완전사회」에 영향을 끼친 것으로 사료된다.
27 손종업은 「완전사회」가 여러모로 H.G. 웰스의 『타임머신』(1895)의 영향 속에 놓인 것으로 파악된다고 한다(손종업, 「문윤성의 『완전사회』와 미래의 건축술」, 『어문논집』 제60집, 2014.12, 254~257면 참조).

윤성은 1920년대 국내에 수용된 웰스나 사회주의 유토피아 담론의 영향을 받았던 것으로 보인다.

나와 타자로 대립된 세계는 정상과 비정상을 격리하고, 거리의 부랑아와 고아, 정신병자를 정신병원에 감금하는 등의 사회적 격리 시스템을 낳는다. 「완전사회」에서 화성으로의 남성 축출은 나병 환자를 오이도에 감금하거나 통제하는 1960년대 격리 시스템의 연장이며 비유이다. 타자를 배제하고 격리함으로써 오물이 묻지 않을 것이라 기대하고 우리만의 세계가 평화가 올 것이라 기대하는 어리석음과 무지를 경고하고 있다. 미래 프로젝트라는 거창한 설계와는 달리, 과거에서 온 우선구는 화성의 외계인 같은 낯선 타자일 뿐이다. 고전 문화 번역원을 통해 과거 전통과 현세대작품 안의 여인공화국의 차이, 웅성문화와 진성문화의 차이를 보여주며 현세대의 역사를 설명하나, 우선구에게는 이 모든 것이 자기를 조롱하는 것 같고 불편할 뿐이다. 과거 세대가 누렸던 영광의 시대가 가고 새 시대가 왔을 때 받아들이지 못하는 신구 세대 대립의 알레고리로 읽을 수 있다.

유토피아에서 미래사회의 구현은 현 사회의 대안을 마련하고자 시도했다는 점에서 국가 재건의 의지와 맞물려 있음을 알 수 있다. 대립적 지양을 탈피하고 통합사회를 이룩하고자 하는 「완전사회」의 시도는 아이러니하게도 작품을 둘러싸고 벌인 대립 논쟁에서부터 남한 사회의 대립 구도를 극명하게 표출하게 된다. 1987년 복거일의 『비명을 찾아서』가 나오기까지 유일하게 성인문학의 SF를 담당한 「완전사회」는 미래의 완전하지 않은 사회를 통해 극단적인 페미니즘, 극단적인 미소 냉전체제 등에 대한 불안과 경계의 목소리를 뿜어내고 있다. 본격문학에서 밀려난 과학소설의 대안으로 복거일이 '역사'리얼리즘를 내세워 '대체역사'를 가져온 것도 본격문학과 장르문학, 리얼리즘과 환상문학과의 대립 전쟁에서 나름의 돌파구를 마련하고자 시도한 것이었다.

「완전사회」는 남성 작가의 시선으로 온전히 여성들을 바라보는 것이 가능한 것일까에 대한 간접적인 질문과 답변을 제공한다.[28] '완전인간'은 우선구라는 남성을 택하였는데, 후에 남은 인간들은 모두 여성이며 완전사회는 여성들의 나라라는 점은 아이러니하다. 왜 처음부터 여성을 완전인간으로 선택하지 않은 것일까. 신체의 강인감, 건강한 신체의 상징, 프로젝트의 참여자는 남성이어야만 하는 1960년대 강요된 남성성의 이데올로기가 돌출되어 있다고 볼 수 있다.[29] 미래사회를 여성으로 제시하면서도 (신체적) 완전인간으로 여성을 내세운다는 것은 전쟁 뒤 분단 상황에서 상상할 수조차 없는 일이었다. 먼 미래를 상정하고서야 여성이 남성 없이도 강해질 수 있을 것이라는 막연한 공상을 할 수 있었다. 그만큼 한국전쟁을 겪고 국가가 재건을 앞세우던 시기에 건강한 신체, 군대, 강인한 남성성의 상징은 국가 기획에서 중요했던 것이다.[30] 1964년 베트남전 파병에 신체 건강한 남성을 선발하는 방식과 우선구를 미래 프로젝트에 참여시키기 위해 선발하는 과정은 흡사한 면들이 있다. 모험의 주체를 남성인 우선구를 선택하였다는 것에서부터, 이미 여인공화국은 모순을 전제하고 있을 수밖에 없다.

문윤성은 161년 후의 미래 여인공화국에서 여성의 몸을 통제하고 관리하는 것을 보여줌으로써, 1960년대 현실에서 남성의 건강한 신체의 증명

---

28 샬롯 퍼킨스 길먼의 『허랜드』는 문윤성의 「완전사회」보다 이상적으로 그려진다. 그것은 여성 작가와 남성 작가의 시선 차이에서 기인하는 것일 수 있다.

29 정미지, 앞의 글, 682~683면 참조.

30 허윤, 「남자가 없다고 상상해봐―1960년대 초남성적 사회의 거울상으로서 『완전사회』」, 『민족문학사연구』 67, 2018.7, 483~509면 참조.

에 대한 부담과 가중된 스트레스를 간접적으로 보여준다. 1960년대 군대에 가기 싫어도 가야 하고, 산업사회에서 노동자로 일하면서 부당한 대우를 받아도 사회에 항변할 수 없었던 심리를, 여성에 대한 반감으로 바꾸어서 표현했다고 볼 수 있다. '만약 여성의 몸을 남성처럼 국가가 통제하고 관리하게 된다면 수용하겠는가'라고 물어온 것일 수도 있다. 사회에 마음껏 불만을 터트리지 못하고 대립하고 반목하는 대상을 여성으로 돌려놓고 억압되고 억눌린 감정을 분출했다고 볼 수 있다. 1960년대 남성성의 강요로 인한 억압과 스트레스는 사회/국가에 대립하고 반목해야 했지만, 그럴 수 없는 상황에서 집 밖으로 진출하려는 여성에 반대하고 대립하는 양상으로 나타나게 된 것이다. 우선구는 건강함의 증명을 받고 인류의 대표라는 사명을 띤 자신에게 미래 여인들이 가하던 조롱과 소홀한 대접에 이러려고 내가 가족도 포기하고 이 프로젝트에 참여했나 하고 회의감에 휩싸이기도 한다. 이런 우선구의 심정은 6·25전쟁이나 베트남전쟁에서 죽을 고비를 넘기고 살아 돌아와 영웅 대접이라도 받을 줄 알았는데, 기대에 못 미치는 보잘것없는 처지와 대우에 화살을 여성에게로 돌려서 드센 여성들에 대한 반감을 은연중에 표출한 것일 수 있다.

5. 완전사회의 신체 통제와 유토피아의 균열

페미니즘 유토피아의 오랜 기원에는 여성이 남성과 차별되는 요인을 임신과 출산으로 꼽고 있다. 남성이 없어도 임신과 출산을 할 수 있다는 '진성선언'은 여성의 자기 몸의 자유와 권리를 찾은 것으로 보인다. 진성선언은 '여성이 아이를 낳지 않는다 / 남성 없이 임신할 수 있다'의 선언이다. 모든 남녀차별의 시작으로 여성에게 인식되는 '임신을 거부하는 여성'은 현대 사회에까지 이어져서 급기야 월경생리을 거부하기에 이른다. 문윤성의 「완전사회」는 앞으로의 미래사회에 돌연 여성이 진성선언을 할 날이 올 것을 예견하고 있었다.

여성의 임신과 출산에 대한 대안을 제시한 대표적 작품인 『허랜드』를 상기해보면, 처녀생식은 과학기술의 발전으로 인한 것이 아니라, 간절한 바람이 빛을 보듯 어느 순간 기원이 되는 '어머니' 여성의 등장으로 가능하게 된 것이다. 페미니즘 유토피아 소설에서는 남녀 대립의 가장 근원적인 출발점으로 꼽고 있는 임신, 출산의 문제에 대해 절실하게 고민한 흔적을 엿볼 수 있다. 남성/여성의 성의 구별을 넘어서서 더 근원적인 '여성의 몸'으로부터의 자유나 임신의 문제에 대해 고민하다가 처녀생식이 가능한 몸이 되기를 바라는 염원이 담겨 있다. 『허랜드』의 염원과는 달리, 「완전사회」는 과학기술의 발전으로 무수정생식, 단성생식이 가능하게 되었다고 가정한다. 그런데도 남성이 없는 사회가 이해할 수 없다는 의문을 계속 제기하며, 남아 있던 남성이 모두 트랜스젠더한 듯한 묘사를 보여준다. 「완전사회」에서 임신과 출산으로부터의 차별에서 벗어나 대립과 갈등이 사라져서 유토피아가 도래해야 하는데, 세상은 또다시 대립과 갈등으로 반목한다. 바로 '성'적 욕망의 해결 방식을 놓고 국가가 인정한 합법적인 집단 홀랜과 비합법적인 소위 동성애 모임인 께브가 대립하게 된다. 「완전사회」는 여인공화국이라는 미래 유토피아 사회를 통해 남성과 여성의 성전쟁에서 여성이 승리한 것을 보여주는 데서 그치지 않는다. 여인공화국으로 새로운 세상을 마련한 곳에서는 동성애, 여성의 성적 욕망에 대한 인식 등 성적 취향에 의해 대립하는 사회에 직면하게 된다. 여성의 몸으로부터의 해방, 임신 출산으로부터의 억압과 해방을 누린 세상에서 또다시 '몸'을 국가에 의해 통제받고 관리받게 되는 아이러니를 맞이한다.

여인들만의 '완전사회'에 대한 욕망은 남한 사회에서는 정신분석의 도입과 함께 여인들의 성적 욕망을 분출하도록 했다. 그동안 여성의 몸은 임신과 출산을 위해 있었고, 임신과 출산에 기여하지 않는 쾌락을 위한 여성의 성적 욕망은 더럽고 불건전하고 퇴폐적인 것으로 죄악시되었다. 1960년대 본격적으로 도입된 정신분석은 여성에게 임신과 출산 이외에 성적 욕망이 있음을 일깨워 주었던 것이다. 그동안 여성의 성적 욕망은 금기시 되어 왔다. 여성의 성은 임신과 출산을 위해서 기능할 때 건강한 것이고, 쾌락을 추구할 때는 불건전하고 타락한 것으로 인식되었다. 미래 여인들의 공화국에서도 금기시된 성적 욕망의 경계를 깨고 해소하는 방식의 차이로 사회는 대립과 갈등을 겪게 된다.

우선구는 이렇게 대립과 갈등을 겪는 여인공화국에 대해 "사회 불안의 제거 없이 참된 행복은 있을 수 없다"[416면]라고 말해주고 싶어 한다. 우선구의 시각이나 여인들의 시각이나 모두 유토피아의 지향을 위해서 사회 갈등과 불안의 요소를 제거해야 한다고 역설한다. 여인들이 내세운 것은 남성의 제거이고, 남성의 제거를 통해서도 계속 남아 있는 사회 불안과 대립을 보면서도 우선구는 이 불안의 요소를 제거해야 한다고 한다. 이러한 두 대립된 관점의 양 집단이 유토피아의 건설에서 무엇을 제거하고 무엇을 남길 것인가는 주체가 누가 되느냐에 따라 달라진다. 토머스 모어의 『유토피아』의 유토피아 공화국에서는 범죄를 저질러서 아주 혹독한 사회적 대우를 받는 노예가 있다. 힘들고 가혹한 일은 모두 노예가 하고, 육아는 여성이 담당하기 때문에, 다른 사회 구성원들은 유토피아 공화국이 더할 나위 없는 이상사회라 여기며 시스템을 작동한다. 계급과 계층이 여전히 존재하는데 그 사회가 모든 구성원에게 유토피아가 될 수 있는가. 「완전사회」는 바로 대립된 두 시각의 차이를 보여줌으로써, 인간이 지향하는 유토피아가 완전하지 않음을, 이미 균열을 예고한 상태에서 출발함을 보여주고 있다.

「완전사회」의 여인들만의 유토피아는 또다시 대립과 갈등으로 양분되는 모습을 보여준다는 점이 기존의 여인공화국을 내세웠던 유토피아 소설과 다르다고 볼 수 있다. 여인들만의 공화국인 미래 완전사회에서 여성의 가정 내에서의 의무가 사라지고 의무를 가하던 남성이 사라짐으로써 평화가 찾아올 것이란 기대와는 달리, 홀랜과 께브의 대립으로 사회는 또다시 양분되어 전쟁을 방불케 한다.

> 우리는 일체의 낡은 관념과 그 위에 설정된 모든 제도를 무시한다. 개인의 인생관으로부터 부부의 개념, 가족 제도, 법률, 사상, 사회 조직에 이르는 온갖 낡은 것은 근본적으로 파괴되어야 할 것을 주장한다.
>
> (…중략…)
>
> 우리가 진실로 만물의 영장이 될 때는 왔다. 참된 생활, 복된 사회를 건설할 때가 왔다. 우리는 과감하게 성의 모순과 대립을 타파해야 한다. 우리는 엄숙히 선언하노라. 우리는 영원히 참되고 아름다운 사회와 역사를 건설하기 위하여 모든 분야에 걸쳐 남성의 존재를 부인하고 이를 제거한다.
>
> 이후 우리 여성은 상대성의 입장이 아니라 인류 유일의 참된 모습으로서 존재한다.
>
> ─174~175면

바꿔 말하면 여자는 남자 없이도 임신할 수 있다는 이야기였다. 햄진 박사는 자기 이론에 따라 몇 개의 무정난자를 인체가 아닌 인공 자궁소에서 완전한 태아로 발육시키는 데 성공하였다. 대신 태아는 전부 여자였다. 햄진 박사는 이렇게 탄생하는 영아는 기본 모체의 분신이기 때문에 절대로 남성은 얻을 수 없다고 밝혔다. 햄진 학설이 발표되자 전 세계 여론은 분분하였다.

— 178면

남성 없이도 무수정 임신이 가능하고 출산으로부터도 자유로워진 여인 공화국 시대가 도래한다. 여성에게는 그야말로 유토피아라 할 수 있다. 성의 모순과 대립을 타파하고 새로운 사회와 역사를 건설하기 위해 여인들이 택한 방식은 모든 분야에 걸쳐 남성의 존재를 부인하고 제거하는 것이었다. 유토피아는 현실에 대한 불만을 전제로 그 갈등 요소를 배제하거나 삭제함으로써 구현된다. 여성의 입장에서는 임신과 출산 문제에서 비롯된 남성과의 차별과 대립이 현실의 가장 큰 불만이었으므로, 남성을 제거하고 임신이 가능한 사회를 건설한다. 토머스 모어로부터 형성된 유토피아의 개념에는 현실의 불만, 정치적 제도의 건설이 인간의 의지와 노력으로 수반되는 것을 의미한다. 그러나 그렇게 해서 건설한 유토피아는 사회 제도 전반의 개혁으로 도래했기 때문에 새로운 제도의 유지를 위해 '독재'와 흡사한 감시와 통제가 수반될 수밖에 없다. 유토피아의 지향이 종종 디스토피아로 귀결되는 것은 바로 그런 연유에서이다.

유토피아란 결국 토머스 모어가 몇 세기 전에 언급했듯이 '어디에도 없는 세상'이라는 것을 다시 한번 실감할 뿐이다. 이청준의 「이어도」에서처럼 죽어서야 갈 수 있는 곳이므로 그야말로 판타지, 이상향일 뿐이다. 현실에서 설립하려 했던 이상사회는 결국 '당신들의 천국'에 그칠 뿐인 반쪽짜리 세상일 뿐이다. 누군가의 의지나 추구가 있다면, 그 안에는 늘 포함되지 않고 배제되고 삭제된 다른 누군가가 있기 때문이다. 문윤성의 여인공화국에서는 화성으로 쫓겨난 남성이 있고, 국가의 홀랜 시스템에 만족하지 못하여 께브를 형성한 집단이 있다.

그러나 현실은 우리의 기대를 배반하였습니다. 께브는 차츰 창궐 일로에 있습니다. 그 폐단도 두드러지게 나타나기 시작했습니다. 께브 상습자들은 본인들도 모르는 사이에 심리적 변화를 일으켜 수동자를 지배, 억압, 애무로써 대하고, 수동자는 굴복, 인내, 자학을 스스로 취하는 형편입니다. 이들은 유유상종으로 끼리끼리 모여 집단적으로 공공연히 홀랜법을 유린하고 심지어는 과거의 웅성시대를 동경하는 탈선행위까지 저지르는 것입니다.

—384면

귀하는 혹 웅성시대를 동경한다니까 회고감에 젖을지도 모르나 귀하가 웅성일지라도 저들 께브 도당들을 결코 용납하지는 않으리라 본관은 믿습니다. 귀하는 웅성인인 동시에 훌륭한 이성인理性人이시니까요.

—384면

드디어 세계 정부는 '께브 금지령'을 내렸습니다. 하지만 결과는 역효과였습니다. 그들은 음성적 형태에서 감히 양성화하였습니다. 그만큼 그들의 세력은 늘어난 겁니다.

—384면

여기에 곁들여 두버무 소동이 발생하고 있습니다. '두버무'란 일체의 성행위를 거부하는 워시두를 말하는 겁니다. 께브고 홀랜이고 성행위는 모조리 거부한다는 과격파입니다. 반동 세력 께브에 대한 반동의 반동인 두버무주의자들은 '인간에 있어서 성이 있는 한 모순은 근절되지 않는다'라는 표어 아래 스스로 성수술을 받아 성호르몬과 수란관輪卵管을 제거해 버리고 마는 겁니다. 이러면 께브가 안 되긴 하지만 후생은 단절되고 마는 거죠.

— 384면

웅성일지라도 께브주의자들을 결코 용납하지 않으리라는 선언은, 이성애자와 동성애자의 대립과 갈등에서 동성애자를 결코 용납할 수 없다는 말을 대변하는 것이다. 홀랜주의자와 께브주의자의 대립 속에서 극단적인 '두버무'가 출현하게 된다. '두버무'는 현대 사회에서 남녀의 대립과 갈등 속에서 '임신을 거부하고 월경을 하지 않겠다'[31]라고 선언하는 급진적인 페미니스트의 출현과 맞닿아 있다. 1965년 문윤성이 진단한 사회의 대립과 갈등은 2020년대 이후까지도 해결되지 않은 채로 남아 있다.

여인공화국 안에도 위계질서가 있고, 위계질서를 유지하려는 사회 시스템은 누군가에게는 자유를 억압하는 통제와 감시가 된다. 우선구가 소설 내 문학공모전에서 당선한 「미래전쟁」은 채식주의자와 육식주의자의 대립으로 사회가 둘로 나뉘어 전쟁하게 될 것이라고 선언한다. 끊임없이 나와 타자로 대립하고 반목하는 세상은 유토피아의 한계이기도 하다. 갈등

---

31 https://www.ildaro.com/sub_read.html?uid=7630&section=sc8 하리타, 「월경을 소외시킨 사회, 월경과 반목하는 여성들-〈29살, 섹슈얼리티 중간정산〉 독일에서 몸해방 프로젝트⑤」, 『일다』, 2016.10.18 기사입력.

을 근본적으로 해결하는 것이 아니라 제거하는 방식을 택하여, 특정 누군 가를 위한 사회개혁을 감행하는 것은 그야말로 '정치적' 의도가 깔려 있 다고 볼 수 있다. 미래사회로 오기 전 우선구가 받았던 신체검사로 국가에 건강함을 증명하던 것은, 여인공화국에서 여인의 성행위를 '홀랜'이라는 법으로 관리하고 통제하는 것으로 바뀌었을 뿐이다. 현실에 대한 불만으 로 현실에서 벗어나고자 지향했던 유토피아는 그 안에서 또 균열하고 있 었다. 그러나 유토피아의 균열은 남성 우선구가 여성들에게 남자 없이 잘 살 수 있을 것 같냐는 시선으로 바라보는 순간부터 예고된 것이기도 하다.

「완전사회」는 1960년대 대립 사회에서 유토피아를 지향한다는 면에서, '유토피아 소설'의 계보에 놓인다. 그러나 여인공화국이 진정한 유토피아 가 아니라 불완전한 독재 시스템으로 성적 욕망을 국가가 통제하는 최악 의 법으로 유지되는 사회라는 디스토피아적 시선을 드러낸다는 점에서 유토피아가 모든 이에게 행복을 가져오는 것이 아님을 알 수 있다.[32] 따라 서 「완전사회」를 유토피아를 제대로 그렸다거나 제대로 그리지 않았다거 나 하는 것을 판단의 기준으로 삼는 것은 「완전사회」(분량만으로도 방대하 다)를 너무 소략하게 다루게 되는 결과를 초래한다. 「완전사회」는 유토피 아가 누군가의 욕망이나 정치적 의도를 담보로 또 다른 누군가의 욕망은 배제한 채 건설된다는 의미에서, 이미 균열할 수밖에 없는 태생적 본질을 안고 있음을 짚어준다는 데 의의가 있다.

---

32 김영한·임지현 편, 『서양의 지적 운동』, 지식산업사, 1994, 34면 참조.

6. 유토피아의 현실비판과 인간의 사회개혁 의지

문윤성은 「아름다운 다도해」, 「낙원의 별」 등으로 유토피아에 관한 소설을 이후에도 더 쓴다. 그러나 유토피아에 대한 환상은 결국 늘 불가능으로 결론이 나버려서 대립 사회의 대안을 찾으려던 노력이 물거품으로 된다. 1960년대 피안의 섬을 찾아 떠났던 이청준의 「이어도」는 현실에서는 닿을 수 없는 곳으로, 죽어야만 비로소 갈 수 있다. 1960년대 완전사회를 추구하려 했던 문윤성에 이어, 1970년대도 나름대로 이상향을 현실에서 찾아보려고 시도하거나 혹은 이상사회를 구축하려는 시도가 감행되었다. 그러나 유토피아가 늘 그렇듯, 그것을 구축하려 한 인간의 개별 욕망이 깃들기 때문에, 모든 이에게 천국이 아니라 '당신들의 천국'이 될 수밖에 없는 귀결에 도달하곤 한다. 문윤성의 「완전사회」는 한국문학의 흐름에서 해방 후 유토피아를 구현하려고 시도한 작품으로서 의의가 있다. 그리고 유토피아가 특정 누군가의 욕망을 전제로 하는 한 완전하지 않다는 현실적인 자각을 일깨워준다는 면에서 의의가 있다.

1960년대에서 1970년대까지 이상적인 곳을 지향하던 욕망은 현실에서 '당신들의 천국'으로 전락하고 말았다. 유토피아의 실현은 현실에서는 불가능함을 깨달았던 시기이기도 하다. 유토피아란 모든 계층, 모든 사람에게 주어지지 않고 미래에 실현된다고 하더라도 '특정' 누군가에게만 국한된다는 면에서 본질적인 한계를 내포하고 있다. 토머스 모어의 『유토피아』에서도 여전히 '노예'가 있다. 그 '노예'들은 과연 토머스 모어의 유토피아를 이상사회라고 생각할까. 유토피아가 구현되더라도 또 다른 격리와 통제, 감시로 인한 사회 계층지위,성등의 경계와 대립의 골이 생길 수밖에 없다는 모순과 한계에 부딪히게 된다. 「완전사회」에서도 지도층이 있고 수직적인 권력 관계가 조직된 이상, 체제를 유지하기 위한 통제와 감시가 또 다른 억압을 낳을 수밖에 없다. 홀랜과 께브의 대립은 국가 체제를 위협하는 반체제혁명으로 치닫는다. 그러나 충족되지 않은 욕망은 그곳에서 또 다른 유토피아를 꿈꾸게 한다. 현실에 없는 곳임을 알지만, 현실에 대한 불만을 담아 염원하는 세계의 지향은 '인간의 의지'의 굳건함을 증명해 준다. 현실을 이대로 두지 않고 새로운 제도를 만들려는 인간의 의지는 더 나은 사회로 가는 '미래' 지향이기 때문이다.

유토피아 소설은 늘 그렇듯 현실비판이나 현실부정을 딛고 탄생한다. 문윤성의 「완전사회」는 당대 1960년대 사회가 얼마나 갈등과 대립으로 치달았는지를 보여준다. 미래의 유토피아를 통해 현실의 대립이 얼마나 극단으로 치달을 수 있는지에 대한 알레고리를 보여준다. 그래서 그 갈등과 대립의 요소를 제거한 유토피아 공화국을 꿈꾼다. 인류가 바라는 이상사회가 특정 누군가 혹은 특정 계급 혹은 특정 성에만 국한된 '당신들의 천국'이 되지 않도록 하기 위해서는 어느 한쪽을 배제한 유토피아로는 한계가 있다. '어디에도 없는' 곳이 아니라, 현실에서 배제되고 소외된 자들의 목소리를 듣고 대안을 마련하고 갈등을 해소해야 한다. 그래야 어느 한 성이 사라지거나 더 나아가 인류의 종말죽음 이후에서야 비로소 피안을 누리는 것이 아니라, 현실에서 함께 미래로 나아가는 출발점에 설 수 있기 때문이다.

「완전사회」라는 작품이 문단에 등장하자마자 이 작품의 새롭고 낯선 기법이 신기하면서도 받아들이기 쉽지 않았을 것으로 유추된다. 본격 문단이 아닌 『주간한국』이라는 대중잡지의 공모로 등단한 이력부터가 기존 문인들과 차별화된다. 1960년대는 리얼리즘 논쟁으로 뜨거웠지만, 한편으로 기존의 리얼리즘에 반하는 환상성을 띤 문학이 주목을 끌기도 했다. 김승옥, 이제하, 박상륭 등의 기존 문단에서는 이해할 수 없는 독법의 소설이 이 시기에 창작되었던 것이다. 과학소설의 기본 속성이 현실에 대한 반기 혹은 새로운 제안이라는 점을 상기하면, 「완전사회」역시 현실에 대한 비판을 담고 있음을 알 수 있다. 혹자는 이 작품에서 페미니스트 유토피아를 읽어내기도 하고, 혹자는 이 작품에서 안티-페미니즘을 읽어내기도 한다. 한 작품에서 서로 모순되고 양립되는 해석이 나와서 충돌을 빚어내고 있다. 그러한 해석의 대립적 갈림이 바로 「완전사회」가 우리 사회에 던져주는 시사점이며 경고이다. 그리고 그 현실의 모순과 대립 때문에 인간은 기존 현실을 뒤엎고 새로운 제도로 개혁하는 유토피아를 지향하게 된다.

제10장

대체역사의 국내 수용 양상

최인훈의 『태풍』과 복거일의 『비명을 찾아서』

1. 대체역사의 붐과 복거일의 소환

2010년대 들어서면서 '대체역사'는 국내에서 당당하게 하나의 장르로 자리 잡아 창작 붐이 일고 있다. 황규찬의 『제국의 역사』뿔미디어, 2011, MysterLee의 『대한독립기—시작된 세계대전』어울림, 2012, 김경록의 『제국의 계보』뿔미디어, 2013, 김준호의 『대한제국사』어울림, 2015, 임영대의 『이순신의 나라』새파란사상, 2015 등이 대체역사를 타이틀로 내세우며 활발하게 창작되고 있다.[1] 국내뿐만 아니라 해외에서도 필립 K. 딕의 『높은 성의 사나이』가 아마존에서 드라마로 방영하여 2015년 시즌 1을 시작으로 2018년 시즌 3까지 제작되는 호황을 누리고 있다. 2001년 『높은 성의 사나이』가 국내에 번역되긴 하지만,[2] 이때까지도 '대체역사'는 일반 독자에게는 생소한 용어였다. 2011년 필립 K. 딕의 작품이 폴라북스에서 걸작선으로 간행되면서[3] 국내

---

[1] 김정수의 『대한제국사』(어울림, 2015)에는 '대체역사소설'로 달려 있고, 임영대의 『이순신의 나라』(새파란사상, 2015)에는 '가상역사소설'이라 달려 있다. 국내에서 '대체역사소설'과 '가상역사소설'은 비슷한 의미로 사용되고 있다.
[2] 필립 K. 딕, 오근영 역, 『높은 성의 사나이』, 시공사, 2001.

에도 알려지게 되었다. 2010년대 이후로 국내에서 '대체역사'라는 장르명을 단 작품들이 쏟아져 나온 것은 이런 상황들과 시기적으로 일치한다. 1992년 출간된 로버트 해리스의 『당신들의 조국』은 2006년 국내에 번역되었지만[4] 잘 알려지지 않다가 2016년 "유일무이한 **대체 역사소설**의 정수"라는 홍보와 함께 다시 번역되면서 인기를 누린다.[5] "제2차 세계대전에서 히틀러가 승리를 거두었다면"이라는 가정하에 1964년 히틀러 정권이 지배하는 베를린이라는 공간이 펼쳐지는 대체역사이다.

이런 분위기에 힘입어 2010년대에 들어서면서 '대체역사소설'을 직접적으로 다룬 학위논문이 나오기 시작했다. 이지용은 복거일의 『비명을 찾아서』를 통해, 대체역사의 개념과 범주를 규정하려고 시도했다.[6] 그는 대체역사의 범위 설정에서 '역사소설'로서의 대체역사와 'SF'로의 대체역사를 구분하고 있다.[7] 반면 이숙은 이지용의 논의를 좀 더 구체화하여 시간이동이 없는 진정한 대체역사와 과거나 미래로의 시간이동이 있는 SF적인 성격이 강한 대체역사로 범주화하고 있다.[8] 이숙은 복거일의 『비명을 찾아서』와 최인훈의 『태풍』과 함께, 『우리가 행복해지기까지』, 『처음이자 마지막, 끝이고 시작인 이야기』를 대체역사소설로 다루고 있다.[9] 이지용과 이숙의 학위논문은 대체역사의 범주를 역사소설 경향이 강한 측면과 SF 경향이 강한 측면으로 나누고 있으며, 이 연구들은 '대체역사'를 둘러

3　필딥 K. 딕, 김상훈·고호관·박중서 역, 『필립 K. 딕 걸작선 세트』(전12권), 폴라북스, 2013. 전 12권이 완간된 시기는 2013년이지만, 가장 먼저 번역되어 출간된 시기는 2011년이다.
4　로버트 해리스, 김홍래 역, 『당신들의 조국』, 랜덤하우스코리아, 2006.
5　위의 책, 겉표지 뒷면 참조.
6　이지용, 「대체역사소설의 서사 양상 연구」, 단국대 석사논문, 2010.
7　위의 글, 13~21면 참조.
8　이숙, 「한국 대체역사소설 연구」, 전북대 박사논문, 2013, 56~57면 참조.
9　위의 글.

싼 국내의 논의 양상을 대변해 준다. 대체역사소설 연구의 중심에는 복거일의 『비명을 찾아서』가 독보적인 위치를 차지하고 있다.

복거일의 『비명을 찾아서』는 문윤성의 「완전사회」『주간한국』, 1965 이후 국내 창작 과학소설아동청소년과학소설을제외한성인대상의과학소설의 명맥이 끊어진 듯 보이던 시기인 1987년에 발표된다. 문윤성의 「완전사회」가 대중잡지인 『주간한국』의 추리소설 공모전을 통해 등장했다면, 복거일의 『비명을 찾아서』는 소위 본격 문단인 문학과지성사를 통해 발표된다. 문윤성이 「완전사회」를 발표한 이후 당대 문단에서 이름이 전혀 거론되지 않고 연구자들의 주목도 받지 못했던 데에 반해, 복거일의 『비명을 찾아서』는 발표됨과 동시에 문단의 주목과 함께 여러 논쟁을 불러왔다. 문윤성의 「완전사회」가 당대가 아닌 2010년대 과학소설 연구의 분위기에 고조되어 새롭게 부상하며 '해방 후 최초 SF' 논쟁과 함께 거론되었다면, 복거일의 『비명을 찾아서』는 1987년 발표된 당시부터 문단에서 과학소설이 아닌 '역사소설'의 관점에서 논쟁적 작품으로 인식되어 활발한 논의를 불러왔다. 이후에 『파란달 아래』, 『역사 속의 나그네』 등의 과학소설을 꾸준히 쓴 복거일인 만큼 『비명을 찾아서』 역시 과학소설을 염두에 두고 썼음은 어렵지 않게 유추해 볼 수 있다. 그렇다면 왜 복거일은 '대체역사'라는 과학소설에서도 하위 장르이고 국내에서도 낯선 장르를 택해서 창작했을까. 본격 문단인 문학과지성사와 대중문학 과학소설은 서로 공존하지 못하고 양립하며 충돌하는 영역이다. 이에 복거일이 서로 충돌하는 두 영역의 교집합을 '대체역사'로 찾았던 것이 아닐까 한다.

『비명을 찾아서』는 국내에 익숙하지 않은 낯선 기법 때문에 '포스트 모던한 소설'[10]로 일컬어지며 발표 당시 논자들로부터 주목을 받았지만, 실제 역사가 아닌 '가정허구'의 세계여서 독자에게 당혹감을 불러일으켰다. 『비명을 찾아서』는 지금까지 리얼리즘의 전통을 고수하고 있던 문단에 마치 이단아처럼 등장했다고 볼 수 있다. '대체역사'라는 용어가 국내에 사용된 첫 사례여서, 비평가들은 작가에 의해 고안된 것으로 받아들였다. 따라서 그들은 일반적으로 통용되기에는 용어의 적합성에 대한 검증 작업이 아직 선행되지 않았다고 하여 이질감을 표출했다.[11] 복거일의 『비명을 찾아서』는 예기치 않게 문단에서 과학소설과는 전혀 다른 방향으로 논의가 펼쳐지게 되었다. '문학과 지성'과 '실천문학' 사이에서 팽팽한 대립과 긴장을 유도하기도 했고,[12] '역사소설의 새로운 가능성'[13] 혹은 '환상적 역사소설'[14]이라는 '역사소설'의 확장으로 논의가 전개되기도 했다. 이상옥은 이 소설이 영구히 읽힐 수 있을 것인가에 대해 의문을 제기하기도 했다.[15] 이것은 대체역사의 유효한 의미가 과연 무엇인가에 대한 물음이라 할 수 있다.

대체역사 연구는 소설뿐만 아니라 영상 매체로도 확장되는데, 『비명을 찾아서』에서 모티프를 가져온 〈2009 로스트 메모리즈〉를 주요 텍스트로 다룬다. 백문임은 「IMF 관리체제와 한국영화의 식민지적/식민주의적 무

---

10 '포스트모던한 소설'로 받아들여지며, 환상소설의 범주에서 논의가 전개되기도 했다(김영성, 「환상, 현실을 전복시키는 소설의 방식」, 『한국언어문화』 제19집, 2001, 45~61면).

11 김영성은 복거일의 『비명을 찾아서』가 발표된 1987년보다 한참 뒤인 2001년에 게재한 논문에서도 대체역사가 복거일에 의해 제안된 용어라 아직 검증 작업을 거치지 않았다고 하여 사용하기를 주저하였다.(김영성, 「환상, 현실을 전복시키는 소설의 방식」, 『한국언어문화』 제19집, 2001, 47면 참고)

12 송승철, 「가상역사소설론-허구적 역사 구성과 실천적 관심」, 『실천문학』, 1993.11, 292~310면; 권명아, 「국사 시대의 민족 이야기-복거일, 『비명을 찾아서』」, 『실천문학』, 2002.11, 35~57면.

13 이상옥, 「역사소설의 한 가능성-복거일의 『비명을 찾아서』론」, 『외국문학』 22, 1990.3, 10~27면; 공임순, 『우리 역사소설은 이론과 논쟁이 필요하다』, 책세상, 2000.

14 공임순, 「'환상적' 역사소설 연구」, 『서강어문』 15집, 1999.12, 57~79면.

15 이상옥, 앞의 글, 27면.

의식 – '대체 역사alternative history'의 상상력을 중심으로」에서 '대체역사'를 제목에 내세우며, 〈건축무한육면각체의 비밀〉유상욱, 1999과 〈2009 로스트 메모리즈〉이시영, 2002를 다룬다.[16] 백문임이 다룬 두 텍스트가 모두 대체역사의 범주에 들어갈 수 있는지가 의문으로 남는다면, 김명석은 영화 〈2009 로스트 메모리즈〉와 소설 『비명을 찾아서』를 집중적으로 비교하여 '대체역사'가 '시간이동'의 SF와 어떻게 다른지를 규명하고 있다.[17] 류철균과 서성은은 영상 서사에 나타난 대체역사 연구에서 〈태왕사신기〉를 다루고 있다.[18] 대체역사를 환상문학의 관점에서 새롭게 조망하려는 의욕적인 시도는, 퓨전사극과 대체역사를 같은 선상에 놓을 수 있는 것인지에 대한 의문을 낳는다. 이처럼 대체역사는 국내에서 가상역사, 퓨전사극, 시간이동 등과 함께 사용되며, 아직까지도 장르에 대한 명확한 규정이 마련되지 않고 있는 것을 볼 수 있다.

대체역사가 일찍 들어왔음에도 불구하고 2010년 이후에야 국내에 정착하게 된 것은 문단의 리얼리즘 전통의 고수라든가 본격문학과 대중문학의 대립 등과 같은 이분법적 사유에서 기인한다고 본다. 그러나 그마저도 2010년대의 대체역사소설은 성공하지 못하고 반짝 창작되다가 들어가는 추세이다. 그것은 아직까지도 대체역사라는 장르에 대한 혼돈으로 정체성이 확립되지 않았기 때문이다. 그런 면에서 대체역사의 장르적 특성과 의의를 가상역사, 시간이동 등과 구분하여 규정하고자 한다. 국내에서 대

---

16 백문임, 「IMF 관리체제와 한국영화의 식민지적/식민주의적 무의식 – '대체 역사'의 상상력을 중심으로」, 『영상예술연구』, 2003.5, 63~87면.
17 김명석, 「SF 영화 〈2009 로스트 메모리즈〉와 소설 『비명을 찾아서』의 서사 비교」, 『문학과영상』 4(1), 2003.8, 71~102면.
18 류철균·서성은, 「영상 서사에 나타난 대체역사 주제 연구」, 『어문학』 99, 2008.3, 421~446면.

체역사가 어떻게 수용되었는지를 고찰해 보는 작업은 복거일의 『비명을 찾아서』가 어떻게 탄생하게 되었는지를 들여다보는 것을 통해서 이루어 지게 될 것이다.

지금까지 『비명을 찾아서』를 두고 '실험적 역사소설'로 볼 것인가, '포스트모던 소설'로 볼 것인가 하는 낯선 형식에 집중되던 논쟁에서 벗어나서 복거일이 '왜 대체역사라는 낯선 장르를 선택했을까'에 주목할 필요가 있다. 그러기 위해서 『비명을 찾아서』가 발표될 당시의 사회문화적인 요소와 시대적인 배경을 함께 고찰해야 한다. 그런 작업들을 통해 국내에서 대체역사가 어떻게 받아들이고 인식되었는지의 수용 과정을 살피면서, '대체역사'의 개념과 유효한 의미에 대해 짚어보고자 한다.

2. 『비명을 찾아서』에 영향을 끼친 작품과 대체역사의 개념과 의의

『비명을 찾아서』는 어떻게 탄생하게 되었을까. 복거일이 서두에서 밝히고 있듯이 『비명을 찾아서』에 영향을 준 작품은 필립 딕의 『높은 성의 사나이』와 조지 오웰의 『1984』이다. 본 장에서는 『비명을 찾아서』의 낯선 형식이 어디에서부터 기인한 것인지를 들여다보면서, 대체역사의 개념에 대해 규정해 보고자 한다.

1) 『비명을 찾아서』의 구성과 역사적 분기점으로서의 가정

복거일의 『비명을 찾아서』는 필립 딕의 『높은 성의 사나이』와 흡사한 구성을 취하고 있다. 『높은 성의 사나이』는 루스벨트가 사망하고 독일과 일본이 제2차 세계대전에서 승리하여 미국이 식민지로 전락한 가상을 그리고 있다. 그 안에는 1962년 당시의 현실을 그대로 재현하고 있는 「메뚜기는 무겁게 짓누른다」라는 소설이 있다. 『비명을 찾아서 – 경성, 쇼우와 62년』은 이토 히로부미가 안중근 의사에 의해 죽지 않고 살아나서 1987년 당시 한국이 여전히 일본의 식민지라는 가상 상황을 설정해 놓고 있다. 역시 소설 안의 소설인 「도우꾜우, 쇼우와 육십일 년의 겨울」에서 일본이 제2차 세계대전에서 패하고 조선은 독립한 실제 역사의 내용이 전개되고 있다. 복거일은 『비명을 찾아서』의 「소설로 들어가기 전에」 장을 마련하여, '대체역사'라는 낯선 형식에 대해 다음과 같이 밝혀 주고 있다.[19]

> 이 작품은 일본 추밀원 의장 이또우 히로부미 공작이 1909년 10월 26일 합이빈에서 있었던 안중근 의사의 암살 기도에서 부상만을 입었다는 가정 아래에서 씌어진 이른바 '대체 역사代替 歷史, alternative history'이다.[20]
>
> —상권, 9면

대체 역사는 과거에 있었던 어떤 중요한 사건의 결말이 현재의 역사와 다르게 났다는 가정을 하고 그 뒤의 역사를 재구성하여 작품의 배경으로 삼는 기법으로, 주로 '과학소설science fiction'에서 쓰이고 있다. 미국의 남북 전쟁에서 남부가 이겼다는 사실이 역사에 미친 영향을 다룬 무어Ward Moore의 『희년을 선포하라*Bring the*

---

19 복거일은 낯선 소재라서 머리글이 있었으면 좋겠다는 다른 분들의 지적이 있었다고 밝히며, 「소설로 들어가기 전에」라는 장을 마련하여 작품의 전제와 시대상을 설명한다.
20 복거일, 『비명을 찾아서 – 경성, 쇼우와 62년』, 문학과지성사, 1998. 이후의 『비명을 찾아서』의 인용 부분은 면수만 표기하기로 한다.

Jubilee』1953가 고전으로 꼽힌다. 그 밖에 루즈벨트F. D. Roosevelt가 암살되고 미국이 제2차 세계대전에서 패배하여 독일과 일본에게 점령되었다는 가정 아래에서 1960년대의 미국 사회를 그린 딕Philp K. Dick의 『높은 성 속의 사람*The Man in the High*』1962,

—상권, 10면

1910년 조선을 병합한 일본은 조선에 대한 통치를 강화하여 1920년대 초반까지는 조선을 대륙 진출의 확실한 전진 기지로 만들었다. 1920년대 후반과 1930년대 초반에는 내각과 군부 사이의 협조 속에서 국제적 여론을 무마해가면서 중국의 동북 지구를, 즉 만주를 잠식하여 세력권 안에 넣었다. 이어 1940년대 초반에는 미국으로부터 '만주국 문제'에 대한 양해를 얻는 데 성공하여, 동북아시아에서 지도적 위치를 구축하였고, 제2차 세계대전에서는 미국과 영국에 우호적인 중립 노선을 지켜 큰 번영을 누렸다. 그리하여 가라후또樺太남부와 찌시마千島 열도를 포함하는 일본 본토를 중심으로, 식민지인 조선과 대만, '국제연맹'으로부터 통치를 위임받은 마샬 군도 등 서태평양의 섬들, 조차지인 요동 반도의 관동주와 산동성의 교주만을 영유하며, 방대한 만주국을 실질적인 식민지로 경영하는 일본은 모든 면에서 미국과 노서아에 이어 세계에서 세 번째로 강대한 나라였다.

—상권, 10~11면

이미 지나간 과거 역사의 결정적인 한 장면에서 그것과 다른 전개를 가정하는 대체역사소설의 의미나 효과는 무엇일까. 필립 딕의 『높은 성의 사나이』에 관한 연구에서는 리얼리티의 불확실성을 통한 역사와 역사성

의 절대적 지위를 의심하게 하는 효과를 가지게 한다고 한다.[21] 복거일의
『비명을 찾아서』의 연구논문에서 현실과 환상의 문제,[22] 환상적 역사소
설, 모더니즘과 리얼리즘의 관점으로 논의한 것들은 바로 이 소설이 '역
사'는 사실의 기술이라고 인식되던 것, 즉 국내 문단의 리얼리즘 전통에
대한 도전으로 읽혔기 때문이다.[23]

　일본이 제2차 세계대전에서 승리하고 미국이 패했다는 가설을 바탕으로
하여 전개되는 이야기는 분명 현실이 아니다. 그러나 지금 전개되고 있는
것이 현실이 아니라는 것을 알고 있음에도 불구하고 아무도 판타지라거나
공상이라는 이의를 제기하지 않는다. 있을 수 있는 '가정'으로서의 역사,
미래 역사가 아니라 과거 역사를 바꾸어서 허구화하는 설정이 우리에게 던
져주는 질문은 무엇일까. 과학소설의 정의에 대한 의견은 분분하지만, 인
간의 미래에 대한 비전을 제시한다는 것에는 어느 정도 합의에 이르고 있다.

　복거일은 대체역사를 "과거에 있었던 어떤 중요한 사건의 결말이 현재
의 역사와 다르게 났다는 가정을 하고, 그 뒤의 역사를 재구성하여 작품의
배경으로 삼은 것"[24]으로 정의한다. 이 때 주목할 것은, '과거에 있었던 어

21　김경옥, 「위장된 역사와 불확실성－필립 K. 딕의 『높은 성에 사는 사나이』를 중심으로」,
　　『영어영문학』 38권 2호, 2012 여름, 23~44면.
22　김영성, 「환상, 현실을 전복시키는 소설의 방식－복거일 『비명을 찾아서－경성, 쇼우와 62
　　년』의 경우」, 『한국언어문화』 제19집, 2001, 45~61면; 류철균·서성은, 「영상 서사에 나타
　　난 대체역사 주제 연구」, 『어문학』 99, 2008.3, 421~446면. 김영성이 이 작품의 세계가 현
　　실이 아닌 '환상'이라는 점에 주목한 반면, 류철균·서성은은 '대체역사'라는 장르에 대한
　　진지한 고민을 퓨전사극, 판타지, 가상역사 등의 혼동되는 용어와 함께 담아내고 있다는 점
　　에서 의의가 있다. '대체역사'를 장르로 보기 시작한 관점은 영상 매체의 연구에서 먼저 시
　　도된 셈이다. 영화에서 실제 텍스트인 〈2009 로스트 메모리즈〉(2002년 상영)가 비록 흥행
　　에 실패했다고 하더라도 대체역사를 SF의 하위 장르로 명백하고 다루고 있으며, 이로 인해
　　복거일의 『비명을 찾아서』도 재논의되는 계기가 되었다.(백문임, 앞의 글, 63~87면)
23　김현숙, 「복거일 『비명을 찾아서－경성, 쇼우와 62년』의 의미」, 『현대소설연구』(1), 1994.12,
　　384~408면.

떤 중요한 사건의 결말'이라는 부분임을 강조한다. 그래서 대체역사소설은 역사적으로 매우 중요한 사건의 결말, 예를 들면 미국의 남북전쟁에서 남부가 이겼다는 가정과 제2차 세계대전에서 독일과 일본이 이겼다는 가정을 실제 역사와 달라지는 분기점으로 삼는 경우가 종종 있다. 『높은 성의 사나이』는 제2차 세계대전이 독일과 일본의 승리로 끝났다는 것을 가정으로 한다. 『비명을 찾아서』에서 분기점으로 삼은 것은 안중근 의사가 이토 히로부미 저격에 실패했다는 가정이다. 이때 역사적으로 실제 일어났던 결말을 달리 가정함으로써 얻어지는 효과는 무엇인가가 중요하다. 그렇지 않다면 대체역사소설은 그냥 흥미위주의 소설로 전락하고 만다. 필립 딕의 『높은 성의 사나이』나 조지 오웰의 『1984』가 역사적으로 사실이 아님을 알지만 그것을 읽는 독자에게 던져주는 것은 현재 사회에 잠재적으로 내재해 있는 소설 속 요소들이 미래에 끼칠지도 모르는 불안감의 증폭이다. 독자는 그런 사회가 올 것을 경계하고 두려워한다. 그것이 전체주의이든 식민주의의 현실이든 말이다. 만약 대체역사소설이 성공하지 못했다면 그것은 독자에게 끼치는 효과를 염두에 두지 않고 단순한 가정만으로 썼기 때문이다. 대체역사소설이 독자에게 끼치는 장치는 일종의 망설임(애매함)으로부터 비롯되는 '두려움', '공포'이다. 대체역사소설이 주로 디스토피아와 결합하는 장르적 전략을 차용하는 것은 그런 연유에서이다.

이또우 히로부미 초대 총독에 의해 강력히 추진된 '조선의 내지화 정책'이 역

---

24 복거일, 「전체주의 사회의 양심적 개인에 관한, 흥미로운 대체 역사소설」, 『당신들의 조국』, 알에이치코리아, 2016, 5면.

대 총독들에 의해 충실히 계승되어, 조선은 일본에 완전히 동화되었다. 조선총독부에 의해 강력하게 추진된 '국어 상용 운동'으로 조선어는 1940년대 말까지는 조선 반도에서 완전히 사라졌다. 아울러 꾸준히 추진된 조선 역사 왜곡 작업에 의해, 특히 '비非국어 서적 폐기 정책'에 힘입어 조선의 역사도 완전히 말살되고 왜곡되었다. 1980년대의 조선인들[25]은 대부분 충량한 '황국 신민'들이 되었고, 자신들이 내지인들로부터 받는 압제와 모멸에도 불구하고 조선이 일본의 식민지라는 사실조차 모르고 있었다.

—상권, 11~12면

『비명을 찾아서』는 '가정에서 비롯되는 1980년대의 뒤바뀐 결과'를 제시해 놓고 있다. 『높은 성의 사나이』가 1945년을 기점으로 해서 뒤바뀐 1962년의 상황을 그리고 있다면,[26] 『비명을 찾아서』는 1909년을 기점으로 1987년의 뒤바뀐 현실을 그리고 있다. 과거의 뒤바뀐 역사적 사건이 중요한 이유는 그것이 현재를 살아가는 우리에게 어떤 영향을 미치기 때문이다. 따라서 그 시대의 '현재'에 미칠 파급 효과를 상정하지 않은 대체

---

25 『비명을 찾아서』가 1987년에 간행되었으므로, 1980년대는 그 시대의 '현재'가 된다.
26 "그의 원래 이름은 프랭크 핑크였다. 동부해안의 뉴욕에서 태어났고, 1941년 러시아가 무너진 직후 미합중국 군대에 징집되었다. 일본이 하와이를 점령하자 그는 서부해안에 배치되었다. 전쟁이 끝날 때, 그는 군사분계선을 중심으로 일본 쪽에 살았다. 그리고 15년이 지난 지금까지도 그 자리에 살고 있다. / 1947년 미국이 조건부 항복을 하던 날, 프랭크는 미쳐 날뛰다시피 했다. 일본을 증오하던 그는 복수를 맹세했다. 그는 나중에 동료들과 봉기할 때를 위해 부대에서 사용하던 무기를 기름칠하고 잘 포장해 지하실 바닥 3미터 아래에 파묻었다. 하지만 그가 계산에 넣지 못한 사실이 하나 있었으니, 바로 시간이 모든 걸 치유한다는 것이었다. (…중략…) 1957년 이후 프랭크는 60만 명이 넘는 일본인과 만나거나 이야기를 나누어보았다. 처음 몇 달이 지나는 사이, 그들 전부, 그게 안 되면 그중 한 명에게라도 달려들어보겠다는 갈망은 한 번도 구체화되지 못했다. 그러다 보니 그 갈망도 의미가 없어졌다(필립 딕, 남명성 역, 『높은 성의 사내』, 폴라북스, 2011, 22~23면).

역사는 의미가 없다. '이순신이 노량해전에서 죽지 않았다면'[27]이라는 가정과 '아직도 왕정이 지속된다면'이라는 가정은 막연하다. 이순신이 노량해전에서 죽었음에도 일본은 패배하고 조선은 승리했다. 노량해전에서 이순신이 죽지 않았다는 가정이 그 결말을 뒤집을 수는 없는 것이다. 그래서 이 소설의 효과는 독자에게 크지 않다. 우리는 이미 승승장구한 이순신의 업적을 속속들이 알고 있기 때문에 그것을 조금 더 연장한다고 하여 크게 달라지는 것이 없기 때문이다. 더군다나 소설을 읽는 독자가 사는 2010년대에 달라진 가정의 역사적 사건으로 인해 현실이 어떻게 바뀌었는지가 드러나지 않는다. 현재가 아닌 여전히 '과거'를 살고 있는 것이라면, 그 과거가 어떤 결말을 낳든 독자의 삶과 무관한 단순오락에 불과한 것이기 때문이다. 그래서 독자는 바뀐 가상의 '과거'의 세계를 읽고는 미래에 닥칠 어떤 두려움도 느끼지 않는다. 『1984』나 『높은 성의 사나이』, 『당신들의 조국』과 같은 대체역사소설이 우리에게 던져주는 미래에 대한 묵직한 경고를 읽을 수 없는 것이다. 복거일의 『비명을 찾아서』가 낯선 대체역사 장르면서도 『높은 성의 사나이』와 같은 파장을 일으킬 수 있었던 것은 바로 이 효과를 활용했기 때문이다. 아직도 식민지인 조선은 그곳이 조선이라는 것도 모른 채 민족적 정체성을 잃어간다는 가정은 식민지로 사는 것에 대한 끔찍함을 다시 한번 떠올리게 하고, 현재 우리가 일본의 식민지에서 해방되었다고는 하나 또 다른 식민지로 살아가고 있는 것은 아닌지를

---

27 임영대, 『이순신의 나라』, 새파란상상, 2015. 이 소설은 이순신이 살았던 시대를 배경으로 하고 있다. 그래서 현재 독자의 삶과는 무관하다. '이순신이 노량해전에서 죽지 않았다면'이라는 가정으로 인해 현재의 우리 삶이 어떻게 바뀌었는지에 대한 부분이 없이 여전히 과거 역사에 머물러 있는 것이다. 그래서 대체역사라기보다 '가상역사'에 더 적합하다고 볼 수 있다.

반성하게 한다. 그럼으로써 이렇게 살아간다면 우리 민족 고유의 정체성은 가까운 미래에 사라지고 미국의 속국이 될 것이라는 경고도 전해준다. 독자에게 전하는 **미래에 대한 경고**가 대체역사소설 장르의 정체성이라 할 수 있다.

2) 미래소설 『미래의 종』에서 대체역사 『1984』로 전환

복거일은 「일러두기」에서 "『1984년』과 『동물농장』에서 인용한 것들은 오웰George Orwell 대신 본명인 블레어Eric Arthur Blair를 썼다"고 하며, 조지 오웰의 『1984』의 영향을 받았음을 밝히고 있다. 『비명을 찾아서』의 기노시다 히데요가 갱생교육을 받는 장면은 『1984년』의 마지막 부분인 윈스턴이 사랑하던 여자까지도 팔아버림으로써 인간으로서의 최소한의 모습마저 남지 않게 되어 좌절함과 동시에 갱생되는 장면과 겹쳐진다. 조지 오웰은 필립 딕과 달리 국내에 상당히 일찍 소개된다. 1953년 청춘사에서 간행된 라만식의 『미래의 종』은 현재까지 확인된 『1984』의 최초 번역본이다.[28] 『1984』는 1953년 전쟁이 막 끝나자마자 반공주의 이데올로기와 맞물려 국내에 유입되었던 것이다. 『미래의 종』의 '역자소기'에서 라만식은 다음과 같이 이 소설을 평가하고 있다.

흑黑이 백白이고 둘에 둘을 보태면 다섯이 된다고 믿게 되는 경위經緯를 읽어 갈 때 우리는 어느덧 깊은 사색思索에 잠기는 것이다. 한권의 풍자소설諷刺小說로

---

28 1957년 다시 간행되었으나, 1953년에 출간된 것과 똑같다. 1960년 김병익이 문학과지성사에서 원작과 같은 제목인 『1984』란 제목으로 번역본을 냈다. 이후 『미래의 종』이란 제목은 더 이상 사용되지 않고 『1984』로 계속 번역된다.

내치기에는 너무도 심각深刻한 어떤 시사示唆를 주는 것으로 주인공 '윈스튼·스미스'가 정말 다음 세대世代의 전형적인물典型的人物이 되지나 않을까 하는 실감實感이 방불彷彿하여 전율戰慄을 금禁하지 못하는 것이다. 허구虛構이면서도 이렇게도 박력迫力을 가진 미래未來의 전망展望은 다시 없을 것이다. 풍자諷刺라기보다는 일종一種의 경고警告가 될 것이라고 평評한 사람도 있다. 객년客年 미국美國에서 출판出版되어 일대一大쎈세이숀을 일으킨 본서本書가 미래未來를 생각하는 우리나라의 지식인知識人들에게도 일독一讀할 만한 가치價値는 충분充分히 있다고 믿는 까닭에 감敢히 역필譯筆을 들었다.

저자著者 '조지 오-웰'은 인도印度 '벤갈' 출생出生의 영국인英國人으로 본명本名을 '애릭 블레어'라고 하는 '이-튼' 졸업생卒業生이다.

—조지 오웰, 라만식 역, 『미래의 종』, 청춘사, 1953, 3면

『1984』는 처음 들어올 때부터 풍자소설이라기보다 심각한 시사, 즉 미래에 대한 일종의 경고를 담은 소설로 받아들여졌다. 허구이지만 다음 세대가 겪을 일이라는 실감나는 전망을 담고 있는 것으로 인식되었음을 강조한다. 그것이 『1984』가 읽혔던 힘이다. 또한 라만식이 최초 번역에서 밝힌 조지 오웰의 본명은 이후 다른 번역에도 종종 사용되고 있다. 복거일의 『비명을 찾아서』에서도 조지 오웰의 본명인 에릭 블레어를 사용한다는 것을 내세우고 있다. 처음 들어올 때 '미래소설'로 받아들여져, 제목도 『미래의 종』이라고 달렸던 『1984』는 1984년을 계기로 새로운 전환점을 맞이한다. 1984년이 되면서 『1984』는 더는 미래의 이야기가 아니다. 1984년이 되어도 조지 오웰이 예언했던 전체주의 사회는 도래하지 않았다. 그러면서 1984년은 미래가 아닌 '과거'의 시점이 된다. 복거일이 『비명을

찾아서』를 발표한 1987년에는 이미 '과거'가 되어 버린 『1984』를 읽어야
했다. 그렇다면, 『1984』는 이제 더 이상 유효하지 않은 작품인 것일까.
1984년을 계기로 『1984』는 미래소설이 아닌 '대체역사소설'이 된다. 시
대가 변하면서 달리 읽히는 것 또한 이 소설의 힘이다.

> '1984'이란 달력은 365일만 지나면 영원한 과거로 밀려갈 것이지만 『1984
> 년』의 세계는 이제부터 시작되는 것이다. 우리의 미래가 반드시 하나만의 길이
> 아니고 『1984년』의 세계가 그 선택지 가운데 하나라면 그것은 우리가 가장 마
> 지막으로 택해야 할 길이며, 그 막바지 길로 밀려나지 않기 위해 우리의 실존적
> 선택이 인류 모두의 이름으로 이루어지지 않으면 안 된다. 『1984년』은 그것이
> 아닌 세계를 향한 인간의 지혜를 위해 제시된 것이다.
> ─김병익, 「『1984년』이 진단한 1984년」, 『오웰과 1984』, 문학과지성사, 1984, 243면

조지 오웰의 『1984』는 출간되었을 당시 미래가 전체주의 사회로 도배
될 것이라는 공포를 안겨 주었다. 그러나 1984년이 되었을 때 우리는 조
지 오웰의 『1984』가 현실로 실현되지 않았음을 알았다. 그렇다면, 사실
이 아니기 때문에 대체역사는 그냥 판타지의 가상 세계를 다룬 것으로 끝
나는 것일까. 오웰의 『1984』는 지금 이 시기에도 전체주의가 도래할지도
모른다고 우리에게 경고하고 있다. 대체역사는 현재에 대한 유효한 비판
이 담겨 있다. 현재를 똑바로 직시해야 과거를 통해 미래를 보는 눈이 생
기기 때문이다. 복거일의 『비명을 찾아서』에는 『1984』에서 인용한 구절
이 나온다.

에릭 블레어의 『1984년』의 한 구절이 떠올랐다—'과거를 통제하는 자가 미래를 통제한다. 현재를 통제하는 자가 과거를 통제한다.'"그리고 현재는 내지인들이 통제한다."

—상권, 173면

『비명을 찾아서』는 현재를 통제하는 내지인들이 조선의 과거 역사를 감추고 정체성을 말살했다고 본다. 과거를 회복해야만 미래가 가능하다고 독자에게 말해준다. 과거를 회복하는 것은 조선인이 조선인임의 정체성을 확인하고 자신의 뿌리를 찾는 것이다. 그것 없이 미래는 오지 않는다고 말한다. 그것이 바로 『1984』의 디스토피아적 세계가 우리에게 던져주는 경고이며, '대체역사'의 의미이기도 하다. 조지 오웰이 예언한 『1984』의 '1984년'은 세계의 모든 독자에게 정지된 순간의 영감을 주었다. 1984년이 지나고 1987년에 간행된 복거일의 『비명을 찾아서—경성, 쇼우와 62년』은 제목 자체에 이미 그가 영향을 받은 작품이 내포되어 있다. 조지 오웰식의 년도를 제목으로 달았지만 조지 오웰이 그렸던 미래 연도가 아닌 필립 딕이 그렸던 당대의 연도를 가져온다. 복거일이 필립 딕의 대체역사를 선택하게 된 배경에는 조지 오웰의 『미래의 종』이었던 '미래'가 1984년을 지나면서 '과거'로 된 역사적 사건이 있었다. 1984년을 기점으로 해서 '대체역사소설'이 된 『1984』는 복거일이 1987년 국내 문단에서 낯설고 엉뚱한 『비명을 찾아서』를 구상할 수 있었던 계기였다고 할 수 있다.

3. 대체역사 전사로서의 『태풍』과 1987년 현실의 『비명을 찾아서』

『비명을 찾아서』가 대체역사라는 낯선 형식을 가져왔음에도 읽힐 수 있었던 가장 큰 이유는, 최인훈의 『태풍』이 전사로 자리 잡고 있었기 때문이다. 또한 분기점 이후로 달라진 가상의 역사이지만, 1987년 당대의 현실이 곳곳에 배치되어 있어 마치 실재하는 역사와 마주하는 인상을 준다. 본장에서는 형식이 아니라 내용적인 측면에서의 『비명을 찾아서』의 서사 전개를 따라가 보며, 『태풍』과 같은 가정을 취하고 있지만 달라지는 부분이 어디인지를 알아보고자 한다. 『태풍』과 『비명을 찾아서』의 비슷하지만 다른 부분이 바로 가상역사와 대체역사의 차이이다.

1) 대체역사 전사로서의 『태풍』과 민족주의적 서사 전개

『비명을 찾아서』가 필립 딕이나 조지 오웰 같은 해외 과학소설의 영향만 받은 것은 아니다. 복거일의 『비명을 찾아서』가 발간되었을 때 낯선 형식이 주는 당혹감에도 불구하고 읽힐 수 있었던 것은, 『태풍』1973에서 '가상의 식민지' 서사[29]를 이미 접했기 때문이다. 다만 『태풍』과 『비명을 찾아서』의 가상의 식민지 서사를 함께 논의하지 않았을 뿐이다. 복거일은 『파란 달 아래』라든가 『역사 속의 나그네』와 같은 가상역사를 활용한 과학소설을 지속적으로 창작하고 발표하였지만, 그의 『비명을 찾아서』는

---

29 최인훈의 『태풍』은 나파유, 애로크, 니브리타 등의 가상국을 설정하고 이야기를 전개하고 있지만, 논자들에 의해 일반적으로 식민지 시대의 알레고리로 읽혀 왔다.(신동욱, 「식민지 시대의 개인과 운명」, 『태풍』 해설, 문학과지성사, 1978, 366~372면).

'역사소설'의 관점에서 연구되어 왔다.[30] 최인훈은 『태풍』을 비롯한 『총독의 소리』, 『주석의 소리』 등 가상 상황을 설정한 소설을 썼지만, 그의 작품들은 『광장』의 연장선에서 리얼리즘의 관점으로 논의되어 왔다.[31] 2000년대 들어서면서 최인훈의 『태풍』은 복거일의 『비명을 찾아서』와 함께 논의되기 시작했다.[32] 박상준은 『태풍』을 "'대체역사소설'로서 이 또한 SF 소설로 볼 수 있다"고 하며 작품 일부를 발췌해 미국에서 발간되는 국내 첫 SF 작가 선집에 단편으로 수록할 예정이라고 했다.[33] 복거일의 『비명을 찾아서』가 결국 다시 민족의 정체성을 확립하기 위한 역사소설과 같은 여정을 취한다면, 『태풍』은 애니크 출신의 나파유인인 오토메나크가 작품의 말미에서 바냐 킴으로 다시 살아간다는 점에서 민족을 넘어서서 탈식민성을 추구하고 있다. 『비명을 찾아서』가 민족이 위기에 처한 시대에 민

---

30 공임순은 복거일의 『비명을 찾아서』를 읽고 난 후 역사소설에 관심을 갖게 되었다고 한다 (『우리 역사소설은 이론과 논쟁이 필요하다』, 책세상, 2000, 5면). 공임순은 복거일의 『역사 속의 나그네』 역시 「환상적」 역사소설 연구」(『서강어문』 제15집, 1999.12, 57~79면)라는 논문에서 신채호의 『꿈하늘』과 함께 역사소설의 관점으로 접근하고 있다. 이상옥, 「역사소설의 새로운 가능성 – 복거일의 『碑銘을 찾아서』론」, 『외국문학』 22, 1990.3, 11~27면.

31 조세희의 『난장이가 쏘아 올린 작은 공』 역시 리얼리즘 작품으로 평가받았다. 리얼리즘의 확고한 전통에서 판타지 문학이 자리 잡을 수 없는 환경. 본격문학과 대중문학 혹은 장르문학이라는 이분법적인 문단의 대립 구도 등.

32 권명아가 복거일의 『비명을 찾아서』에서 민족 – 국가를 논의함에 있어 최인훈의 『태풍』과 비교했다면(「국사 시대의 민족 이야기 – 복거일, 『비명을 찾아서』」, 『실천문학』, 2002.11, 35~57면), 박진영은 최인훈의 『태풍』이 복거일의 『비명을 찾아서』와 썩 다른 민족 서사의 텍스트를 구성하고 있다고 한다(「되돌아오는 제국, 되돌아가는 주체 – 최인훈의 『태풍』을 중심으로」, 『현대소설연구』(15), 2001.12, 291~309면). 이외에도 다음의 논문들이 있다. 주민재, 「가상의 역사와 현실의 관계 – 최인훈의 『태풍』을 다시 읽다」, 『한국근대문학연구』 5(2), 2004.10, 274~305면; 구재진, 「최인훈의 『태풍』에 대한 탈식민주의적 연구」, 『현대소설연구』(24), 2004.12, 349~372면; 권오현, 「1970년대 소설의 알레고리 기법 연구 – 최인훈의 『태풍』과 이청준의 『당신들의 천국』의 대비를 중심으로」, 『어문학』, 2005.12, 341~367면; 손미순, 「최인훈의 『태풍』에 대한 탈식민주의적 연구」, 교원대 석사논문, 2007.2; 박민성, 「최인훈의 『태풍』에 나타난 시대착오와 평행세계의 상상력」, 『동서인문학』 51, 2016.6, 69~99면.

33 정상혁 기자, 「국내 SF 작가 선집, 최초로 미국서 발간」, 『C 조선일보』, 2017.3.30 기사입력.

족을 통한 국가의 재건을 꿈꾼다는 의미에서 1987년 당대적인 작품이라면, 『태풍』은 작가 스스로도 말했듯이 모든 나라, 모든 사람의 보편적인 이야기라 할 수 있다.[34] 이러한 차이로 인해 두 작품은 역사적 분기점을 달리하게 된다.

『태풍』의 오토메나크는 나파유의 식민지인 애로크 출신의 나파유 장교이다. 자신이 애로크 출신이라는 것을 잊은 채 나파유 장교로서 살아가던 오토메나크는 아이세노딘의 카르노스에 의해 나파유인도 애로크인도 아닌 아이세노딘의 바냐 킴으로 다시 태어난다. "나파유 사람보다 더 나파유 사람처럼 살아온" 오토메나크는 자신이 애로크인이라는 것도 의식하지 못한 채 친나파유주의자 장교로 니브리타와 나파유가 벌이는 아이세노딘 전쟁에 파견된다. 오토메나크가 처한 상황은 1940년대 일제의 대동아공영권의 논리하에 '친일'을 한 이광수라든가 변절자를 떠오르게 한다. '친일'한 자들이 조국이 해방되지 않을 줄 알았다라든가, 일제의 대동아공영권의 논리에 젖어들었던 것과 겹쳐지며, 해방 후가 아닌 1970~80년대 '역사', '민족'과 함께 친일 문제가 떠오르면서 당대의 시대적 상황을 반영한다. 그러나 『태풍』에서 오토메나크는 애니크도 나파유도 아닌 아이세노딘이라는 지금까지의 자신의 정체성과 상관없는 나라의 바냐 킴으로 다시 태어난다. 최인훈은 친일과 반일이라는 이분법적 구도를 내세워서 민족, 국가를 호명하는 세대로부터의 독립을 선언하고 새로운 세대로 거듭나길 원했던 것으로 보인다. 이로 인해 『태풍』의 역사적 분기점이

---

34 최인훈 스스로도 "어느 나라의 이야기도 아니지만 모든 나라의 이야기이고, 어느 누구의 이야기도 아니지만 모든 사람의 이야기라는, '픽션'이라는 말을 가장 순수하게 실험적으로 받아들이고 쓴 소설"이라 말한 바 있다(「원시인이 되기 위한 문명한 의식」, 『길에 관한 명상』 최인훈 전집 13, 문학과지성사, 2010).

『비명을 찾아서』와 달라지게 된다.[35] 『태풍』에서 중요한 분기점은 바냐 킴으로 다시 태어나 카르노스의 정치적 협력자가 되는 시점이다. 오토메 나크가 바냐킴으로 다시 태어난다는 가정은 실제하는 역사적 사건의 결말이 뒤바뀌는 것이 아니라는 것에서 복거일의 『비명을 찾아서』의 대체 역사와 구분된다.

『태풍』이 기존의 민족주의 서사와 다른 점은, 바로 오토메나크와 같은 친나파유적인친일한 인물을 주인공으로 내세우면서 그의 심리를 따라간 것이다. 그동안 '친일'을 내세운 인물을 소설의 주인공으로 하여 그가 왜 그랬을까를 따라가 보지는 않았기 때문이다. 최인훈의 『태풍』은 1940년대 일제 말기 대동아공영권이 식민지인들에게 어떻게 받아들여졌으며, 왜 마지막에 친일의 변절자가 생겼는지에 대해 나름의 이유를 제시한다. 나파유인으로 살아가는 오토메나크에게 애로크라는 나라는 이미 없는 나라였던 것이다. 오토메나크가 택한 길은 애로크를 되찾는 것도, 애로크인이 되는 것도 아닌 아이세노딘의 독립운동가가 되는 것이었다. 최인훈이 오토메나크를 애로크의 독립을 통해서 정체성을 찾는 인물로 그리지 않음으로써, 『태풍』은 『비명을 찾아서』가 그리는 민족주의적 서사와 어긋난다.

『비명을 찾아서』가 '우리가 아직 일본의 식민지라면'이라는 가상 설정과 더불어 독자에게 익숙하게 다가오는 것은 민족주의적 서사를 전개했기 때문이다. 친나파유주의자였던 오토메나크는 『비명을 찾아서』에서 조선인이라는 것을 아예 잊고 일본인으로 성공하길 바라는 기노시다 히데요로

---

35 이숙, 「한국 대체역사소설 연구」, 전북대 박사논문, 2013, 103~104면 참조, 이숙은 『태풍』 후반부의 '로파그니스−30년후'를 분기점 이후의 서사로 본다. 『태풍』에서 분기점으로 삼는 사건의 가정은, "주인공 오토메나크가 바냐킴으로 변신하여 카르노스의 정치적 협력자가 된다면"이라고 한다(104면).

이어진다. 기노시다 히데요는 오토메나크처럼 일본의 명령에 따르며 충성하는 군인은 아니지만, 일본 기업에서 승진을 꿈꾸며 살아가는 평범한 중산층 소시민이다. 그러나 기노시다 히데요는 일본인처럼 1등 국민으로 살아가고 싶다는 욕망과 도저히 넘을 수 없는 조선인이라는 열등감이 혼재된 인물이다. 한도우 경금속과 군인 대좌의 봉급 비교, 한도우 경금속의 과장으로 있으면서 승진을 꿈꾸면서 팔리지도 않는 시를 쓰고 있는 것, 조선인 아내 세쯔꼬와 내지인인 도끼에 사이에서의 갈등 등은 모두 기노시다 히데요 내면의 모순된 요소들을 보여준다. 일본인으로 살아가지만 어쩔 수 없는 조선인이고, 일본어로 시를 쓰지만 조선인밖에 읽을 수 없어 팔리기가 어렵고, 회사에서 일을 잘하지만 조선인이어서 승진이 쉽지가 않은 기노시다 히데요는 식민지 중산층의 전형적인 표상이다. 인정받고 싶은 승진 욕망이 강하고, 거기서 실패했을 때 좌절감도 크며, 내지인이 아닌 조선인으로 태어난 것을, 조선인의 우월하지 못함을 끊임없이 탓한다.

'조선인에겐 군인들이 득세하는 것이 문제가 아니다. 나라고 해서 지금처럼 군부가 권력을 독점하는 것이 걱정이 되고 분하지 않겠냐만, 그것보다는 조선 사람들이 이등 신민臣民 취급을 받는 것이 내겐 훨씬 더 심각한 문제다…… 조선인들이 내지인들보다 못한 것은 사실이다. 내가 조선인이라고 해서 그런 엄연한 사실을 인정하는 데 인색하지는 않다. 하지만 그것은 조선이 일본 제국의 변두리에 자리잡은 데 근본적인 원인이 있는 것이다. 사회 구조가 모든 면에서 중심지인 내지 위주로 되어 있고, 모든 제도가 내지인에게 편리하고 유리하도록 되어 있으니, 원체 특출하지 않으면 조선인이 이 사회에서는 클 수가 없는 것이다. 내가 어렸을 때, 조선에 나온 사람들은 대부분 우리 집안보다 못살았다. 지

금은 어떤가? 모두 떵떵거리며 살고 있지 않은가? 그것이 모두 그들의 훌륭한 능력 때문인가?'

—상권, 44~45면[36]

   기노시다 히데요가 선택한 것은 민족주의적 정체성을 회복하기 위해 자신의 잃어버린 박영세라는 이름을 찾고 뿌리를 찾는 것이다. 『비명을 찾아서』는 민족주의적 서사를 통해 독자에게 『태풍』보다 더 익숙하게 다가갈 수 있었다. 『태풍』이 '가상역사'로 기억되는 동안, 『비명을 찾아서』는 처음부터 '대체역사'를 서문에 내세운다. 복거일이 SF의 첫 시도로 대체역사를 썼던 때는 국내에 역사소설 붐이 일었다.[37] 『장길산』, 『토지』, 『지리산』, 『객주』, 『태백산맥』 등의 역사소설 붐을 타고, 문단에서도 리얼리즘의 열기가 한창 달아올랐던 시기였다. 복거일이 SF에 많은 관심을 갖고 있었음에도 하위 장르인 대체역사를 택한 것은 당대 역사소설의 인기를 염두에 둔 것이다. '역사소설의 새로운 가능성'이나 '환상적 역사소설'이라는 논자들의 평[38]은 어느 정도 예견된 수순이었던 셈이다.

---

36 복거일, 『碑銘을 찾아서—京城, 쇼우와 62년』, 문학과지성사, 1998(2014 18쇄). 상권과 하권 두 권으로 간행됨. 이하 『비명을 찾아서』 인용은 상권과 하권, 면수만 표기하기로 한다.

37 실제로 『비명을 찾아서』 작품 내에 역사소설이 붐을 일고 있음을 말해주는 대목이 나온다. "소설이긴 하지만, 가야마 미쯔로우나 도우야마 분징의 역사소설들은 꽤 많이 나가는 모양이던데……"(상권, 24면)

38 공임순은 홍명희의 『임꺽정』과 황석영의 『장길산』과 같은 역사소설의 연장선에서 복거일의 『비명을 찾아서』를 논의한다(『우리 역사소설은 이론과 논쟁이 필요하다』, 책세상, 2000). 공임순은 복거일의 『역사 속의 나그네』에 대해서도 '환상적' 역사소설이라고 의견을 개진하고 있다(「'환상적' 역사소설 연구—신채호의 『꿈하늘』과 복거일의 『역사속의 나그네』를 중심으로」, 『서강어문』 제15집, 1999.12, 57~79면). 공임순이 복거일의 소설을 역사소설의 범주에서 논의한 것은 1999년에 나온 논문들로 2000년대 이전까지는 '역사소설'로 보는 관점이 우세하다가 2000년대 들어서면서 '대체역사'라는 장르 자체에 주목하여 과학소설로 보려는 연구들이 나오기 시작했다.

복도훈은『비명을 찾아서』가 대체역사의 실험을 성공적으로 구현해 낸 작품으로 '역사소설'이라는 장르와 범주에서 평가되어 왔지만, 발상의 기원은 SF에 있다고 하며, SF와 역사소설은 서로에게 낯선 장르가 아니라고 역설한다.[39] 대체역사는 역사의 결말이 다르게 났기 때문에 읽는 내내 실재하는 현실과 마주해야 한다는 데 차이가 있다고 한다.『비명을 찾아서』가 발표된 1987년은 민주 항쟁이 일어난 해이며, 무엇보다도 역사 문제와 친일의 문제가 부각되고『창작과비평』과『실천문학』같은 잡지들이 생기면서 문학과지성사가 긴장하던 시기였다.『비명을 찾아서』는 '문학과지성사'에서 간행되었고, 실천문학 쪽으로부터 엘리트 지식인 위주의 보수주의적 역사 전개라고 비판을 받았다.[40]『비명을 찾아서』는 한국 문단의 리얼리즘 전통에 적지 않은 반향을 일으키며,[41] 리얼리즘과 반리얼리즘환상문학의 논쟁을 불러 왔다. 복거일의『비명을 찾아서』의 창작 배경에 여러 이유가 복잡하게 얽혀 있는 것에서, 대체역사라는 낯선 장르가 국내에 수용되는 과정은 그리 순탄하지 않았음을 알 수 있다.

---

39 복도훈,「한국의 SF, 장르의 발생과 정치적 무의식」,『창작과비평』통권 140호, 2008 여름, 53면.
40 송승철,「가상역사소설론 – 허구적 역사 구성과 실천적 관심」,『실천문학』, 1993.11, 295면.
41 문학과지성사에서는 최인훈의『태풍』이 가상역사를 소재로 차용하고 있지만『광장』과의 연장선에서 리얼리티를 구축하는 작품으로 내세우고 있었고, 조세희의『난장이가 쏘아 올린 작은 공』역시 모더니즘 기법을 사용하고 있지만 리얼리즘의 승리라고 평가하고 있었다. 리얼리즘의 전통 작법에서 문학과지성사가 취한 전략과 복거일의 작품이 맞아떨어진 것이라 볼 수 있다. 그러나 독자들이 이 작품을 '역사'를 중심에 두고 리얼리즘의 관점으로 읽으려고 접근한다면 별다른 재미를 느끼지 못하고 만다. 과학소설의 관점에서는 국내 창작에서 보기 힘들었던 낯선 형식이었기 때문에 흥미를 자극할 수 있었다. 변영주 감독은 복거일의『LAUD을 찾아서』를 연구자들이 역사소설의 관점에서 논의했던 것이 무색하게 '국내 과학소설을 읽는 신선함' 때문에 기억에 남는 작품으로 꼽기도 했다.

2) 사실주의적 묘사의 전개와 1987년 현실의 알레고리

복거일의 『비명을 찾아서』가 발표되던 1987년은 역사소설이 활발하게 창작되었고, 1980년대 언론 검열이 과열되던 시기였다.[42] 복거일의 『비명을 찾아서』에는 조선의 역사가 아예 사라져서 자신이 조선인이라는 것을 인식하지 못한 채 '일본인'으로 살아가는 기노시다 히데요가 등장한다. 그가 조선의 역사를 찾고자 하는 움직임은 검열 대상에 오를 수밖에 없다. 『비명을 찾아서』는 당대 사회적 상황에 비추어 볼 때 대체역사를 통한 검열 알레고리 작품으로 읽힐 수 있다.[43] 전혀 다른 과거 역사를 통해 현시대의 검열 및 감시 상황을 일제의 조선 검열에 비유한 것이다.[44]

『비명을 찾아서』는 여전히 일본의 식민지로 살아가고 있는 조선의 모습이 그려지고 있지만, 그 안에는 1987년 당대 현실이 곳곳에 배치되어 있다. 1988년 올림픽을 개최하기로 한 서울, 그로 인해 개고기집 문을 닫으라고 하는 정부 정책까지 구체적으로 담겨 있다. 박정희 정권이나 민주화 항쟁에 이르기까지 들어 있는 1980년대 당대의 현실을 지나친다면, 이 작품에 담긴 알레고리를 놓치게 된다.

기노시다 히데요는 다까노 다쯔끼찌의 「도우꼬우, 쇼우와 61년의 겨

---

42 이민규, 「1980년대 신군부의 언론 검열 정책 - 경제와 대학 신문 분야를 중심으로」, 『동서언론』 5, 2001, 133~150면.

43 이청준의 「소문의 벽」 역시 보이지 않는 감시와 검열로 정신병을 앓고 있는 박준이라는 사내를 소재로 하고 있다. 복거일이 '쇼우와 62년' 1987년을 소설의 무대로 삼은 것도 1987년 민주화 운동이라는 시대적 배경과 무관하지 않은 것으로 보인다. 그 전까지의 시대적 상황을 일본의 식민지가 지속되고 있는 상황으로 설정해 놓고 있다.

44 이상옥은 복거일이 소설의 줄거리를 가상적인 상황으로 설정하고 있는 이면은 자기 자신의 시대비평적인 안목에 대한 복선이라고 한다. 국가안전기획부, 보안사, 국보위 등의 80년대적인 시대 상황과 맞물려 있다고 보고 있다(이상옥, 「역사소설의 한 가능성 - 복거일의 『비명을 찾아서』론」, 『외국문학』 22, 1990.3, 20~22면 참조).

울」이라는 금지된 서적을 읽는다. 이 소설의 내용은 우리가 이미 알고 있는 실제로 일어났던 역사적 사건으로 전개되고 있다. 기노시다 히데요에게는 현실인 세계가 독자에게는 허구이고, 그가 소설로 읽고 있는 내용은 독자에게는 실재하는 현실이라는 아이러니한 상황이 펼쳐진다. 『비명을 찾아서』는 이 구조를 바탕으로 해서 묘하게 소설 안의 허구와 1987년의 현실을 겹쳐 배치한다. 히데요가 검열을 피해 금지된 서적을 읽는 상황은 1970~80년대의 검열 상황과 무관하지 않으며, 일본의 군부 독재 정치와 그로 인한 대학생들의 쿠데타는 1980년대의 민주화 항쟁과 박종철 사건과 겹쳐진다. 이런 일련의 1980년대의 시대적 상황을 곳곳에 배치하고 있기 때문에 독자에게 소설 안의 세계가 환상이 아닌 현실이라는 사실감을 부여한다.

> "증거? 흐음, 증거라. 하긴 증거가 있어야 하겠지…… 바루 네 앞에 있는 저 우리 죽산 박씨의 족보가 바루 그 증거다. 창씨개명할 때 족보를 죄다 뺏아다가 태워 없애서, 이젠 족보를 가진 집안두 드물게다. 족보를 만드는 것은 소위 '출판사업법'이라는 것에 걸리구, 족보를 갖고 있는 것은 '치안유지법'인가 뭔가에 걸린다니까."
>
> —상권, 161면

학생 시위는 정말 내지 전역으로 확산된 모양이었다. 심지어 시위하고는 거리가 먼 홋까이도우北海道에서도 시위가 있었다니, 대단한 기세였다. 더구나 학생들의 구호도 격렬해지고 있었다. 전에는 주로 '민주주의 이룩하자'라든가 '헌법 개정 쟁취하자' 같은 것들이 있었는데, 이제는 '군부 독재 타파하자'라든가

'폭력 정권 물러나라' 같은 대담한 구호들까지 나오고 있었다.

　그러나 정작 그의 관심을 끈 것은 사회면의 해설 기사였다.

—상권, 312면

　대학가에 요원의 불길처럼 번지고 있는 금번 시위는 도우꾜우데이다이東京帝大 인류학과 3학년 학생 우에다 시게루上田茂 군의 죽음에서 발단된 것이다. 그러면 우에다 군의 죽음의 진상은 무엇인가? 우에다 군의 죽음이 일반에게 알려진 것은 지난 4월 30일이었다. 경찰이 우에다 군의 가족에게 우에다 군이 4월 25일 사망하여 4월 27일 화장되었음을 통보한 것이었다. 경찰의 발표에 따르면, 우에다군은 4월초의 시위를 주동한 혐의로 4월 22일 경찰에 의해 체포되어 찌요다千代田 경찰서에서 취조를 받던 중, 경찰의 감시가 소홀한 틈을 타서 삼층 화장실 창문을 열고 뛰어내려 자살하였다……

—상권, 312면

　군사 독재 정권이 국내의 모든 반대자들을 힘으로 쉽사리 누를 수 있기 때문에 영속하리라고 생각하는 것도 그 정권 아래서 이득을 보는 자들의 기원에 지나지 않는다.

—사노 히사이찌, 『독사수필』에서(상권, 322면)

　요사이 조선에서는 개고기를 파는 음식점들이 문을 닫고 있다고 한다. 사람들의 입맛이 갑자기 변해서, '보신탕'이라는 그럴듯한 이름으로 불리는 조선의 별미가 외면당하고 있는 것이 아니다. 얼마 전 서양의 '동물애호협회'인가 하는 단체가 개고기를 먹는 야만적인 나라에서 열리는 오림삣꾸엔 불참하겠다고 위협했기 때문에, 조선총독부의 명령에 의해서 문을 닫는다는 것이다. 막대한 투자가 따르는 행사를 무사히 치르기 위한 일이라고 이해하려 해도 영 뒷맛이 떫다.

—사노 히사이찌, 『도우요우호우롱』 쇼우와 62년 7월호, 「동양의 위기」에서(하권, 76면)

'도대체 무엇 때문에 이놈의 방공 훈련은……' 그는 매달 한 달에 한 번씩 하는 방공 훈련 때마다 한 생각을 다시 했다.

—상권, 102면

"아저씨, 정변이 일어났어요. 사또우 게이스께 (…중략…) 내각이 퇴진하고, 무슨 호국군사위원회라는 것이 권력을 장악했답니다."

"그래요? 또 군부에서 정변을 일으킨 건가요?"

—상권, 107면

5·16군사정변, 박정희 군사 독재 정권, 박종철 고문 사건, 유신 정권에 반한 대학생들의 시위, 방공 훈련, 국보위, 국가 정보원, 국가 안전기획부 등 소설 내 일본의 상황은 1987년 당대의 국내 상황과 겹쳐진다. 독자가 알고 있는 실제 사실을 배치함으로써, 대체역사라는 가상 상황임에도 불구하고 우리의 현실과 마주하게 한다. 1987년에도 서양 강국의 식민지로 살아가고 있는 것은 아닌지 현재를 돌아보게 한다.

소설 안에서 일본이 조작해서 숨긴 조선의 역사는 안중근 의사의 하얼빈 저격 사건 전까지 현실 세계에서는 실제의 역사이다. 복거일은 기노시다 히데요가 조선인으로서의 자신의 정체성을 찾아가는 과정의 장치로써 일본에 의해 지워진 조선의 역사를 삽입한다. 자신이 신라 시조인 박혁거세의 후손이라는 것과 『삼국사기』, 『한국통사』, 『조선고시가선』, 한용운의 『님의 침묵』, 고조선으로부터 통일신라로 이어지는 오천년의 역사, 몽고군에 대한 항전의 기록, 민족 고유의 향가, 한시에 이르기까지 히데요가 일본이 지운 조선의 역사를 들춰보는 것은 독자에게 지나간 우리 역사를 반추하게 한다. 그러나 조선의 역사를 들여다보는 과정에서 기노시다 히데요의 근원을 신라의 박혁거세로부터 찾는다는 것이나 『삼국사기』에서 기술한 역사를 근간으로 삼는다는 것은 또 다른 문제를 야기한다. 그러면서 발해나 만주로 이어지는 옛 고구려 땅이었던 곳으로의 영토 확장을 꿈꾼다는 모순은 기노시다 히데요의 역사 인식의 문제점을 시사한다. 『비명을 찾아서』는 전형적인 민족주의적 역사 전개 방식을 결합시키고 있다. 기노시다 히데요가 자신의 뿌리를 찾는 과정은 독자가 교과서에서 배워온 역사이다. 통일 신라 중심의 기원, 만주의 상해 임시 정부, 발해와 연해주가 조선 역사의 연장선이라는 인식까지 고스란히 역사 교과서에서 학습해 온 민족주의적 서사를 답습하고 있다.[45] 히데요가 '갱생교육'을 받고 난 이후 작품의 결말에서 모든 책임을 세쯔코에게 돌리고 일본 헌병을 죽이고 만주로 감으로써 새로운 삶을 찾는다는 결말은 엘리트 지식인의 한계[46]를 드러낸다.

"조선 민족에겐 미래가 없다고, 조선 민족은 조선 민족이 아닐 때 잘살

---

45 권명아는 『비명을 찾아서』의 민족주의적 서사 전개의 전형성이 역사에 대한 비판의식이 결여된 탓으로 보고 있다. 낯선 형식을 차용했음에도 결국 안에 담긴 내용은 전형적인 민족주의적 역사 전개를 벗어나지 못했다고 비판한다(권명아, 「국사 시대의 민족 이야기」, 『실천문학』, 2002.11, 56~57면 참고).

46 실제로 이 작품은 복거일의 안일한 결말 처리 방식이나 역사 인식 때문에, 실천문학쪽이나 다른 데서 비판을 받는다. 작품의 결말은 기노시다 히데요가 어떤 인물이었고 어떤 욕망을 꿈꾸던 인물이었는지를 알면 좀 더 이해가 된다. 열등한 조선인으로 태어난 것을 부끄러워하던 그가, 조선 민족의 정체성 회복이나 독립을 위해서가 아니라 자신이 시인으로 성장하기 위해 조선인으로서의 정체성을 찾아갔음을 상기해 볼 필요가 있다.

수 있다고 주장한 사람, 몇천 년 동안 이어 온 한 민족의 거대한 역사와 문화를 그렇게 간단하게 부정한 사람, 그를 어떻게 역사를 믿은 사람이라 할 수 있겠는가?"라며 기노시다 히데요가 비판하는 근대 조선 문학의 태두로 나오나 변절자로 나오는 가야마 미쯔로우라는 소설 속 인물은 이광수를 짐작케 한다. 그러나 히데요가 갱생교육을 받을 때 이광수의 변절을 비판하며 다른 사람 탓으로 돌리는 것은, 자기 자신이 그동안 해왔던 행위에 대한 반성이나 자각이 전혀 동반되지 않았다는 것을 의미한다.[47] 이런 히데요의 태도는 결국 아내 세쯔코와 일본 헌병의 부정함을 내세워 자신이 그동안 일본인으로 살아왔던 세월에 대한 아무런 후회나 각성도 없이 독립투사들이 걸어갔던 만주로 떠나는 결말을 낳는다.

4. 2000년대 이후 대체역사와 퓨전사극 사이의 장르 정체성

〈2009 로스트 메모리즈〉는 복거일의 『비명을 찾아서』를 모티프로 차용하여 2002년 개봉한 영화이다. 『비명을 찾아서』에서 핵심 모티프를 가져왔지만, 2002년에 2009년이라는 미래를 가상하여 제작한 영화라 대체역사라기보다 '근미래'에 가깝다. 영화가 소설과 차이나는 부분은 바로 '시간' 설정이다. 〈2009 로스트 메모리즈〉는 '근미래'를 설정함으로써,

---

47 송승철, 「가상역사소설론 – 허구적 역사 구성과 실천적 관심」, 『실천문학』, 1993.11, 292~310면 참조. 송승철은 문지 동인들이 극찬한 이 작품에 대해 현실과 가상을 결합하는 방법에 문제가 있음을 지적한다. 특히 감옥에서 사상전향을 하는 장면에서 하야쿠마와 히데요의 논쟁을 문제 삼으며, 모든 문제를 외부의 책임으로 돌리는 히데요의 태도에서 이 작품의 신선함이나 급진성이 떨어진다고 한다. (300~302면)

영화가 가상의 미래를 다룬 SF라는 것을 관객에게 인지시키며 시작한다. 그래서 영화 속 대체역사가 던져주는 현재에 대한 인물은 오히려 기노시다 히데요보다는『태풍』의 오토메나크를 연상시킨다. 자신이 조선인인 줄도 모른 채 일본인으로 살아가는 특수 수사 요원 사카모토 마사유키장동건는 의도치 않게 조선인 항일단체를 진압하는 과정에 투입된다. 오토메나크나 사카모토는 모두 동아시아 일대가 일본 제국하의 대동아공영권으로 통합되어 자신의 복무에 충실한 인물들이다.

그러나 〈2009 로스트 메모리즈〉에서 사카모토는 자신의 정체성에 대한 처절한 고민 없이 '시간이동'으로 뛰어든다. 〈2009 로스트 메모리즈〉가 '시간이동'으로 역사적 분기점으로 돌아가서 현재의 역사를 바꿀 수 있는 것은,『비명을 찾아서』에서 분기점 이후의 역사가 작품 안의 '실재하는 현재'이기 때문에 바꿀 수 없는 것과는 차별화된다. 따라서 시간이동에서는 바꾸려고 하는 순간과 그로 인해 바뀐 역사적 사실 자체가 부각되지만, 대체역사에서는 분기점 이후의 뒤틀린 역사를 살아가는 인물의 고뇌와 정체성 확립의 과정이 중요하게 다루어진다. 처음의 흥미진진한 시도와는 달리 〈2009 로스트 메모리즈〉는 시간이동으로 인한 액션에 치중한 나머지 작품의 정체성마저 흔들리고 관객들로부터 혹평을 받았다.

『높은 성의 사나이』를 드라마로 제작한 〈The Man in the High Castle〉은 끝까지 시청자에게 두려움과 긴장을 느끼게 한다. 그래서 대체역사를 활용함에도 긴박함이나 긴장감을 고조시키는 스릴러 장르를 표방한다. 조지 오웰의 작품을 영화로 만든 〈1984〉 역시 고문 장면이라든가 자신이 회유되어 여자의 이름을 부르는 과정을 처절하게 그린다. 영화 안의 그가 느끼는 두려움은 곧 영화 관객의 두려움으로 이어진다. 반면에 〈2009 로스트 메모리즈〉는 그 어떤 두려움도 전달하지 않는다. 대체역사를 활용했음에도 불구하고 단순히 그 시점으로 돌아가서 임무를 완수해야 하는 액션이 더 크게 다가오기 때문이다. 같은 대체역사라고 하더라도 〈The Man in the High Castle〉이나 〈1984〉가 그것이 판타지가 아닌 현실의 세계에서 마주하는 실재 역사의 한 순간임을 각인시킨다면, 〈2009 로스트 메모리즈〉는 부여의 영고대를 찾아 시간의 문을 열고 과거로 되돌아간다는 설정으로 영화 내에서도 실제와 판타지의 세계를 명확히 구분해 놓고 있다. 그래서 '대체역사'의 기법이 처음의 가정에서 그치고 그것이 거두는 현재에 대한 두려움이나 경고의 효과는 증발해 버리고 만다.

2010년대에 대체역사, 가상역사, 타임슬립을 활용한 과거 역사의 재현 등 대체역사소설의 붐이 일었다. 그러나 대체역사소설은 자칫하면 그야말로 '공상'에 그치고 말 한계에 노출되어 있다. 실제로 현재의 대체역사소설은 오락소설 이외의 아무것도 아니라는 비난을 면치 못하고 있다. '가정'이 실제 역사와 달리했을 때, 뒤바뀌는 결과가 있어야 하며, 그 결과가 야기하는 것이 현대 세대에게 경고나 메시지를 줄 수 있어야 한다. 그것이 바로 대체역사의 가정에 따른 두려움 유발 '효과'이다. 대체역사가 종종 조지 오웰이 예언하듯이 '디스토피아적' 메시지를 담고 있는 것은, 그것이 현세대에게 반성과 경고를 전달하는데 유효하기 때문이다. SF로서의 대체역사와 퓨전사극이 만들어내는 타임슬립 유형의 판타지가 갈리는 부분이기도 하다.

SF의 본질은 '가상'과 '현실'의 줄타기이다. SF의 '현실'은 사실 그 자체는 아니다. 그러나 미래와의 연속선상에 있는 현실이기 때문에 불가능한 것을 보여주는 것이 아니다. 있을 수 있는 가능성으로서의 현재, 아직 일어나지는 않았지만 일어날 가능성이 얼마든지 있는 현실의 모습을 담아내는 것이 중요하다. '가정'과 '결과'의 결합이 또 다른 현재를 반영하고, 그 뒤바뀐 현실은 다른 미래로 갈 수도 있음을 시사하는 것이 대체역사의 본질인 것이다. 실천문학에서 『비명을 찾아서』의 낯선 장르가 문제가 아니라 여기서 다루고 있는 현재 역사에 대한 인식, 즉 민족문제를 다루는 방식을 비판한 것도 그런 연유에서이다.

2010년대 이후의 대체역사 장르가 부진을 면치 못하고 한계라고 하여 비판받는 연유는 이 장르의 이해에서 뒤따르는 결과, 미래에 끼칠 파급효과를 염두에 두지 않았기 때문이다. 대체역사로서의 SF는 '가정'만으로는 완성할 수 없다. '가정'으로 그치는 것은 판타지의 세계이다. 소설 안에 펼쳐진 세계가 판타지가 아닌 우리에게 영향을 끼치는 현실 세계로 소름끼치는 두려움의 효과를 유발해야 하는 것이다. 현재에 대한 고민과 반성 없이는 미래로 나아갈 수 없다는 것이 대체역사 장르의 본질이다. 최근에 나오는 '근미래' 소설도 마찬가지이다. 가까운 미래를 상정하는 것은 현재에 대한 깊은 통찰이 있어야만 가능하다. 〈높은 성의 사나이〉 드라마, 〈더 로드〉, 〈핸드메이즈 테일〉, 『당신들의 조국』 등과 같은 외국 작품들의 성공에 힘입어, 국내에서도 『비명을 찾아서』의 뒤를 잇는 작품들이 나오길 바란다.

2020년대 이후 한국 SF의 미래와 전망

코로나 시기를 겪으며 인류는 미래에 대한 불안과 위기를 마주했다. 그 틈을 타고 2020년을 전후로 하여 SF가 두각을 나타냈다. SF는 대립과 혐오로 갈라져서 갈등의 골이 깊어진 여러 사회 현안에 대한 문제의식을 지루하고 고리타분하지 않게 낯설고 새로운 방식으로 제기했다. 특히 여성 작가들이 강세를 보였다. 김보영의 『얼마나 닮았는가』아작, 2020, 『다섯 번째 감각』아작, 2022, 김초엽의 『우리가 빛의 속도로 갈 수 없다면』허블, 2019, 『지구 끝의 온실』자이언트북스, 2021, 『원통 안의 소녀』창비, 2019, 천선란의 『천 개의 파랑』허블, 2020, 『나인』창비, 2021, 정세랑의 『목소리를 드릴게요』아작, 2020 등 그동안 홀대를 받아왔던 한국 SF는 2020년대를 전후로 하여 급격하게 붐을 맞이했다. 정확히 말하면 코로나를 전후한 2020년대 무렵이니 불과 몇 년 되지 않았다고 보는 게 타당하다. 한국 SF는 그동안 힘을 잃었던 문학의 힘을 보여주기라도 하듯 여러 가지 문제의식을 앞다투어 제기한다. 여성, 노인, 어린이, 유아, 인종차별, 포스트휴먼, 유토피아, 지구환경, 사회의 대립과 갈등 문제 등 다양한 사고와 의식을 내포한다. 우리는 SF에서 사회문제의 대안을 찾을 수도 있지 않을까 혹은 적어도 타자의 입장이 되어서 함께 문제를 공유해 볼 수도 있지 않을까 하는 미래에 대한 기대를 품어보기도 한다.

그러나 미래 세계를 다루는 SF에서 미래 세대—아동청소년—를 만나기는 쉽지 않다. 물론 아동청소년 대상의 SF에서 이들을 주요 인물로 등장하는 경우는 종종 볼 수 있다. 그러나 문윤성, 최인훈, 복거일 등의 한국 SF 소설의 계보에서 미래 세대를 만나기란 쉽지 않았다. 2010년대까지도 SF가 그다지 대중의 관심을 얻지 못한 데는 인물이 우리 옆에서 만날 수 있는 이웃 사람이 아니라 낯설고 생소해서 불편했기 때문이었을 수 있다. 그런데, 2020년대 여성 작가의 SF가 강세를 보이고 있으며, 그들 작품은 아동청소년을 주요 인물로 내세우고 아동청소년의 관계맺기를 세심한 손길로 그리고 있다.

김초엽의 『원통 안의 소녀』는 환경문제를 다룸에 있어, 여타의 다른 SF 작가들이 지구 종말이나 지구 재난이라는 거시적인 관점을 제시하는 데 반해, 도시의 환경문제를 해결하기 위한 에어로이드 분사기가 어떤 소녀에게는 알레르기를 유발하여 거리를 마음대로 다닐 수 없고 원통 안에 의지해서만 이동할 수 있는 상황을 제시한다. 이런 어린 청소년이 친구를 사귀거나 관계를 맺거나 사회에 적응하는 것이 얼마나 힘들지를 상상하게 한다. 천선란의 『천 개의 파랑』에서는 학교에서 '아웃사이더'라서 친구도 없는 연재에게 휴머노이드가 친구가 되어 주고, 휠체어를 탄 은혜에게 안락사에 처할 경주마 투데이가 감정과 온기를 나눠 줄 친구가 되어 준다. 『천 개의 파랑』에서 그리는 관계맺기는 '아웃사이더'로 살아가는 청소년들에게 예기치 못한 친구를 선사하기도 하고 따뜻한 위로가 되어 주기도 한다.

신기한 것은 청소년, 장애인, 노인과 같은 소수자를 인물로 내세우는 경우는 여성 SF 작가들이었다. 김준녕이나 배명훈 등의 SF 작가가 다루는 세계는 환경문제로 위기를 마주한 지구 재난 속에서 식량난을 둘러싼 생존 싸움_{김준녕, 『막 너머에 신이 있다면』, 허블, 2022}이나 674층짜리 타워형 도시국가에서 벌어지는 암투와 권력 다툼_{배명훈, 『타워』, 문학과지성사, 2020(2009년 출간된 것을 수정하}

여 재출간)의 잔혹한 현실이다. 똑같이 지구환경문제를 소재로 다룬다고 하여도, 김준녕이나 배명훈 등의 SF 작가가 주어진 상황의 잔혹한 현실에 초점을 맞춘다면, 김초엽이나 천선란 같은 SF 작가는 그렇게 된 현실에서 어떻게 함께 살아갈 것인가에 대한 고민과 내가 아닌 타자와 관계맺기에 관심을 기울인다.

2021년 한국과학문학상 대상 수상작인 김준녕의 『막 너머에 신이 있다면』(허블, 2022)에서 '막' 탐사를 위해 우주선 '무궁화호'에 탑승할 우주비행사를 선발하는 교육청 공고에 지원하는 청소년이 등장한다. 위험한 우주에 아이를 보내려는 부모가 있을까? 그러나 소설 속 인물은 가족에게서 벗어나기 위해 우주로 가는 길을 택한다. 가족에 대한 부양의무나 희생을 거부하거나 식량난 때문에 자신을 죽이려는 부모를 먼저 죽음으로 몰아넣으며 지구상에서의 모든 관계를 끊고 우주로 가는 길을 택하는 『막 너머에 신이 있다면』의 아이들은 천선란의 『천 개의 파랑』에서 장애아, 장애 아이를 둔 엄마와 동생이 나름의 관계맺기를 통해 가족의 일원으로 살아가는 것과 대비된다. 또한 우주선 무궁화호에 탑승할 수 있는 인원이 제한되어 있고, 식량도 턱없이 부족한 상황에서 이 아이들이 생존을 위해 벌이는 싸움(살인까지도 마다하지 않는)은 잔혹하고 잔인하다. 다가오는 미래가 어떻더라도 서로 연대하는 따뜻한 마음을 기대하든 혹은 생존을 위해 싸우면서도 어쩔 수 없이 연대하는 전략 관계를 유지하든 미래 세계로 나가야 할 대상은 10대 청소년들이다. 미래를 상상하는 SF에 종종 미래 세대가 등장하길 바란다.

SF에서 판타지와 구분하려는 장르 정립은 점점 유효성을 잃어가고 있다. 외국 SF는 미래 세계를 상상하는 데 주력하며 가벼워져서 즐기고 있다면, 한국 SF는 즐기기보다 문제의식이나 미래사회의 대안을 찾고자 하는 데 집중한다. 연구자들이 SF에서 문제의식을 찾아내는 동안, 외국 SF는 좀 더 재미있고 기발한 상상력을 발휘하고 있다. 과학적이어야 한다든가, 세계관을 내포해야 한다든가 하는 무거운 책임감과 부담감에서 벗어나 이제는 좀 더 즐길 수 있는 영역으로 되어야 미래 세대인 10대들에게 다가갈 수 있지 않을까. SF가 연구자나 마니아들만 읽는 것에서 그치거나 혹은 여전히 이분법적 대립 구도로 성인문학과 아동청소년문학으로 양분되거나 하는 양상에서 벗어나기를 희망한다. 적어도 2020년대를 전후로 아동청소년 인물을 내세운 김초엽, 천선란, 정세랑, 김준녕 등의 작품이 아동청소년들 사이에서도 널리 읽히기를 기대한다.

더불어 김동인의 「K박사의 연구」를 비롯하여, 교과서에 문학사에서 배제되었던 작품들이 들어가길 바란다. 교과서에 '재미'를 가미하여 즐기는 작품도 들어가게 된다면, 게임, 판타지 서사, 가상 세계에 익숙한 세대들의 마음을 잡을 수 있지 않을까. SF는 잔혹한 현실보다 미래 판타지를 담보로 하기 때문이다. 한국 SF가 미래 세대에게 관심을 기울이고 문제의식의 무게를 재미와 유희 쪽으로 기울일 준비가 되어 있다면, 오랫동안 아동청소년 대상의 SF를 배제해 왔던 이분법적 대립 구도에서 벗어나, 미래 확장적인 장르인 K-SF로 나아갈 수도 있지 않을까 기대해 본다.

참고문헌

1. 논문 및 비평

강민구, 「19세기 조선인의 기술관과 기술의식」, 『퇴계학과 한국문화』 제35호 1권, 2004.

강용훈, 「이해조의 『철세계』 문헌해제」, 『개념과 소통』 제13호, 2014.6.

강운석, 「혼재된 시공간과 동일성의 담론－복거일의 『비명을 찾아서』를 중심으로」, 『현대소설연구』 (8), 1998.6.

강현조, 「김교제 번역·번안소설의 원작 및 대본 연구－「비행선」, 「지장보살」, 「일만구천방」, 「쌍봉쟁화」를 중심으로」, 『현대소설연구』 48, 2011.11.

_____, 「한국 근대 초기 번역·번안소설의 중국·일본문학 수용 양상 연구－1908년 및 1912~1913년의 단행본 출판 작품을 중심으로」, 『현대문학의 연구』 46권, 2012.

공임순, 「'환상적' 역사소설 연구－신채호의 『꿈하늘』과 복거일의 『역사속의 나그네』를 중심으로」, 『서강어문』 제15집, 1999.12.

_____, 『우리 역사소설은 이론과 논쟁이 필요하다』, 책세상, 2000.

구재진, 「최인훈의 『태풍』에 대한 탈식민주의적 연구」, 『현대소설연구』 (24), 2004.12,.

권명아, 「국사 시대의 민족 이야기－복거일, 『비명을 찾아서』」, 『실천문학』, 2002.11.

권보드래, 「현미경과 엑스레이－1910년대, 인간학의 變轉」, 『한국현대문학연구』 18, 2005.12.

권영희, 「역병의 시대에 읽는 E.M.포스터의 「기계가 멈추다」」, 『안과밖－영미문학연구』 51, 2021.9.

기유정, 「식민지 조선의 일본인과 지역 의식의 정치효과－1920년대 조선재정에 대한 일본인 상업자들의 정책개입을 중심으로」, 『한국정치학회보』 45(4).

김경옥, 「위장된 역사와 불확실성－필립 K. 딕의 『높은 성에 사는 사나이』를 중심으로」, 『영어영문학연구』 제38권 제2호, 2012 여름.

김교봉, 「『철세계』의 과학소설적 성격」, 『과학소설이란 무엇인가』, 국학자료원, 2000.

김기진(여덟뫼), 「人造勞動者(續)－文明의 沒落과 人類의 再生」, 『동아일보』, 1925.3.9.

_____, 「카-렐·차페크의 人造勞動者－文明의 沒落과 人類의 再生」, 『동아일보』, 1925.2.9.

김명석, 「과학적 상상력과 측량된 미래－복거일의 『파란 달 아래』 연구」, 『대중서사연구』 5(1), 2000.2.

김보명, 「급진-문화 페미니즘과 트랜스-퀴어 정치학 사이－1960년대 이후 미국 여성운동 사례를 중심으로」, 『페미니즘 연구』 18(1), 2018.4.

김성연, 「방첩소설, 조선의 총동원체제와 '국민오락'의 조건－김내성의 『매국노』를 중심으로」, 『인문과학논총』 37, 2014.2.

김연신, 「구한말 동북아에 대한 서구인의 인식 패러다임」, 『헤세연구』 제42집, 2019.12.

김영성, 「환상, 현실을 전복시키는 소설의 방식-복거일 『碑銘을 찾아서-京城, 쇼우와 62년』의 경우」, 『한국어문화(제19집)』, 2001.

김우진, 「축지소극장에서 인조인간을 보고」, 『개벽』 72호, 1926.8.

김이구, 「과학소설의 새로운 가능성」, 『창비어린이』.

김재국, 「한국 과학소설의 현황」, 『대중서사연구』 5(1), 2002.2.

김종방, 「1920년대 과학소설의 국내 수용과정 연구-「80만 년 후의 사회」와 「인조노동자」를 중심으로」, 『현대문학의 연구』 44, 2011.5.

김종수, 「"유토피아"의 한국적 개념 형성에 대한 탐색적 고찰」, 『비교문화연구』 제52집, 2018.9.

김종욱, 「쥘 베른 소설의 한국 수용과정 연구」, 『한국문학논총』 제49집, 2008.8.

김주리, 「『과학소설 비행선』이 그리는 과학의 제국, 제국의 과학-실험실의 미친 과학자들(1)」, 『개신어문연구』 제34집, 2011.12.

_____, 「1910년대 과학, 기술의 표상과 근대소설-식민지의 미친 과학자들(2)」, 『현대소설연구』, 2013.4.

김지영, 「1960~70년대 청소년 과학소설 장르 연구-『한국과학소설(SF)전집』(1975) 수록 작품을 중심으로」, 『동남어문논집』 제35집, 2013.5.

_____, 「한국 과학소설의 장르소설적 특성에 대한 연구」, 『인문논총』 32집, 2013.10.

_____, 「한국 과학소설의 환상성 연구-오영민의 『화성호는 어디에』와 『마의 별 카리스토』를 중심으로」, 『한국문학논총』 69집, 2015.4.

김창식, 「서양 과학소설의 국내 수용 과정에 대하여」, 『과학소설이란 무엇인가』, 국학자료원, 2000.

김현숙, 「복거일 『비명을 찾아서-京城, 쇼우와 62년』의 의미」, 『현대소설연구』 (1), 1994.12.

김효순, 「카렐 차페크의 『R.U.R』번역과 여성성 표상 연구-박영희의 「인조노동자(人造勞動者)」에 나타난 젠더와 계급의식을 중심으로」, 『日本文化硏究』 제68호, 2018.

노연숙, 「1900년대 과학 담론과 과학소설의 양상 고찰」, 『한국현대문학연구』 37, 2012.8.

류철균·서성은, 「영상 서사에 나타난 대체역사 주제 연구」, 『어문학』 99, 2008.3.

모희준, 「냉전시기 한국 창작 과학소설에 나타난 종말의식 고찰-한낙원의 『잃어버린 소년』, 『금성탐험대』와 문윤성의 『완전사회』를 중심으로」, 『어문논집』 65, 2016.3.

_____, 「한낙원의 과학소설에 나타나는 냉전체제하 국가 간 갈등 양상」, 『우리어문연구』 50집, 2014.9.30.

박민성, 「최인훈의 『태풍』에 나타난 시대착오와 평행세계의 상상력」, 『동서인문학』 51, 2016.6.

박범기, 「재난서사와 개인의 불안」, 『문화과학』 79, 2014.9.

박상준, 「미래를 바로잡아 보려는 시도−유토피아와 디스토피아」, 『과학과 기술』, 2002.4.

박수현, 「일제하 수리조합사업과 농촌사회의 변화−1920~34년 산미증식계획기간을 중심으로」, 『중앙사론』 15권, 2001.

박영희, 「인조인간에 나타난 여성」, 『개벽』, 1926.2.

박주현, 「1900년대 과학소설 속 영웅 형상과 구국의 논리−「해저여행」과 『철세계』를 중심으로」, 『고전과 해석』 37집, 2022.8.

박진영, 「되돌아오는 제국, 되돌아가는 주체−최인훈의 『태풍』을 중심으로」, 『현대소설연구』 (15), 2001.12.

백문임, 「IMF 관리체계와 한국영화의 식민지적/식민주의적 무의식−'대체 역사(alternative history)'의 상상력을 중심으로」, 『영상예술연구』 3호, 2003.5.

백지혜, 「1910년대 이광수 소설에 나타난 '과학'의 의미」, 『한국현대문학연구』 14, 2003.12.

복도훈, 「단 한 명의 남자와 모든 여자−아마겟돈 이후의 유토피아와 섹슈얼리티」, 『한국근대문학연구』 24, 2011.10.

_____, 「변증법적 유토피아 서사의 교훈−어슐러 K. 르귄의 『빼앗긴 자들』(1975)을 중심으로」, 『한국예술연구』 (30), 2020.12.

_____, 「한국의 SF, 장르의 발생과 정치적 무의식−복거일과 듀나의 SF를 중심으로」, 『창작과 비평』 36(2), 2008.6.

손나경, 「과학소설의 서사적 추진력−『완전사회』의 대안적 상상력을 중심으로」, 『융합정보논문지』 제9권 제6호, 2019.

손종업, 「문윤성의 『완전사회』와 미래의 건축술」, 『어문논집』 제60집, 2014.12.

송명진, 「1920년대 과학소설 수용 양상 연구」, 『대중서사연구』 10호, 2003.

_____, 「近代 科學小說의 '科學' 槪念 硏究−박영희의 「人造勞動者」를 中心으로」, 『語文論集』 제42권 제2호, 2014 여름.

송승철, 「가상역사소설론−허구적 역사 구성과 실천적 관심」, 『실천문학』, 1993.11.

우미영, 「한국 현대 소설의 '과학'과 철학적·소설적 질문−김보영과 배명훈의 SF를 중심으로」, 『외국문학연구』 55, 2014.8.

우정덕, 「총동원체제하의 대중소설과 그 의미−안전민의 「太平洋의 독수리」, 「싸움하는 副丹粧」을 중심으로」, 『한국현대문학회 학술발표회자료집』, 2013.2.

유봉희, 「동아시아 전통사상과 진화론 수용의 계보를 통해 본 한국 근대소설 ①」, 『한국학

연구』제51집, 2018.11.

유연실, 「1920년대 마거릿 생어의 중국 방문과 산아제한에 대한 사회적 반응」, 『중국사연구』제67호, 2010.8.

_____, 「근대 동아시아 마거릿 생어의 산아제한 담론 수용—1922년 마거릿 생어의 중·일 방문을 중심으로」, 『중국사연구』제109호, 2017.8.

윤상인, 「메이지 시대 일본의 해양 모험소설의 수용과 변용—〈야만적 타자〉의 발견과 제국주의 이데올로기의 확산」, 『비교문학』25권 0호, 2000.

이경란, 「70년대 미국 여성작가 SF 유토피아 전망의 모호성과 개방성—어슐러 르 귄의 『빼앗긴 자들』과 마지 피어시의 『시간의 경계에 선 여자』」, 『영미연구』제49집, 2020.

이다운, 「일상의 파국과 상상된 재난」, 『어문론집』85, 2021.3.

이상옥, 「역사소설의 한 가능성—복거일의 『비명을 찾아서』론」, 『외국문학』(22), 1990.3.

이송순, 「1920년대 식민지 조선의 산미증식계획 실행과 농업기술관료」, 『사총』94권.

이 숙, 「문윤성의 『완전사회』(1967) 연구—과학소설로서의 면모와 지배이데올로기 투영 양상을 중심으로」, 『국어문학』52, 2012.2.

_____, 「한국 대체역사소설 연구」, 전북대 박사논문, 2013.

이순탁, 「朝鮮의 人口論」, 『개벽』제71, 72호, 1926.7~8.

이윤종, 「할리우드 지구 종말 SF 영화」, 『인문과학』57집, 2015.5.

이지용, 「한국 대체역사소설 연구—복거일의 『비명을 찾아서』」, 단국대 석사논문, 2010.

이채영, 「쥘 베른과 19세기 과학의 대중화(2)」, 『불어불문학연구』93집, 2013 봄호.

이하나, 「1950~1960년대 재건 담론의 의미와 지향」, 『동방학지』151집, 2010.9.

이학영, 「김동인 문학에 나타난 복잡성의 인식 연구」, 『한국현대문학연구』41, 2013.

_____, 「한국 현대소설의 과학담론 전유 양상」, 서울대 박사논문, 2018.8.

임태훈, 「1960년대 남한 사회의 SF적 상상력—재앙부조, 완전사회, 학생과학」, 『우애의 미디올로지』, 갈무리.

장노현, 「인종과 위생—『철세계』의 계몽의 논리에 대한 재고」, 『국제어문』제58집, 2013.8.

정미지, 「1960년대 국가주의적 남성성과 젠더 표상」, 『우리문학연구』43, 2014.7.

정혜영, 「방첩소설 「매국노」와 식민지 탐정문학의 운명」, 『한국현대문학연구』24, 2008.4.

조계숙, 「국가이데올로기와 SF, 한국 청소년 과학소설—『학생과학』지 수록작을 중심으로」, 『대중서사연구』제20권 3호, 2014.12.

조성면, 「SF와 한국문학」, 『대중문학과 정전에 대한 반역』, 소명출판, 2002.

조용욱, 「1920년대와 1930년대 영국의 군사전략과 군비개발정책」, 『한국학논총』35, 2011.2.

주민재, 「'가까운 미래'에 관한 탐구와 사산된 문학적 가능성-복거일의 『파란 달 아래』를 중심으로」, 『한민족문화연구 56』, 2016.12.

_____, 「가상의 역사와 현실의 관계- 최인훈의 『태풍』을 다시 읽다」, 『한국근대문학연구』 5(2), 2004.10.

_____, 「과학적 상상력이 현실에 대응하는 방식-문윤성의 『완전사회』를 중심으로」, 『한국문예비평연구』 제67집, 2020.9.

차현지, 「태평양전쟁 한국광복군과 미(美)전략첩보국(OSS) 합작의 국제적 배경」, 『사회과교육』 59(1), 2020.3.

최병구, 「'포스트 휴먼'의 세 가지 조건 : 테크놀로지·젠더·정동-문윤성, 『완전사회』(1967)을 중심으로」. 『한민족어문학』 제89집, 2020.9.

최애순, 「1920년대 미래과학소설의 사회구조의 전환과 미래에 대한 기대-『팔십만 년 후의 사회』, 『이상의 신사회』, 『이상촌』을 중심으로」, 『한국근대문학연구』 41, 2020. 상반기.

_____, 「1930년대 『과학조선』과 식민지 조선의 발명·발견에 대한 기대」, 『한국근대문학연구』 통권 43호, 2021.4.

_____, 「우주시대의 과학소설-1970년대 아동전집 SF를 중심으로」, 『한국문학이론과 비평』 60집, 2013.9.

_____, 「『학원』의 해외 추리·과학소설의 수용 및 장르 분화 과정」, 『대중서사연구』 21권 3호, 2015.12.

_____, 「초창기 SF 아동청소년문학의 전개」, 『아동청소년문학연구』 21호, 2017.12.

최원식, 「이해조의 계승자, 김교제」, 『민족문학사연구』 제2권 제2호, 1992.

최정원, 「한국 SF 및 판타지 동화에 나타난 아동상 소고(小考)」, 『한국아동문학연구』 제14호, 2008.5.

추재욱, 「빅토리아 시대 과학소설에 나타난 진화론에 대한 연구」, 『영어영문학』 59권 5호, 2013.12.

피종호, 「1950년대 독일의 전쟁영화에 나타난 냉전의 수사학와 핵전쟁의 공포」, 『현대영화연구』 36호, 2019.8.

한금윤, 「과학소설의 환상성과 과학적 상상력」, 『현대소설연구』 12, 2000.

한민주, 「인조인간의 출현과 근대 SF를 중심으로-「인조노동자」를 중심으로」, 『한국근대문학연구』, 2012.4.

허 윤, 「남자가 없다고 상상해봐-1960년대 초남성적 사회의 거울상으로서 『완전사회』」, 『민족문학사연구』 67, 2018.7.

황정현, 「1920년대 『로숨의 유니버설 로봇』의 수용 연구」, 『현대문학이론연구』 제61집, 2015.

황지나, 「"과학조선 건설"을 향하여 ─ 1930년대 과학지식보급회의 과학데이를 중심으로」, 전북대 석사논문, 2019.8.

2. 단행본

고장원, 『세계과학소설사』, 채륜, 2008.

＿＿＿, 『한국에서 과학소설은 어떻게 살아남았는가』, BOOKK, 2017.

＿＿＿, 『SF의 법칙』, 살림, 2012.

김미연, 『번역된 미래와 유토피아 다시 쓰기』, 소명출판, 2022.

김영한·임지현 편, 『서양의 지적 운동』, 지식산업사, 1994.

김우진, 서연호·홍창수 편, 『김우진 전집』 1·2, 도서출판 연극과인간, 2000.

대중서사연구회 편, 『과학소설이란 무엇인가』, 국학자료원, 2000.

로버트 스콜즈·에릭 라프킨, 『SF의 이해』, 평민사, 1993.

로저 포드, 김홍래 역, 『2차대전 독일의 비밀무기』, 플래닛미디어, 2015.

마거릿 애트우드, 양미래 역, 『나는 왜 SF를 쓰는가 ─ 디스토피아와 유토피아 사이에서』, 민음사, 2021.

박상준, 『멋진 신세계』, 현대정보문화사, 1992.

사상계연구팀, 『냉전과 혁명의 시대 그리고 사상계』, 소명출판, 2013(3쇄).

손나경, 『과학소설 속의 포스트휴먼』, 계명대 출판부, 2021.

수전 손택, 이민아 역, 『해석에 반대한다』, 이후, 2002.

쉐릴 빈트, 전행선 역, 『에스에프 에스프리』, 아르떼, 2019.

＿＿＿＿, 송경아 역, 『SF 연대기』, 허블, 2021.

스즈키 가즈토, 이용빈 역, 『우주개발과 국제정치』, 한울 아카데미, 2013.

아이작 아시모프, 정태원 역, 『벌거벗은 태양』, 고려원, 1992.

에릭 홉스봄, 이용우 역, 『극단의 시대 ─ 20세기 역사』 (상), 까치글방, 1997.

이노우에 하루키, 최경국·이재준 역, 『로봇 창세기 ─ 1920~1938 일본에서의 로봇의 수용과 발전』, 창해, 2019.

이용남 외, 『한국 개화기소설 연구』, 태학사, 2000.

이지용, 『한국 SF 장르의 형성』, 커뮤니케이션북스, 2016.

임종기, 『SF 부족들의 새로운 문학 혁명, SF의 탄생과 비상』 책세상문고·우리시대 83, 책세상, 2004.

임태훈, 『우애의 미디올로지』, 갈무리, 2012.

장수경, 『학원과 학원세대』, 소명출판, 2013.

장정희, 『SF 장르의 이해』, 동인, 2017.

정혜영, 『식민지기 문학과 근대성』, 소명출판, 2008.

조성면, 『대중문학과 정전에 대한 반역』, 소명출판, 2002.

조지 오웰, 라만식 역, 『미래의 종』, 청춘사, 1953.

존 루이스 개디스, 정철 · 강규형 역, 『냉전의 역사-거래, 스파이, 그리고 진실』, 에코리브르, 2010.

쥘 베른, 김석희 역, 『인도 왕비의 유산』 쥘 베른 걸작선 08, 열림원, 2005.

최애순, 『공상과학의 재발견』, 서해문집, 2022.

최원식, 『한국계몽주의문학사론』, 소명출판, 2002.

허문일 · 김동인 · 남산수, 『천공의 용소년-한국 근대 SF 단편선』, 아작, 2018.

허버트 조지 웰스, 朴埼俊 역, 『투명인간』, 양문사, 1959.

吉田司雄, 「姙娠するロボット」, 『姙娠するロボット』, 春風社, 2002.

上杉省和, 「「實驗室」論」, 『作品論 有島武郎』, 双文出版社, 1981.

關口安義, 『芥川龍之介』, 岩波新書, 1995.

長山靖生, 『日本SF精神史-幕末 · 明治から戰後 まで』, 河出書房新社, 2009.

横田順彌, 『近代日本奇想小說史』, ピラールプレス, 2012.

Adam Roberts, *The History of Science Fiction*, New York : Palgrave Macmillan, 2007.

Donald L. Lawler, *Approaches to Science Fiction*, Boston : Houghton Mifflin Company, 1978.

E.M. Forster, *The Eternal Moment and Other Stories*, San Diego, New York, London : Harcourt & Company, 1956.

James Gunn, *Paratexts: Introductions to Science Fiction and Fantasy*, Lanbam, Toronto, Plymouth, UK : The Scarecrow Press, Inc, 2013.

J.A. Cuddon, *The Penguin Dictionary of Literary Terms and Literary Theory*, London : Penguin Books, 1999.

Jesse G. Cunningham, book editor, *Science Fiction*, San Diego : Greenhaven press, 2002.

Peter Stockwell, *The Poetics of Science Fiction*, Edinburgh : Person Educated Limited, 2000.

Susan Schneider, Editor, *Science Fiction and Philosophy: From Time Travel to Superintelligence*, Chichester : Wiley Blackwell, 2016.

The Saturday Evening Post, Editors, *The Post: Reader of Fantasy and Science Fiction*, Garden City, New York : Doubleday & Company, Inc, 1964.

William Wilson, *A Little Earnest Book Upon A Great Old Subject*, Kessinger Publishing, 2010.

찾아보기

간행사 _ **근대한국학총서를 내면서**

　새 천 년이 시작된 지도 벌써 몇 해가 지났다. 식민지와 분단국가로 지낸 20세기 한국 역사의 와중에서 근대 민족국가 수립과 민족 문화 정립에 애써온 우리 한국학계는 세계사 속의 근대 한국을 학술적으로 미처 정리하지 못한 채 세계화와 지방화라는 또 다른 과제를 안게 되었다. 국가보다 개인, 지방, 동아시아가 새로운 한국학의 주요 대상이 된 작금의 현실에서 우리가 겪어온 근대성을 다시 한번 정리하고 21세기에 맞는 새로운 모습으로 탈바꿈시키는 것은 어느 과제보다 앞서 우리 학계가 정리해야 할 숙제이다. 20세기 초 전근대 한국학을 재구성하지 못한 채 맞은 지난 세기 조선학·한국학이 겪은 어려움을 상기해 보면, 새로운 세기를 맞아 한국 역사의 근대성을 정리하는 일의 시급성은 아무리 강조해도 지나치지 않다.

　우리 근대한국학연구소는 오랜 전통이 있는 연세대학교 조선학·한국학 연구 전통을 원주에서 창조적으로 계승하고자 하는 목표에서 설립되었다. 1928년 위당·동암·용재가 조선 유학과 마르크스주의, 그리고 서학이라는 상이한 학문적 기반에도 불구하고 조선학·한국학 정립을 목표로 힘을 합친 전통은 매우 중요한 경험이었다. 이에 외솔과 한결이 힘을 더함으로써 그 내포가 풍부해졌음은 두말할 나위가 없다. 연세대학교 원주캠퍼스에서 20년의 역사를 지닌 매지학술연구소를 모체로 삼아, 여러 학자들이 힘을 합쳐 근대한국학연구소를 탄생시킨 것은 이러한 선배학자들의 노력을 교훈으로 삼은 것이다.

　이에 우리 연구소는 한국의 근대성을 밝히는 것을 주 과제로 삼고자 한다. 문학 부문에서는 개항을 전후로 한 근대계몽기 문학의 특성을 밝히는 데 주력할 것이다. 역사 부문에서는 새로운 사회경제사를 재확립하고 지역학 활성화를 위한 원주학 연구에 경진할 것이다. 철학 부문에서는 근대 학문의 체계화를 이끌고 사회과학 분야에서는 학제 간 연구를 활성화시키며 근대성 연구에 역량을 축적해 온 국내외 학자들과 학술 교류를 추진할 것이다. 이러한 연구들은 일방성보다는 상호 이해와 소통을 중시하는 통합적인 결과물의 산출로 이어질 것이다.

근대한국학총서는 이런 연구 결과물을 집약적으로 정리하기 위해 마련한 총서이다. 여러 한국학 연구 분야 가운데 우리 연구소가 맡아야 할 특성화된 분야의 기초 자료를 수집·출판하고 연구성과를 기획·발간할 수 있다면, 우리 시대 연구자들뿐만 아니라 학문 후속세대들에게도 편리함과 유용함을 줄 수 있을 것이다. 새롭게 시작한 근대한국학총서가 맡은 바 역할을 충분히 할 수 있도록 주변의 관심과 협조를 기대하는 바이다.

2003년 12월 3일

연세대학교 원주캠퍼스 근대한국학연구소